GW00357887

EL DIAMANTE NEGRO

ANDREA KANE

EL DIAMANTE NEGRO

Titania Editores
ARGENTINA - CHILE - COLOMBIA - ESPAÑA
ESTADOS UNIDOS - MÉXICO - URUGUAY - VENEZUELA

Título original: *The Black Diamond*
Editor original: Pocket Books, Nueva York
Traducción: Claudia Viñas Donoso

© 1997 *by* Andrea Kane
All Rights Reserved
Published by arrangement with Rainbow Connection Enterprises, Inc.
© 2007 *by* Ediciones Urano, S. A.
Aribau, 142, pral. – 08036 Barcelona
www.titania.org
atencion@titania.org

ISBN: 978-84-96711-10-5
Depósito legal: B - 8.241 - 2007

Fotocomposición: Zero preimpresión, S. L.
Impreso por: Romanyà-Valls – Verdaguer, 1 – 08786 Capellades
(Barcelona)

Impreso en España – *Printed in Spain*

A mi madre y a mi padre,
por enseñarme lo que son realmente bendiciones
en la vida y por ser dos de esas preciosas bendiciones.

Capítulo 1

Enero de 1818, Devonshire, Inglaterra

Con los ojos agrandados por la más absoluta incredulidad, lady Aurora Huntley se levantó de un salto, como si se hubiera quemado, casi volcando el sillón del otro lado del escritorio de su hermano.

—¡No me casaré con él! —exclamó, mirándolo fijamente, con el corazón oprimido por una indecible furia—. Dios santo, Slayde, ¿es que te has vuelto loco?

El conde de Pembourne también se levantó de su sillón y la miró con los ojos entrecerrados, en su habitual señal de advertencia.

—No, te aseguro que estoy muy cuerdo, Aurora. Tú, en cambio, ya rayas en lo irracional. Vamos, siéntate.

Sin hacer caso de la orden, Aurora echó atrás la cabeza en gesto altivo, para continuar mirando a la cara a su alto y formidable hermano.

—¿Irracional? Acabas de anunciarme, con la misma naturalidad con que dirías la hora, que dentro de unas semanas me casarás con un hombre afable pero soso que no pasa de ser un simple conocido y por el que no siento nada, y ¿encuentras irracional mi rabia?

—El vizconde Guillford es un hombre excelente —replicó Slayde, cogiéndose las manos a la espalda, como preparándose para una batalla—. Es un hombre bueno, honrado y de principios, lo sé por mí mismo, porque he tratado con él en asuntos de negocios. También tiene seguridad económica, es muy respetado, incluso tiene buen carácter y es generoso, por no decir que es guapo y encantador, como lo atestiguan el buen número de mujeres que, según se dice, rivalizan por sus afectos, y su apellido.

—Yo no soy la mayoría de las mujeres.

A Slayde se le movió un músculo en la mandíbula.

—Eso lo sé muy bien. De todos modos, el vizconde es todo lo que acabo de decir y mucho más. Además, por algún motivo afortunado e igualmente desconcertante, está enamorado de ti, sólo después de unos cuatro o cinco encuentros. En realidad, según él, cayó bajo tu hechizo en su primera visita a Pembourne. Fue aquella vez que un asunto ineludible no me permitió llegar a tiempo para nuestra entrevista de negocios. Según él, tú lo entretuviste con tu encantadora compañía hasta que llegué.

—¿Lo entretuve? Hablamos del club White de Londres y de algunos detallitos de estrategia para jugar el whist. Hizo un amable intento de enseñarme a jugar. Y tú sólo te retrasaste un cuarto de hora. En el instante en que entraste en la sala de estar yo presenté mis disculpas y me marché. Eso fue todo el entretenimiento que le ofrecí.

—Bueno, debes de haberle causado muy buena impresión. Te encuentra interesante y hermosa. Además, es uno de los selectos y pocos hombres que van quedando a los que no preocupa ni asusta la maldición Huntley ni el escándalo en torno a nuestra vieja enemistad con los Bencroft. Si tomamos en cuenta los incidentes y el acoso a que nos han sometido estas dos semanas pasadas, este último factor podría ser la cualidad más importante de Guillford. Por lo tanto, a pesar de tus protestas, te vas a casar con él.

—Pero, Slayde...

—No. —Implacable, rebanando el aire con la palma, él silenció la súplica que veía venir—. Mi decisión es terminante. Ya se están redactando las cláusulas del contrato de matrimonio. No se hable más. Asunto concluido.

Aurora hizo una inspiración entrecortada y retuvo el aliento, desconcertada por la inflexibilidad de su hermano al imponer su decreto.

Hacía meses, desde la primavera pasada, para ser exactos, que no

10

veía esa expresión rígida e intransigente en su cara, que no sentía levantarse ese impenetrable muro de reserva entre ellos.

Tan segura estaba de que el antiguo Slayde ya no existía, que había desaparecido junto con su obsesivo odio por los Bencroft. Ese Slayde desapareció en mayo, cuando conoció y después se casó con Courtney Johnston, que con su tranquila energía y firme amor le penetró el corazón, impulsándolo a hacer las paces con el pasado y a forjarse esperanzas para el futuro.

Bueno, hasta ese momento, en que todas las maravillas conseguidas por Courtney estaban en peligro de ser destrozadas, y justamente por el hombre al que Slayde tanto odiaba.

Lawrence Bencroft, el duque de Morland.

Se inflamó la furia en su interior, pensando en el infierno que había resucitado Morland con su maldita investigación y sus falsas acusaciones. Maldito fuera, por remover dudas que ya por fin habían comenzado a desvanecerse; maldito por calumniar a los Huntley y luego, encima, morirse antes de que se pudieran refutar sus acusaciones.

Y por encima de todo, maldito el diamante negro; maldito el diamante y su horrenda maldición. A lo largo de tres generaciones había atormentado a su familia. ¿Es que nunca lograrían escapar de sus garras?

Tragó saliva y trató de calmarse, diciéndose una vez más que la irracionalidad de su hermano se fundaba en el miedo, no en autoritarismo ni crueldad.

—Slayde —probó—, sé que la atención de la alta aristocracia ha vuelto a centrarse en el diamante, y con creces, debido a las acusaciones de Morland y ahora su muerte. Pero...

—¿La aristocracia? —Un destello de agresividad brilló en los ojos de Slayde—. Abandona ese estúpido intento de aplacarme, Aurora. Sabes muy bien que me importa un rábano el mundo elegante y sus chismorreos. Lo que sí me importa son los tres intentos de robo y el montón de cartas de extorsión y amenazas que han llegado a Pembourne estos diez últimos días. Está clarísimo que la repentina muerte de Morland, justo después de haber iniciado una investigación que, según su pública declaración, demostraría que yo tengo en mi poder el diamante negro, nuevamente ha convencido a muchos corsarios y rufianes, incitándolos a actuar. Está claro que pretenden saquear mi casa e intimidarme con amenazas para que les entregue la piedra, una piedra que no he visto jamás en mi vida y que no tengo la menor idea de dónde se puede encontrar.

—Pero ¿cómo alguien podría invadir Pembourne? Tienes guardias apostados por todas partes.

Slayde la miró ceñudo.

—Eso sólo ofrece una cierta tranquilidad, pero no garantiza nada, Aurora. Soy tu tutor; también soy tu hermano. Eso significa que no sólo soy responsable de tu seguridad, también me compromete a asegurarla. No permitiré que te hagan daño ni que estés expuesta a un ataque.

—Yo correré mis riesgos.

—Yo no —afirmó él, su tono tan intransigente como sus palabras—. Es mi intención verte casada y segura, desligada para siempre del apellido Huntley.

Haciendo un gesto de pesar, Aurora probó otra táctica.

—¿Qué opina Courtney de tu insistencia en que me case con el vizconde?

Se arqueó una oscura ceja.

—Creo que sabes la respuesta a eso.

—Combatió tu decisión.

—Como una tigresa.

Aurora sonrió, a pesar de sus amargas emociones.

—Gracias a Dios.

—No te molestes, pierdes el tiempo. No ganarás esta batalla, Aurora, ni siquiera con la ayuda de Courtney.

Ella lo miró con expresión astuta.

—¿Por qué no? No sólo es mi más íntima amiga, es también tu mujer, y tu mayor debilidad. Aún no he visto que le hayas negado algo.

—Para todo hay una primera vez. —Exhaló un tembloroso suspiro—. En todo caso, Courtney no es el problema en este caso. Tú sí.

—Permíteme que discrepe. Courtney «es» el problema, como lo es vuestro hijo no nacido. ¿Cómo vas a protegerlos a ellos de la maldición?

Los ojos de Slayde se nublaron de tristeza.

—Con mi vida. No tengo otro medio. A ellos no puedo protegerlos como puedo protegerte a ti, cortando sus lazos conmigo. Es demasiado tarde para eso. Courtney está unida a mí de la manera más fundamental posible: mi bebé está creciendo dentro de ella. No puedo ofrecerle libertad, una nueva vida, ni aunque quisiera. Pero contigo, puedo. —Dio la vuelta al escritorio y se puso frente a ella—. No te servirá de nada discutir, Aurora. Ya acepté la proposición de Guillford. Dentro de un mes, ya estarás casada. —Guardó silencio un momento, observando con los párpados entornados los puños apretados de ella—. Sé que estás furiosa conmigo ahora, pero espero que algún día lo comprendas. Pero lo comprendas o no, te vas a casar con Guillford. Así que te recomiendo que te vayas acostumbrando a la idea. —Se le suavizó la expresión—. Te adora, Aurora; me dijo que desea darte el mundo. En cuanto a ti, sé que disfrutarás de su compañía. Te he visto sonreír, incluso reír, en su presencia.

—Me porto igual en presencia de Tirano, el perrito de Courtney.

Nuevamente él frunció el ceño.

—Aprenderás a amarlo.

—No, Slayde —dijo ella, negando vehemente con la cabeza—. No, nunca.

Dicho eso, se dio media vuelta y salió pisando fuerte del despacho.

Unas oscuras ojeras de cansancio sombreaban por debajo los ojos verde mar de Courtney Huntley, la muy hermosa condesa de Pembourne, cuyo vientre delataba un muy avanzado embarazo.

—Me pasé toda la noche defendiendo tu causa —suspiró—. Está inflexible, empeñado en que se realice esa unión.

Aurora se estaba paseando a lo largo del dormitorio de su amiga, agitando su brillante cabellera color oro rojo alrededor de los hombros.

—La sola idea es ridícula. Slayde, justamente Slayde, sabe muy bien que el matrimonio debe estar fundado en el amor, no en la razón. Al fin y al cabo, por eso os casasteis. Mi hermano está tan enamorado de ti que no es capaz de ver derecho. ¿Cómo puede desear menos para mí?

—No desea menos para ti —lo defendió Courtney al instante—.

Te lo prometo, Aurora, si en tu vida hubiera un hombre especial, un hombre al que quisieras, Slayde rechazaría la proposición de lord Guillford sin dudarlo un momento.

—Pero ¿puesto que no lo hay me obliga a casarme con el sustituto más aceptable?

Courtney exhaló un suspiro.

—No voy a discutir que el plan de Slayde es un terrible error. Lo único que puedo hacer es explicar que su preocupación por tu bienestar, por tenerte a salvo, le eclipsa la razón. Nunca lo había visto tan angustiado, tan afligido, ni siquiera cuando nos conocimos. Desde que murió Morland, y las elucubraciones sobre el paradero del diamante negro han sido causa de tantas amenazas, es como si estuviera reviviendo el pasado. Y su actitud no es más racional conmigo que contigo. Ni siquiera me permite pasear sola por los jardines. Siempre que salgo de la casa tiene que acompañarme él o algún guardia como pegado con cola.

—Bueno, tal vez tú estés dispuesta a aceptar eso. Yo no.

Por la cara de Courtney pasó una fugaz expresión de humor.

—¿Dispuesta? Resignada es una palabra más acertada. —Se pasó tiernamente la mano por el abdomen y sonrió—. Estoy un poco más abultada que hace unos meses, ¿o no lo habías notado? Creo que no resultaría muy buena adversaria si intentara correr más rápido que los guardias.

Aurora no le correspondió la sonrisa.

—No puedo casarme con lord Guillford, Courtney —musitó, deteniéndose—. Sencillamente noo pueeedo.

Se miraron a los ojos.

—Volveré a hablar con Slayde —prometió Courtney—. Esta noche. Ya se me ocurrirá algo, vete a saber qué, pero lucharé contra este compromiso con todas las armas que poseo.

Asintiendo tristemente, Aurora desvió la vista, considerando sus opciones.

En cualquier otra ocasión, le habrían bastado esas palabras tranquilizadoras de Courtney, pero esta vez no.

Slayde había hablado con mucha vehemencia y obstinación, y era mucho lo que había en juego.

Tendría que asegurarse su colaboración ella sola.

Ya estaban apagadas todas las luces de la casa cuando Aurora salió por la puerta de atrás y echó a caminar por entre los árboles. Se había trazado y repasado mentalmente el camino cinco veces desde que se apagó la última de las lámparas de Pembourne, contenta por tener una ruta para escapar que los guardias todavía no conocían.

Eso se debía a que hacía menos de una semana que la había descubierto. Aquel día, por pura casualidad, cuando andaba jugando con Tirano, este echó a correr delante por un estrecho sendero y la llevó hasta el pequeño claro. La curiosidad la impulsó a explorar todo el sendero y, con cierta sorpresa, descubrió que de pronto este viraba en una corta vuelta y seguía en dirección al extremo sur de la propiedad. Por la fuerza de la costumbre, se grabó en la memoria el trazado del sendero, sin ninguna intención de aprovecharlo. La llegada de Courtney a finales de la primavera pasada había puesto fin a sus interminables intentos de escapar de la prisión que representaba Pembourne para ella.

Pero el decreto de ese día exigía medidas drásticas. Y, contra viento y marea, las iba a tomar.

Avanzando sigilosa por la fina capa de nieve que cubría la hierba, llegó hasta la parte más estrecha del bosque, detrás del invernadero, pasó por entre los árboles, cuidando de no mover las ramas ni hacer el menor ruido, aun cuando, dadas las actuales circunstancias, estaba segura de que ninguno de los guardias estaba preocupado por saber su paradero. En primer lugar, porque tenían la atención concentrada en detectar la entrada de posibles intrusos, y en segundo lugar, pensó sonriendo, porque era tan evidente que le había desaparecido del todo su desasosiego y descontento, que habían relajado la vigilancia sobre ella. Tanto mejor.

Se le ensanchó la sonrisa cuando apartó las ramas y salió al claro. Desde ahí se divisaban las puertas de atrás de la propiedad. Y más allá de las puertas estaba el camino de tierra que llevaba al pueblo. Así pues, ahí terminaba con éxito su primera parte del plan.

Se recogió las faldas y echó a correr.

La Taberna Dawlish, como proclamaba el descascarado letrero, estaba en penumbra y llena de humo. A Aurora se le empañaron los ojos en el instante mismo en que se asomó, y tuvo que detenerse en la puerta, impaciente, a frotarse los ojos para poder ver.

Perfecto, pensó un instante después. Los ocupantes eran exactamente lo que las institutrices que tuvo en su infancia habrían calificado de chusma, grupos de hombres desaliñados reunidos alrededor de mesas de madera, riendo estrepitosamente, bebiendo jarras de cerveza y arrojando cartas sobre la mesa.

El lugar ideal para deshonrarse.

No tenía mucho tiempo. Ya había pasado un cuarto de hora desde que hiciera el trato con un pilluelo de la localidad, al que envió a dejar un mensaje con tres libras en el bolsillo. Tal como había supuesto ella, lo primero que hizo el niño fue embolsarse el billete de una libra que le ofreció para que le indicara el camino hacia la única taberna del pueblo; y luego, también como esperaba ella, se guardó los otros dos billetes, apresurándose a asegurarle que llevaría la misiva a la propiedad de lady Altec.

Ella no era ninguna tonta. Sabía muy bien que el niño podría guardarse el dinero y tirar el mensaje sin llevarlo a su destino, y entonces este no tendría su efecto. Eliminó esa posibilidad con la tentadora promesa de darle un billete de cinco libras si volvía a la taberna Dawlish con una respuesta escrita.

Le subió una risita a la garganta, aunque su sonido lo apagó el ruido de las roncas risotadas. Se imaginaba la cara que pondría la vieja bruja cuando leyera el escandaloso mensaje de «una amiga», en que le revelaba que lady Aurora Huntley estaba alternando con marineros en un vulgar pub. Seguro que la anciana, la peor cotilla de Devonshire, subiría de un salto en su faetón y llegaría allí a toda prisa, todavía con su camisón de dormir, sólo para ser la testigo exclusiva de la jugosa escena.

Mentalmente calculó el tiempo que tenía. El muchacho tardaría toda una media hora en llegar a la propiedad de la viuda; allí tendría que esperar la respuesta escrita a la amiga anónima que enviaba el dato; la espera sería de unos cuantos minutos. Y luego otra media hora para volver. Eso le daba poco más de una hora para encontrar al hombre adecuado para deshonrarla.

De pronto cayó en la cuenta de que había parado toda la actividad en el bodegón y más o menos una docena y media de pares de ojos estaban fijos en ella. Se miró la ropa y frunció el ceño. A pesar de que tenía el vestido cubierto de polvo y los zapatos sucios y desgastados, seguía teniendo todo el aspecto de dama de alcurnia, eso se veía a una legua de distancia. Muy bien, pues, sus actos desmentirían muy pronto esa idea.

—Fabuloso, lleno completo —exclamó, en un tono de descarada familiaridad. Se recogió las faldas y avanzó osadamente hacia una mesa—. ¿Se permite?

Los hombres se miraron asombrados entre ellos y luego clavaron la vista en ella otra vez.

—Señora, ¿está segura de que no se ha equivocado de lugar? —le preguntó un individuo corpulento y calvo, mirándola por encima del borde de su jarra.

—Eso depende. Si aquí hay buena cerveza y amable compañía, no, no me he equivocado.

Más miradas, más pasmado silencio.

No, eso no iba bien, decidió Aurora. ¿Cómo podría deshonrarse si ninguno se atrevía ni siquiera a hablar con ella?

—¿Alguien me invitaría a una cerveza? —preguntó, mirando de una cara barbuda a otra—. Ah, no os preocupéis —enmendó, al comprender que esos hombres eran pobres, que no podían derrochar su dinero en cualquier mujer que entrara por la puerta—. Yo me la puedo pagar.

Acto seguido se dirigió a la barra, sacó un puñado de chelines del bolsillo y los puso encima.

—¿Esto me paga una caña de cerveza?

El tabernero arqueó una ceja, divertido.

—¿Una caña? Encanto, eso te tendrá la jarra llena hasta la próxima semana.

—Es de esperar que esto no me lleve tanto tiempo —masculló Aurora en voz baja.

—¿Qué?

—Nada. ¿Me puede servir la bebida?

—Faltaría más. —El hombre llenó una jarra de vidrio y la deslizó por encima del mostrador—. Cuando quieras otra me lo dices a mí o a una de las chicas. Has pagado docenas de jarras.

¿Chicas?

Ese era un problema que ella no había previsto. Se giró y nuevamente paseó la mirada por el bodegón; esta vez vio a dos o tres camareras que iban pasando por entre las mesas, cada una con una bandeja en la mano y una ancha sonrisa en la cara. Ceñuda, observó cómo se reían y bromeaban con ellas los hombres, con una familiaridad de la que la excluían a ella. Sí que era un problema. De todos modos, sólo eran unas pocas mujeres, comparadas con la cantidad de hombres que llenaban la sala. Seguro que a alguno de ellos no le importaría pasar unos momentos de pasión simulada en lugar de pasión verdadera, sobre todo si eso significaba ganar dinero en lugar de desembolsarlo, ¿no?

Eso le dio una idea.

—¿Ha dicho que he pagado docenas de jarras? —le preguntó al tabernero.

—Mmm, como mínimo.

—Estupendo, entonces distribúyalas entre los hombres.

Nuevamente él la miró sorprendido.

—Muy bien. ¿Debo decir de quién vienen?

—Pues, claro. Dígales que es un regalo de... de la recién llegada.

—Y ¿tiene nombre esta recién llegada?

Ninguno que pudiera dar, se dijo ella en silencio. Al menos por el momento. Si esos marineros se enteraban de que era una Huntley saldrían corriendo por la puerta como si en ello les fuera la vida. Y si eso ocurría antes que lograra convencer a uno de ellos de ayudarla a poner en escena su deshonra, todos sus planes no habrían servido de nada.

—Rory —dijo, recurriendo al apodo cariñoso que le daba su queridísimo amigo el señor Scollard desde que era pequeña.

—Rory —repitió el tabernero—. De acuerdo, Rory, yo soy George. Y les llenaré las jarras a los hombres cobrándome de tu generosidad.

—Gracias.

Con una radiante sonrisa, se sentó en el taburete que estaba más a mano, de cara al bodegón, y se puso a contemplar sin disimulo a sus ocupantes. Marineros y pescadores, pensó, sintiéndose muy satisfecha. Tal como lo había supuesto. Había de todo, desde jóvenes a viejos, de todas las estaturas posibles y de corpulentos a flacos. ¿Cuál de ellos le serviría como su necesario cómplice?

Eso generó otra duda.

—George, tienes habitaciones aquí, ¿verdad? —preguntó, tensa de preocupación.

A él le bajó la mandíbula, por la sorpresa.

—Sí, tengo habitaciones.

—Estupendo.

Relajada por el alivio, bebió dos entusiastas tragos de cerveza, y se estremeció. ¿Cómo era posible que algo tan dorado y espumoso tuviera un sabor tan horrendo? Armándose de valor, se bebió rápidamente el resto, disimulando su repugnancia para parecer lo más despreocupada posible. Debía encajar ahí si quería conseguir la ayuda de uno de esos marineros.

—Llenad las jarras de todos —les gritó George a sus camareras—. Cortesía de Rory —añadió con una ancha sonrisa, haciendo un gesto hacia Aurora.

Ella levantó su jarra hacia ellos, a modo de brindis.

A eso siguió un coro de «gracias», y Aurora se felicitó por su victoria, tragándose diligentemente la segunda jarra de cerveza que le llenó George. En realidad, pensó entonces, la cerveza ya no sabía tan mal como al principio. La verdad, con la debida paciencia, el sabor iba mejorando.

—Beberé otra —le dijo a George, arrastrando hacia él la jarra. Soplándose los mechones de pelo que le habían caído sobre la cara, se movió inquieta en el taburete—. Hace calor aquí, ¿no?

Él se echó a reír, llenándole la jarra de vidrio.

—Sí, y se va a poner mucho más caluroso si no bebes más lento. Tómatelo con calma, Rory, esta es una bebida muy fuerte.

—Al principio le encontré mal sabor —le confió ella en voz baja, en tono de complicidad—. Pero ya no. Ahora me gusta muchísimo.

—Eso ya lo veo —dijo él, agitando la cabeza y reanudando su trabajo de secar jarras—. ¿Qué te trajo aquí? —preguntó sin ninguna ceremonia.

—Ay, Dios —exclamó ella, cogiendo su jarra y bajando del taburete—. Gracias por recordármelo. He venido con un fin, y me queda poco tiempo para lograrlo.

Medio tambaleante caminó hasta la mesa del hombre calvo simpático que le había hablando antes. Tenía el aspecto de ser un hombre amable. Era posible que comprendiera su dilema y aceptara la oferta monetaria para ayudarla a salir de él.

Se sentó en una silla al lado de él.

—Eh, Jackson —dijo uno de los marineros al calvo—. Creo que nuestra nueva benefactora te está esperando.

Jackson se volvió hacia ella sonriendo de oreja a oreja.

—¿Querías algo..., Rory?

Cohibida, ella se mordió el labio. ¿Cómo podría hacerle la proposición delante de todos esos hombres sin ningún preámbulo?

No podía.

Entonces su mirada recayó en las cartas que tenía Jackson en las manos. Whist, estaban jugando al whist. Bueno, eso sí era algo de lo que podría hablar y así romper el hielo lo bastante para poder lanzarse a hacer la petición.

Deliberadamente se bebió la jarra de cerveza, sin apartar la vista de las cartas.

—Tengo una cierta experiencia en eso, ¿sabe? Aunque, si he de ser franca, sólo he recibido instrucción de un hombre y sólo en una ocasión. Pero lo disfruté inmensamente y soy rápida para aprender. Si se me da tiempo, seguro que podré convertirme en experta.

Jackson dejó las cartas sobre la mesa de un golpe.

—Eres una muchachita descarada, ¿eh? —dijo, con un destello raro en los ojos—. Bueno, tenemos muchísimo tiempo. Te puedo enseñar lo que sea que quieras aprender.

—Si no te quedas dormido antes —replicó su compañero de juego, dejando en la mesa sus cartas—. Si Rory desea instrucción, yo soy el que se la debe dar. Si su precio no es muy elevado.

—¿Precio? —preguntó Aurora, poniendo la jarra en la mesa y deseando que la habitación dejara de girar—. Si tú me vas a enseñar, ¿para qué voy a cobrar? —Agitó la cabeza para despejársela—. Además, esta noche no puedo aprender. Esta noche necesito...

—¡Sí que puedes! —gritó un hombre de otra mesa caminando hacia ella a largas zancadas—. Eres una mujer tal como a mí me gustan, hambrienta de excitación, no de chelines.

—Y ¿para qué diablos va a querer dinero? —se burló Jackson—. Tiene a mantas. Nos pagó las bebidas, ¿no? Y su vestido cuesta más que todo este maldito pub. —Se levantó también—. No, la has oído, es experiencia lo que busca. —Miró a los otros enfurruñado, cerrando la mano en el brazo de Aurora—. Y fue a mí a quien recurrió. Vamos, encanto. Subamos.

La comprensión golpeó a Aurora con la fuerza de una bofetada. Esos hombres creían que ella había aludido a su pericia sexual, no a sus aptitudes para el whist. En realidad, estaban discutiendo para decidir cuál de ellos se la llevaba a la cama.

Santo Dios, ¿en qué se había metido?

—Por favor, espere —dijo, decidida a aclarar sus intenciones antes de que Jackson la llevara a una habitación para algo que no iba a ocurrir jamás.

Bueno, sí que deseaba subir a una habitación, pero no para lo que él creía.

—Señor Jackson —logró decir, tratando de hablar con coherencia a pesar de la niebla que le envolvía la mente—. No lo entiende.

—Ah, sí que lo entiendo, y muy bien —dijo él, y continuó tirando de ella—. Y te haré olvidar todo de ese hombre torpe que te poseyó la primera vez.

—Suéltala, Jackson.

La profunda voz de barítono penetró la obnubilada mente de Aurora, y al mismo tiempo hizo parar en seco a Jackson. Un instante después, un fuerte brazo la cogió por la cintura, apartándola de Jackson y sujetando su desmadejado cuerpo.

—Vamos, Merlín, ¿es que no tienes bastantes mujeres? —gimoteó Jackson—. Déjame a mí este bocado.

—Este «bocado» no está preparado para la enseñanza que tienes pensada —replicó el barítono.

—Y seguro que no está preparada para ti.

—No, pero por lo menos yo tengo la sensatez de saber eso.

Diciendo eso, el hombre la afirmó contra su costado y echó a caminar, alejándola de la mesa.

«¿Merlín?», pensó Aurora, y se giró a mirar a su salvador para preguntarle por ese nombre tan raro. Se encontró mirando un ancho pecho. El hombre era gigantesco. Subió la mirada hasta llegar a sus facciones masculinas en que destacaban un par de penetrantes ojos color topacio que parecieron perforarla como dos brillantes rayos.

El movimiento que hizo al girarse le produjo un ramalazo de mareo, que le revolvió el estómago con alarmante intensidad.

—No me siento muy bien.

Abandonando todo intento de sutileza, el hombre llamado Merlín le levantó en vilo y la acomodó en sus brazos.

—No me cabe duda —dijo—. A mí me marearían tres jarras de cerveza bebidas en rápida sucesión, y me parece que soy un bebedor mucho más veterano que tú.

El movimiento de avance se detuvo y Aurora cerró los ojos, por si así dejaba de girar el cielo raso.

—George, ¿qué habitación está desocupada? —preguntó él, y ella sintió resonar su voz en su pecho.

—Coge la cuatro, es la segunda de la izquierda —contestó el tabernero.

—Gracias. Ordena que suban café. En gran cantidad.

Iba moviéndose otra vez, subiendo una escalera, le informó a Aurora su estómago.

Los siguieron bonachonas bromas.

—Oye, Merlín, nos dirás cómo es.

—Sí, y si es tan rápida para aprender como asegura, todos te ayudaremos en la enseñanza.

Soltando una maldición en voz baja, el hombre que la llevaba empujó una puerta y entró.

Aurora se encogió e hizo un mal gesto cuando se cerró la puerta.

—Demasiado fuerte —musitó.

—Acostúmbrate. Todo te va a sonar fuerte mientras ese café no haya hecho su efecto. ¿Necesitas un orinal?

—No. Nunca vomito.

—¿No? Y ¿con cuanta frecuencia te emborrachas?

Diciendo eso la depositó en la cama.

—Nunca. En realidad...

Se le olvidó lo que iba a decir cuando, sorprendida, miró alrededor y su nebulosa mente registró lo que sin darse cuenta había conseguido. Una habitación, con cama y todo. Y un hombre, uno que parecía ser lo bastante sensato para escuchar y no violarla inmediatamente.

Al instante se le calmó el estómago.

—Perfecto —musitó, felicitándose por haber conseguido exactamente lo que se había propuesto, cuando sólo un momento antes parecía que todo su plan estaba a punto de estallarle en la cara.

¿Cuánto tiempo tenía? Entrecerrando los ojos, trató de enfocar la mirada en el reloj de la repisa del hogar.

—¿Qué hora es?

—Las diez y media. Y ¿qué demonios quieres decir con «perfecto»? ¿Perfecto para qué? ¿Qué pretendías hacer allá abajo?

Suspirando, ella pasó el brazo por debajo de la fresca almohada y apoyó la mejilla en ella para calmar el dolor de cabeza.

—Poner en escena mi deshonra —contestó—, al menos lo que los demás supondrían que era mi deshonra. Aunque si no hubieras intervenido, creo que mi caída habría sido real, no pura apariencia. Y te estoy extraordinariamente agradecida por eso. —Se friccionó las sienes—. La situación era bastante horrorosa. Ahora, gracias a tu intervención, mi plan tendrá éxito. De un momento a otro.

Lo contempló mientras él acercaba una silla a la cama, donde se sentó a horcajadas, con el respaldo hacia la cama. Era pecaminosamente apuesto, observó, guapísimo. Eso era un hecho indiscutible, por borracha que estuviera. Claro que su buena apariencia no era del tipo clásico, como la de lord Guillford, como tampoco esa belleza que parecía cincelada en mármol de que hacía gala Slayde. No, Merlín era guapo de un modo misteriosamente seductor, que insinuaba peligro, mar abierto, libertad y aventura, el tipo de vida que ella anhelaba y no lograba ni empezar a imaginarse. Su potente cuerpo, vestido con una camisa de cuello abierto y calzas, desafiaba lo convencional; su pelo negro, revuelto y más largo de lo que estaba de moda, le dejaba libre la frente, revelando nítidos surcos de rebelión; sus ojos, esos dos brillantes trocitos de topacio, se veían turbulentos, vivaces, excitantes. Parecía un dios pagano, pícaro, seductor, ideal para convencer a la alta sociedad de que ella era realmente una mujer caída.

—Merlín —musitó—. Qué insólito. ¿Es tu nombre o tu apellido?

—Ni uno ni otro. Es un apodo.

—Ah, entonces, ¿eres tan inteligente como el consejero de Arturo?

—No, soy tan formidable como un halcón.

Aurora ladeó la cabeza, perpleja.

—¿El merlín?* Pero ese es uno de los halcones más pequeños. Y «pequeño» no es un adjetivo que emplearía yo para describirte.

—De acuerdo, pero el merlín es también veloz, infalible y engañosamente inofensivo. Y todo eso me describe a la perfección. —Dicho eso, se inclinó hacia ella—. Has dicho que querías poner en escena tu deshonra. O lo que los demás considerarían tu deshonra. ¿Por qué? O, mejor dicho, ¿para quién?

—En provecho de un hombre amable, encantador e increíblemente tradicional. Pero eso no tiene por qué preocuparte. Lo único que tienes que hacer es estar sentado ahí. Bueno, tal vez no ahí. —Frunciendo el ceño, se echó atrás unos mechones de pelo que le habían caído sobre la cara—. Supongo que deberíamos ponernos en una posición algo más comprometedora que la de dos amigos bebiendo café. ¿Tal vez un abrazo? Claro que no antes que llegue la viuda. Mientras tanto podemos charlar. En todo caso, te pagaré una buena suma por un trabajo que no te ocupará más de una hora.

Él arqueó una oscura ceja.

—¿Pagarme? ¿Por poner en escena tu deshonra?

—Exactamente.

—¿Cuánto?

Aurora se incorporó apoyada en el codo y buscó en el bolsillo.

—Cien libras.

—¿Cien libras?

Ella detectó incredulidad en su voz y lo interpretó como una mofa. Reaccionando al instante, alargó la mano y le cogió la muñeca, para impedirle huir.

—No te vayas, por favor. Mi idea era ofrecer doscientas libras. Pero las otras cien estaban en el despacho de mi hermano. No me atreví a ir a cogerlas, no fuera que me vieran. —Le escrutó la cara—. Te quedaré debiendo esas cien libras. Soy honrada, te lo prometo. Acordaremos una hora y un lugar para encontrarnos y entonces te pagaré el resto. Pero, por favor, no te vayas.

* El halcón llamado *merlin* en inglés es el esmerejón *(Falco columbarius)*. Creo justificado llamarlo «merlín» en esta novela porque es necesario o lógico que su nombre sea igual al alias de este personaje, que también es el nombre del mago de la leyenda del rey Arturo. *(N. de la T.)*

Él bajó la mirada a sus dedos, aunque no hizo el menor ademán para liberarse la muñeca.

—Doscientas libras. Una suma muy pródiga. Dime, Rory, ¿quién es ese hombre por el que quieres deshonrarte?

—Mi posible marido. Verás, me obligan a casarme con él. La única manera que veo de librarme de ese compromiso es comprometerme yo.

A Merlín se le curvaron los labios.

—¿He de entender que ese aspirante a marido tuyo espera una esposa intacta?

—Absolutamente.

—¿Supongo, entonces que para completar la farsa has organizado las cosas para que nos sorprendan? —Esperó a que ella asintiera—. ¿Quién nos va a sorprender? ¿Tu padre o el propio novio?

—Ninguno de los dos. La peor cotilla de Devonshire. En realidad...

Un golpe en la puerta la interrumpió.

—¿Es ella? —preguntó Merlín tranquilamente, sin levantarse de la silla.

—No, es demasiado pronto.

—Entonces tiene que ser nuestro café —dijo él, levantándose—. Iré yo. Tú no estás en forma para sostenerte en pie y mucho menos para caminar.

Fue hasta la puerta y la abrió.

—El café —dijo una de las camareras, sonriéndole a Merlín y llevando la bandeja hasta la mesilla de noche. Al mirar a Aurora se metió la mano por el escote del corpiño y sacó un papel doblado—. Hay un niño abajo que insiste en que le entregue este mensaje a una dama de pelo rojo con un vestido elegante. Supongo que se refiere a usted. Si es así, dice que le debe cinco libras.

Aurora se incorporó, temblorosa, y cogió el papel doblado. Desplegándolo, se obligó a poner la atención en las palabras:

Estimada «amiga», gracias por el dato. Iré inmediatamente a investigarlo. Lady Altec

—¡Espléndido! —exclamó, y con el movimiento estuvo a punto de caerse de la cama. Afirmándose en la posición sentada, hurgó en el bolsillo, sacó dos billetes de cinco libras y se las tendió a la camarera—. Estoy muy agradecida, a ti y al muchacho. Por favor, entrégale uno de estos. El otro es para ti.

—Gracias —dijo la camarera, hablándole a ella, pero mirando a Merlín—. ¿Se le ofrecerá alguna otra cosa?

—No esta noche, Bess —contestó él.

—Si se le ofreciera algo...

—Te llamaré al instante —le aseguró él, sujetando la puerta abierta—. Pero por ahora, buenas noches.

—Buenas noches.

Dirigiéndole otra ilusionada mirada, la chica salió.

Tan pronto como cerró la puerta, Merlín volvió su atención a Aurora.

—¿La llegada de esa nota significa que la peor cotilla de Devonshire viene en camino?

Ella asintió.

—Entonces el café puede esperar. Será mejor que primero hablemos de esa posición comprometedora que sugeriste.

En tres pasos llegó hasta la cama, dejó a un lado la silla y se sentó al lado de ella.

Aurora sintió subir un estremecimiento por la columna; ¿eso sería una advertencia o excitación?

—Muy bien.

Él se acercó más y le examinó las facciones como quien examina un hermoso cuadro antes de comprarlo.

—Eres una mujer muy hermosa.

Y ¿qué se contesta a un cumplido tan descarado? ¿En especial una mujer como ella, cuyo trato con hombres ha sido tan limitado, tan inexistente?

Su silencio encendió una chispa de curiosidad en los ojos de Merlín. En el color topacio de sus ojos brillaron unas lucecitas doradas, como llamitas.

—Permíteme que te pregunte una cosa, Rory. ¿Entiendes qué iba a ocurrir una vez que Jackson te trajera a una habitación aquí arriba?

—Lo qué él quería que ocurriera —enmendó ella—. Y claro que lo entiendo. Puede que esté borracha, pero no soy estúpida.

A él se le curvaron los labios.

—No quise decir que lo fueras. Sólo quería evaluar tu grado de ingenuidad.

—No soy ingenua.

—¿No? Entonces, ¿cómo pensabas liberarte de las intenciones de Jackson?

Ella hizo un guiño.

—Soy una mujer muy ocurrente, esté o no borracha. También soy una experta en eludir a aquellos que deseo eludir. Si el señor Jackson hubiera logrado arrastrarme hasta aquí arriba, y si no hubiera estado dispuesto a oír razones, habría encontrado la manera de escapar. Siempre la encuentro.

Él arqueó una oscura ceja.

—Muy interesante. ¿Te encuentras con frecuencia en situaciones en que necesitas eludir a hombres?

—Constantemente. Aunque no ahora.

—¿Por qué ahora no?

Ella le dirigió una sonrisa beatífica.

—Porque nunca intento eludir a mis aliados.

Él sonrió.

—¿Cómo sabes que soy un aliado? Y ¿si mis motivos fueran tan poco de fiar como los de Jackson? Y ¿si decidiera aprovecharme de tu oferta y de nuestra soledad aquí para hacer realidad tu deshonra y no una pura representación?

—No lo harás.

—¿Qué te hace estar tan segura?

—La realidad de que deseas mis doscientas libras.

Él echó atrás la cabeza y se echó a reír.

—Tocado. Es raro que me superen en ingenio, sobre todo una mujer que está a mi lado en la cama y tan borracha que no puede caminar.

—¿Debo sentirme halagada?

De pronto él dejó de reír y su risa fue reemplazada por una callada tensión que pareció impregnar toda la habitación.

—No lo sé —contestó, mirándola intensamente a los ojos—. Dímelo tú. —Pero antes de terminar de decir eso, negó con la cabeza, y luego contestó su propia pregunta—: No, no debes sentirte halagada. En realidad, estoy empezando a pensar que soy yo el que debería sentirme halagado. Este plan tuyo se va poniendo más atractivo por momentos.

A eso siguió un caluroso silencio.

—Creo que se me están pasando los efectos de la cerveza —dijo Aurora, pensando en voz alta.

—Estupendo —dijo él, rozándole la mejilla con el dorso de la mano.

Estremecida de expectación, Aurora comprendió que estaba en dificultades, con el agua al cuello, como quien dice. La presencia de Merlín era avasalladora, y la atmósfera entre ellos demasiado íntima. Se sentía vulnerable de una manera que no se había sentido nunca, hasta ese momento, ni siquiera cuando Jackson la tironeaba para arrastrarla hasta una habitación. Y no sabía cómo salir de esa situación, y menos aún sintiendo por toda la cara las caricias de los cálidos dedos de él.

—No te vi en la taberna antes que llegaras a rescatarme —dijo.

—Estaba en la parte de atrás, observando tu actuación —contestó él, pasándole un dedo por el puente de la nariz—. Fue fascinante.

—Me sentía como una idiota. Pero haría cualquier cosa por impedir este compromiso.

Él detuvo la mano.

—¿Tan malo es ese posible marido, entonces?

—No, todo lo contrario. El vizconde es un hombre bueno. Pero no es... no es...

—¿No es interesante? ¿No es estimulante? ¿No es el tipo de hombre que encontraría divertido lo que has hecho esta noche?

—Exactamente.

—El vizconde has dicho. ¿Tú también eres de cuna noble?

Aurora titubeó.

—Sí, pero mi familia no es del tipo que retaría a duelo a nadie; en realidad harían cualquier cosa para evitar llamar la atención sobre nuestro apellido o título. Así que no temas, eso no tiene por qué disuadirte de esto.

—Una familia como a mí me gustan —dijo él, deslizando la palma por debajo de su abundante cabellera, saboreando su sedosa textura—. Y haría falta mucho más que un título de nobleza para disuadirme. —Le levantó un mechón de pelo y lo dejó deslizarse por entre los dedos—. Tienes un pelo maravilloso, parece una cascada en llamas.

—Eh... gracias.

Él la miró atentamente, evaluándola.

—No tienes ninguna experiencia con hombres, aparte, claro, para eludirlos, ¿verdad?

—¿Te echarás atrás si digo que no? Porque entonces intentaré mentir. Aunque he de reconocer que no soy muy buena para mentir.

Guardó silencio y esperó su respuesta, deseando que le hubiera vuelto el ingenio junto con la sobriedad.

—No, no me echaré atrás, y no, no necesitas mentir. Sospeché que eras una inocente en el instante en que comenzaste tu comedia. Y te aseguro que volverás a tu casa tan intacta como llegaste. Bueno... casi.

—¿Son aceptables las doscientas libras, entonces?

—Mmm, mmm. —Bajó la cabeza y le rozó cada mejilla con los labios—. ¿Es esto lo que imaginabas cuando te referiste a una posición comprometedora?

—Creo que sí. Sí.

Aurora sintió atrapado el aire en la garganta, y el calorcillo producido por la cerveza se mezcló con un calor más fuerte, más irresistible.

—¿Eres marinero?

—Sólo en aquellas ocasiones en que voy en ruta hacia mi destino.

—Y ¿cuál es ese destino?

Él le deslizó la boca por la curva de la mandíbula y le mordisqueó suavemente el mentón.

—Muchos lugares. El mundo es inmenso y está lleno de oportunidades. Simplemente espero que se me presenten y entonces las cojo.

Aurora cerró los ojos y apretó fuertemente las manos sobre la ropa de cama, porque se le intensificó la sensación de que se le iba la cabeza.

—¿Has viajado?

—Durante años. —Le cogió la cara entre las palmas y ella sintió el calor de su aliento en los labios—. ¿Crees que un beso sería lo bastante comprometedor?

—Me imagino que sería ideal.

¿Sería el efecto de la cerveza el que hablaba?

—¿Lo comprobamos? Porque si fuéramos incapaces de ser convincentes, vale más que descubramos eso ahora, antes que llegue la viuda.

—Supongo que tienes razón.

No, era «ella» la que hablaba.

Todavía estaba atolondrada por su audacia cuando la boca de Merlín se posó sobre la suya.

Dios santo, ¿eso era un beso?

Riadas de placer pasaron por toda ella, en ardientes y fuertes oleadas; ese simple contacto de sus labios le encendía chispas, insoportables por lo excitantes, tan exquisitas que continuaría eternamente el beso. Al parecer Merlín sintió lo mismo, porque lo oyó retener el aliento, lo sintió ponerse rígido y estremecerse por la corriente de excitación que pasaba entre ellos. Entonces él le ladeó un poco la cara, la acercó más a él y volvió a besarla, esta vez más profundo, y Aurora se vio arrastrada a una explosiva hoguera de sensaciones, sensaciones que no se había imaginado jamás y mucho menos experimentado. De los labios de Merlín saltaban llamas hacia los de ella y luego de los de ella a los de él, y el beso cobró vida propia; sus bocas se unían, se separaban y volvían a unirse.

Él le introdujo la lengua en la boca, buscó y se apoderó de la lengua de ella, friccionándosela con ardientes caricias que la hicieron derretirse toda entera por dentro; las sensaciones le llegaban hasta los dedos de los pies.

Ella respondió por instinto, sumergiéndose en la magia, deslizando las manos por sus hombros, cogiéndole la camisa. Él le levantó los brazos y los pasó alrededor de su cuello y la levantó apretándola contra él, sellando sus labios con un beso profundo, sin fondo, embriagador, apasionado, introduciendo la lengua en su boca una y otra vez hasta que le parecía que desaparecía la habitación, hasta que no existía nada fuera del torrente de sensaciones que ardían entre ellos.

Ninguno de los dos oyó la conmoción que se produjo en la planta baja. Tampoco oyeron los fuertes pasos que iban subiendo la escalera. Así pues, cuando se abrió la puerta y un inesperado público se agolpó en el umbral, los dos pegaron un salto, se apartaron y se volvieron a mirar, aturdidos, a los intrusos.

Aurora ahogó una exclamación al ver entrar a Slayde, que de un manotazo apartó de su camino a George, a unos cuantos marineros y a lady Altec, que estaba farfullando algo.

—Aurora, ¿qué demonios...? —se interrumpió al ver a Merlín, y en su cara apareció una expresión de tanta pena y absoluta incredulidad que Aurora no la olvidaría jamás—. ¿Tú? —exclamó—. ¿De todos los hombres de la Tierra, tú? —Llegó hasta ellos, cogió a Merlín por el cuello de la camisa y lo levantó—. Asqueroso cabrón, ni siquiera tu padre se habría rebajado tanto. —Le enterró el puño en la mandíbula—. ¿Qué? ¿Te ha dado placer deshonrar a una jovencita inocente? ¿Arruinar su vida simplemente por ser una Huntley?

Merlín, que estaba a punto de contestar al puñetazo, se quedó inmóvil, su indignación reemplazada por horrorizada sorpresa.

—¿Huntley? —Pasmado se volvió hacia Aurora y la miró de arriba abajo, como si la viera por primera vez—. ¿Eres Aurora Huntley?

A Aurora se le formó un espantoso nudo en el estómago.

—¿Debería conocerte?

Emitiendo una risita dura, Slayde la levantó bruscamente.

—¿No se presentó antes de traerte a la cama? ¿No? Entonces, Aurora, permíteme que te presente al hombre al que casi has entregado tu virginidad, Julian Bencroft, el nuevo duque de Morland.

Capítulo 2

Seis largos años, pensó Julian. Estaba en el centro de la inmensa biblioteca de la casa Morland, con las manos cogidas a la espalda, contemplando la formidable sala. Veía más allá de la alfombra oriental, más allá de las estanterías de caoba, más allá de las altas paredes y el cielo raso con molduras doradas. Lo que veía eran recuerdos, recuerdos feos, indelebles.

Casi había olvidado lo mucho que detestaba esa casa.

¿Cuántas reñidas discusiones habían tenido él y su padre entre esas mismas paredes? ¿Cuántas acusaciones se habían arrojado el uno al otro antes que él se marchara de ahí para siempre?

Más de las que podría contar, y de todos modos más de las que quería recordar.

Se friccionó cansinamente las sienes y fue hasta el aparador a servirse algo para beber.

Su padre lo odiaba, no soportaba ni verlo.

Y eso era una realidad, no una suposición. Sólo Dios sabía cuantas veces le había dicho a gritos cuánto lo odiaba, cuánto se avergonzaba de él, cuánto lo censuraba, y su pesar porque había sido Hugh y no él, el que la muerte arrancó de su lado.

Sólo eso último le había dolido, y no porque le importara un bledo ser el objeto del odio de su padre, sino porque cualquier alusión a Hugh le producía un inmenso dolor, una aguda sensación de pérdida. Había querido muchísimo y profundamente a su bondadoso hermano mayor, afecto que este le correspondía, a pesar de que aunque sólo se llevaban un año, sus intereses, aspiraciones, es decir, sus mismas naturalezas, eran tan diferentes como la noche y el día. Por lo que a él se refería, Hugh había sido su único familiar; cuando murió de una fiebre durante su primer trimestre en Oxford, con él murieron sus raíces.

De todos modos, Hugh era lo único en lo que él y su padre estaban de acuerdo, más concretamente, en las aptitudes de Hugh para ser el heredero. Habría sido un buen duque, bueno en un sentido en que Lawrence, con su total falta de principios, sus intransigentes valores, no podía ni empezar a comprender. Las cualidades de Hugh, su comprensión, compasión, decencia, sentido de la justicia y equidad, eran los verdaderos fundamentos de la nobleza.

De pronto dejó bruscamente la copa sobre el aparador. Demonios, ¿a santo de qué estaba evocando todas esas cosas? Más aún, ¿con qué fin había regresado, no sólo a Devonshire, sino a Morland?

La respuesta era risible.

Había vuelto a presentar sus respetos a la memoria del hombre que censuraba todo lo que él era y hacía, y que probablemente se estaba revolcando de fastidio en su tumba porque él era el último Bencroft que quedaba vivo y el único heredero legítimo de su precioso título. A un hombre que lo consideraba más poca cosa que el polvo y muy poco mejor que un Huntley.

Un Huntley.

A consecuencia del desastre de la noche anterior, ese apellido le evocaba una imagen totalmente nueva, o mejor dicho, a un miembro de la familia Huntley totalmente distinto; una imagen formada también por el enjambre de mirones que aparecieron en la habitación de la taberna Dawlish y fueron testigos del inesperado puñetazo que recibiera del conde de Pembourne, además de la imagen de una mujer increíblemente estimulante que le encendió la sangre y resultó ser nada menos que Aurora Huntley.

Lo que comenzara como una encantadora diversión se desintegró, convirtiéndose en una pesadilla que más valía olvidar.

Sólo que él no lograba liberarse del recuerdo de la horrorizada y apenada expresión de Aurora cuando su hermano le reveló la identidad del hombre en cuyos brazos la sorprendieron. Tampoco podía olvidar su expresión cuando se giró a mirarlo; no era una expresión de odio ni de acusación, sino de perplejidad, como si no lograra entender cómo había ocurrido todo eso. Sus vivos ojos color turquesa le escrutaron la cara, deteniéndose en su boca, y él vio el conflicto en esa mirada transparente con la misma claridad que si lo hubiera expresado en voz alta: ¿Por qué no se dio cuenta de quién era él? ¿Cómo pudo ser que un plan ideado simplemente para librarse de un compromiso indeseado se hubiera convertido en el peor escándalo de su vida, que la dañaba no sólo a ella sino a toda su familia? Peor aún, ¿cómo pudo haber disfrutado tanto del momento que había pasado en los brazos de Julian Bencroft?

Y no había nada que pudiera hacer él, ni una maldita cosa. Ningún tipo de disculpa podría deshacer el daño causado, y ni siquiera mil juramentos de que no había ocurrido nada, de que ninguno de los dos conocía la identidad del otro, podría devolverle a Aurora todo lo que había perdido. Y su hermano no habría querido escuchar tampoco. Después de asestarle ese único puñetazo, Pembourne se limitó a coger del brazo a su hermana y la sacó de la taberna en menos de un minuto. Y él se marchó de allí también a los pocos minutos, pues no tenía la menor intención de atizar el fuego contestando la andanada de preguntas que le hizo la vieja viuda ni los salaces comentarios de los marineros.

De todas maneras, se sentía culpable. Aurora había ido a la taberna Dawlish a liberarse de un compromiso, dispuesta a sacrificar su reputación para lograrlo. Bueno, tuvo éxito. Sin duda el aspirante a novio, fuera quien fuera ese tan decoroso vizconde, retiraría la proposición en el instante mismo en que se enterara del escandaloso comportamiento de su futura esposa. Y entonces Aurora tendría lo que deseaba.

Pero ¡a qué precio!

Un golpe en la puerta y la voz de Thayer, el mayordomo de Morland de toda la vida, interrumpió sus pensamientos.

—Perdone, señor. Me dijo que le avisara cuando llegara el señor Camden. Ya está aquí, y está esperando. ¿Le hago pasar?

Julian se giró lentamente, pensando, como otras muchas veces antes, si a Thayer le cambiaría la expresión alguna vez o si su nariz se le aplastaría un pelín más.

—Sí, Thayer, hazle pasar.

—Muy bien, señor.

El mayordomo se alejó y no tardó en reaparecer acompañando a un hombre alto y mayor que llevaba en la mano un abultado maletín de aspecto oficial.

—¿Les apetecería que hiciera traer algún refrigerio para cualquiera de los dos, señores?

—No, Thayer, eso será todo por ahora.

—Muy bien, señor.

Dicho eso el mayordomo salió y cerró la puerta.

El anciano saludó con una inclinación de su canosa cabeza y estuvo un momento mirando atentamente a Julian, pensativo e interesado al mismo tiempo.

—Hola, Julian —dijo al fin—. Me tranquiliza verte de vuelta, no sólo en Inglaterra sino en Morland. Hace años que no te veía aquí entre estas paredes.

Julian dirigió una franca mirada al abogado de la familia.

—No te acostumbres a mi presencia, Henry. No pienso quedarme. Una vez que hayamos concluido el asunto que nos reúne hoy, reanudaremos nuestra costumbre de encontrarnos en tu despacho.

—Cuando estés en Inglaterra —aclaró Camden.

—Cuando esté en Inglaterra —convino Julian, haciendo un gesto hacia el sofá—. Toma asiento. ¿Qué te puedo ofrecer?

—Lo que sea que tengas irá bien. —Camden se sentó, observando a Julian llenar una segunda copa de coñac—. ¿Ayer llegaste a Devonshire?

—Sí, salí de Malta a la hora de recibir tu carta. Gracias por notificarme con tanta prontitud.

—Si hubiera sabido tu paradero, podría haberte avisado antes, dándote tiempo de sobra para llegar aquí para el funeral. Pero puesto que no lo sabía, sólo pude hacer suposiciones, basándome en tu última carta.

Con la espalda rígida, Julian le pasó la copa de coñac.

—No era esencial que yo asistiera al funeral. En cuanto a encontrarme, nunca sé dónde voy a estar de un momento a otro. Créeme, Henry, tú eres el que estás más enterado siempre de mi paradero. Y eso me incluye a mí, la mitad de las veces.

—Te veo muy bien —comentó el abogado.

—Yo a ti también. ¿Supongo que tu negocio prospera como siempre?

—Afortunadamente, sí. No me puedo quejar. Y ¿tú? ¿Cómo han ido tus... últimas aventuras?

A Julian se le levantó una comisura de la boca.

—No soy un pirata, Henry. Todos mis trabajos y transacciones son totalmente legales, aun cuando no sean ortodoxos. En todo caso, no tienes por qué tener miedo de mencionarlos. Y, para contestar tu pregunta, mis aventuras han sido muy lucrativas.

—Estupendo, esperaré entonces que mis libros de contabilidad reflejen eso.

—No te quepa duda.

Algo cohibido, el anciano abogado se aclaró la garganta, en un visible esfuerzo por encontrar las palabras para expresar lo que quería decir.

—Volviendo al motivo de tu regreso a Morland, sería una negligencia por mi parte si no te expresara mis condolencias por la muerte de tu padre, por inapropiado que pueda parecer eso dado que yo, mejor que nadie, sé las diferencias que os separaban. De todos modos, Lawrence era tu padre. Por lo tanto, por lo que vale, mis oraciones están contigo.

Julian pasó un dedo por el borde de su copa.

—Siempre has sido un hombre increíblemente cortés, Henry, por no decir decente y honrado. Por qué demonios decidiste trabajar para mi padre es algo que no entenderé jamás. De todos modos, te agradezco tus amables palabras.

—Mi familia ha servido a la tuya durante casi setenta y cinco años, Julian. El primero fue mi abuelo, y luego mi padre. Nunca se planteó ni siquiera una duda en cuanto a que yo continuara con esa tradición. No voy a negar que había temas sobre los cuales tu padre y yo estábamos en absoluto desacuerdo, muy particularmente el relativo a los Huntley y a la obsesión de Lawrence por vengarse. De todos modos continué comprometido a servirlo lo más honradamente que pudiera. Sin embargo —añadió, con una significativa expresión—, eso no incluía comprometer mis principios para acomodarlos a los de él, ni aunque me lo pidiera.

Julian sintió una oleada de admiración por la integridad y sinceridad de Camden.

—Comprendo —dijo—. Más aún, te encomio. Ahora bien, ¿podemos pasar al objeto de esta visita? Te pedí que nos encontráramos aquí porque quiero hablar contigo acerca de la mejor manera de proceder para vender la propiedad y dejar al pasado donde le corresponde estar, atrás.

Frunciendo el ceño, Camden abrió su abultado maletín y sacó un documento sellado.

—Antes de hacer eso, tenemos que tratar de otro asunto.

—¿Y ese es?

—La lectura del testamento de tu padre. Ahora que has vuelto del extranjero, es el momento de leerlo. Es posible también que alguna de las estipulaciones de Lawrence te decida a cambiar tus planes.

Eso le produjo más diversión que preocupación a Julian.

—¿Sí? ¿Por qué? ¿Es que decidió dejar la propiedad Morland a algún pilluelo de la localidad y no a mí?

—No, claro que no. La propiedad, la casa, los muebles y los fondos que haya amasado son tuyos.

—No deseo su dinero —dijo Julian, desvanecido su buen humor.

—Julian, por favor —dijo el abogado, rompiendo el sello y desplegando el documento—. Sólo te pido unos minutos de tu tiempo.

—Perdona, Henry. Adelante.

—La mayoría de las estipulaciones del testamento son las normales; enumeran exactamente lo que acabo de decir. Por lo tanto, me las voy a saltar y sólo leeré la última cláusula. Dice lo siguiente: «Julian, a no ser que, sin saberlo yo, en tus aventuras hayas engendrado herederos, eres el último Bencroft que queda. Esto no me produce tranquilidad ni consuelo. Al igual que tu bisabuelo, tu avidez por explorar lugares desconocidos te ha inducido a renegar de tus responsabilidades. Sin duda a los pocos meses de mi muerte ya estará vendida la propiedad, habrá desaparecido el título, y el apellido Bencroft descansará exclusivamente sobre tus irresponsables hombros. Sé que por el título y la propiedad sólo sientes aversión y desprecio. Pero por el apellido de la familia, el apellido que perteneció a tu hermano Hugh y al bisabuelo al que tan fielmente emulas, me permito suponer que no sientes desprecio. Si estoy equivocado, si no te importa un bledo

que el apellido Bencroft continúe manchado, desentiéndete del sentimiento y considera mi siguiente petición un desafío, lo único que, aparte del dinero, impulsa a un mercenario desconsiderado e irresponsable como tú. En cualquier caso, mi petición es la siguiente: Encuentra y devuelve el diamante negro. No por mí, y ni siquiera por ti, sino por Hugh, por su memoria. Seguro que esta es una tarea insignificante para un aventurero consumado como tú. Demuéstrate lo que vales, Julian. Esta es mi petición, no, este es mi legado para ti».
—Camden levantó la vista—. El testamento fue debidamente redactado y se firmó ante testigos en mi despacho la primavera pasada.

Maldiciendo en silencio, Julian se levantó y caminó hasta la ventana. Allí se quedó un buen rato, mirando hacia fuera, con la copa apretada en la mano, sin decir nada, simplemente reflexionando sobre esas palabras de su padre y tratando de asimilar su efecto. Finalmente se volvió a mirar a Camden.

—¿Eso es todo?

El abogado dejó el testamento sobre la mesa.

—Con respecto a tu padre, sí. Aparte de eso, informarte que inició otra exhaustiva búsqueda del diamante negro durante los últimos meses de su vida.

—¿Dejó alguna relación escrita sobre los detalles de esa búsqueda?

—Sí.

—Entonces, tendré que ver esas anotaciones.

Camden asintió.

—Las encontrarás en su despacho. En el primer cajón de su escritorio. Ahí es donde Lawrence guardaba todos sus papeles importantes. —Sacó una llave—. Esta llave lo abre.

Julian miró la llave como si fuera un insecto repugnante.

—Muy bien. Déjala sobre la mesa.

—No estás obligado a cumplir esa petición de tu padre —dijo Camden, colocando la llave en la esquina de la mesa.

Julian bebió de un trago el resto del coñac.

—¿Petición? Esa no es una petición, Henry, es un chantaje.

—Entonces, ¿para qué lo vas a hacer? No para encontrar la piedra, sin duda. Siempre has manifestado el más absoluto desprecio por el diamante y por todos los que lo buscan.

—Lo haré por Hugh. Lo voy a hacer porque todo lo que enumera mi padre en esa cláusula es cierto: sobre mis prioridades, sobre las consecuencias de que sea yo el último Bencroft que queda vivo, sobre lo que debo a mis antepasados. —Rió amargamente—. Puede que mi padre fuera un cabrón insensible, pero no era tonto. Sabía exactamente dónde encontrar mi talón de Aquiles. Y lo encontró. —Frunciendo el ceño, miró inquieto alrededor—. Está claro que tendré que entrar en posesión de este mausoleo para reunir y revisar sus papeles. Por lo tanto, tendremos que postergar unos cuantos meses nuestra conversación acerca de la venta de la propiedad, hasta que haya cumplido las condiciones de lo que mi padre llama su legado.

—Estás seguro de que encontrarás la piedra.

—No fracasaré.

—Muchos la han buscado.

—Yo no soy los demás.

El anciano abogado sonrió.

—No, estoy de acuerdo. En realidad, comparando lo que sé y entiendo de ti con las historias que me han contado acerca de tu bisabuelo, me atrevería a decir que entre los dos hay un gran parecido. Según los relatos que se han transmitido en mi familia, Geoffrey Bencroft era un personaje muy intrépido.

—Eso he oído.

—Jamás pudo resistirse a un desafío. Y ¿tú?

—Está claro que no —repuso Julian, arqueando una ceja, en gesto sardónico.

—Eso es exactamente lo que necesitaba oír. Es más que suficiente para confirmarme en una decisión que tomé hace muchos años.

Diciendo eso, Camden sacó otro documento sellado de su maletín, junto con un pequeño cofre muy ornamentado, que era la causa evidente de lo abultado y pesado que se veía el maletín, y una llave.

—¿Eso qué es? —preguntó Julian, despertada su curiosidad.

—Una caja fuerte. Hasta ahora, nadie conoce su contenido, este ha sido siempre un misterio, incluso para mí.

—No lo entiendo.

Camden abrió el sobre y sacó un papel doblado.

—Ahora lo entenderás. Este documento, firmado en presencia de mi padre, se guardó con sumo cuidado en la caja de caudales de nuestro despacho, junto con esta caja fuerte, hace sesenta años. Con el fin de que yo cumpliera adecuadamente las condiciones que se especifican aquí, se me explicó verbalmente cuáles éran, aunque el documento ha estado sellado hasta este momento. Una vez que te lo haya leído, entenderás el por qué.

—Estoy absolutamente intrigado —musitó Julian, con expresión absorta—. ¿Qué dice ese misterioso documento?

—Dice lo siguiente: «Si estás oyendo estas palabras, quiere decir que George Camden, o cuál sea su descendiente que lleva actualmente los asuntos Bencroft, te ha considerado digno. He dado a los Camden el derecho de tomar esta decisión porque me fío de ellos y porque sé que ya no estaré vivo para elegir personalmente al hombre digno de heredar mi más valioso bien: mi legado. Mi hijo único, Chilton, es absolutamente inaceptable. No tiene corazón, no tiene visión y no posee ningún talento excepcional, aparte de crueldad. Si este documento se lee en voz alta, quiere decir que han sido oídas mis plegarias y que los Bencroft pueden por fin enorgullecerse de tener un duque cuyo espíritu aventurero e inquebrantable fidelidad a sus principios y compromisos, que no a reglas de su propia invención, se asemejan a los míos. Pero el espíritu aventurero y la fidelidad a los compromisos no bastan. Debes poseer también instinto y astucia, cualidades que son tan innatas como el espíritu. Por lo tanto, te pongo esta prueba. Ante ti tienes un cofre cuyo contenido sólo conozco yo. Este es el vínculo con tu pasado, sin valor para muchos, no así para alguien como tú. Camden te entregará la llave. Es tu tarea abrir el cofre. Ábrelo y se te abrirán las puertas al legado de tu linaje. Fracasa y continuarán cerradas, a la espera de un aventurero y duque que aún no existe». —Camden guardó silencio un momento, y concluyó—: Firmado Geoffrey Bencroft, seis de agosto de mil setecientos cincuenta y ocho.

El interés de Julian había ido en aumento durante la lectura.

—Fascinante —comentó, volviéndose a sentar e inclinándose a mirar atentamente el cofre—. ¿Por qué resultaría difícil abrirlo?

—Tal vez porque no hay ningún ojo de cerradura visible —contestó Camden, entregándole el cofre y la llave—. Yo estuve examinándolo durante todo el trayecto hasta aquí. Si existe una cerradura, yo no logré verla.

—Eso significa que tenemos dos posibilidades —concluyó Julian—. O bien el que fabricó este cofre decidió dejar oculta la cerradura, o bien hay que abrirlo por algún otro medio, no con una llave.

—Examinó el cofre pasando la mano por la tapa curva en forma de bóveda, la base plana y las placas doradas que adornaban la parte delantera y los lados—. Hierro —dedujo, golpeando aquí y allá la superficie con los nudillos—. Muy grueso, de muchas capas. —Miró la llave y entrecerró los ojos, pensativo—. La llave hace juego a la perfección con el cofre, hasta en el dorado del ojo y la barra. Dudo que alguien se haya tomado el trabajo de construir estas dos cosas así si la llave fuera inútil, en especial tomando en cuenta que, según mi bisabuelo, para muchos no tendría ningún valor el contenido. Por lo tanto, abandono la segunda teoría en favor de la primera y supongo que es la llave la que abre el cofre. Ahora bien, en cuanto a la llave; la barra es corta y el paletón delgado. Eso significa que la parte donde está oculta la cerradura tiene que ser más delgada que el resto, es decir, se construyó con menos capas de hierro. Y puesto que no logro apreciar ninguna parte en que el metal sea más delgado... —Frunció el ceño y pasó los dedos por los bordes de las placas de adorno.

—¿Sí? —preguntó Camden.

—Entonces quiere decir que la cerradura para abrir este cofre está oculta debajo de una de estas placas decorativas, sin duda bajo una parte particularmente gruesa que ocultaría el hierro más delgado que hay debajo. —Nuevamente examinó el cofre, deteniendo la mirada en cada sección del adorno—. Mira esto —exclamó de pronto—. Hay cuatro tachones de adorno, uno en cada esquina del cofre; uno podría ser sólo la cabeza fijada. Los dos de abajo son bastante más voluminosos que los de arriba. Probemos con estos.

Dicho eso asió el de la izquierda y lo presionó suavemente intentando moverlo. No ocurrió nada.

Pero cuando presionó el de la derecha, le pareció que cedía un poco, deslizándose ligeramente hacia un lado. Eso lo convenció de que había encontrado lo que buscaba.

Intensificó la presión hacia ese lado y la cabeza de tachón se fue deslizando, deslizando, hasta que quedó a la vista la parte oculta.

Ahí estaba la delgada cerradura.

—Espléndido —musitó Camden, moviendo la cabeza maravillado.

—Todavía no —enmendó Julian—. No podemos cantar victoria mientras no hayamos abierto el cofre.

Introdujo la llave en la cerradura y la fue girando hasta que se oyó un clic. Entonces trató de levantar la tapa.

La tapa se levantó sin oponer resistencia.

—Ahora sí estamos seguros —proclamó Julian, sintiendo crecer su expectación, como una ola de marejada.

Camden se levantó bruscamente.

Julian levantó la cabeza.

—¿Henry? ¿Adónde vas?

—A casa. La orden de Geoffrey fue que el receptor de esta caja debe ver su contenido en privado. —Volvió a agitar la cabeza, maravillado—. Eres increíble, Julian. Todo lo que esperaba tu bisabuelo y más.

Julian se levantó también, aunque sin apartar la mirada del cofre.

—Nos veremos pronto.

—No hay ninguna prisa —dijo Camden, cogiendo su maletín y evitando mirar el cofre—. No hace falta que me acompañes, saldré solo. Buena suerte, Julian.

Cuando se quedó solo en la biblioteca, Julian fue a cerrar con llave la puerta y volvió a su asiento, y al cofre.

En su interior había dos cosas: una brillante daga con una ornamentada empuñadura sobre la cual estaba tallada la figura de un zorro, y un diario con las páginas bastante desgastadas. Echando apenas una somera mirada a la daga, Julian cogió el diario y comenzó a leer.

Al cabo de una hora, dejó el diario sobre la mesa, con la mente hecha un torbellino por todas las cosas de las que acababa de enterarse. Cogió la daga y la examinó de cerca, con un respeto nuevo para él, maravillándose de lo que representaba.

Lo que entrañaba era pasmoso, trascendente, no se limitaba sólo a los Bencroft.

Apoyó la cabeza en el respaldo del sofá y empezó a considerar sus opciones.

Y de pronto se extendió por su cara una ancha sonrisa.

Aurora entró en el dormitorio de Courtney y fue a sentarse en la mecedora:

—¿Era lord Guillford el que acaba de marcharse?

Courtney asintió, con la cara ensombrecida por la preocupación.

—Sí.

—¿Necesito preguntar a que ha venido?

—No.

—¿Dijo algo... inesperado?

Courtney contestó francamente, sin recurrir a ningún preámbulo:

—Sólo que lo habías horrorizado y avergonzado, y que probablemente será mejor, para todos, que continúes soltera, dadas las circunstancias.

—Vale decir que no sólo me ha llamado ramera sino además una marrana insensible que ha puesto descaradamente en ridículo a su hermano. —Exhalando un suspiro de frustración, se levantó, deseando poder deshacer todo lo ocurrido desde el momento en que salió de Pembourne la noche anterior—. Courtney, ¿qué puedo decir para hacerle más fácil esto a Slayde? ¿Qué puedo decirle para que me crea que no tenía la menor idea de que el hombre al que le pedí que me ayudara a deshonrarme era un Bencroft?

—Te cree. En cuanto a hacérselo más fácil, dudo que eso sea posible. No veas cómo se inquietó cuando se dio cuenta de que habías salido, sobre todo cuando los guardias encontraron tus huellas en la nieve y comprendió que no habías salido a hacer un paseo inocente hasta el faro a ver al señor Scollard, sino que ibas en dirección al pueblo. Entonces, cuando llegó al pueblo y se encontró con lady Altec, que estuvo encantada de explicarle que estabas en la taberna Dawlish, se hizo una idea de tus motivos.

—Tiene que haberse sentido furioso.

—Limitémonos a decir que ese fue un enfrentamiento que me alegra haberme perdido. Por lo que logré sonsacarle cuando volvió, diría que cuando entró en la habitación donde habías organizado tu encuentro íntimo ya estaba fuera de sí de preocupación. Y entonces va y te encuentra con Julian Bencroft. —Courtney puso los ojos en blanco—. Baste decir que esto es algo, mi impulsiva amiga, que no va a desvanecerse de la noche a la mañana. Sabes muy bien en que consideración tiene Slayde a los Bencroft.

—Igual que yo, el enemigo. Infierno y condenación —exclamó, irritada—. ¿Por qué no pudo ese hombre ser cualquier otro?

—Eso no lo sabría contestar. Pero, según lo que me has dicho, el hijo de Lawrence Bencroft se sorprendió tanto como tú cuando se enteró de tu identidad.

—Sí. Deberías haber visto la horrorizada expresión en su cara cuando dijo mi nombre; lo dijo como alguien pronunciaría un virulento juramento.

Courtney caminó hasta la ventana y al pasar junto a Aurora le dirigió una mirada sagaz.

—Lo dices como si te decepcionara esa reacción. Más aún, pareces decepcionada. —Llegando a la ventana, se giró a mirarla, se apoyó en el alféizar y se cruzó de brazos—. ¿Te importaría decirme algo acerca del nuevo duque de Morland? Supongo que tuvisteis unos momentos para hablar antes que la inminente llegada de lady Altec te impulsara a arrojarte en sus brazos. Ah, por cierto, eso me recuerda, ¿cómo es que oíste acercarse los pasos de la viuda y no oíste los de Slayde? A mí me parece que los de él sonarían mucho más fuerte y te resultarían más conocidos.

Aurora se ruborizó.

—Repito, ¿te importaría describirme a Julian Bencroft?

—De acuerdo, sí, es guapísimo —ladró Aurora—, y encantador, interesante y mundano. También es el hijo de Lawrence Bencroft.

—Y ¿ese abrazo y beso que interrumpió Slayde? ¿Fue tan representado como aseguras? —Acalló con un gesto de la mano sus balbuceos de protesta—. Aurora, es conmigo que estás hablando. Sé lo mala que eres para mentir. Por favor, la verdad.

Aurora fijó los ojos en la alfombra.

—Me siento tan tremendamente culpable, sobre todo por lo afligido que está Slayde. Pero no, el beso no fue fingido del todo. Ahora que lo pienso, tal vez no fue nada fingido. Pero en ese momento no pensé, sólo actué. No sé cuando terminó la representación y comenzó el placer. Lo único que sé es que me sentía como si me estuviera ahogando y no tenía ningún deseo de nadar. Nunca me imaginé... —se le cortó la voz.

Courtney se giró hacia la ventana y, sin darse cuenta, se colocó la palma en el abdomen para acariciar a su bebé, al recordar el momento exacto en que experimentó por primera vez los sentimientos que le describía Aurora.

—Comprendo —dijo—. Y antes, ¿de qué hablasteis?

—De aventuras, de viajar por el mundo, de libertad.

—¿Sí? —Courtney entrecerró los ojos para observar mejor el coche que iba dando la vuelta por el camino de entrada hasta detenerse delante de la escalinata de entrada—. Dime, Aurora, ¿es alto Julian Bencroft? ¿De pelo oscuro? ¿Viste ropa muy informal, al menos para un noble? ¿De movimientos muy ágiles?

—¿Le conoces? —preguntó Aurora, incrédula.

Courtney se giró y la miró con gesto evaluador.

—No, pero estoy a punto de conocerlo.

—¿Qué?

—Acaba de detenerse a la entrada un coche que lleva un blasón que, según recuerdo claramente por nuestros encuentros con el difunto duque, es el de la familia Bencroft. Por tu descripción, creo que el hombre que va caminando hacia la puerta es Julian Bencroft.

—Dios mío. —Aurora llegó como una bala a la ventana y el corazón le dio un vuelco, golpeándole las costillas, cuando vio la muy conocida figura, el pelo negro revuelto por el viento, los anchos hombros marcados por una camisa blanca de lino, sin corbata y desabotonada en el cuello—. Es él. ¿Qué demonios crees que ha venido a hacer aquí?

—Ni idea. —Courtney frunció los labios, considerando los posibles motivos de esa inconcebible visita—. Démosle tiempo para que hable de su asunto con Slayde. Después bajaré a enterarme.

Capítulo 3

*J*ulian comenzó a pasearse a lo ancho del vestíbulo de mármol, con las manos cogidas a la espalda, a la espera de la vuelta del mayordomo. El criado se había mostrado descaradamente grosero, pensó, bastante divertido. Ah, no al principio; su actitud sólo cambió cuando él se presentó. Tan pronto como oyó el apellido Bencroft, el remilgado mayordomo se puso rígido y se apresuró a informarle que el conde estaba muy ocupado y que sin duda no podría recibir a una visita no invitada. Y luego, después de dirigirle una glacial mirada, se alejó a anunciar su llegada.

Lo interesante sería saber si la evidente desaprobación del mayordomo se basaba en lo que sin duda ya había oído acerca del escándalo con Aurora la noche anterior, o se debía al simple hecho de que él era un Bencroft. Y aún más, ¿hasta qué profundidades llegaba ese viejo odio por parte del personal de Pembourne y, más en particular, de su señor?

Este interrogante lo llevó a contemplar el asunto desde sus diversos ángulos. Prácticamente no conocía a Slayde Huntley. Se habían cruzado sus caminos en Oxford y, más recientemente, en el White, en esas raras ocasiones en que uno de sus esporádicos viajes a Inglaterra coincidía con alguno de los igualmente infrecuentes viajes de Slayde a casa. Daba la impresión de que los dos eran vagabundos solitarios atormentados por los tristes ecos del pasado.

Ecos que los incitaban, ya fuera por un malestar natural o un deseo de evitar todo recordatorio de un pasado implacable, a eludirse mutuamente, a no intercambiar jamás algo más que un saludo inclinando la cabeza o una fugaz palabra al pasar.

A excepción de cuando murió Hugh.

Recordaba claramente la verdadera pena que vio en la cara de Slayde cuando se le acercó a ofrecerle sus condolencias, a pesar de la presencia y las pasmadas y curiosas miradas de sus compañeros de clase, muchos de los cuales medio creían cierta la antigua maldición del diamante negro y por lo tanto también creían en la posibilidad de que los Huntley fueran los responsables de la muerte de Hugh.

Ese fue un acto de valentía por parte de Slayde, un acto que demostraba carácter, decencia y compasión.

Un acto que él no olvidaría jamás.

Pero ya habían transcurrido trece años desde la muerte de Hugh, años marcados por una tragedia atroz. ¿Cuánto habría cambiado esa tragedia a Slayde y su actitud?

La respuesta a esa pregunta determinaría el tenor de esa entrevista, entrevista que él estaba cada vez más impaciente por tener.

Haciendo un viraje fue a asomarse al corredor que tomó el mayordomo y sintió la tentación de echar a andar solo por ahí hasta encontrar la habitación en que estaba Slayde. Pero no, esperaría. Porque si bien estaba decidido a conseguir su objetivo, sería mucho más fácil conseguirlo si le concedían una audiencia que si forzaba las cosas para que lo recibieran.

Justamente cuando acababa de tomar esa decisión, sintió los pasos del mayordomo que venía de vuelta. Un instante después reapareció el desaprobador criado.

—Su señoría le recibirá.

Eso lo dijo más como si fuera una sentencia de muerte que una invitación, observó Julian, sonriendo irónico para sus adentros.

—Le sigo.

El mayordomo lo condujo por un largo corredor y lo hizo pasar a un despacho con muebles de caoba.

Slayde Huntley, que estaba sentado ante su escritorio, se levantó lentamente y pareció prepararse para atacar, pero sus ojeras denotaban un inmenso cansancio, y unos surcos de preocupación le tensaban la boca.

—Pensé que Siebert estaba equivocado cuando dijo el nombre de mi visitante, pero veo que era yo el equivocado.

—Gracias por recibirme, Pembourne —repuso Julian—, aunque sea de mala gana.

—La pregunta es ¿por qué te recibo? Debo de estar loco.

—O tal vez sólo curioso.

Siebert intervino sorbiendo altivamente por la nariz.

—Puesto que no es necesario ningún refrigerio, volveré a mi puesto, señor —anunció y, luego de dirigirle otra glacial mirada, salió retrocediendo.

Julian no pudo reprimir su sonrisa sesgada.

—Tus criados son leales —comentó.

—Tienen motivos para serlo.

—Me inspira curiosidad la animosidad de tu mayordomo, ¿Siebert has dicho? ¿Se debe a que está ofendido por la indiscreción de anoche o es por el odio fundamental a los Bencroft?

Slayde apoyó las manos en el borde de su escritorio.

—Tal vez se deba a ambas cosas. ¿A qué has venido, Morland?

Sin el menor asomo de incomodidad, Julian fue hasta el aparador y se sirvió una copa de Madeira.

—¿Te apetece una?

—No.

Julian bebió un saludable trago y se apoyó en el aparador, observando a Slayde y evaluando su reacción.

—Antes de comenzar, permíteme que deje clara mi posición en un asunto nada agradable, uno que siempre evitamos esmeradamente, tal como nos eludimos mutuamente. Nunca he aprobado esta eterna guerra entre nuestras familias. Nunca ha sido mi intención participar en esta guerra. No sé cuál es tu posición en este asunto. Sé que detestabas a mi abuelo y, en una menor medida, a mi padre. Pero ¿tengo razón al suponer que antes de lo que ocurrió anoche no tenías nada en mi contra personalmente?

Se ensombreció la cavilosa expresión de Slayde.

—No sé qué contestar a eso. No, no tenía nada contra ti personalmente, hasta anoche. Pero eso no significa que olvide ni por un momento que eres hijo de Lawrence Bencroft.

Julian no había esperado nada menos.

—A pesar de ese hecho, te agradecería que dejaras de lado tu hostilidad el tiempo suficiente para escucharme.

A Slayde se le movió un músculo de la mandíbula.

—Pides mucho, Morland. Las falsas acusaciones de tu padre nuevamente han convertido mi vida en un caos y han puesto a mi familia en peligro. Estoy tratando de mantenerla a salvo. Y justo cuando había asegurado el futuro de Aurora, va ella y se escapa para poner en escena su deshonra. Y ¿el hombre que la deshonra? El último de los Bencroft, justamente el hombre cuya familia ha intentado destruir a la mía desde hace casi un siglo. Así que me perdonarás si no me muestro muy hospitalario. En cuanto a escucharte, sólo lo haré porque Aurora asegura que tú ignorabas tanto su identidad como ella la tuya. Sin embargo, ten presente que después que hayas dicho lo que sea que quieres decir, te retaré a duelo, no porque seas un Bencroft sino porque eres un canalla inmoral.

—Muy bien. —Asintiendo tranquilamente, Julian se bebió el resto del Madeira—. Pero te das cuenta, supongo, de que con eso darás a los chismosos como lady Altec exactamente las municiones que desean.

—Dudo que esos puedan hacerle a Aurora más daño del que ella ya se ha hecho.

—Puede que tengas razón. De todos modos, no será necesario un duelo.

—No estoy de acuerdo, así que decide la hora y el lugar.

—¿La hora? Lo antes posible. ¿El lugar? Cualquier iglesia irá bien. Incluso la capilla de Pembourne si lo prefieres.

—¿Quieres batirte en duelo en una iglesia? —preguntó Slayde, desconcertado.

—No, deseo casarme con tu hermana en una capilla.

Slayde dejó salir el aliento en un resoplido.

—¿Qué has dicho?

—Creo que he sido muy claro. He venido a pedir la mano de Aurora. ¿Tan sorprendente es eso? Al fin y al cabo soy el hombre que la deshonró para el vizconde... ¿El vizconde...? —Lo miró, interrogante—. ¿Quién es el que se iba a casar con ella, por cierto?

—Guillford —contestó Slayde automáticamente, su expresión la imagen misma de una pasmada incredulidad.

—¿Guillford? —repitió Julian. Movió la cabeza de lado a lado y, emitiendo un bufido despectivo, comenzó a pasearse por la sala—. No me extraña que Aurora estuviera tan empeñada en librarse del compromiso con él. Guillford es un hombre bastante agradable, he jugado muchas veces al whist con él, pero es tan interesante como una tela sin pintar. ¿No te das cuenta de lo inconveniente que es para tu hermana?

—Morland, ¿es que has perdido totalmente el juicio? ¿O esa es tu idea de una broma cruel y maligna?

Julian dejó de pasearse y fue a inclinarse sobre el escritorio al frente de Slayde.

—No bromeo con mi vida, Pembourne. Tampoco reniego de mis responsabilidades, al menos de las que considero dignas de llevar sobre mis hombros. ¿Te sorprende? No te sorprendas. La verdad es que no sabes ni una maldita cosa sobre mí ni sobre mis principios. Lo único que sabes es lo que sea que te has convencido que son las características Bencroft. Ahora pasemos a Aurora. Te preocupa su futuro, y con buen motivo. La mayoría de los hombres convenientes de la alta sociedad o están casados o les aterra el apellido Huntley. Y una vez que lady Altec haya propagado la noticia, lo que hace extraordinariamente bien, según me han dicho, los pocos posibles pretendientes se desvanecerán como la niebla. Lo cual me recuerda, por cierto, ¿ya ha retirado su proposición el muy decoroso vizconde Guillford? Si no, no me cabe duda de que lo hará tan pronto como su cochero pueda traerlo a toda prisa a la casa Pembourne. Ahora, veamos. Aurora, ¿qué edad tiene?, ¿cerca de veintiún años? Me parece que sus perspectivas matrimoniales son bastante negras.

—¿Así que has venido aquí a sacrificarte? —espetó Slayde, con la cara contraída y pálida por la furia—. Qué nobleza. Y qué increíble. ¿Que deseas en realidad, atormentarme?

—No, deseo a Aurora. La deseé en el mismo instante en que la vi. Antes de saber que era una Huntley, e incluso antes de saber qué demonios estaba haciendo en esa taberna. Es una mujer muy hermosa, cautivadora. Una mujer a la que, para que conste, yo no tenía la menor intención de llevarme a la cama. Tampoco ella me lo pidió, por cierto. Por el contrario, me dejó muy clara su inocencia, desde el primer momento. Lo único que deseaba era hacer una representación para librarse de un compromiso indeseado.

A Slayde ya le había vuelto el color a la cara y estaba observando a Julian con expresión reservada.

—Lo dices en serio, ¿verdad?

—Sí. Ahora bien, la pregunta es, ¿vas a prohibir el matrimonio porque soy un Bencroft? Si es así, eres un tonto. Yo no soy mi padre ni mi abuelo. Me marché de esa casa hace seis años por un motivo, y con la intención de no volver jamás. Pero las circunstancias cambiaron esa decisión. Por lo tanto estoy aquí, por ahora.

—Por ahora. Qué tranquilizador. Después te marcharás otra vez, a recorrer el globo, supongo.

—Dentro de un tiempo, sí.

—Y ¿qué hará Aurora? ¿Estar prisionera en Morland? Ya sufre bastante siendo prisionera aquí, y eso que Pembourne es su hogar.

Una inesperada sonrisa curvó los labios de Julian.

—Si mis sospechas respecto a Aurora son correctas, andará recorriendo el mundo a mi lado.

—No seas tan condenadamente presumido. Aurora acompañaría al mismo diablo con el fin de llevar una vida de aventuras.

A Julian le brillaron los ojos.

—No me cabe duda de que tienes razón. Afortunadamente, yo no soy el diablo. Además, y a riesgo de parecer arrogante, creo que lo que la estimularía a acompañarme no sería solamente su deseo de aventuras. Y si vas a preguntarme cómo sé eso, no lo preguntes. No te gustará la respuesta.

Slayde apretó las manos en puños.

—Bastardo cabrón.

—Lamentablemente no soy un bastardo. Soy un legítimo Bencroft. Pero eso ya ha quedado bien establecido. —Dejó la copa sobre el escritorio haciéndola sonar adrede—. Escucha, Pembourne. Te daré un montón de razones para demostrarte por qué deberías considerar mi proposición. En primer lugar, ocurre que soy el hombre al que se acercó Aurora, el hombre que finalmente la ayudó a deshonrarse. En segundo lugar, conozco mejor que nadie las consecuencias de la ridícula maldición del diamante negro. Una multitud de rufianes están empeñados en encontrar esa piedra, sin pararse ante nada, empleando todos los medios de que disponen. Deseas que Aurora se marche de Pembourne, que esté bien cuidada y segura. Lo estaría.

Para empezar, ya no sería una Huntley, por lo tanto ya no sería un blanco para ladrones, o algo peor. Además, permíteme que te asegure que nadie, repito, nadie, de quien sea yo responsable ha sufrido daño jamás. Aurora estará totalmente protegida, en todo momento, por mí. Ahora, en cuanto a la seguridad económica. Mi padre despilfarró su dinero. Yo no. Soy lo bastante rico para ofrecerle a Aurora todos los lujos que desee. También puedo darle el elevado título de duquesa, aun cuando este sea de Morland. —Arqueó una ceja—. Imagínate la deliciosa conmoción que causaríamos; después de todos estos años, unir nuestras familias. Eso sólo lo hace digno de consideración, aun si no existieran todos los espléndidos motivos que acabo de enumerar.

—Y los deseos de Aurora, ¿qué? ¿Dónde encajan estos?

—Al parecer no te importaron sus deseos cuando arreglaste su compromiso con Guillford.

—Esto es diferente.

—Y tanto que lo es. Aurora no lo deseaba. A mí sí me desea.

—¿Tan seguro estás?

—¿Por qué no se lo preguntamos a ella? —sugirió Julian haciendo un amplio gesto con el brazo—. Hazla venir a tu despacho. Dile lo de mi proposición. Y luego dame media hora para hablar con ella, a solas. Después de eso me marcharé y le daré tiempo para que considere sus opciones. Si estoy equivocado, si ella me rechaza, puedes retarme a duelo y matarme de un disparo, o por lo menos intentarlo.

Slayde estuvo un buen rato en silencio, simplemente mirándolo. Finalmente asintió.

—Muy bien, Morland. Juguemos según tus reglas. Le diré a Siebert que haga llamar a Aurora.

Cuatro minutos después, Aurora golpeó suavemente la puerta y entró en el despacho.

—¿Querías verme?

Slayde se levantó.

—No, en realidad es mi visitante el que desea verte. —Hizo un gesto con la cabeza hacia el aparador, donde estaba apoyado Julian, observando la entrada de ella—. ¿Recuerdas al duque de Morland?

Las mejillas de ella se tiñeron de rojo, pero miró a los ojos a Julian sin encogerse.

—Sí, le recuerdo. Buenas tardes, excelencia.

Julian sonrió ante ese saludo tan formal. Se enderezó y avanzó hasta detenerse ante ella, lo bastante cerca para hacer destacar los vibrantes visos de sus cabellos oro rojo en contraste con el pelo negro de él.

—Lady Aurora —saludó, cogiéndole la mano y levantándosela lentamente hasta sus labios—. ¿Cómo está?

Ella bajó la cabeza y por su cara pasaron una miríada de emociones.

—Igual que estaba la última vez que me vio —logró contestar—. Uno no cambia de la noche a la mañana.

Él le rozó el dorso de la mano con los labios. La oyó retener el aliento.

—¿No?

—Aurora, el duque ha venido a pedir tu mano —dijo Slayde, sin ningún preámbulo.

—¿Por qué? —preguntó ella, con sus ojos turquesa agrandados por el asombro.

Julian ensanchó la sonrisa.

—Creo que eso es evidente.

—No, no lo es —exclamó ella, retirando bruscamente la mano—. No soy una patética niña desamparada que necesite un hogar. Tampoco se me debe rescatar de las consecuencias de mi temeridad. Usted no fue el responsable de... del episodio de anoche. Yo sí. No hay ninguna necesidad de que haga enmiendas.

—¿Enmiendas? —Mirando las chispas doradas que titilaban en los ojos de Aurora, Julian se sorprendió pensando si su plan no le reportaría mucho más de lo que había imaginado—. Le aseguro que hacer enmiendas sería la última expresión que se me ocurriría emplear para definir mis intenciones. Eso denotaría pesar o arrepentimiento, lo cual no siento en absoluto. —Interrumpió el discurso, resuelto a que esa conversación continuara en privado, por muchos motivos. Se volvió hacia Slayde—. Acordamos que podría hablar con tu hermana a solas.

—Sí —concedió Slayde—. ¿Tienes alguna objeción? —le preguntó a Aurora.

Ella dio la impresión de que nada le gustaría más que poner algunas objeciones. Pero al final ganó la curiosidad.

—No, ninguna.

—Muy bien. —Dirigiéndose a la puerta, Slayde abrió su reloj y miró la hora—. Treinta minutos. Estaré en el corredor.

Julian esperó hasta que el suave clic del pestillo de la puerta indicó que estaban solos. Entonces volvió su atención a Aurora, que estaba examinándolo sin ningún disimulo y con expresión recelosa. Era más hermosa de lo que recordaba, se dijo en silencio. Su semblante parecía vibrar de vitalidad y su figura, aunque menuda, era seductoramente curvilínea, como revelaba el ceñido corpiño de su vestido de mañana, sus ojos tan brillantes y vivos como turquesas sin mácula y su pelo parecía una brillante nube de oro rojo.

El matrimonio comenzaba a resultarle infinitamente atractivo.

—¿Por qué me mira tan fijo? —preguntó ella, interrumpiendo sus pensamientos.

A él se le levantó una comisura de la boca.

—Yo podría hacerte la misma pregunta. En mi caso, te miro porque eres hermosa. Y ¿tu motivo?

—Bueno... simplemente porque me ha sorprendido verle. Y estoy más sorprendida aún por su proposición. Y estoy esperando una explicación.

Él se echó a reír.

—No estás sorprendida de verme. Me viste llegar desde la ventana de tu dormitorio.

Ella lo miró boquiabierta, admisión tan clara como si la hubiera expresado en voz alta.

—¿Está seguro de que su apodo Merlín viene del halcón y no del mago? Parece que no hay nada que no sepa.

—Estoy seguro —dijo él, volviendo a cogerle la mano y besándole la palma—. Y hablando de halcones, ¿cómo es que sabes tanto sobre el merlín?

—Mi bisabuelo criaba halcones. Nuestra biblioteca está llena de libros acerca de ellos. Nunca salgo de Pembourne, así que tengo horas y horas sin fin para leer. ¿Por qué quiere casarse conmigo?

Su franqueza era casi tan cautivadora como su belleza, pensó él.

Y esa revelación le daba otra pieza más de un rompecabezas que iba aumentando en complejidad, y que él estaba resuelto a resolver.

—¿Por qué quiero casarme contigo? —musitó, sincero—. Por muchos motivos. —Le besó el interior de la muñeca—. Este es uno.

—Pare. —Retirando bruscamente la mano, la apoyó en los pliegues de la falda de su vestido lila y echó atrás la cabeza para mirarlo a los ojos—. Excelencia...

—Julian —enmendó él—. Ya nos hemos tuteado.

—Julian. Por lo que sé de ti, eres un hombre muy independiente, que se pasa la vida navegando por el mundo en una aventura tras otra. Además, a juzgar por la reacción de la camarera anoche, por la forma como te miraba, dudo mucho que tengas dificultad para encontrar compañía femenina bien dispuesta.

—Observo que aún no has aludido al hecho de que soy un Bencroft.

—Iba a llegar a eso. Tu apellido, y el mío, son las mejores razones para mantenernos lo más alejados posible. Entonces, ¿por qué me pides la mano?

Esa viveza, esa vitalidad, ese candor..., era la mujer más inocentemente excitante que había conocido, pensó él. Le cogió un mechón de pelo y lo frotó entre los dedos, saboreando su sedosa textura, muy consciente de que no lograba resistirse a tocarla.

—¿Aparte del insignificante detalle de que nos soprendieron en una habitación de esa taberna, solos, sentados en la cama y abrazados? —Sonrió—. Muy bien, Rory, exploremos mis motivos aprovechando esa extraordinaria sinceridad tuya. ¿Puedes decirme que no sentiste lo mismo que sentí yo cuando nos besamos?

—Y ¿tú puedes decirme que nunca antes habías sentido eso?

—Sí, puedo decirte que nunca había sentido eso —contestó él seguro de que era cierto.

Aurora le escrutó la cara, como si quisiera evaluar su sinceridad y sus motivos.

—¿Quieres que concrete más? —preguntó él, con la voz ronca—. Muy bien, en el instante mismo en que toqué tu boca con la mía, estallé en llamas. No podía parar, deseaba más, más, sentir tu sabor, tu aroma, la sensación de tenerte en mis brazos. Perdí toda noción del tiempo y la realidad, hasta tal punto que dejó de existir el mundo.

Sólo existías tú. Ni siquiera oí los pasos de tu hermano cuando se acercaba.

—Yo tampoco —reconoció ella en voz baja, su tono más de extrañeza o maravilla que de vergüenza—. Sentí todo lo que has dicho, y más. Pero, excelen..., Julian, eso no es una base para un matrimonio.

—No, pero es un comienzo fabulosamente bueno, sobre todo si tomamos en cuenta que ese beso tuvo por consecuencia un escándalo de proporciones mucho mayores de las que imaginaste cuando entraste en esa taberna.

—Sí —suspiró Aurora—, eso. Soy demasiado impulsiva. Ese es mi peor defecto, bueno, uno de mis peores defectos.

—Me hace muchísima ilusión descubrir los otros —dijo él, deslizándole la palma por el cuello para acariciarle la nuca—. Aurora, no eres una cobarde. No huyas de mí. Te daré todo lo que deseas, libertad, aventura, emoción, excitación —le rozó los labios con los de él—, pasión. Te abriré las puertas a un mundo de cuya existencia no sabías, que ni siquiera te has imaginado. Lo único que tienes que hacer es decir sí.

Aurora se apartó, visiblemente desgarrada entre el deseo y el pragmatismo.

—Somos prácticamente unos desconocidos.

—Una palabra tuya cambiará eso.

Ella hizo una inspiración entrecortada.

—¿Slayde ha aceptado esto? A pesar del escándalo, el implacable odio que siente por tu familia excluiría la posibilidad...

Se apartó del contacto de él y le dio la espalda.

—Continúa —la instó él, observando su espalda rígida, consciente al mismo tiempo de que ese era un tema que debían tratar, por muchos motivos.

—Ya han transcurrido casi once años desde que asesinaron a mis padres —continuó ella—. No me cabe duda de que conoces todos los pormenores, no fueron ningún secreto. Slayde los encontró tirados en el suelo en medio de un charco de sangre. Los mataron atravesándolos con una espada. Y ¿por qué? Por la posesión de un diamante que ellos no habían visto en su vida y mucho menos robado. Una joya que los Bencroft aseguraban que estaba en nuestro poder. —Se le cortó la voz, pero la recuperó—: Mi pobre e implacable hermano. Ya antes era de carácter difícil, severo, reservado, terriblemente independiente. Desde ese día esos rasgos se intensificaron más del doble o el triple, como también su desasosiego. Asumió el papel de tutor mío con un ardor rayano en la obsesión, y me encerró aquí en medio de un enjambre de guardias pagados para asegurar que yo nunca saliera de la propiedad, mientras él viajaba por el mundo y volvía a Pembourne con la menor frecuencia posible.

—Eso tiene que haber sido muy doloroso para ti —comentó Julian dulcemente, imaginándose a la niñita asustada que acababa de perder a sus padres y tenía que llorarlos sola, sin el consuelo de un hermano que no tenía nada para ofrecerle—. Muy doloroso y muy difícil.

—Sí, todo eso. No sólo la muerte de mis padres sino también el terror de saber que el asesino andaba suelto por ahí, como también otros que eran capaces de matar para descubrir y apoderarse del diamante negro. Lo peor de todo era la soledad. Ah, sí que entendía la motivación de Slayde, pero eso no me hacía más soportable la soledad y el aislamiento. Si no hubiera tenido al señor Scollard, creo que me habría vuelto loca.

—¿Quién es el señor Scollard?

—El farero del faro Windmouth, y mi más querido amigo, es decir, aparte de Courtney. La llegada de Courtney a nuestra vida lo cambió todo —continuó, en un tono impregnado de cariño—. Para Slayde y para mí. Ella nos trajo amor, permanencia, nos convirtió en una familia. También consiguió una tregua en el peligro, declarando públicamente que el diamante negro no estaba en poder de los Huntley. Debido a esa inteligente táctica, sumada al milagro de su amor y ahora al hijo que espera, Slayde cambió, se ablandó, y por fin aflojó en su obsesiva necesidad de tenerme envuelta en un capullo de seguridad. Hasta ahora —añadió cerrando las manos en puños a los costados—, en que las delirantes y falsas acusaciones de tu padre han reencendido esa obsesión. Todo comenzó de nuevo, las notas de extorsión, las amenazas, los intentos de robo...

—Aurora —la interrumpió, cogiéndola por los hombros y girándola hacia él—, nosotros podemos poner fin a todo eso.

—¿Cómo?

—Permíteme que antes de contestar tu pregunta, diga lo siguiente. Sé que durante años Slayde creyó que mi abuelo mató a tus padres. Pero, como sabemos ahora, estaba equivocado. Ya han cogido y castigado a la culpable del asesinato.

—Eso no puede deshacer diez años de tormento. Cierto que Chilton no cometió los asesinatos, pero eso fue de lo único que se refrenaron él y Lawrence. Vivían arrojando su virulento odio por todas partes y de todas las formas posibles, en los asuntos de negocios, en público. Incluso en privado, directamente a la cara de mi padre, el mismo mes que murió, jurando que se vengarían, jurando que lo harían pagar todos los reveses que había sufrido tu familia, de los que mi padre no era más responsable que de la muerte de tu hermano, aunque Dios sabe que Lawrence proclamó que su muerte también era obra de los Huntley. No se paraban ante nada. Chilton y Lawrence consagraron sus vidas a denigrar a mi familia. Lo peor de todo es que inventaron y perpetuaron la falsedad de que nosotros teníamos el diamante negro. Y acabo de explicarte las consecuencias de esa flagrante mentira. Por lo tanto, no, Slayde no los perdonará jamás. Y yo tampoco.

—No los perdonará jamás —repitió Julian, ahuecando la mano en su mentón y levantándole la cara hasta que ella lo miró a los ojos—. Tal vez esa es la respuesta a tu pregunta sobre por qué Slayde permitiría que te cases conmigo. Tal vez tu muy sagaz hermano reconoce que yo no soy ni mi padre ni mi abuelo. Soy yo, muy mío, con mis propios principios. —Guardó silencio un momento, para darle peso a sus palabras y hacerlas llegar—. No podemos deshacer el pasado, Aurora, pero estoy absolutamente seguro de que podemos cambiar el futuro. Los dos. Que lo hagamos o no, depende de ti. —Nuevamente vio pasar emociones contradictorias por su hermosa cara—. Cásate conmigo, Aurora —la instó dulcemente.

—¿Slayde ha dado su aprobación?

—Te ha dejado a ti la decisión.

—Y ¿si yo no acepto?

—Entonces me retará a duelo y me matará de un disparo.

Eso le ganó una pícara sonrisa.

—Da la impresión de que soy yo la que te va a rescatar a ti, excelencia.

—¿Eso significa sí?

La sonrisa se desvaneció y fue reemplazada por una expresión pensativa.

—Has dicho que podemos cambiar las cosas, enmendar el futuro. Esos «muchos motivos» que tienes para desear este matrimonio, al margen del honor y la atracción física, ¿cuáles son?

Ese era el momento de la verdad, el momento que Julian había estado esperando, con entusiasmo y temor por partes iguales. No tenía idea de cómo reaccionaría Aurora.

Pero estaba a punto de descubrirlo.

—Sentémonos. —La llevó hasta el sillón y se sentó en el borde del escritorio, de cara a ella—. Me arriesgo al darte esta información —dijo francamente—. Por el momento, soy el único que la sabe. Pero estoy dispuesto a correr ese riesgo porque creo que a ti te interesará y fascinará esta verdad tanto como a mí, y sentirás el mismo entusiasmo por actuar según ella.

Ella arqueó sus delgadas cejas.

—¿Qué verdad?

—Primero debes prometerme que no le repetirás esto a nadie.

—Julian —dijo ella, sorprendida—, sólo nos conocimos anoche. ¿Cómo podrías creer en mi promesa?

—Llámalo instinto, intuición.

—¿Has olvidado que soy una Huntley?

—Ni por un momento.

—Yo tampoco olvido que eres un Bencroft.

—Cuento con eso.

Ella lo miró totalmente perpleja.

—No lo entiendo.

—¿Me das tu palabra de que no le dirás a nadie lo que te diga? Esto se me reveló a mí y ahora yo te lo revelaré a ti, pero es absolutamente necesario que quede entre nosotros este conocimiento. Si los detalles se revelaran a una persona que no debe saberlos, si la situación se lleva de manera incorrecta, el futuro podría ser aún más negro que el pasado. Pero si se lleva de la manera correcta, podemos deshacer mucho daño, quitarnos de los hombros una maldición que ha durado sesenta años, y transformar a unos sinvergüenzas en héroes.

Aurora se tensó.

—Esto tiene que ver con el diamante negro, ¿verdad?

—Tu promesa, Aurora.

—La tienes. —Se inclinó hacia él con los ojos como platos—. ¿Sabes dónde está el diamante?

—Todavía no. Pero lo sabré. Y antes que lo preguntes, esto no tiene nada que ver con la investigación que había iniciado mi padre. Eso es otra cosa totalmente distinta.

—Dímelo.

—¿Has oído hablar del Zorro y el Halcón?

A Aurora se le iluminó la cara.

—¡Por supuesto! Algunas de las leyendas más maravillosas del señor Scollard giran en torno a ellos y a sus osadas hazañas. El señor Scollard es una especie de visionario, o vidente. Tiene unos dones de lo más extraordinarios, por ejemplo, repentinas visiones del pasado y del futuro. En todo caso, me ha contado historias mágicas desde que yo era una cría. Y las de los misteriosos Zorro y Halcón estaban entre mis favoritas. El Zorro, astuto, inteligente; el Halcón, preciso, letal. La intrepidez, la audacia con que se lanzaban al peligro, se zambullían en emocionantes aventuras. Como aquella vez que recuperaron ese inmenso bergantín inglés que habían capturado unos sanguinarios piratas, cómo calcularon la ruta que seguía el barco, cómo lo abordaron sigilosamente por la noche y ya habían derrotado a los asombrados piratas antes del alba. Ah, y aquella vez que se embarcaron en la búsqueda del arcón con joyas que unos contrabandistas habían llevado desde China a...

—Ceilán —terminó él.

—Ceilán —repitió Aurora, mirándolo maravillada—. O sea, que esas historias son ciertas. Eso es lo que quieres decir, ¿verdad? Pero claro que son ciertas —continuó, sin detenerse para respirar, y mucho menos para esperar la respuesta—. ¿Quién mejor que tú lo sabe? Eres un aventurero, igual que ellos. Has viajado por todo el mundo, has oído montones de historias increíbles, y sabes distinguir entre las auténticas y las inventadas. Le dije a Slayde que estaba equivocado; los relatos del señor Scollard son mucho más que leyendas o cuentos de hadas. Lo son, ¿verdad?

Entonces sí paró de hablar, y se lo quedó mirando como un esperanzado cachorrito. Y no la decepcionaría, pensó Julian. Lo que él le iba a revelar le haría volar la imaginación a alturas increíbles.

—Sí, Aurora, las historias del señor Scollard acerca del Zorro y el Halcón son mucho más que cuentos de hadas. —Le cogió las manos, tratando de transmitirle la importancia de su inminente revelación—. Sus historias son verdaderas, pero incompletas. El Zorro y el Halcón eran aventureros, sí, pero la verdadera finalidad de sus diversas empresas era mucho más de fondo, trascendía con mucho el deseo de emoción y aventura. Eran agentes especiales del rey Jorge segundo, y trabajaron para él entre los años mil setecientos treinta y nueve y mil setecientos cincuenta y ocho en diversas y delicadas misiones. Viajaban por el mundo recuperando tesoros robados, rescatando barcos ingleses, en fin, las historias son muchísimas, ilimitadas. Trabajaban rápido, con inteligencia y, como es de suponer, anónimamente, y a eso se debe que nadie se enterara jamás de los detalles de sus fascinantes hazañas, hasta ahora.

—Hasta ahora, y hasta ti —musitó Aurora, su fascinación moderada por el asombro—. ¿Cómo descubriste todas esas cosas que todos ignoraban? Y por fascinada que esté, ¿qué tienen que ver el Zorro y el Halcón con el diamante negro?

—Ya iba a llegar a eso. En mil setecientos cincuenta y ocho, el rey les ordenó que emprendieran la búsqueda del diamante negro. El objetivo no era entregar el diamante al príncipe ruso que ofrecía una recompensa por su recuperación, sino devolverlo a su lugar legítimo en el templo sagrado de India de donde lo habían robado siglos atrás.

—Una muy buena intención, pero ¿por qué el rey Jorge los envió a realizar esa misión? La desaparición del diamante no tenía ninguna consecuencia para Inglaterra.

—Ah, pues sí que la tenía. Piensa en lo que estaba ocurriendo en India en ese tiempo. El año anterior Gran Bretaña había restablecido su supremacía en Bengala, en la batalla de Plassey. Había conflictos. Entre los naturales de ahí se había corrido el rumor de que eran los ingleses los que habían robado la joya hacía todos esos años, y que mientras no se devolviera el diamante imperarían la sangre y la muerte en Bengala.

—Comprendo —dijo Aurora, asintiendo pensativa—. Entonces, por el bien de todos, ojalá el Zorro y el Halcón no hubieran fracasado en su misión.

—No fracasaron —explicó Julian, y la vio arrugar la frente, confundida—. Al menos no fracasaron en encontrar lo que buscaban. Lo que no consiguieron fue llevar hasta el final su cometido.

—Ahora sí que me he despistado. Yo creía que fueron nuestros bisabuelos los que encontraron el diamante negro.

—Y fueron ellos.

Aurora lo miró en silencio y, de pronto, al golpearla la comprensión, se levantó de un salto.

—Julian, ¿quieres decir...?

—Quiero decir que Geoffrey Bencroft y James Huntley eran el Zorro y el Halcón.

Capítulo 4

*P*asmada, Aurora volvió a sentarse en el sillón.

—Creo que es hora de que me digas cómo, dónde, has descubierto esto.

Julian se inclinó a apartarle de la mejilla un cobrizo mechón de pelo.

—Esa es mi intención. Hoy he heredado el diario de mi bisabuelo, en que explica todo lo que acabo de contarte, y mucho más.

—Pero ¡entre tú y Geoffrey hubo dos generaciones de Bencroft! ¿Por qué tu padre ni tu abuelo se enteraron de nada de esto?

—Porque mi bisabuelo decidió que ellos no lo supieran.

Entonces pasó a explicarle lo de la carta y el cofre que le había entregado Camden y el contenido de cada uno.

—¡Dios mío! —exclamó Aurora, moviendo de lado a lado la cabeza y tratando de asimilar lo que acababa de oír—. Todos estos años... el odio entre nuestras familias, el rencor, el encarnizamiento, las acusaciones...

—Se podrían haber evitado —concluyó Julian—. Nunca existió el engaño ni la animosidad que todos creíamos que puso fin a la amistad de nuestros bisabuelos. Geoffrey y James eran socios, compañeros, en el sentido más verdadero de la palabra, unidos por la lealtad entre ellos y a Inglaterra. Era imposible la traición entre ellos.

—Pero ¿qué fue mal, entonces? —preguntó ella—. ¿Por qué,

cuando encontraron el diamante negro, mi bisabuelo abandonó al tuyo y se vino a Inglaterra?

—No lo abandonó. —Julian frunció el ceño, tratando de visualizar la última anotación que leyó en el diario—. Antes de partir para su misión, entre los dos hicieron sus cálculos y llegaron a la conclusión de que el ladrón había escondido el diamante en una de las montañas del Tíbet, y allí seguía, pues este ladrón murió antes de poder volver a recogerlo. Suponiendo que hicieron todo tal como lo habían planeado, salieron de Inglaterra en barco, en sus papeles de mercenarios que iban en busca de aventura y una inmensa riqueza; nadie sabía quiénes eran realmente ni que estaban a punto de recuperar el diamante negro para devolverlo. Sabían que, lamentablemente, no eran ellos los únicos que andaban peinando los Himalayas. Había allí varios corsarios buscando la piedra con el fin de cobrar la recompensa. Según el diario, el plan del Zorro y el Halcón era encontrar el diamante y luego despistar a los demás simulando que habían fracasado. James se traería el diamante a Inglaterra, supuestamente fastidiado por su fracaso, pero en realidad para esconderlo hasta que regresara Geoffrey. Mientras tanto Geoffrey se quedaría allí dos semanas más, simulando que continuaba la búsqueda, pero en realidad para estar al tanto de lo que hacían los corsarios y procurar que estos se convencieran de que aún no se había encontrado el diamante. Entonces volvería a toda prisa a Inglaterra. Y una vez reunidos, irían los dos a entregar la piedra al rey Jorge.

—La astucia de Geoffrey, las tácticas precisas de James —musitó Aurora—. Extraordinario, y en más de un sentido. Al marcharse de allí por separado no sólo convencían a los otros de que aún no se había encontrado el diamante, sino que también aumentaban las posibilidades de escapar con éxito los dos. Así obligaban a los que quisieran seguirlos a separarse también, para seguirle la pista a cada uno. Al fin y al cabo, si sospechaban que habían encontrado el diamante, no tenían manera de saber cuál de los dos lo tenía, si Geoffrey o James. El plan era muy inteligente.

—Como ellos —añadió Julian.

—O sea, que mi bisabuelo escondió el diamante y después murió, al estrellarse contra las rocas al pie de un acantilado de Darmouth. —Aurora bajó la cabeza, pensativa—. ¿Alguien lo empujó?

—Es probable que esa pregunta quede siempre sin respuesta. Al poco tiempo se corrió el rumor de que James se había apoderado subrepticiamente del diamante y vuelto a Devonshire con él. Pero ¿que alguien lo mató para hacerse con él? Eso nunca lo sabremos de cierto.

—Pero sí sabemos que Geoffrey murió de una fiebre cuando venía de regreso a Inglaterra en barco, y que con él murieron los últimos vestigios del Zorro y el Halcón. —Levantó la cabeza y lo miró interrogante—: ¿Por qué el rey Jorge no reveló la verdad en ese momento, por lo menos a nuestras familias? Eso habría explicado muchísimo y evitado más aún.

—En primer lugar, dudo que el rey supiera que James y el diamante estaban en Inglaterra. Si lo hubiera sabido, habría hecho encontrar a James para exigirle que se lo entregara. Pero ten presente que el acuerdo entre nuestros bisabuelos era ir juntos a entregarle el diamante al rey. Por lo tanto, estoy dispuesto a apostar que James comunicó su regreso a muy pocas personas y, lógicamente, no le dijo nada a nadie sobre el paradero del diamante. Y luego murió, menos de una semana después de su regreso. En cuanto a por qué el rey no reveló la verdad acerca del Zorro y el Halcón después que los dos murieron, mi suposición es que no se atrevió a correr el riesgo. Al fin y al cabo, el Zorro y el Halcón no consiguieron devolver la joya, sólo la encontraron. Si se hubiera dado a conocer su misión, a muchos les habría parecido que Inglaterra pretendía quedarse con la joya, y con la fortuna que generaría. Además, el propio rey murió menos de dos años después, lo que excluyó cualquier posibilidad de que con el tiempo cambiara de opinión.

—Entonces el Zorro y el Halcón pasaron a ser una simple leyenda, hasta hoy.

—Exactamente.

Aurora se reclinó en el respaldo del sillón, y su cara reflejaba más entusiasmo que aturdimiento ante esta revelación.

—Es increíble todo esto —musitó.

—Las otras historias son igualmente increíbles. Cada una de las misiones que explica mi bisabuelo en el diario es una fascinante aventura. Cuando leas ese diario...

—¿Puedo? —interrumpió Aurora al instante—. ¿Podría leer el diario?

Julian había estado esperando esa pregunta.

—Mmm —musitó, simulando que se tomaba el tiempo para considerarlo—. La verdad es que no sé qué decir. En realidad, mi bisabuelo me dejó este diario a mí, para que lo leyera yo, y sólo yo. Enseñárselo a una persona que es, ¿cómo fue la expresión que empleaste?, ah, prácticamente una desconocida, sería un descarado incumplimiento de los deseos de mi bisabuelo. Ahora bien, si «mi mujer» se encontrara ese diario por casualidad y su curiosidad fuera más fuerte que su autodominio y la impulsara irresistiblemente a leerlo, bueno, entonces eso sería simplemente un accidente del destino, ¿verdad?

Aurora se echó a reír, a su pesar.

—Eres un pícaro sinvergüenza, Julian. Dime, ¿ha habido alguna ocasión en que no hayas obtenido lo que deseas?

—Hasta el momento, no —repuso él, levantándole el mentón con el índice, recordándose el motivo de su visita y lo que deseaba conseguir—. En este caso sólo tú puedes decidir si obtengo o no lo que deseo. Mi intachable historial de éxitos, Rory, está totalmente en tus manos.

—No sé por qué sospecho que tu historial de éxitos es lo único intachable que tienes.

—Has eludido mi pregunta.

—En realidad, me estaba preparando para hacerte una mía. ¿Cuánto influye en tu proposición de matrimonio todo lo que acabas de revelarme acerca del Zorro y el Halcón? ¿De qué manera el que yo sea tu mujer asegura el éxito del objetivo que esperas conseguir?

—Restableciendo una asociación que la muerte truncó hace sesenta años y llevando a su conclusión la misión que quedó frustrada a causa de eso —contestó Julian en tono apasionado, desaparecido su humor bajo el peso de la convicción que corría por sus venas—. Piénsalo, Rory, uniendo todos los recursos de los Huntley y los Bencroft, reuniendo todos los conocimientos o datos que tiene cada una de nuestras familias, podemos llevar a su fin la misión de nuestros bisabuelos, consiguiendo así devolver la dignidad a sus nombres, justificar su causa y poner fin a sesenta años de ostracismo y odio, situación que no debería haber ocurrido jamás.

—Pretendes buscar el diamante negro.

—Pretendo encontrarlo. Encontrarlo y devolverlo a su legítimo lugar en India.

Aurora levantó otro poco el mentón y le observó la cara con una increíble perspicacia.

—Esto significa muchísimo para ti, mucho más que cualquier otra aventura interesante, y mucho más que el honor. Al fin y al cabo, ni siquiera conociste a tu bisabuelo y, según dices, detestabas a tu padre y a tu abuelo. Está claro que no te motiva el factor monetario puesto que tu deseo es devolver el diamante sin cobrar la recompensa. ¿En qué se basa, entonces, este ardiente deseo?

Julian hizo una inspiración entrecortada, pasmado por su sagacidad.

—No sé que me asombra más, si tu audacia o tu perspicacia.

—Mi audacia, lo más seguro —replicó ella—. Slayde dice que es inaudita e intolerable. Aunque en este momento creo que lo que mejor me funciona es la perspicacia. Me dice que quieres eludir mi pregunta.

—Es posible —contestó Julian, a la vez que por su mente pasaba el burlón reto que le dejó por legado su padre, mezclándose con imágenes de Hugh, imágenes que todavía tenían el poder de oprimirle dolorosamente el pecho por haberlo perdido—. Hay cosas de las que simplemente no quiero hablar. Pero te aseguro que mis motivos para no hablar de ellas no son siniestras, simplemente son personales.

—Muy bien, entonces te haré una pregunta menos personal. ¿No te intimida la maldición del diamante negro?

Estar a la altura de esa mujer iba a ser el reto de toda una vida, pensó él, y mucho más ir un paso delante de ella.

—No —contestó—. No me intimida esa maldición ni ninguna otra. ¿Por qué? Porque no creo en maldiciones, sólo creo en aquellos que las perpetúan.

—Hablas igual que Slayde.

—Entonces tu hermano es un hombre juicioso y sensato. ¿He de suponer que tú crees en la maldición?

—Absolutamente. El hecho de que no veamos las cosas no significa que no existan. El señor Scollard me ha enseñado eso. En este caso, creo que las tragedias que han recaído en nuestras familias hablan por sí mismas. La maldición es real. —En sus ojos brillaron chispitas de rebelión—. Y no intentes disuadirme. Slayde lo ha intentado, y también Courtney. Soy inflexible en mi convicción.

—Eso no me sorprende —dijo él sonriendo—. Eres inflexible acerca de todo. Dime, ¿tus padres te pusieron Aurora porque, igual que la luz del alba, eres implacable mientras no has despertado a todo el mundo con tu presencia?

Por la cara de Aurora pasó, como una nube, una expresión de tristeza, sorprendiéndolo.

—En realidad, esa es una de las cosas que recuerdo de mis padres —dijo, sin un asomo de la renuencia de él para hablar de cosas tan personales—. Yo debía de tener unos cuatro años cuando le pregunté a mi madre por qué eligió el nombre de Aurora para mí. Me dijo que ella y mi padre decidieron ese nombre porque el día en que nací salió el sol en sus corazones y desde entonces les había llenado de luz del sol todos los días de su vida.

—Qué hermoso —musitó Julian, enmarcándole la cara entre las palmas—. Y qué acertado. Eres como la luz del sol, una brillante fuente de calor y alegría. Perdóname por haber apagado tu luz, *soleil*, aunque sólo haya sido por un momento.

—Perdonado —repuso ella, sonriendo tímidamente.

Ese breve atisbo de la vulnerabilidad que flotaba bajo el enérgico exterior de Aurora le produjo a Julian un ramalazo de culpabilidad y una intensa sensación de responsabilidad. En claro contraste con él y su temeraria existencia, Aurora era una jovencita ingenua que, a pesar de su espíritu aventurero, había llevado una vida muy protegida, resguardada por el aislamiento impuesto por su hermano. Cierto que por ser una Huntley era vulnerable al peligro, el peligro aumentado por la infundada acusación de Lawrence de que el diamante negro estaba oculto secretamente en Pembourne. Pero esa vulnerabilidad desaparecería cuando ella ya no llevara el apellido Huntley y tomara el de él. La pregunta era, ¿qué reemplazaría a esa vulnerabilidad? Aurora no tenía idea de lo que la esperaba como esposa de él. La transformación que él le proponía junto con el matrimonio iba mucho más allá de la inminente búsqueda del diamante negro; se extendía a todo lo que constituía la vida de él, la vida de Merlín.

Tenía que pensar en el después de esa empresa inmediata, recapacitó, ceñudo. Tenía que considerar el futuro que seguiría a eso. Aurora no deseaba nada que significara refugio o encierro, y no era tan tonto para creer que ella se quedaría tranquilita en casa mientras él se aventuraba a habérselas con el mundo. No, sin duda su futura mujer esperaría acompañarlo y salir a navegar con él, rebosante de entusiasmo, a enfrentar los retos y aventuras que les aguardaban. Y tenía razón al esperar eso. ¿Acaso él no acababa de ofrecerle emoción, pasión, libertad y aventuras? Todo eso le había ofrecido, y podía ofrecérselo en abundancia. El problema era que junto con la libertad y la aventura viene el peligro. ¿Tendría idea Aurora de cuáles podían ser esos peligros, de los muchos poderosos enemigos que se pueden adquirir en ese tipo de trabajo? ¿Cuántos enemigos no se había hecho él ya?

No, no tenía idea, y era tarea de él informarla.

—Aurora —dijo entonces—, antes de continuar, es necesario que entiendas unas cuantas cosas, no sólo acerca del diamante sino acerca de mí también.

Ella se acomodó en el asiento y juntó las manos en la falda.

—Muy bien. Te escucho.

—Comenzaré por el diamante. Hay peligros relacionados con su búsqueda, tal como los había cuando nuestros bisabuelos emprendieron la misión de encontrarlo y devolverlo. ¿Por qué, si no, crees que Geoffrey, después de casi veinte años al servicio del rey, de repente tomó la decisión de dejar el diario y la daga del Zorro a buen recaudo en el despacho de su abogado? Esto no lo había hecho nunca antes de ninguna de sus misiones. Es evidente que sabía que los peligros eran mayores de los habituales, que había montones de sanguinarios corsarios y ladrones que alegremente le rebanarían el cuello para apoderarse de la joya.

—Ya lo suponía —dijo ella, con la misma tranquilidad que si estuvieran hablando de un cambio en el tiempo.

Julian le puso las palmas en los hombros y se los apretó con fuerza.

—Aurora, hace sólo unos minutos le prometí a tu hermano que me encargaría de que continuaras segura y a salvo. Es mi intención cumplir esa promesa. Pero necesito tu colaboración. Esto no es un juego. Los corsarios no se atienen a ninguna regla, y no actúan rigiéndose por ningún código de honor. Si llegamos a un acuerdo, seré yo, no tú, el que corra los riesgos. ¿Está claro eso?

Por la cara de Aurora pareció esparcirse la euforia y el entusiasmo.

—Por eso estás tan empeñado en que se celebre este matrimonio. No sólo crees que unir las fuerzas va a facilitar la búsqueda del diamante negro, también crees que mi ayuda es necesaria para encontrarlo. ¿Qué debo hacer? ¿Adonde tenemos que viajar para reunir pistas? ¿A India? ¿Al Tíbet? ¿A China?

Eso era peor de lo que él había temido.

—¿Has oído alguna palabra de lo que he dicho?

—Lo he oído todo —dijo ella, levantando la cara hacia él, impaciente—. Dime adónde debemos viajar para asegurarnos que seamos nosotros y no esos odiosos piratas de los que hablas los que encontremos la piedra.

—Si no estoy equivocado, a ninguna parte.

A ella se le hundieron los hombros.

—¿A ninguna parte?

—Aparte de Pembourne y Morland —enmendó él, reprimiéndose a duras penas de sonreír ante su afligida expresión—. Considera los hechos. Nuestros bisabuelos eran socios, compañeros. El mío dejó el legado del Zorro a su primer heredero digno. Es lógico suponer que el Halcón haya hecho lo mismo. De nosotros depende encontrar ese legado, sea cual sea la forma en que lo haya dejado James. Leyendo el diario de Geoffrey yo he despegado una capa del pasado. Es hora de que despeguemos la segunda, vale decir, enterarnos de más cosas acerca de James. El lugar lógico para hacer eso es aquí en Pembourne. Puede que tu bisabuelo no haya dejado tan bien explicado su pasado como lo dejó Geoffrey, pero seguro que dejó algunas pistas. Estas pistas, sumadas a las que ya tenemos y a las que aún tengo que descubrir en Morland, nos arrojarán luz sobre el Zorro y el Halcón, sobre su vida, sus tesoros y, principalmente, sobre el lugar en que escondían esos tesoros. Un lugar que sólo pueden descubrir los Huntley y los Bencroft trabajando unidos, como socios o compañeros.

—¿Crees que el diamante negro está oculto en una de nuestras casas?

—No. Creo que cuando tu bisabuelo volvió a Inglaterra escondió la piedra en el mismo lugar que usaban los dos para ocultar las cosas antes de entregárselas al rey. Sólo así James podía estar seguro de que si a él le ocurría algo Geoffrey sabría dónde ir para coger la piedra y cumplir su misión. Pero también creo que las pistas que llevan a ese lugar están no en una sino en las dos propiedades, y que uniendo el trabajo y el esfuerzo de ambas familias, podemos reunirlas, encontrar el escondite y, por lo tanto, el diamante negro.

—Que está aquí en Inglaterra —dijo Aurora, suspirando resignada—. Tu teoría tiene lógica. Si todas las pistas están ocultas en Pembourne y en Morland, eso explicaría por qué ninguno de los piratas que han peinado el planeta en busca de la piedra la ha encontrado. —Lo miró interrogante—. Pero si no vamos a salir de Inglaterra, ¿qué nuevos peligros podrían amenazarnos?

—Para empezar, tú ya no estarás dentro de la fortaleza de tu hermano, protegida por sus guardias. Irás de aquí allá con tu marido, colocando tu vida, tu bienestar, en sus manos, en mis manos. —Le acarició la mejilla con el pulgar—. Y eso, *soleil*, exige confianza.

—Eso lo sé —repuso ella, sin desviar la mirada.

—La confianza —añadió él—, es un regalo que ha de ganarse con el tiempo, y tiempo es lo que no tenemos.

—No estoy de acuerdo. No sobre que no tenemos el lujo del tiempo sino sobre que el tiempo es un requisito para tener confianza. La confianza procede del interior y muchas veces es más instintiva que ganada. Yo confié en ti sin siquiera saber tu nombre, desde el instante en que me cogiste en los brazos en la taberna Dawlish y me rescataste de mi estupidez. Confié en ti entonces, y confío en ti ahora.

Julian se sintió extrañamente conmovido por esa sinceridad, ese candor.

—Me siento humilde —dijo—. Además, te prometo que haré todo lo que esté en mi poder para ser digno de esa confianza, lo que incluye ser sincero contigo, aun si eso significa que rechaces mi proposición.

—Lo cual nos lleva a lo que fuera que aludías cuando me dijiste que había unas cuantas cosas que yo necesitaba comprender acerca de ti.

—Exactamente. —Julian hizo una profunda inspiración, pensativo—. Al margen de la búsqueda del diamante negro, ¿sabes en qué trabajo? ¿Quién soy? ¿De veras sabes qué tipo de vida llevo?

—Por experiencia no, pero por definición, sí. Eres un mercenario, un hombre que busca riqueza y emociones viajando por el mundo, lanzándose a empresas que producen muchísimo dinero en recompensa y dosis igualmente elevadas de emoción, euforia y sensación de triunfo.

—Bastante acertado —dijo él, sonriendo—. Pero has olvidado mencionar los aspectos negativos: el peligro, los riesgos, las consecuencias de recuperarle las posesiones a un hombre quitándoselas a otro, con lucha. En resumen, he aprendido a dormir con sueño ligero, con un ojo abierto, y a que jamás me sorprendan por la espalda. Si no hiciera eso, digamos que hay muchos que, por diversos motivos y en diversas partes del mundo, estarían encantados de enterrarme un cuchillo en la espalda.

Aurora frunció el ceño, pero no con expresión preocupada sino más bien pensativa.

—En otras palabras, tienes unos cuantos enemigos.

—Bastantes.

—¿Puedes contarme algo sobre ellos? ¿O sobre tus hazañas?

—Tal vez algún día —se evadió él—. Por ahora, sólo necesitas saber esa realidad. Mi vida es turbulenta. Turbulenta y peligrosa.

—Ya lo sospechaba.

—Y ¿eso no te intimida?

Ella sonrió.

—¿Por qué habría de intimidarme? Le prometiste a Slayde que me tendrías segura.

Julian sintió una extraña oleada de alivio, un alivio que no tenía nada que ver con su decisión de encontrar el diamante negro.

—Lo hice. Y la cumpliré. —Su mirada recayó en los labios de ella, lo que le produjo un deseo casi irresistible de cogerla en sus brazos y atizar el fuego que habían encendido esa pasada noche—. Una vez que recuperemos y devolvamos el diamante, eres muy dueña de quedarte atrás, y de renunciar a los rigores de mi existencia —propuso.

Lo dijo sabiendo muy bien que no decía en serio ni una sola palabra. Los aspectos más íntimos de su matrimonio, las fantasías eróticas con Aurora como su mujer, hacían necesario tenerla con él, debajo de él, rodeada por él, en todos los momentos posibles.

Le quedó claro que Aurora había percibido la dirección de sus pensamientos, porque pareció intensificarse su conciencia de él, se le aceleró un poco la respiración, y entreabrió los labios.

—¿Quedarme atrás? —preguntó.

—Mmm. —Cediendo a sus ansias de acariciarla más plenamente, deslizó la mano por debajo de su pelo y le acarició la nuca, con movimientos lentos y ardientes—. Soy bastante rico, en lo que a posesiones se refiere; entre otras, tengo una casa solariega en Cornualles, junto al mar. —Le ladeó la cabeza y le besó el cuello, sobre el pulso de la garganta, muy consciente de que la estaba seduciendo para influir en su decisión, y sin sentir ni el más mínimo asomo de culpabilidad—. Cuando estoy en Inglaterra paso la mayor parte del tiempo en esa casa. Creo que te gustaría. Podrías hacerla tuya y residir ahí durante mis ausencias. —Deslizó la boca por el delicado contorno de su mandíbula—. Tengo criados allí. Ellos podrían cuidar de ti mientras yo esté fuera. Estaría fuera varios meses cada vez.

—No —exclamó Aurora, con mucha firmeza, aún cuando estaba temblando, y tenía las manos cerradas en puños a los costados—. Ya he tenido tranquilidad y encierro suficientes para que me duren toda la vida. Si nos casamos, quiero acompañarte en tus aventuras.

—Creo que eso lo podríamos arreglar —musitó él, besándole suavemente la comisura de la boca—. La mayoría de las veces —aclaró, cogiéndole los hombros y acercándola más—. En el caso de que los riesgos sean excesivos, me reservo el derecho a insistir en que te quedes en casa, segura.

—Mientras eso no sea con demasiada frecuencia —aclaró ella, ya sin aliento—. No me asustan los riesgos.

—Sólo las maldiciones —dijo él en un ronco susurro.

—Solo las maldiciones.

—De acuerdo, entonces. Me acompañarás en la mayoría de las excursiones.

Ella ya tenía las mejillas encendidas y los ojos entornados por la sensación del despertar.

—Después de todo, me prometiste pasión —dijo—, y la pasión, según la entiendo, exige proximidad, ¿no?

—Claro que sí. Íntima proximidad. —Sintiendo una excitación ya imposible de soportar, bajó del borde del escritorio, la levantó y la estrechó en sus brazos—. Creo que ya hemos negociado bastante, ¿no te parece, *soleil*?

—Ah, absolutamente. —Sin el menor asomo de timidez, ella le echó los brazos al cuello—. Por el tenor de nuestra conversación, ya comenzaba a temer que desearas un matrimonio estrictamente de conveniencia.

—No tienes nada que temer en ese punto. —Subió las manos por su espalda hasta los hombros e introdujo los dedos por su pelo—. Nada en absoluto.

Entonces se apoderó de su boca en un beso ardiente, profundo, avasallador, que con sus llamas eclipsó el recuerdo del de la noche pasada.

Julian sintió la vibración de la sangre en la cabeza, su golpeteo en las ingles, se sintió envuelto en la misma ola oscura que se apoderó de él en la habitación de la taberna, que lo arrastraba a un ardiente mar de sensaciones. Aurora sabía a cielo; su aroma y su contacto eran más embriagadores que el coñac, incluso sintiéndola a través de la ropa de ambos. Deseando más y más, le entreabrió los labios y se apoderó de su boca en ávidas caricias con la lengua. La levantó en vilo, estrechándola más contra él.

Y sintió el excitante estímulo de su respuesta.

Emitiendo un sonido de placer, ella se entregó al beso, abrazándolo con fuerza, correspondiendo a las seductoras fricciones de su lengua con la de ella.

El fuego ardió más fuerte.

Sujetándola con un brazo, subió la otra mano hasta ahuecarla sobre un pecho; con el pulgar buscó y encontró el pezón, ya endurecido, y se lo friccionó moviendo el pulgar de aquí allá, y no pudo evitar gemir de placer, ahogando con su boca los suaves gemidos de excitación de ella. Interrumpió el beso y bajó la cabeza para cogerle el endurecido pezón con los labios, succionándoselo por encima de la mojada seda del corpiño, hasta que Aurora gritó de placer y excitación cerrando fuertemente las manos en la pechera de su camisa.

Sin poder resistirse, estaba a punto de tumbarla sobre la alfombra oriental cuando el reloj de pie del corredor comenzó a dar la hora, penetrando en su mente aturdida por la pasión y recordándole dónde estaban, el poco tiempo que faltaba para que Slayde volviera.

Recurriendo a todas sus fuerzas, hizo el esfuerzo, levantó la cabeza y, mirando los asombrados ojos turquesa de Aurora, la bajó suavemente hasta el suelo.

—¿Te encuentras bien?

Ella asintió, temblorosa.

—Creo que sí.

—Entonces estás mejor que yo. —Haciendo varias respiraciones profundas, trató de recordar cuándo se había sentido tan desorientado, tan descontrolado, tan frustrado.

—Me tienta bastante llevarte a Gretna Green inmediatamente y enviar al cuerno todas las formalidades.

—Y a mí me tienta bastante permitírtelo —contestó ella, candorosamente, arreglándose el corpiño con las manos temblorosas.

Él la observó, deseando más que nada en el mundo arrancarle el vestido y enterrarse en ella.

—Aurora, cásate conmigo.

Ella echó atrás la cabeza y una pícara sonrisa le curvó los labios.

—Eres un hombre muy convincente, excelencia. Además, si lo que acaba de ocurrir no fue una aceptación de tu proposición de matrimonio, no sé qué podría ser.

—Lo que ha ocurrido sólo es el comienzo. —Poniéndole las palmas en las calientes mejillas, le levantó la cabeza para que lo mirara a los ojos—. Ten presente una cosa, Aurora. Deseo ese diamante, pero también te deseo a ti.

—Qué afortundado. Muy pronto tendrás ambas cosas.

—¿Eso es un sí?

—Es un sí.

—Obtendré una licencia especial. —Le levantó la mano y le besó los dedos, uno a uno, mordisquéandoselos ligeramente—. ¿Cuánto tiempo necesitas?

—¿Cuánto pensabas darme?

—Dos semanas. No más. Menos si es posible.

—Creo que dos semanas sería ideal. Eso me daría tiempo a mí para prepararme y a Courtney para convencer a Slayde de que hace lo correcto entregándome a ti.

Julian se echó a reír.

—Me imagino que eso último llevará dos semanas completas.

—Es posible que no. Slayde ya debe de estar algo convencido, si no, no nos habría dado este tiempo a solas. Pero aun en el caso de que no haga falta todo ese tiempo para convencerlo...

Se interrumpió y por su cara pasó una expresión ilusionada.

—¿Qué?

—¿Me creerás tonta si te digo que siempre he soñado con una boda en una iglesia? No una iglesia grande, Dios sabe que los Huntley no tenemos amigos ni para llenar una pequeña, dado lo aislados que hemos estado siempre y el terror que nos tiene la gente. Pero querría una iglesia, de todos modos, una que me haga sentir una verdadera novia, vestida con el traje de novia tradicional, plateado y blanco, y un velo de encaje coronado por una guirnalda de flores silvestres. —Sonrió tristemente—. Supongo que la sola idea es ridícula, dado el escándalo que causé ayer. Simplemente le pediremos al cura que realice una ceremonia sencilla, justo lo necesario, y ya está. Esto es algo que siempre he soñado.

Julian no encontró divertida esa petición; se sintió extrañamente conmovido por los detalles de ese sueño de ella.

—Pues, considera una realidad tu sueño.

—¿No te importa?

—Por el contrario, no veo las horas de comprobar cómo se verá mi novia tradicional.

—El novio tendrá que ser una visión también.

Él le hizo un guiño.

—¿He de entender con eso que mi novia me encuentra falto de atractivo físico?

—Creo que sabes muy bien lo atractivo que eres, para tu novia y véte a saber para cuántas otras mujeres. Lo que quise decir...

Julian le puso un dedo en la boca.

—Creo que puedo arreglármelas para llevar un atuendo convencional durante un día, siempre que tú me prometas que me ayudarás a quitármelo esa noche.

—Julian —dijo ella, riendo—, eres incorregible.

—Entonces hacemos buena pareja. —Le besó la palma y le soltó la mano—. Sólo nos queda una cosa por hablar antes que reaparezca Slayde y le anunciemos nuestro compromiso.

—Y ¿es?

—Un recordatorio de la promesa que me hiciste de no contarle a nadie nada de lo que te he revelado.

—No la he olvidado. Y voy a cumplirla. Además, entiendo por qué has querido asegurártela. La ridícula declaración de tu padre de que Slayde tenía el diamante en Pembourne ha vuelto a captar el interés de muchos ladrones y piratas sanguinarios. Si la historia del Zorro y el Halcón saliera de nuestras familias, eso los convencería doblemente de que Lawrence decía la verdad. Los delincuentes se dejarían caer como buitres en Pembourne, poniendo en peligro a Slayde, a Courtney y al bebé que va a nacer. No, Julian, no le diré una palabra a nadie. Aparte de a Slayde y Courtney, claro.

Julian negó con la cabeza.

—No, cuando dije a nadie quise decir a nadie.

—¿Ni siquiera a Courtney y Slayde?

—Ni siquiera a Courtney y Slayde.

—No, no podría aceptar nunca eso.

—Ya lo aceptaste. No hace ni veinte minutos.

A ella se le colorearon las mejillas de indignación.

—Pero ¿por qué? La verdad oculta acerca del Zorro y el Halcón le afecta a Slayde tanto como a mí, tal vez más. Él ha sufrido más tiempo y en cierto modo más que yo. Se ha pasado once años dirigiendo y protegiendo a una familia que es temida, condenada y está constantemente en peligro. Por no hablar de Courtney, que casi perdió la vida por causa del diamante negro. No, Julian, insisto en que me liberes de ese aspecto de mi promesa. Dios sabe que Courtney y Slayde tienen derecho a saberlo.

—Por supuesto que lo tienen. Y se lo diremos dentro de dos semanas. En el instante en que tengas mi anillo en el dedo.

Aurora lo miró totalmente desconcertada.

—No lo entiendo.

—Entonces te lo explicaré —repuso él, resuelto a superar ese importante obstáculo—. Aurora, tú confías en mí. Crees que todo lo que te he dicho es la verdad. Desgraciadamente, no creo que Slayde vea las cosas de la misma manera. Y no estoy dispuesto a correr ese riesgo.

—¿Crees que dudará de la existencia de ese diario?

—Ojalá fuera tan sencillo. Si de lo único que dudara Slayde fuera de la existencia del diario, yo podría vencer su reserva enseñándoselo. No, no creo que dude de la existencia del diario, creo que dudaría de mis honorables intenciones, vale decir, de que yo recuperaría el diamante y lo devolvería, sin ninguna recompensa ni compensación.

Aurora bajó la cabeza, pensando.

—Ah, temes que él crea que te vas a quedar la piedra o la vas a vender al mejor postor.

—Exactamente. Hacerme de una fortuna después de seducir a su hermana para que se case conmigo con el único fin de tener entrada libre en Pembourne, y a las pistas que pueda contener. Y supondría que todo esto simplemente lo hago para facilitarme la búsqueda del diamante que luego me haría un hombre muy rico, y a mi esposa una mujer muy desgraciada. —Movió el brazo en un amplio círculo—. Demonios, yo comprendería muy bien sus sospechas. El momento, la miríada de coincidencias, el evidente desvío de mi vida solitaria... Si tú fueras mi hermana, yo sospecharía lo peor.

Aurora se metió un mechón detrás de la oreja, considerando su lógica.

—Tienes razón —convino al fin—. Esa es exactamente la conclusión que sacaría Slayde. Pero dos semanas no lo van a hacer cambiar de opinión. Se mostrará tan escéptico respecto a tus motivos como ahora.

—Coincido contigo. En dos semanas no va a cambiar de opinión. Pero hay una cosa que sí habrá cambiado: tu estado civil. Dentro de dos semanas serás la señora Julian Bencroft, legalmente unida a mí, de una manera que él ya no podrá deshacer, por muy escéptico que esté.

Aurora agrandó los ojos por la sorpresa.

—¿Ese es el riesgo al que te referías? ¿Quieres ocultarles la verdad a Slayde y a Courtney simplemente para que mi hermano no nos niegue su permiso para que nos casemos?

—No, quiero ocultárselas simplemente para que tengas la boda que siempre has soñado y también a tus seres queridos a tu lado. —Apretó las mandíbulas—. Quiero casarme contigo, Aurora, y ahora que tú me has dado tu consentimiento, nada, ni siquiera tu hermano, me lo va a impedir. Por lo que a mí se refiere, podemos subir en mi coche ahora mismo y llegar a toda prisa a Gretna Green, y una vez que estemos casados, eres dueña de decirle todo a Courtney y a Slayde. Pero creo que no es eso lo que deseas. No tendrías la boda tradicional que acabas de explicar, y ni tu hermano ni tu cuñada participarían en ella. Y entonces no se haría realidad tu sueño. —La miró interrogante—. Si estoy equivocado, dímelo. Mi coche está aquí, en el camino de entrada. Podemos marcharnos inmediatamente y estar casados dentro de unos días.

—No, tienes razón. No es eso lo que deseo —dijo ella, con el aspecto de estar conmovida y perpleja al mismo tiempo—. Para ser un hombre que ha sido un solitario toda su vida, eres extraordinariamente comprensivo.

—A veces.

—Entonces gracias por hacer de esta una de esas veces. —Se aclaró la garganta—. Julian, no puedo dejar de preguntarte... Cuando le pediste mi mano a Slayde, seguro que omitiste bastante de lo que motivaba tu proposición. ¿Qué motivos le diste?

—Sinceros. Los mismos que te he dado a ti, aparte del asunto del que acabamos de hablar. —Sonrió pícaro—. Y una cuidada explicación de lo que ocurre cuando estás en mis brazos. No sé, me parece que no le hizo ninguna gracia.

—No, ya me lo imagino. —Nuevamente le brillaron de travesura los ojos—. Muy bien. La verdad sigue siendo nuestro secreto, pero sólo hasta el día de la boda. Entonces se lo decimos todo a Courtney y Slayde. No sólo se lo diremos, también intentaremos conseguir su ayuda. No olvides que Slayde sabe muchísimo más que yo acerca de la historia de la familia Huntley. —Lo miró maliciosa—. Y no tienes por qué temer que Slayde vaya a querer intervenir en nuestra búsqueda. Su inminente paternidad lo tiene encadenado al lado de Courtney. Correr de una propiedad a otra no le apetecerá en estos precisos momentos. Así que ten la seguridad de que lo único que recibiremos de mi hermano será información y consejos.

—Acepto tu palabra respecto a eso. En realidad, estoy de acuerdo con todo lo que has dicho, con una sola excepción. Les diremos todo a Courtney y Slayde al día siguiente de nuestra boda. Tengo planes para esa tarde y noche, planes de actividades seductoras, excitantes, prolongadas. Y no incluyen ni visitantes ni conversación.

A Aurora se le tiñeron las mejillas de expectación.

—Comprendo. En ese caso, la revelación puede esperar un día más.

—Me alegra que pienses así. —Con fingida seriedad, le tendió la mano con la palma hacia arriba—. ¿Estamos de acuerdo, entonces?

Sonriendo, Aurora colocó la mano en la de él.

—Sí.

—Estupendo. —Se inclinó a depositarle un casto beso en el dorso de la mano, y bruscamente levantó la cabeza, al llegar a sus oídos el ruido de pasos por el corredor—. Y ¡qué a tiempo!

En el mismo instante se abrió la puerta y entró Slayde en el despacho, acompañado por una joven de constitución menuda, de belleza clásica y cuyo voluminoso vientre revelaba un embarazo muy avanzado; una joven que no podía ser otra que la condesa de Pembourne.

—Ha pasado la media hora —declaró Slayde, mirando de Julian a Aurora y luego hacia sus manos que seguían cogidas.

—Sí —convino Julian.

—Courtney, él es Julian Bencroft —dijo Slayde, pasando el brazo por los hombros de Courtney, como si quisiera protegerla de los horribles recuerdos que evocaba el título que iba a pronunciar—, el duque de Morland. Morland, mi esposa Courtney, condesa de Pembourne —guardó silencio un momento— y la más íntima amiga de Aurora.

—Encantado, milady —saludó Julian, avanzando a besarle la mano, observando de paso que los ojos verde mar de la condesa expresaban más curiosidad que preocupación.

—Excelencia.

—Por favor, tutéeme, llámeme Julian. Después de todo vamos a ser de la familia. —Miró alegremente a Slayde—. Y hablando de eso, no hará ninguna falta que cargues tu pistola. No será necesario ningún duelo. Pero sí será necesaria una boda.

Slayde retuvo el aliento y entrecerró los ojos para mirarle la cara a su hermana.

—Aurora, ¿eso es lo que verdaderamente deseas?

—Sorprendentemente, sí —contestó Aurora, y el calor que emanaba de ella no se podía confundir con nada que no fuera un auténtico placer—. Eso es lo que verdaderamente deseo.

A eso siguió un momento de tensión.

—Maldición —masculló Slayde—. No sé qué hacer.

Julian vio que Courtney y Aurora intercambiaban una larga y significativa mirada. Entonces Courtney asintió y le tocó el brazo a Slayde.

—Slayde. Todo está bien.

Él la miró, y al parecer encontró lo que deseaba.

—Muy bien —concedió, y pasó su mirada a Julian—. Pero sé bueno con ella. Si no, tendrás que vértelas conmigo.

—Tienes mi palabra. Seré extraordinariamente bueno con ella. De hecho, te he dado mi palabra: a tu hermana nunca le faltará nada.

Casi sonrió al sentir cómo se le calentaba la piel a Aurora.

—¿Cuándo queréis que se celebre la boda? —preguntó Slayde entonces.

—Yo optaba por esta tarde —contestó Julian francamente—. Pero por desgracia, Aurora necesita más tiempo, como también la obtención de una licencia especial. Acordamos que dentro de dos semanas.

—Muy bien. Hablaré con el párroco Rawlins. Puede venir a Pembourne a celebrar la boda en la capilla de la propiedad, una ceremonia rápida que no llame la atención del mundo. La ceremonia no tiene por qué durar más de unos pocos minutos y luego puedes llevarte a Aurora, alejándola de los peligros que acechan a las puertas de esta propiedad.

—¿En Pembourne? —exclamó Aurora, negando con la cabeza—. ¡De ninguna manera! Slayde, soy una prisionera en esta propiedad. No me voy a casar aquí también.

—Slayde —terció Courtney, con su característico tono dulce y tranquilizador—, comprendo tu preocupación por la seguridad de Aurora, pero toda mujer desea ser una novia como es debido, tener un verdadero día de bodas. Para mí fue precioso el nuestro, y lo sigue siendo. Deja que Aurora tenga el suyo. Organizaremos las cosas con el cura Rawlins, haremos discretamente el trayecto hasta su iglesia, la misma en que nos unimos nosotros. Así podrá asistir el señor Scollard, como todas las personas que deseen invitar Aurora y Julian. Después tendremos una sencilla celebración aquí en Pembourne, a la que podrá asistir todo el personal para unirse a nuestra despedida de los recién casados. Esas pocas horas no aumentarán en nada los riesgos. —Una radiante sonrisa le iluminó la cara—. Además, esas horas proclamarán con voz fuerte la despedida de Aurora del apellido Huntley, y darán la bienvenida a su apellido Bencroft. ¿De veras quieres negarle a lady Altec, que recibirá misteriosamente el anuncio del inminente acontecimiento justo una hora antes de que tenga lugar, la oportunidad de adornar a su gusto esta jugosa noticia que, vamos, a la mañana siguiente, ya se habrá propagado hasta más allá de Devonshire y habrá pasado por los más elevados rangos del mundo elegante como una tormenta de verano?

—Comprendo tu punto de vista —concedió Slayde—. ¿Qué bien le hará a Aurora su nuevo estado civil si nadie se entera? —Entrecerrando los ojos miró desconfiado la angelical expresión de su mujer—. ¿Recibe misteriosamente el anuncio del inminente acontecimiento? ¿Se propaga más allá de Devonshire a la mañana siguiente? ¿Por qué tengo la impresión que estás fraguando una de tus tretas?

—Ninguna treta. Simplemente una discreta misiva que le llega a lady Altec una hora antes de que se celebre la ceremonia, tiempo suficiente para que vaya corriendo a decírselo a sus amigas, pero no el suficiente para que alguien logre introducirse en el acontecimiento sin estar invitado. Además, unos cuantos anuncios de lo que ya será un hecho, aparecerán al día siguiente de la boda en el *Morning Post*, la *Gazette* y el *Times*, con lo cual se evitará que algún individuo desagradable aproveche el día de la boda de Aurora para dejarse caer sobre Pembourne en busca del diamante negro. Cuando los anuncios en los diarios, o los cotilleos de lady Altec, cuales sean los que viajen más rápido, lleguen a los ojos y oídos de la alta sociedad, Aurora ya estará lejos de Pembourne y de la maldición.

Julian la miró boquiabierto, aunque observó que ninguno de los presentes compartía su sorpresa. Estaba claro que la serena fachada de la condesa era una engañosa cobertura de un carácter tan fuerte y ocurrente como el de Aurora; la única diferencia era que el fuego de Courtney ardía suave mientras que el de Aurora se elevaba en llamaradas.

De pronto comprendió cómo se habían hecho tan íntimas amigas esas dos mujeres.

—¿Qué te parece esto, Julian? —le preguntó Courtney.

—Lo encuentro muy inteligente —se oyó contestar—. De todos modos, debo decir que las felicitaciones deben ir a tu marido. Vivir con una tempestad, pase. Pero ¿con dos?

Por primera vez algo parecido a una sonrisa curvó los labios de Slayde.

—Agradezco el cumplido, uno muy merecido he de decir.

Aurora emitió un gemido.

Courtney miró a Julian con un gesto de desafío.

—Una cosa más. Si celebramos la ceremonia fuera de Pembourne, eso te dará la oportunidad de acostumbrarte a la responsabilidad que, según lo que ha estado mascullando mi marido toda esta media hora, prometiste asumir: la de mantener segura a Aurora.

—¿Una prueba, milady? —preguntó Julian osadamente.

Courtney miró de él a Aurora y volvió a mirarlo a él.

—Creo que no. Una primera andanada, excelencia.

Julian se echó a reír, aprobando la broma de Courtney.

—En ese caso, será un placer para mí arrimar el hombro a mi nuevo papel de protector de Aurora en el instante mismo en que se convierta en mi esposa.

—Estupendo —dijo ella—. ¿Slayde?

Slayde seguía vacilante.

—El trayecto al pueblo podría ser demasiado para ti y el bebé.

—Según los cálculos, nuestro hijo no hará su aparición hasta pasado más de un mes de la fecha elegida para la boda —le recordó ella amablemente—. En cuanto al trayecto, hay apenas una milla de distancia entre Pembourne y el pueblo. Tanto yo como el bebé haremos maravillosamente bien ese trayecto, cariño, te lo prometo.

—Muy bien —dijo Slayde, al parecer convencido por fin—. Será una verdadera boda entonces, en la iglesia del pueblo. Y después una fiesta aquí en Pembourne. ¿Te contenta eso, Aurora?

—Ah, sí, muchísimo —repuso Aurora, y miró a Courtney, sonriéndole—. Gracias.

—No hay de qué —contestó Courtney, con su característico tono tranquilo.

—Julian —dijo entonces Slayde, ya evaporado todo asomo de relajación de su cara—. Aun nos queda un último asunto que tratar, y es la grandiosa proclamación que hizo tu padre antes de morir. Sé que no había ninguna afinidad entre tú y él; de todos modos, necesito conocer tus intenciones respecto a esa investigación. ¿Tienes la intención de continuarla, de respaldar su ridícula declaración de que yo tengo oculto el diamante negro aquí en Pembourne? Si es así, será mejor que me lo digas antes que te lleves a Aurora y luego la pongas en nuestra contra.

Julian sintió la intensa mirada de Aurora, una mirada, observó aliviado, que no denotaba ninguna duda sobre a qué era leal él, sino una mirada viva de curiosidad por ver cómo pensaba contestar la pregunta de Slayde, pregunta que había estado esperando.

—La respuesta, Slayde, es no —contestó tranquilamente—. No es mi intención continuar con la supuesta investigación iniciada por mi padre. Y no porque no quiera interponerme entre Aurora y su familia, aunque respeto sus sentimientos por ti y por Courtney, sino porque ya he leído concienzudamente los papeles de mi padre y su contenido no es otra cosa que una cruzada sin sentido y a ciegas realizada por un hombre mezquino y despreciable. Toda su investigación está resumida en un bloc lleno de acusaciones sin fundamento y enmarañadas divagaciones que no conducen a nada. No contiene ni una sola prueba palpable ni ningún camino concreto que valga la pena seguir; ciertamente nada que me convenza de continuar su investigación. En realidad, ya había decidido tirarlo todo a la basura cuando se me ocurrió que a ti podría interesarte verlo, para asegurarte de que digo la verdad. —Hizo un gesto hacia la ventana—. Tengo los papeles en mi coche. Te los enviaré con mi lacayo antes de marcharme. Léelos sin ninguna prisa, y luego haz con ellos lo que te parezca. Mientras tanto, yo haré una declaración pública negando las acusaciones de mi padre. Puede que con esto no deshaga todo el daño que él os ha causado, pero es posible que haga entrar en razón a cierta gente y logre disuadir a unos cuantos posibles ladrones de invadir Pembourne. ¿Responde satisfactoriamente esto a tu preocupación?

Slayde exhaló un sonoro suspiro de alivio.

—Sí.

—¿Hemos tratado de todas tus objeciones, entonces?

—Ante mi sorpresa, sí.

Julian apretó con más fuerza la mano de Aurora.

—Estupendo. Entonces es hora de mirar hacia el futuro. —Se giró a mirar a su prometida y le hizo un muy significativo guiño de complicidad—. El futuro, y todo lo que entraña.

Capítulo 5

Ya había una bandeja con refrigerios sobre la mesa de la pequeña sala de estar del faro Windmouth.

—Ah, Rory, excelente. Son las seis y cinco. Has llegado justo a tiempo para tomar el té y ver la salida del sol. Tenemos media hora para el té y un cuarto de hora para lo otro. —Apartándose de la frente un mechón de pelo blanco, el señor Scollard le hizo un gesto hacia la mesa—. Venga, siéntate junto al hogar. Eso te va a disipar el frío del invierno, como también el té.

—Té fortalecedor, espero —dijo Aurora, quitándose la capa y avanzando a recibir la humeante taza que él le ofrecía.

Ya hacía mucho tiempo que no la sorprendía el conocimiento por adelantado del señor Scollard de todas sus visitas, conocimiento que no se debía a que la hubiera visto acercarse a la casa, sino a una percepción innata que sólo él poseía. No quedaba otra que aceptar como un hecho la pasmosa capacidad de videncia del señor Scollard, que era en parte lo que lo hacía un hombre tan extraordinario.

—Muy fortalecedor, más fuerte que de costumbre. —Le indicó una fuente llena de pasteles escarchados, de los cuales le colocó tres en el plato—. Hice más cantidad de tus pasteles favoritos también. Después de todo, esto es una especie de celebración. Aun cuando el camino que llevaba a este muy importante umbral lo hayas tomado con tu habitual impaciencia e impulsividad. —La miró arqueando una ceja y se sentó en otro sillón—. No sé que voy a hacer con esa temeraria naturaleza tuya —declaró, atizando el fuego para que diera más llama—. Menos mal que muy pronto no tendré que contender con eso yo solo.

Siguiendo su ejemplo, Aurora se sentó en el sillón y se inclinó hacia él, mirándolo muy seria:

—Señor Scollard, ¿he hecho lo correcto? ¿He cometido un error? ¿Me he vuelto totalmente loca? Jamás me imaginé que me casaría, y mucho menos con Julian Bencroft. ¿Qué debo hacer?

—¿Mi sugerencia? Bébete el té. No va a continuar caliente eternamente.

—¿Ah, no? —Lo miró como diciendo «no lo sabré yo»—. Yo creo que podría; este es su té después de todo. —Obedientemente se bebió toda la taza y sintió esa extraordinaria oleada de energía que producía siempre el té del señor Scollard. Después cogió uno de los pasteles y tomó un bocado—. Mmm, delicioso —exclamó entre bocado y bocado—. Pero ¿tres? Ni yo he logrado jamás zamparme más de dos. —Cogió la taza nuevamente llena que le pasaba él, dándole las gracias, y atacó el segundo pastel—. Aunque esta mañana tengo más hambre que de costumbre. Por esta vez quizá pueda darme el gusto. Pero ni una miga más después de estos tres. Ya me tomaron las medidas para el traje de novia, ayer a última hora de la tarde, por cierto. La modista querrá mi cabeza si luego no me entra ese maravilloso vestido de seda y encaje.

—¿Vestido de novia? —El señor Scollard arrugó la frente, pensando, muy concentrado—. Ah, sí, ese delicado vestido en blanco y plata que has visualizado desde que tenías cinco años; claro que un vestido que nunca te imaginaste puesto, dado que, ¿cómo fue lo que acabas de decir?, ah, dado que nunca te imaginaste que te casarías.

Aurora bajó los ojos tocándose las mejillas con las pestañas, al captar el mensaje de su amigo.

—Muy bien, así que soñaba despierta cuando era niña. Ah, bueno, de acuerdo —enmendó, al sentir la penetrante mirada de él—, así que todavía sueño despierta de vez en cuando. Eso no significa que haya creído alguna vez que haría realidad mis sueños.

—No, claro que no, porque no lograbas imaginarte un hombre lo bastante interesante para pasar toda tu vida con él. Un hombre tan vital y fogoso como tú. Un hombre sediento de vida y hambriento de aventuras. Un hombre como Julian Bencroft.

El silencio que siguió sólo lo interrumpía el crepitar de las llamas en el hogar.

—¿O no es la idea de casarte la que te tiene tan desequilibrada —continuó el señor Scollard amablemente—, sino la idea de casarte con ese hombre en particular?

—Todo en Julian Bencroft me desequilibra. No creo que haya hecho nada a derechas desde que nos conocimos.

—Y ¿eso te perturba? Curioso, yo creía que era el tedio el que encontrabas desconcertante.

—Lo encontraba. Y lo encuentro. —Agitó la cabeza, como aturdida—. Escuche, no sé ni lo que digo; mucho menos sé lo que siento. Por favor, señor Scollard, ayúdeme.

Los vivos ojos azules de él brillaron con recuerdos igualmente vivos.

—Tu expresión, tu ruego... Hablas muy parecido a como hablaba otra no hace mucho tiempo. Otra a la que quieres muchísimo.

—Se refiere a Courtney —asintió ella.

—¿No recuerdas lo confundida que se sentía por sus sentimientos por Slayde?

—Sí, pero eso era diferente.

—¿Sí?

—Por supuesto. Courtney y Slayde se enamoraron. Se comunicaban sus sentimientos, se comprendían. Vamos, Courtney transformó a Slayde en otro hombre, totalmente distinto.

—Después de ser arrojada inesperadamente en su vida, sí. Lo mismo que Slayde hizo por ella. —Pensativo, bebió unos sorbos de té—. Justamente lo que quiero decir. El amor es una fuerza asombrosa; es más fuerte que todas las demás fuerzas juntas. A excepción, tal vez, del destino. Muy semejante a ti, el destino no sólo es fogoso, tiene además una mente muy suya. Parece que ha decidido introducirse en tu vida.

—¿Para bien o para mal?

—Tu instinto, tu intuición, dice que para bien. —Le brillaron de humor los ojos—. Está claro que también lo dice tu equilibrio; si no, ya habría encontrado una manera de enderezarse. Han transcurrido dos días desde que conociste al duque, y has pasado una noche insomne desde su proposición, y su revelación. Supongo que eso es tiempo suficiente para recobrar tus sensibilidades.

Aurora enderezó bruscamente la espalda, casi sin haber oído la última frase.

—Así que lo sabe.

Él se encogió de hombros.

—Es mucho lo que sé, y más aún lo que no sé.

—¿Cuánto es exactamente ese «mucho» del que habla? —preguntó ella, cautelosa, eligiendo las palabras con un cuidado que nunca se imaginó que pondría con su más viejo amigo.

El señor Scollard sonrió.

—Tu honor es tan fuerte como tu espíritu. Me siento orgulloso de ti, Rory. El duque te exigió la promesa de que guardarías el secreto, y la has cumplido. A pesar de las tragedias que has sufrido, de las limitaciones que te han frustrado tu necesidad de volar, tu carácter ha progresado. Serás una esposa ejemplar, al menos para un hombre que es tan especial como tú. —Diciendo eso, dejó su taza en la mesa—. Ahora bien, para responder a tu pregunta sobre ese «mucho» al que me refiero. Me refiero a Geoffrey Bencroft y James Huntley. Hombres excelentes, los dos. Leales a su país, valientes, inteligentes, con una insaciable sed de aventuras. Muy parecidos a sus bisnietos, que han heredado su legado y pronto se van a unir en una asociación, en un compañerismo tan fuerte y profundo como el del Zorro y el Halcón, una asociación idéntica en ciertos sentidos y espléndidamente diferente en otros. —Le hizo un guiño—. No hace falta que explique las diferencias. En todo caso, la mente de Geoffrey era aguda, sagaz, tan astuta como la de un zorro. Las tácticas de James eran impecables, infalibles, letales como las de un halcón. Está mal que continúe manchada su memoria. Tal como está mal que el diamante negro siga sin devolverse al templo sagrado del que fue robado. Pero no había nadie que pudiera corregir estos males. Nadie, hasta ahora.

Aurora ahogó una exclamación.

—Si sabía todo esto, ¿por qué no me lo dijo?

—No me correspondía a mí transmitir este legado, por lo tanto sólo veía fragmentos nebulosos, volutas de la verdad, hasta ayer, cuando el duque abrió el cofre. Repentinamente se levantó la niebla y se aclaró mi visión.

—Entonces, dígame, ¿es el destino de Julian y el mío llevar a su fin la misión de nuestros bisabuelos?

—Tenéis mucho que hacer para realizar eso, y mucho que hacer para realizaros vosotros. Esas dos tareas presentan retos amedrentadores.

—Y, claro —suspiró ella—, es demasiado pronto para que pueda predecir si enfrentaremos esos retos.

—Los enfrentaréis. ¿Los superaréis? —Exhaló un suspiro, resignado—. Sólo veo lo que se me ofrece a la vista.

Aurora apoyó el mentón en una mano.

—Hábleme de Julian.

—¿Qué quieres oír?

—Cualquier cosa. Necesito su orientación.

Él la miró perspicaz.

—¿Sí?

—Pues claro que sí —exclamó ella, ya exasperada—. Me voy a casar con un total desconocido, con un hombre tan errabundo como un gitano, tan efímero como las olas y tan avasallador como las fuerzas de la naturaleza.

—Muy de acuerdo —dijo él, colocándole un cuarto pastel en el plato—. Tanto mayor razón para que hagas acopio de tus fuerzas. La emoción es muy agotadora. Como también pueden serlo la libertad, la aventura y, por supuesto, la pasión.

Eso sí la dejó muda. De soslayo lo contempló, pensando cómo debía interpretar ese comentario. Ah, no le cabía la menor duda de que él había elegido adrede las mismas palabras que empleara Julian para describirle su futuro como su mujer. Pero ¿al decir «pasión», el señor Scollard se refería a una amplia o universal pasión por la vida, o se refería a algo mucho más íntimo? ¿Sería posible que percibiera la salvaje explosión que como una tormenta le avasallaba los sentidos cada vez que Julian la cogía en sus brazos?

Su contemplación no le dio ninguna respuesta. El farero estaba removiendo tranquilamente el azúcar en su taza, con una expresión indescriptible.

—Tu prometido no es totalmente diferente de tu hermano, Rory —dijo él, entonces—. No olvides que la autonomía suele ser una consecuencia, no una elección.

Aurora dejó de elucubrar y su mente tomó al instante esa nueva e importante dirección.

—Sobre todo en el caso de Julian; su padre era un hombre horrendo, vengativo.

—Sí.

—¿Qué sabe de su madre?

—Sólo que era una mujer callada y dócil cuya salud era tan débil como su voluntad. Murió hace veinte años. Julian y su hermano Hugh eran unos muchachitos en ese tiempo. Lamentablemente, su hermano heredó la constitución frágil de su madre.

—Hugh tenía la misma edad de Slayde.

—Sí, era un año mayor que Julian. Hugh y Slayde entraron en Oxford el mismo año. Desgraciadamente él cayó enfermo y murió durante el primer trimestre.

—Recuerdo la pena terrible que sintió Slayde cuando ocurrió su muerte. Mis padres también lo sintieron mucho cuando Slayde les contó lo ocurrido. Es evidente que mi familia tenía una muy elevada opinión de Hugh.

—Era un hombre bueno, de fines honrados, de naturaleza generosa. Muy diferente de su padre y de su abuelo.

—Y ¿de Julian? —preguntó Aurora, ceñuda.

—No diferían en sus principios, pero en hechos, eran muy distintos.

—¿Estaban unidos?

—De corazón, sí.

—De corazón —repitió Aurora—. ¿Significa eso que les importaban cosas similares o que se querían mutuamente?

—Los sentimientos los expresan mejor quienes los experimentan —contestó el señor Scollard.

Aurora suspiró desanimada.

—Si eso es una respuesta, se me escapa su significado.

—Eso se debe a que no me corresponde a mí darte la respuesta que buscas. La oirás de otro, al que le corresponde dar la respuesta y al que pertenecen los sentimientos. Y entonces, el sentido al que te refieres quedará abundantemente claro, para los dos.

—Si ese otro es Julian, tendré que suponer que habla dormido. Porque como acaba de señalar usted mismo, mi prometido es un hombre muy independiente, no dado a expresar sus sentimientos, a nadie, y mucho menos a una esposa.

—El merlín es engañoso.

—No este Merlín —replicó Aurora—. Está claro que no se parece a su tocayo, el halcón merlín, que es pequeño y da la impresión de ser inofensivo. No, señor Scollard, Julian es cualquier cosa menos engañoso. Es avasallador en todos los sentidos, estatura, presencia; se ve todo lo amenazador que es.

—Pero ¿es tan amenazador como parece? ¿O es ese un engaño en sí mismo, uno del que ni siquiera el duque se da cuenta?

Aurora pestañeó, absolutamente desconcertada.

—No entiendo qué quiere decir.

El señor Scollard le dio una palmadita en la mejilla y se levantó.

—Lo entenderás muy pronto. Ahora vamos, es hora de subir a la torre a ver el comienzo de un nuevo día. Después yo debo atender a mis quehaceres y tú debes continuar con tus sueños despierta. —Nuevamente guiñó esos omniscientes ojos azules—. Por cierto, no te inquietes. El vestido de novia te va a entrar a la perfección, a pesar de los cuatro pasteles.

Resultó que, como siempre, el señor Scollard tenía razón. Trece días después, el vestido le quedó perfecto. Aunque mientras giraba y giraba de aquí para allá ante el espejo, Aurora trataba de decidir si eso se debería solamente a la profecía del señor Scollard o tendría algo que ver con sus inagotables oleadas de energía, esa burbujeante expectación que le había hecho prácticamente imposible sentarse a comer.

Eso no lo sabría nunca de cierto. Lo que sí sabía era que desde la predicción del señor Scollard ese día, no había logrado estarse quieta, y mucho menos sentada más de unos minutos, lo cual exasperaba absolutamente a las pobres criadas que tuvieron que pedirle que supervisara el arreglo de su equipaje, y enfurecía a la ya malhumorada modista que no paraba de tomarle las medidas insistiendo en que *mademoiselle* tenía que llevar a su nueva vida todo un ajuar de vestidos nuevos y convenientes. ¿Convenientes para qué?, deseaba chillar ella. Los próximos meses no los pasaría asistiendo a fiestas en casas elegantes, sino buscando el diamante negro. Pero claro, eso no lo sabía *madame* Gerard. Además, la mujer era inflexible, y aseguraba que una mujer casada, y una duquesa no menos, necesitaba todo un conjunto de vestidos nuevos, uno para cada ocasión. Por lo tanto, en lugar de discutir, ella se armó de valor para lo que resultaron ser largas horas de dejarse tomar medidas y elegir colores y telas.

Las únicas distracciones que tuvo durante esas dos interminables semanas fueron sus carreras diarias con Tirano por los campos de la propiedad (lo que obligaba a un montón de nerviosos guardias a seguirlos) y sus repetidas visitas al faro. Tres o cuatro veces al día bajaba corriendo e irrumpía en los dominios del señor Scollard, interrumpiendo su trabajo, paseándose y hablando sin parar, hasta que le volvía el desasosiego y salía corriendo de vuelta a la casa. El farero, hombre extraordinario que era, nunca se quejó; se limitaba a escucharla pacientemente en silencio, con una extraña sonrisa jugueteando en sus labios.

Durante varias noches insomnes había considerado la posibilidad de ir a ese alejado extremo de la propiedad donde estaban las jaulas para halcones de su bisabuelo. En todos esos años nadie las había movido ni se había ocupado de ellas, por lo que tenían que estar tal como las dejara James, con la única diferencia de que no había halcones en ellas. Pero era posible que no estuvieran vacías del todo y contuvieran algunas pistas que le servirían a ella y a Julian para encontrar el diamante negro.

Pero no, no se atrevió a ceder a la tentación, no fuera que los guardias informaran a Slayde y ella se viera obligada a explicarle justamente lo que había prometido a Julian no decir a nadie, todavía.

Julian.

Aparte de sus elucubraciones acerca del diamante negro, la principal causa de sus insomnios había sido Julian. Lo más terrible era que sólo lo había visto una vez durante ese interminable periodo de espera, cuatro días antes de las nupcias, cuando él vino a enseñar la licencia de matrimonio que acababa de llegarle y a decirle, en secreto, en los dos minutos que logró verla a solas, que no había descubierto nada de importancia en Morland.

Y durante esos dos minutos también se las arregló para besarla hasta dejarla sin sentido, unos besos profundos, embriagadores, que la dejaron temblorosa hasta mucho después de que él se marchó, hasta mucho después de que su coche se perdió de vista por el camino de entrada.

Entre su obsesión por el misterio que flotaba a su puerta y el fuego cada vez más fuerte que le encendía Julian en su interior, ya estaba a punto de estallar en un millón de trocitos ardientes.

Por lo tanto, ese día, el día de su boda, le llegó como un bendito alivio.

Por primera vez desde la proposición de Julian, aplaudió la locura de actividad que la aguardaba. Desde el instante en que apareció el sol por el horizonte, las criadas comenzaron a entrar y salir de sus aposentos, preparándole el baño, discutiendo acaloradas sobre la ropa interior que debía ponerse y babeando encima de su vestido de novia.

Y, por fin, ahí estaba contemplando su imagen en el espejo, casi mareada de expectación. Reverente, acarició la delicada seda blanca y plateada del vaporoso vestido que se ensanchaba y ondulaba a sus pies, pensando si realmente podía ser ella esa aparición de pelo color fuego que la miraba desde el espejo con pasmados ojos color turquesa.

Apareció Courtney en la puerta, toda una visión en seda lila, muy hermosa y con la cara radiante por su inminente maternidad y el orgullo de hermana. Sonrió aprobadora a las dos doncellas que le estaban arreglando el velo de encaje transparente en forma de una brillante cascada blanca alrededor de los hombros.

—Estás preciosa. Tu novio se va a desmayar en el instante mismo en que entres en la iglesia.

—Eso lo dudo. —Sonriendo irónica, Aurora se palpó la guirnalda de flores silvestres que le coronaba la cabeza—. No sé, me parece que aún no existe una visión tan avasalladora que haga que Julian se desmaye al verla.

—Te infravaloras —contestó Courtney—, y subestimas el efecto que tienes en él. —Acercándose, hizo un amable gesto a cada una de las doncellas—. Habéis hecho un trabajo espléndido. Ahora yo tomo el relevo.

Pasado un minuto las dos estaban solas. Aurora miró con curiosidad a su amiga.

—¿Pasa algo? No te sentirás mal, ¿verdad?

—Todo va muy bien. Me siento fabulosamente. —Sonriendo se colocó amorosamente la mano en el vientre—. Los dos nos sentimos bien. Le he pedido a las muchachas que se marchen para que podamos hablar tú y yo, a solas. Esta es la última oportunidad que tenemos de hacerlo, por lo menos la última antes que te marches de Pembourne como mujer de Julian.

Aun no terminaba de hablar cuando llegó a sus oídos el ruido de cascos de caballos, confirmando que el coche de los Huntley estaba preparándose para llevarlos a la iglesia.

—¿Nuestra última oportunidad de hablar a solas? —musitó Aurora sintiendo su primer asomo de turbación—. Lo dices de una manera tan... definitiva. Courtney, nuestra amistad, nuestro tiempo juntas... —Se mordió el labio y se obligó a continuar—: Tú mejor que nadie sabes que Pembourne ha sido más una prisión que un hogar para mí. Slayde se pasó la mayor parte de mi vida en el extranjero, dejándome secuestrada aquí en medio de un montón de guardias. Sé que eso sólo lo hacía para protegerme, pero a pesar de mi cariño por los criados, no siento la menor afinidad con esta propiedad. Pero contigo... bueno, eso es totalmente diferente. —Se le quebró un poco la voz—. Para mí es como si fuéramos hermanas, y no solamente por los lazos como cuñadas. Significas el mundo para mí, y aunque me case no quiero que las cosas cambien entre nosotras.

—¿Entre nosotras? —repitió Courtney, negando enérgicamente con la cabeza y cogiéndole las manos—. Eso no ocurrirá jamás. Tampoco he querido dar a entender eso. Por lo que a ti y a mí se refiere, lo único que va a cambiar es tu residencia. Seguiremos viéndonos constantemente, contándonos lo que pensamos y sentimos y compartiendo actividades y travesuras. No, de lo que quiero hablar es de una relación totalmente diferente, de una en la que vas a entrar por primera vez, una que sí te va a cambiar la vida. —Guardó silencio un momento—. Aurora, hoy te vas a embarcar en un camino totalmente nuevo, con un conjunto de experiencias totalmente nuevas, diferentes de todas las que has conocido. Y comenzará esta noche.

Aurora no simuló no entender.

—Te refieres a mi noche de bodas.

—Sí, a eso. —La miró atentamente, sus ojos verde mar brillantes de preocupación, que no de azoramiento—. Hemos conversado de todo lo que existe bajo el sol, a excepción de esto. Así que permíteme que comience preguntándote, ¿sabes qué esperar?

—Sí y no. He leído todos los libros de la biblioteca de Pembourne, y algunos son bastante detallados en el tema del apareamiento. También he estado en el establo y los corrales observando aparearse a los animales. Así que sí, sé qué esperar. O mejor dicho, creía saberlo. Pero cuando Julian me abraza, me besa... —agitó la cabeza, desconcertada—, siento cosas que no entiendo en absoluto. Así que, ¿sé qué esperar? Creo que no.

—Lo que pasa es que sólo entiendes la parte mecánica —contestó Courtney dulcemente—. Por desgracia, esos son los aspectos más fáciles de hacer el amor, tal vez los únicos que se pueden explicar verdaderamente. El resto tienes que experimentarlo tú. Y lo experimentarás. La atracción entre tú y Julian es fuerte, tan fuerte que se nota. Déjate guiar por esa atracción y creo que esta noche será la más extraordinaria de tu vida, seguida por incontables otras.

Aurora pestañeó sorprendida.

—Me parece que sé que tienes razón. Cómo lo sé es algo que escapa a mi comprensión, dado que Julian y yo somos prácticamente desconocidos. Courtney, sólo he estado a solas con él dos veces. Sin embargo, esas dos veces me he convertido en otra persona, me he comportado como una desenfrenada lujuriosa. Jamás me imaginé que me sentiría tan... que actuaría de una manera tan...

—No hace falta que lo expliques. Además, no eres una lujuriosa. Eres una mujer vibrante, cariñosa, que acabas de descubrir cómo es sentirse atraída por un hombre igualmente vibrante. —La miró con picardía—. Trataré de no recordarte que fui yo la que predijo que algún día te encontrarías en esta situación. Además, evitaré mencionar que tu reacción a mi predicción fue insistir en que nunca te casarías, que jamás encontrarías a un hombre que fuera lo bastante interesante para pasar toda la vida con él. Bueno, parece que yo tenía razón, ¿verdad?

—No te ha salido bien el intento de no recordarme eso —comentó Aurora, sonriendo—. De todos modos, sí, tenías razón. Oye, ¿cómo es que te has vuelto tan lista?

—Muy sencillo. Conocí a tu hermano. Tú mejor que nadie sabes lo que siento por Slayde.

—Y lo que siente él por ti. Slayde te hace cobrar vida de una manera que sólo ahora comienzo a comprender.

—Sí. Y tengo la insistente sospecha de que Julian te hará lo mismo a ti.

—Comparto esa insistente sospecha —dijo Aurora, y añadió con un gesto de impotencia—: Y pensar que digo una cosa así después de haber probado apenas un insignificante bocadito, un bocadito que casi me hizo desmayar.

La risa se le agolpó a borbotones a Courtney en la garganta.

—Entonces yo en tu lugar me prepararía para sucumbir, porque te espera todo un festín.

El trayecto a la iglesia transcurrió sin ningún incidente; los guardias siguieron muy de cerca el coche para asegurarse que nada ni nadie perturbara las nupcias matutinas. Unos días antes se habían enviado mensajeros a Londres con la orden estricta de entregar los anuncios de la boda justo a tiempo para que aparecieran en los diarios del día siguiente, y luego uno de ellos debía ir a la propiedad de lady Altec a dejarle la nota de Courtney justo antes de que comenzara la ceremonia.

Así pues, reinaba la quietud y la paz en la iglesia cuando, a las once y media, Slayde entró con Aurora en el templo para acompañarla por el pasillo hacia el comienzo de su nueva vida.

A Aurora el corazón le latía tan fuerte que casi no lograba respirar. Mientras avanzaba por el pasillo central de la pequeña iglesia con columnas fue pasando nerviosa la mirada desde la orgullosa expresión del señor Scollard a la amorosa sonrisa de Courtney y al cura Rowlins, que ya estaba ahí preparado para celebrar la ceremonia.

Paso a paso se fueron acercando al hombre pecaminosamente guapo con el que muy pronto estaría unida.

Vistiendo frac y pantalones oscuros de gala, Julian se giró a mirar hacia ella, sus ojos color topacio más brillantes que todo el conjunto de velas que iluminaba el templo. Tal como se lo prometiera, era la quintaesencia del protocolo: su corbata blanca nívea almidonada atada en un elegante lazo, su chaleco cruzado de doble botonadura que le caía así y asá; incluso tenía bien peinados sus cabellos negros, aun cuando estos, siempre un poco más largos en la nuca de lo que dictaminaba la moda, alcanzaban a rozarle el cuello de la camisa blanca con volantes de encaje. Pero por muy convencional que fuera su atuendo, seguía viéndose peligroso, formidable, como un temerario pirata disfrazado de caballero.

Estaba aniquilador.

Su osada mirada se encontró con la de Aurora. Después la miró de arriba abajo, concienzudamente, en actitud posesiva, y le brillaron los ojos de inconfundible aprobación y no disimulado deseo.

Se detuvieron ante él, y Aurora sintió la vacilación de su hermano, que sin duda se estaba preguntando qué iba a hacer.

Julian también percibió la vacilación de Slayde, observó Aurora, aunque en lo único que se le notó fue en la ligera tensión de su cuerpo y en esa manera tan sutil de entrecerrar los ojos.

Julian avanzó un paso y le tendió la mano a ella, diciéndole al mismo tiempo a Slayde:

—Estamos hechos el uno para el otro, Slayde.

Por el rabillo del ojo Aurora vio que Slayde miraba a Courtney y que esta le hacía un tranquilizador gesto de asentimiento.

Entonces Slayde la soltó y se hizo a un lado, y ella pudo colocar la mano en la de Julian.

—Trátala bien —le dijo Slayde en voz baja—. Hazla feliz.

—Esa es mi intención.

A Aurora se le resecó la boca al oír esas palabras, la enérgica promesa que contenían. Se colocó al lado de él y juntos avanzaron la distancia que faltaba hasta el altar. Mientras tanto, ella no sabía si los nervios, y las piernas, la sostendrían hasta el final de la ceremonia.

—Estás pasmosa, *soleil* —le dijo Julian, en un susurro que le hizo pasar una corriente de calor por todo el cuerpo.

No se atrevió a contestarle, ni siquiera se atrevió a mirarle, no fuera que se le desmoronara el último vestigio de autodominio que le quedaba.

El cura comenzó el antiquísimo discurso y a hacer las preguntas que transformarían para siempre su vida.

Como en un sueño oyó a Julian hacer las promesas y se oyó pronunciar las suyas. Entonces Julian se volvió hacia ella, le cogió la mano y con dedos firmes le deslizó el delicado anillo de oro por el dedo tembloroso. Sintió fresco el metal en su piel excesivamente caliente.

El anillo llegó a su destino, pero él no le soltó la mano, y le acarició la palma con el pulgar, con un movimiento tranquilizador y excitante a la vez.

—... os declaro marido y mujer.

La decisiva proclamación quedó suspendida en el aire, impregnando todo el templo con su significado e importancia. Acababa de ocurrir lo inconcebible; después de dos generaciones de implacable odio, los Huntley y los Bencroft estaban unidos irrevocablemente.

Con una suavidad que la sorprendió, Julian le levantó el mentón y rozó sus labios con los suyos.

—Aguanta un rato más —la instó, en un susurro ronco, seductor—. Por lo menos hasta que yo encuentre un lugar apartado para llevarte. Entonces sí puedes desmoronarte.

Aunque se habría desmayado por la sensación que le produjo esa promesa, ella sonrió.

—Eso es todo un incentivo, excelencia —susurró—. Vamos, ya siento más firmes las piernas.

Julian retuvo el aliento y brillaron chispitas en sus ojos.

—Ten cuidado, *soleil*. Si no, nos perderemos esa fiesta que tanto has deseado.

Diciendo eso, enderezó la espalda, la cogió del codo y la llevó hacia los que esperaban para felicitarlos.

El almuerzo de bodas a mediodía en Pembourne fue perfecto. Dispuesto en el espacioso salón verde, ofrecía una amplia selección de exquisiteces, desde salmón, langosta en conserva y jamón en gelatina, a bocadillos de hojaldre con diferentes tipos de mermeladas y confituras, además de la tarta de bodas adornada con un arco iris de flores silvestres. Lo principal de todo, estaban todos los seres queridos de Aurora, desde Courtney, Slayde y el señor Scollard, a los criados y criadas que la habían criado.

Fue todo lo que una novia podría soñar.

De todos modos, durante toda la magnífica fiesta, Aurora estaba absolutamente sintonizada con la presencia de Julian a su lado, sensación de la que él no sólo era consciente sino que parecía empeñado en intensificar. Sus miradas eran frecuentes, seductoras, sus movimientos orientados a asegurar el mayor contacto físico posible con su flamante esposa; suaves roces entre sus dedos, su aliento para apartarle el pelo de la cara, su brazo rodeándole la cintura. A media tarde Aurora ya estaba mareada, y su tensión interior se había elevado al punto de que se sentía como si estuviera colgando al borde de un seductor precipicio.

No sabía cuánto tiempo más podría soportar.

Estaba junto a la ventana, con una copa de vino en la mano, contemplando el avance del sol hacia el oeste, cuando resonó la profunda voz de su marido detrás de ella:

—¿Ya?

Casi soltando la copa, se giró a mirarlo.

—¿Ya qué? —preguntó, como una maldita boba.

Él sonrió, con su sonrisa sesgada.

—Y yo que creía que estabas deseosa de que comenzara la noche.

—Lo estoy. —Hizo una inspiración para calmarse—. ¿Significa eso que estás dispuesto a que nos marchemos?

—Lo estaba ya antes de que comenzara la fiesta. Simplemente quería darte todo el tiempo que necesitabas para hacer realidad tu sueño. ¿Te lo he dado?

—Sí.

No tenía ningún sentido mentir. Deseaba estar a solas con Julian tanto como él deseaba estar a solas con ella.

—Estupendo. —Su sonrisa celebró su sinceridad—. Entonces sube a cambiarte. Después de eso puedes decir tus adioses y nos marcharemos.

Ella pestañeó, al pasar por su cabeza un repentino pensamiento:

—¿Vamos a ir a Morland?

—No —contestó él rotundamente—. Morland no es mi casa. Ya iremos allí muy pronto para hacer nuestro trabajo. Pero esta noche iremos a mi casa de Polperro.

—¡Polperro! ¿Ahí es donde está tu casa solariega de Cornualles? El señor Scollard me ha contado montones de leyendas que giran en torno a Polperro.

—No me cabe duda. Y sí, esa es la casa de que te hablé. Es una casa discreta, tranquila, situada al pie de los acantilados, justo a la orilla del Canal. Creo que la encontrarás infinitamente más atractiva que las lúgubres paredes de Morland. Sé que te gustará.

—No me cabe duda —dijo ella, cogiéndose los pliegues de encaje del vestido—. Puesto que mañana vamos a ver a Courtney y Slayde, no tengo por qué hacer largas despedidas.

—Espléndido. Ordenaré que traigan mi coche a la puerta. Tu equipaje ya está en el interior. Pero iré a comprobar que todo esté bien.

Ella arqueó las cejas, sorprendida.

—Eres muy concienzudo.

—No tienes idea de lo concienzudo que soy. Pero pronto lo verás.

Haciéndole un seductor guiño, se alejó hacia la puerta.

Con el corazón acelerado, Aurora salió discretamente del salón y subió corriendo la escalera. Ya en su habitación, sin la doncella para que la ayudara, se desprendió el tocado, estiró los brazos para llegar a los botones de la espalda y se soltó los suficientes para poder quitarse el vestido; lo dejó, junto con el velo, sobre la cama y estuvo un momento acariciando el diáfano encaje del vestido y la guirnalda de flores silvestres que le coronaba el velo.

Sí, su día de bodas había sido todo lo que había soñado.

Pero tenía la clara impresión de que la noche de boda superaría todos sus sueños.

Pensando en eso, buscó por el dormitorio todo lo que necesitaba para vestirse para el viaje a Polperro.

Un cuarto de hora después, ataviada con un vestido de viaje de delicado color perla, bajó la escalera y se dirigió al salón. Asomándose a la puerta, le hizo una seña a Courtney, que la había visto al instante. Atendiendo a su señal, Courtney se volvió hacia Slayde para alertarlo de la situación. Juntos salieron del salón y se reunieron con ella en el corredor.

—Me pareció verte desaparecer —dijo Courtney haciendo un guiño—. ¿Supongo que no necesitaste ayuda para vestirte?

—No, me las arreglé muy bien. No quería molestar a las criadas. Todos lo están pasando tan bien.

—Te marchas, supongo —terció Slayde.

—Sí —contestó Aurora, sintiendo que el corazón se le aceleraba otro poco—. Vamos a ir a la casa de Julian en Polperro.

—Muy bien —dijo Slayde, sin extrañarse por esa elección.

—¿Ya están cargados tus bolsos? —preguntó Courtney.

—Sí, Julian se encargó de todo. Fue a ordenar que trajeran el coche para marcharnos.

—Ahí está —dijo Slayde, apuntando hacia el vestíbulo, en el que Julian acababa de entrar.

Courtney le dio un fuerte abrazo a Aurora.

—No olvides lo que te dije —susurró.

—No. —Después de corresponderle el abrazo, Aurora se empinó a darle un beso a Slayde en la mejilla—. Gracias por este día —le dijo solemnemente—. Ha sido todo lo que deseaba y, dadas las circunstancias, más de lo que me merecía.

—Te mereces ser feliz —contestó Courtney—, y creo que tu flamante marido es precisamente el hombre que conseguirá eso. —Al ver que se acercaba Julian, se aclaró la garganta y continuó en tono de voz normal—. ¿Cuándo os volveremos a ver?

—Mañana —contestó Aurora.

—O pasado mañana —dijo Julian, con una expresión de absoluta inocencia—. Después de todo, el viaje a Polperro nos va a llevar varias horas; más de lo normal puesto que ya estará oscuro. Cuando lleguemos, Aurora estará agotada. Necesitará descansar y tiempo para instalarse. Así que no os preocupéis si nuestra visita a Pembourne se retrasa uno o dos días. —Dicho eso, le cogió el brazo a su mujer y la llevó suavemente, pero con firmeza, hacia la puerta—. El día ha sido memorable —añadió, mirando a Slayde—. Gracias. Y no te preocupes. Aurora está en las mejores manos.

Capítulo 9

Capítulo 6

*L*as puertas de hierro de Pembourne desaparecieron en la distancia mientras en el horizonte brillaba el sol color naranja.

—Por fin —supiró Aurora, reclinándose en el asiento—, libertad.

Julian se echó a reír, poniendo una larga pierna sobre la otra.

—Una proclamación extraña. Muchas personas llamarían prisión, no libertad, al matrimonio.

—¿Eres tú una de esas personas? —le preguntó Aurora, sin sentirse amenazada en lo más mínimo.

—Lo era. ¿Ahora? Creo que no. —Arqueó una oscura ceja, divertido—. Dada tu expresión presumida, sospecho que ya sabías cuál sería mi respuesta.

—Sí, y no porque sea presumida sino porque no eres un hombre que se comprometería a un tipo de vida que considerara una prisión.

—Cierto, tampoco eres tú una mujer que se casaría con un hombre así.

—Cierto también —sonrió ella—. Supongo que los dos deseamos las mismas cosas.

—Sí. Y más aún, las haremos. Cuento con eso.

No había manera de confundir el sugerente brillo de sus ojos ni el tono ronco de su voz.

Aurora se sorprendió deseando que el trayecto no fuera tan largo; o, puesto que lo sería, que el mensaje que le enviaba Julian no fuera tan explícito ni tan eficaz.

El silencio flotó en el aire, denso, cargado de tensión.

Atroz.

—Lady Altec ya debe de andar recorriendo Devonshire propagando la noticia —comentó al fin, ya incapaz de soportar la creciente tensión.

—Estás nerviosa —dijo Julian, en el mismo e insoportable tono seductor.

—No, estoy buscando un tema de conversación.

Julian se incorporó a cerrar las cortinas del coche y cambió de asiento, sentándose a su lado.

—No.

—No ¿qué? ¿Que no esté nerviosa o que no busque un tema de conversación?

—Ninguna de las dos cosas. —Le levantó el mentón y se enrolló un mechón de pelo rojo dorado en el índice—. Hemos esperado dos semanas interminables, por no decir un día inacabable, para esto. —Cogió el mechón entre los labios y saboreó su textura—. Por fin, por fin, ha terminado la espera.

—Todavía no —dijo ella, mirando la bronceada columna de su cuello y sintiendo el golpeteo de su corazón contra las costillas—. Polperro está a horas de camino.

Julian bajó la cabeza para besarle el cuello, el contorno del hombro y el hueco detrás de la oreja.

—Exactamente. Quiero aprovechar al máximo estas horas a la luz de la luna.

Aurora agrandó los ojos.

—¿No querrás decir...?

—Pues sí. —Deslizó los labios por sus pómulos, con besos suaves, suaves, como de una pluma, continuó por el delicado puente de la nariz, y le mordisqueó ligeramente el labio superior—. ¿De verdad creías que esperaría todas esas horas? Nunca, *soleil*. He estado ardiendo por ti desde el instante en que nos conocimos, ardiendo por estar dentro de ti. Ahora tienes mi anillo en tu dedo, y nada me va a impedir hacerte mía.

—Pero, Julian, ¿en un coche? —exclamó ella, tratando de aferrarse a la cordura.

—Mmm, mmm —le recorrió el labio con la lengua—. ¿Escandalosamente poco convencional? Un coche cerrado, un asiento estrecho. Nada sino tú, yo, y el éxtasis de unir nuestros cuerpos en uno.

La besó en la boca, profundo, profundo.

—Y ¿si el cochero...?

—Noo. —Ya le estaba quitando las horquillas del pelo, tirándolas de cualquier manera al suelo—. Nadie nos verá. —Su ardiente mirada le perforó los ojos, llena de promesas—. Nadie verá el desenfreno que te voy a producir, nadie oirá tus gritos de placer. Nadie sino yo. —Introdujo los dedos por su pelo—. Aventura, emoción, pasión, todo lo que te he prometido. Di que sí.

Aurora se estremeció, sintiendo la excitación que se encendía en toda ella.

—Dime que deseas esto —susurró con la boca pegada a sus labios—. Dime que has soñado con tenerme dentro de ti, llenándote hasta hacerte estallar, moviéndome hasta que te desmorones en mis brazos, dímelo, Aurora.

—Sí, lo he soñado —contestó ella, casi mareada por el efecto de sus palabras, por las imágenes que le evocaban—, constantemente.

—Entonces, arrojémonos en el fuego, aticémoslo, reencendámoslo. Tenemos horas, déjame que te haga mi mujer. Aquí, ahora. Y después déjame que te que lleve a la cama para hacerlo todo de nuevo, para hacerte el amor hasta que me supliques que pare.

Aurora deslizó las manos por su chaqueta hasta los hombros.

—No sé por qué, pero dudo que ocurra eso.

—Estupendo, entonces haremos el amor hasta morir los dos. —Cerró los brazos alrededor de ella, ya no rogándola, sino insistente—. Di que sí.

Ella ya casi no podía hablar.

—Sí.

Él se apoderó de su boca, apasionado, duro, ardiente, implacable, afirmando una posesión que decía que no habría marcha atrás ni interrupción, hasta que se saciara su pasión.

Aurora no tenía el menor deseo de parar. Emitiendo un gritito de placer, le echó los brazos al cuello, sumergiéndose en el beso, echando atrás la cabeza y abriendo los labios buscando su lengua.

Julian se estremeció todo entero y, aceptando lo que se le ofrecía, la levantó, la acomodó en su regazo y le devoró la boca en un beso de total y absoluta posesión. Levantándole más los brazos que le rodeaban el cuello, la estrechó con fuerza, aplastándola contra él, mientras sus lenguas se unían, se frotaban, se fundían, los dos con la respiración en agitados resuellos.

Aurora ya no sabía dónde estaba. La potencia del cuerpo de Julian, el ardor de sus caricias, la implacable presión de sus labios devorándole de los de ella; las sensaciones eran un placer casi insoportable. La invadió una excitación, un calor líquido que le endureció los pechos y le debilitó los músculos. Temblorosa por la reacción, se apretó más a él, introduciendo los dedos por entre el pelo más largo de su nuca y deslizándolos hasta la fresca tela de su corbata.

A Julian se le tensó todo el cuerpo.

De pronto reaccionó bajando la mano por su espalda desabotonándole el vestido hasta encontrar su tersa piel y despertarla con sus ávidas caricias. El vestido bajó por sus hombros hasta dejar al descubierto las cimas de sus pechos. Entonces él separó la boca de la de ella y la contempló, con la ardiente mirada de sus ojos color topacio. Bajando la cabeza le depositó besos con la boca abierta en esa piel recién desnudada.

Aurora sintió acumularse el deseo en el vientre, encendiéndole un fuego en las ingles. Se movió inquieta sobre el regazo de él, cogiéndole la cabeza entre las manos, suplicándole en silencio que continuara.

Él reaccionó a su silenciosa súplica, bajando más la cabeza para cogerle con la boca el pezón por encima de la camisola, succionándoselo y lamiéndoselo, derritiéndola de excitación. Repitió la caricia, una vez, dos veces, y otra vez y otra vez, a medida que se intensificaba su deseo.

A Aurora se le escapó un ahogado gemido de placer.

Él levantó la cabeza, le escrutó la cara y, satisfecho por lo que vio, le desató las cintas de la camisola y se la bajó por los hombros. Sus pechos quedaron libres, elevados hacia él, los pezones endurecidos clamando por sus caricias.

—Qué hermosa eres —musitó él ahuecando la mano en un pecho, y luego deslizando suavemente la palma por su sensible pezón.

Aurora se estremeció, sintiendo el efecto de la caricia por todo el cuerpo.

—Julian..., Julian, por favor...

Nuevamente él bajó la cabeza y le deslizó la boca abierta por el pecho, hasta que seguir esperando se le hizo imposible. Le cogió el pecho con la boca y empezó a succionárselo con fuerza, con urgencia, sin nada de suavidad, deslizando la lengua por su pezón endurecido.

Corrientes de excitación pasaron por el cuerpo de Aurora, y se le escapó un grito de placer y súplica, que afortunadamente quedó apagado por el ruido del traqueteo del coche.

—Necesito más —musitó Julian con la voz ronca, espesa—. Necesito más de ti.

Pasó la boca al otro pecho acariciándoselos con las manos también, como si ya fuera incapaz de seguirse negando un instante más el éxtasis de poseerla.

Con la cabeza hecha un torbellino, Aurora cerró los ojos, toda su atención concentrada en las sensaciones que le producían sus caricias. Justo cuando pensaba que se iba a morir, él apartó la boca de su pecho y se apoderó de sus labios, introdujo la lengua e inició un ritmo de entrada y salida que era el preludio de lo que vendría a continuación. Pasando un brazo por debajo de ella, la estrechó más contra él y continuó besándola, sin dejar de mover el pulgar sobre su pezón mojado.

El mundo se movió y Aurora sintió la suave tela del asiento en la espalda. Por ahí en algún recoveco de la mente comprendió que estaba tumbada de espaldas. Un instante después Julian cubrió su cuerpo semidesnudo con todo su cuerpo totalmente vestido.

Aurora entreabrió las pestañas y vio sus ojos ardientes y su hermosa cara tensa de deseo. Tironeándole la corbata logró soltar el nudo, se la quitó, la tiró al suelo y continuó con los botones, los del chaleco y los de la camisa; a pesar de que le temblaban los dedos, logró desabotonarlos todos. Entonces le abrió la camisa y contempló maravillada su fuerte pecho, las bandas de músculos que parecían ondear bajo su piel. Impresionada por su avasalladora presencia, deslizó las palmas por su piel áspera por el vello y palpó sus hombros anchos y potentes. Julian se quedó inmóvil y la única señal del efecto que ella le producía fue la finísima capa de sudor que cubrió su piel.

Esto hasta que ella encontró sus tetillas y se las acarició con los pulgares. Estremecido por la caricia, Julian gimió su nombre y apoyó todo su peso en ella, hundiéndola en el asiento, fundiendo su cuerpo con el suyo.

—Julian.

La palabra le salió a Aurora en un susurro de indecible placer y maravilla; arqueándose, frotó los pechos contra el pecho de él y deslizó las manos por debajo de la camisa para explorar los sólidos planos de su espalda.

Murmurando un juramento entre dientes, Julian introdujo los dedos por su pelo, haciendo saltar las horquillas que quedaban.

—Ooh, eres deliciosa —musitó, con la voz rasposa, separándole los muslos con las piernas e instalándose entre ellos—, terriblemente deliciosa.

Le presionó la entrepierna y Aurora ahogó una exclamación, al sentir la dura y rígida prueba de su excitación presionando en el lugar donde sentía el anhelo. Aun cuando seguían separados por las telas de los pantalones de él y la falda de ella, la sensación era avasalladora, tan intensa que casi le impedía respirar.

—Otra vez —logró decir.

Con un músculo vibrándole en la mandíbula, él repitió el movimiento, presionándola ahí con más fuerza y moviendo en círculo las caderas para hacerla sentir todo el efecto de la caricia.

—Me voy a morir —balbuceó ella, separando más las piernas, invitándolo a adentrarse más—. No..., no pares...

La súplica terminó en un gemido cuando él volvió a presionar, con más fuerza, moviendo las caderas y gimiendo su nombre.

Sintió pasar aire fresco por encima cuando él se incorporó, la levantó con un brazo y con el otro le bajó el vestido y la camisola y se los quitó por los pies, arrastrando de paso las medias y los zapatos.

Estaba totalmente desnuda.

Pero no sintió vergüenza, sino solamente una maravillosa sensación de alivio. Abrió los ojos y le observó la expresión mientras él contemplaba su cuerpo desnudo.

—Exquisita.

Siguiendo su mirada con las manos, las deslizó por las curvas de la cintura y caderas y continuó por el abdomen, bajando, bajando hasta encontrar lo que buscaba.

Le tembló violentamente la mano cuando la deslizó por la nube rojiza dorada del vello púbico y continuó deslizándola más abajo, para abrirla, acariciarla en el lugar donde ella más deseaba tenerlo.

Se le escapó un ronco gruñido cuando tocó la abertura mojada, el ardiente calor que lo invitaba a entrar. Introdujo el dedo, separando los sensibles pliegues y continuó hacia dentro, acariciando, friccionando, presionando, despertándola.

A ella se le arquearon las caderas como por voluntad propia, y agrandó los ojos al notar la fuerte reacción refleja de su cuerpo. La sensación de sentirlo dentro de ella era puro éxtasis, aunque al mismo tiempo no era suficiente. Gimió de excitación cuando él retiró el dedo y luego volvió a introducirlo, repitiendo una y otra vez la caricia hasta que ella gemía pidiendo más, porque si no le daba más se moriría.

Julian le dio más; añadió otro dedo, ensanchándola más al penetrarla, produciéndole una sensación de plenitud que la hizo gemir más y agitar la cabeza. De todos modos, eso no le bastaba, y él se dio cuenta, porque de pronto las caricias se intensificaron, y aceleró el ritmo, siguiendo el movimiento de las caderas de ella, llegando más al fondo.

Cuando él le acarició con el pulgar la pequeña protuberancia donde se concentraba el deseo, ella se arqueó casi separando todo el cuerpo del asiento. Se le quedó atrapado el aire en la garganta y las oleadas de sensación la recorrieron toda entera como balas de cañón.

—Ooh, ooh, Julian..

Deseaba decirle más, suplicarle que continuara, pero no podía hablar, escasamente podía recuperar el aliento. Lo único que pudo hacer fue mirarlo desesperada, rogando que él viera la urgencia en sus ojos.

Él tenía la frente cubierta por gotitas de sudor y sus ojos brillaban con una ardiente luz.

—Lo sé, Rory, lo sé —musitó con voz ronca—. Yo también necesito eso.

Y su pulgar continuó obrando su magia mientras sus dedos continuaban entrando y saliendo.

Aurora llegó al pináculo de sensación emitiendo un gritito. Todo su interior se agolpó ahí y luego estalló, descontrolándole el cuerpo con una serie de contracciones que parecían salir en espiral desde ese centro haciéndole temblar las piernas.

Julian emitió un áspero sonido de triunfo y, con los dientes apretados, aumentó la presión de los dedos, sintiendo el orgasmo de ella por todo él, en la presión de sus músculos interiores sobre sus dedos.

Aurora se quedó inmóvil y fláccida sobre el asiento, sintiéndose blanda, como si no tuviera ningún hueso, inmersa en la exquisita sensación de relajación. Continuó con los ojos cerrados, maravillada, aturdida, aunque totalmente consciente de las caricias de Julian dentro de ella y luego al retirar los dedos.

—Ha sido glorioso —dijo, abriendo los ojos.

A pesar de su intensa excitación, de la tensión no liberada que le atenazaba el cuerpo, él sonrió ante su franca declaración.

—Me alegra.

—Pero hay más —dijo ella, tironeando el primer botón de la bragueta de sus pantalones—, para los dos.

Julian le detuvo la mano, desaparecido todo su humor.

—Aurora, escúchame. Esta es tu primera vez. Por muy suave que lo haga, te voy a hacer daño. Te juro que haré todo lo que esté en mi poder para reducirlo al mínimo. Pero estoy a punto de perder el control, así de excitado estoy. Si me tocas, me...

Se interrumpió con un siseo porque ella, sin hacer el menor caso de su advertencia, se soltó la mano, la metió por la abertura de los pantalones e hizo exactamente lo que él le había dicho que no hiciera.

—Qué excitado estás —musitó ella, soltando dos botones para abrir paso a la mano—. Qué potente, lo siento vibrar en mi mano. —Soltando el resto de los botones, observó fascinada cuando el miembro rígido saltó, libre. Pasó un dedo desde la base a la punta—. Julian, eres magnífico.

Julian se descontroló. Gruñendo el nombre de ella, se quitó a toda prisa la ropa, tirándola en el suelo por todas partes y en el instante en que se puso encima de ella, le separó las piernas y se instaló entre los muslos.

—Condenación, Aurora —masculló—. Voy a...

—Eso es lo que deseo —musitó ella, impresionada por su expresión, por los movimientos casi violentos de su cuerpo.

Él ya estaba embistiendo con las caderas antes de penetrarla; su duro y rígido miembro buscando la ardiente entrada que ansiaba.

Con infalible pericia, la encontró.

Un renovado placer fluyó por toda ella en oleadas mientras él comenzaba a penetrarla por el estrecho pasaje. Las caricias anteriores se lo habían dejado mojado, flexible, por lo que se abrió a él impaciente, ahogando una exclamación al sentir esa nueva y fascinante sensación de plenitud. Él la penetró otro poco, ensanchándola más, exigiéndole que lo cogiera todo entero.

—Aah, qué deliciosa eres —dijo entre dientes.

—Tú también —susurró ella.

Y lo decía en serio. No existían palabras para expresar la exquisita sensación de ser poseída; nada podría disminuir su maravilla. Ni siquiera cuando la sensación de plenitud dio paso a una de presión y comenzó a amenazar con transformarse en dolor.

Mordiéndose el labio, lo abrazó, acariciándole la piel caliente, palpándole la espalda mojada de sudor y estremecida por sus caricias. Subió las palmas hasta los hombros, saboreando el tacto de sus tensos músculos que, a pesar de lo que acababa de asegurarle, le temblaban por intentar hacer más lenta la penetración.

—No, no te refrenes —le susurró.

Él negó enérgicamente con la cabeza.

—Te va a doler.

—No me importa.

—Siente... conmigo —dijo él, con la voz rasposa, la respiración dificultosa—. Siente... por encima del dolor...

Se interrumpió para apoyar el peso en un codo y bajó la otra mano por entre sus cuerpos hasta encontrar el lugar.

El placer pasó como un rayo por toda ella, haciéndola arquearse, introduciendo más el miembro, y el dolor se transformó en realiad, una realidad al instante eclipsada por las intensas sensaciones que le reencendieron las caricias de él. Entonces él la besó en la boca, un beso largo, ardiente, profundo, acariciándole la lengua con la suya mientras deslizaba el dedo por la protuberancia más sensible. Continuó, acariciándola así, una y otra vez, hasta que todo desapareció en una marejada de placer, y Aurora le enterró las uñas en la espalda, apretándolo más, acercándolo más, necesitándolo más y más.

Cuando ya la había abandonado todo pensamiento racional, Julian actuó. Con un solo movimiento de las caderas, embistió y la penetró hasta más allá del velo de su virginidad, enterrándose hasta el fondo de su estrecha abertura. Aurora se tensó, en una fugaz protesta de su cuerpo.

La protesta acabó con la misma rapidez con que comenzó. Presionando y meciéndose ligeramente, él continuó la caricia con el dedo, incitándola, impidiendo que remitiera el placer. Ella respondió apretándole el miembro con los músculos interiores y arqueándose contra su mano y obligándolo así a penetrarla más. Fundiéndose con él, ahogó un gemido.

La reacción de Julian fue salvaje. Echando atrás la cabeza, emitió un rugido, y con la fuerza del deseo se le hincharon las venas del cuello. Liberando la mano, le levantó los muslos para que lo rodeara por la cintura con ellos y, cogiéndole las nalgas, embistió fuerte, aplastándole la entrepierna. Esta vez fue Aurora la que gritó de placer.

El pasmoso placer la recorrió toda entera, vibrando por su cuerpo, incitándole más y más deseo. Negó vehementemente con la cabeza cuando él se retiró, y al instante gritó otra vez cuando él volvió a embestir, llenándola a rebosar, fusionando sus ingles con las suyas. Él intensificó los movimientos, embistiendo más rápido y más fuerte, moviéndose sobre ella y dentro de ella. La realidad desapareció, el tiempo dejó de existir y el mundo se desintegró, quedando solamente Julian, Julian, Julian.

Llegaron juntos al orgasmo. Aurora sollozó cuando se apoderaron de ella las contracciones, bañándola en enormes e implacables oleadas. En la distancia oyó el grito gutural de Julian mientras la apretaba contra sí como si quisiera fusionarla con él para siempre. Entonces continuó las embestidas y ella sintió entrar su simiente en chorros intermitentes.

Mojados de sudor, se desmoronaron sobre el asiento, el cuerpo de él cubriendo totalmente el suyo. Ella sentía los estremecimientos que le recorrían el cuerpo a él, y sentía entrar los últimos chorritos de su semen. No sentía pesado su cuerpo, sino más bien maravillosamente agradable. Se le cerraron solos los ojos, ya cansados de continuar abiertos. Se sentía más agotada de lo que podría haber soñado jamás, el cuerpo adormecido, tan saciado que no se podía mover.

Debió quedarse dormida.

Un brusco salto del coche al pasar por un bache la despertó.

Abrió los ojos y, frunciendo el ceño, trató de recordar dónde estaba, extrañada de que estuviera tan oscuro y de que la habitación se moviera.

El potente cuerpo que tenía encima le refrescó la memoria. Al tratar de moverse un poco cayó en la cuenta de lo maltrecha que se sentía y de lo estrecho que era el asiento del coche. Le tocó un mechón de pelo mojado a Julian y le acarició la cabeza que tenía apoyada en el hueco de su cuello, notando que él tenía el cuerpo totalmente relajado.

Y seguía dentro de ella.

—Estás despierta —dijo él con la voz ronca, profunda, junto a su oído.

Aurora sonrió.

—Lo dices como si eso te decepcionara.

—Sólo porque eres tan absolutamente deliciosa. —Levantó la cabeza y la miró con expresión medio traviesa, medio seria—. Y ahora tendré que moverme.

Ella lo rodeó con los brazos.

—No te muevas.

—Cariño, te tengo casi totalmente aplastada. —Miró el asiento, pesaroso—. Por primera vez, lamento el lugar donde estamos. Si esto fuera una cama, podría liberarte de mi peso y seguir dentro de ti. Pero puesto que no lo es...

Le rozó los labios con los suyos y, con inmensa renuencia, retiró el miembro, se incorporó hasta quedar de rodillas y la ayudó a sentarse. La miró, ceñudo de preocupación.

—¿Te encuentras bien? —le preguntó en voz baja.

Ella echó atrás la cabeza y lo contempló con los ojos adormilados, saciados.

—Ah, creo que me siento muchísimo mejor que bien. —Se desperezó, sin preocuparse por estar desnuda, y exhaló un suspiro de satisfacción—. Pasión, emoción y aventura, todo a las pocas horas de pronunciar nuestras promesas. Estoy debidamente impresionada, excelencia.

Riendo, Julian le apartó unos mechones de pelo de las sonrosadas mejillas.

—Como lo estoy yo, *soleil*, aun cuando no hiciste caso de mi advertencia.

—¿Eso es una queja?

—Por el contrario. Ni siquiera yo me imaginé lo altas que subirían nuestras llamas.

Afirmándose en el borde del asiento, Aurora buscó a tientas en el suelo hasta encontrar el chaleco de Julian, y sacó de él el reloj.

—Sólo hemos viajado dos horas —lo informó—. Esto nos da tiempo más que suficiente para reencender las llamas, varias veces, en realidad.

Él se rió y la risa le resonó en el pecho.

—¿Vas a ser insaciable, mi bella esposa?

—¿Te importaría?

—Me adaptaré, como sea. —La atrajo hacia sí y la rodeó con los brazos—. Claro que las exploraciones más creativas tendremos que dejarlas para mi cama. Allí tendré más espacio para disfrutar de ti más plenamente, de todas las maneras. —Le besó el pelo, deslizando suavemente la mano por su delicada columna—. Pero creo que podemos encontrar bastantes actividades para mantenernos ocupados, al menos el tiempo que dure el trayecto.

Llegaron a la casa de Polperro absolutamente desmelenados, a juzgar por las expresiones que pusieron el cochero y los lacayos cuando los vieron bajar del coche. Afortunadamente los demás criados ya se habían ido a acostar, en parte porque era tarde y en parte porque les habían advertido que sería mejor que se esfumaran. Por lo tanto, nadie más vio la muy poco tradicional entrada de los recién casados.

Julian llevó a Aurora directamente a su dormitorio, haciéndole la seductora promesa de que podría explorar la casa a su gusto después que él hubiera terminado de explorarla a ella a su gusto.

Aurora estaba más que feliz de retrasar indefinidamente su exploración de la casa.

Dejando caer los zapatos, se subió a la cama, esperando impaciente la siguiente incursión en el estimulante mundo de la pasión. Como si eso hubiera sido la señal, su cuerpo protestó, y se le intensificó la molestia entre las piernas, y los músculos comenzaron a dolerle. Infierno y condenación, se regañó, observando a Julian, que había ido a atizar el fuego del hogar. La esperaba una larga y tentadora noche, una noche que no pensaba perderse simplemente por sus comprensibles aunque intolerables limitaciones físicas.

Julian se volvió hacia ella y la miró de arriba abajo, con ojos escrutadores, sagaces.

—Descansa un momento, yo volveré en seguida —le dijo amablemente.

Aliviada por esa oportunidad de recuperar sus fuerzas, ella obedeció, se arrastró hasta su lado de la cama y se acurrucó, probando posiciones hasta encontrar la más cómoda.

Cerró los ojos y se quedó medio dormida. Vagamente oía ruidos en la distancia, pero no entendió de qué eran hasta que él la desvistió y la levantó en los brazos. Entonces miró alrededor y comprobó, sorprendida, que él había sacado de alguna parte una inmensa bañera de cobre y la había llenado con cubos de agua caliente.

—Al agua —dijo él, depositándola en la bañera.

Suspiró de placer cuando la cubrió el agua caliente, aflojándole los músculos agarrotados y aliviándole mágicamente la irritación en la entrepierna.

—¿Mejor? —preguntó él.

—Es el cielo. ¿Cómo lo supiste?

Él arqueó una oscura ceja.

—¿Que cómo lo supe? Yo soy la causa de esos dolores, ¿no lo recuerdas? El hombre que acaba de pasar largas horas abusando de su esposa virgen en el estrecho asiento de un coche.

—Lo recuerdo —contestó ella, sonriendo presumida—. También recuerdo mi entusiasta participación en el abuso.

—Sí que participaste. —Con una pícara sonrisa, él comenzó a desvestirse—. De todos modos, ha llegado el momento de reparar tu pobre y aporreado cuerpo. —Terminó de desvestirse, cogió una pastilla de jabón y se metió en la bañera—. Claro que vas a necesitar una doncella para que te ayude a bañarte.

A ella se le escapó una sonrisa.

—Tú eres una doncella formidable.

—Ah, pero muy buena. Verás como te dejo bien fregada y totalmente relajada.

—Bien fregada, tal vez, pero ¿totalmente relajada? Eso lo dudo.

—Qué escéptica. —Se instaló detrás de ella, con la espalda apoyada en un lado de la bañera y la instaló entre sus piernas, con la cabeza apoyada en su pecho—. ¿Qué tal así?

Ella se apretó contra él.

—Perfecto. Pido disculpas por haber dudado de tus habilidades para relajar.

—Disculpas aceptadas. Ahora, quédate quieta.

Comenzó por darle masaje en los hombros, amasándole los músculos para aflojarle la tensión, aumentando poco a poco, maravillosamente, la presión.

Aurora emitió un sonido de gratitud, cerró los ojos y lo dejó obrar su magia. De pronto ya sentía el cuerpo liviano, desaparecidos la rigidez y el malestar.

Pasaron unos largos y apacibles minutos, el silencio sólo interrumpido por los sonidos del agua al agitarse.

Finalmente, Julian pasó a la tarea que le había prometido realizar. Se puso jabón en las manos y se las pasó suavemente por los brazos.

—Ahora a hacer el trabajo de la doncella. Comenzaré por tus brazos.

Un estremecimiento de placer acompañaba a cada caricia.

—Mmm —susurró.

—Sí, tienes la piel impecable —dijo él, entrelazando los dedos con los suyos, sus palmas jabonosas y cálidas, insoportablemente eróticas al friccionarle las suyas en lentos círculos—. Dime, ¿qué parte lavo ahora?

Esa voz increíblemente seductora le aceleró el corazón, disipando su adormecimiento como el sol la niebla de la mañana.

De repente, estaba totalmente despierta.

—¿Dónde quieres lavarme tú? —le preguntó, sintiendo ese ya conocido anhelo en la entrepierna.

Julian percibió su reacción al instante. Ella lo notó por la forma como apretó los dedos sobre los de ella, con una presión ligerísima, por la forma como le apartó el pelo con la boca para besarle la nuca.

—No hagas esa pregunta a no ser que estés preparada para la respuesta. Y permíteme que te lo advierta, yo respondo con actos, no con palabras.

—¿Otra advertencia, excelencia? —logró decir, ella, que apenas podía hablar para hacerse oír por encima del golpeteo de su corazón—. ¿No te diste cuenta en nuestra primera vez lo poco que me asustan tus advertencias?

—Ah, lo había olvidado. —Se liberó las manos para pasarlas por debajo de sus piernas, levantándoselas y separándoselas—. Muy bien, entonces, me fiaré de mi intuición para elegir las partes que he de lavar.

Diciendo eso, le colocó los muslos encima de los suyos muchos más potentes.

Aurora emitió un gemido cuando el agua le cayó como cascada por entre las piernas, arremolinándose en su parte sensible, ya no aliviándola sino excitándola. Detrás sintió cómo cobraba vida y se iba endureciendo y vibrando el miembro de él.

—Julian...

—Sí, *soleil*.

Dominando firmemente su deseo, Julian le pasó las manos jabonosas por las piernas, las pantorrillas, las rodillas, la parte interior de los muslos, donde le temblaron los músculos, acercándolas más y más a su centro del deseo.

—Continuaré con las piernas. Al fin y al cabo las has tenido aplastadas horas y horas; les hacen falta unos tiernos cuidados.

Subiendo otro poco las manos, le friccionó la suave piel de los muslos, describiendo círculos con los pulgares, justo más allá de donde ella los deseaba.

—Julian... —protestó, medio sollozando, tratando de bajar el cuerpo para encontrar su contacto.

—¿No te gusta esto? Y ¿esto?

Abandonó un muslo y le subió suavemente la mano por el abdomen y continuó subiendo hasta rozarle la parte inferior de los pechos.

Los pezones se le endurecieron al instante y sus pechos se hincharon de excitación urgente.

—No lo soporto.

—No tienes por qué soportarlo, *soleil* —susurró él, dejándole una estela de ardientes besos desde el hombro hasta el cuello—. Dime lo que deseas y será tuyo.

—Acaríciame, por favor, acaríciame.

Al instante él le cubrió el pecho con la palma y le frotó el pezón, moviendo al mismo tiempo la otra hasta llegar al lugar del deseo, ahuecándola ahí. Antes que ella pudiera recuperar el aliento, le introdujo los dedos por el ardiente y resbaladizo pasaje.

—¡Julian! —exclamó ella, arqueándose.

La sensación la recorrió toda entera con renovado ardor. A tientas buscó por la espalda, decidida a no tocar el cielo sola. Encontró el hinchado pene, lo rodeó con la mano y se lo acarició desde la base hasta la punta y hasta la base otra vez.

Julian reaccionó como si se hubiera vuelto loco. Con un ronco gruñido que le resonó en el pecho, interrumpió las caricias, la levantó por la cintura y la giró hacia él; separándole las piernas la montó a horcajadas y no paró el movimiento hasta que su miembro encontró el blanco y se introdujo en su aterciopelada cavidad.

—¿Crees que puedes aceptarme ahí otra vez? —le preguntó en un resuello, pregunta inútil pues ya estaba embistiendo para enterrarse más, y gimiendo por la presión de ella con sus músculos interiores.

—Sí, ah, sí —contestó ella de todos modos, bajando más, el placer tan intenso que no dio cabida al dolor—. Dime qué hago.

—Muévete. Así.

Le cogió las caderas y empezó a subirla y bajarla hasta que ella lo estaba mirando con los ojos agrandados aferrándose a sus hombros, al tiempo que cogía el ritmo.

Julian la instó a continuar. Apretándole más las caderas, aceleró las embestidas, fuertes, salvajes. Sus potentes manos la subían y bajaban, penetrándola hasta el fondo, sus ojos brillantes como fuego color topacio, los dientes apretados, batallando por retrasar el orgasmo que ya se le iba haciendo inevitable.

De repente perdió la batalla.

Emitiendo un grito gutural, se puso rígido, y por sus ojos pasó una expresión de incredulidad cuando, sin poder evitarlo, eyaculó. Apretándola contra él, y los músculos del cuello tensos, continuó embistiendo desenfrenado, con toda la fuerza de su orgasmo.

—Aurora —resolló—. Acompáñame. Acom... pá... ñame.

Cerró los ojos, mientras los chorros de su liberación entraban en ella.

El ruego de Julian, más la sensación de su semen entrando en ella disparado, le produjo el orgasmo a ella. Cogiéndose de sus antebrazos, lo siguió hasta el sol, gritando su nombre, estremeciéndose por las violentas contracciones que se apoderaron de ella, apretándole el vibrante miembro.

Entonces se relajó y quedó fláccida sobre él, como una muñeca de trapo, agradeciendo la potencia de los brazos de él que la sostenían. Apoyó la cabeza en su pecho, oyendo los atronadores latidos de su corazón y su respiración agitada.

—Dios mío —logró decir él—. Esto ha sido... increíble.

Haciendo un ímprobo esfuerzo, ella asintió, sin siquiera molestarse en levantar la cabeza.

—Cada vez es más pasmoso —resolló, con las piernas y los brazos todavía temblorosos por la reacción.

Algo que detectó en su comentario, lo hizo tensarse otra vez, aunque esta vez no de pasión.

—Aurora. —Le levantó la cabeza y en silencio le ordenó que lo mirara—. Casi no puedes hablar, y estás temblando como una hoja. ¿Te hice daño?

—Ah, no —contestó ella, abriendo los ojos—. Por el contrario, nunca me imaginé que un baño pudiera ser tan espléndido. Ni mi doncella tan espléndida.

Julian pareció aliviado, aunque no divertido.

—De todos modos, este baño era para aliviarte el malestar, no para empeorarlo. El problema es —añadió, agitando la cabeza, sorprendido, y como hablando consigo mismo—, que no puedo quitarte las manos de encima.

—Qué confesión más estimulante —contestó ella, mirándolo pícara—. Tan estimulante que no se puede poner en duda. Y qué oportuna. Al fin y al cabo, todavía no me has lavado, y eso es un grave problema, puesto que el agua se está enfriando. Así que, por favor, aprovecha tu preocupación para lavarme lo más rápido que puedan esas manos incomparablemente expertas y luego llévame a tu cama. —Levantó las caderas seductoramente—. Y entonces te invito a entregarte a tu deseo y a darle gusto a tus manos otra vez.

El cuerpo de Julian cobró vida, olvidado su pasajero momento de templanza.

—Una y otra vez, *soleil* —murmuró con la voz ronca, cogiendo la pastilla de jabón—. Tantas veces que igual tardamos unos cuantos días en volver a Pembourne.

Aurora comprobó que estaba bastante de acuerdo con eso. La noche que siguió fue todo lo que había soñado y más, interminables horas sumergidos en una sensualidad más exquisita de la que se hubiera imaginado jamás. Julian era incansable, su vitalidad muy superior a la suya, sus inhibiciones nulas y su deseo de ella inextinguible.

Finalmente, justo antes del alba, descansaron, ella con la cabeza apoyada en la curva del hombro de él.

—¿Te he exigido demasiado? —le preguntó él, haciendo pasar mechones de su pelo rojo dorado por entre los dedos.

—Yo te iba a preguntar lo mismo —sonrió ella.

Él se rió.

—No temas, tengo un aguante excepcional tratándose de ti. Si hay que poner algún límite, ese tienes que decidirlo tú.

—¿Yo? Ay, Dios, me parece que no vamos a volver muy pronto a Pembourne.

—¿Eso te perturba?

—Dada la causa del retraso, no. El Zorro y el Halcón han esperado todo este tiempo; esperarán un poquito más.

—Sí que esperarán. —Le deslizó la mano por la suave curva de la columna—. No he olvidado mi promesa.

—¿Qué promesa?

—La de enseñarte el mundo. Tan pronto como el diamante negro se haya devuelto a su legítimo lugar, tú y yo haremos un largo viaje de bodas.

A ella se le iluminó la cara.

—Eso lo encuentro perfecto. —Frunció el ceño, en gesto interrogante—. ¿No viajas solo normalmente?

—Un viaje de bodas no es lo que podríamos llamar trabajo, *soleil* —contestó él, con voz ronca.

—Eso lo sé. De todos modos... —Guardó silencio, pensativa—. Julian, no invitaste a nadie a nuestra boda. ¿No tienes ningún lazo con nadie, con un amigo, con un colega?

—Con nadie en particular.

—Eres tan independiente como lo era Slayde —suspiró ella.

—Pareces sorprendida.

—Perpleja es una palabra mejor. Habiendo pasado sola la mayor parte de mi vida, no logro imaginarme a nadie eligiendo una vida de soledad.

—Elegir estar solo no implica necesariamente ser un solitario. Simplemente se trata de que uno elige cuándo tener compañía y quién ha de ser esa compañía.

—¿Mujeres, quieres decir?

—¿Por qué supones eso?

—Porque vi la expresión en la cara de esa camarera cuando estábamos en la taberna Dawlish. Parecía una yegua arrimándose a un semental.

—¿Un semental? —repitió él, con seductora sonrisa—. Me gusta bastante esa analogía.

—A mí no.

—¿Por qué?

—Porque creo que no soportaría la infidelidad —dijo ella, sorprendiéndose por la vehemencia con que declaró eso—. Es curioso, nunca había pensado en ello antes, tal vez porque realmente suponía que no me casaría nunca. Pero ahora que estoy casada, aun cuando haya sido a causa de un conjunto de circunstancias nada normales, encuentro inaceptable la sola idea de la infidelidad. —Se incorporó un poco para mirarle la cara, nuevamente con expresión interrogante—. ¿Va a plantear un problema eso?

Él le pasó el índice por la boca hinchada por los besos.

—*Soleil*, el único problema que preveo es mi insaciable deseo de ti. Contigo en mi cama, tengo muy poco interés, o energía, para otras mujeres.

Ella lo miró con los ojos entrecerrados.

—Y ¿cuando estés lejos de mí?

—Recuperaré mis fuerzas. Será mejor que tú hagas lo mismo —le acarició la mejilla con el dorso de la mano—, porque cuando vuelva, no vas a dejar esta cama durante una semana.

—Ah, pues, esa advertencia sí que me gusta. —Se inclinó a besarle los duros planos de su pecho—. Siempre que no viajes sin mí con mucha frecuencia.

—Tienes mi palabra, *soleil*. —La giró hasta dejarla de espaldas, con los ojos ardiendo con ese fuego ya conocido—. No veo las horas de presentarte al mundo.

—Entre otras cosas —contestó ella con una seductora sonrisa.

—Ah, sí, ciertamente entre otras cosas.

El sol continuaba ascendiendo por el cielo, bañando con su luz Cornualles y toda Inglaterra. Por todas partes la gente comenzó a abrir los diarios y a asombrarse al leer que los Huntley y los Bencroft habían fusionado sus familias, que el conde de Pembourne había dado la mano de su hermana en matrimonio nada menos que al nuevo duque de Morland, que acababa de heredar el título.

En su apacible casa señorial de Devonshire, el vizconde Guillford exhaló un suspiro y, después de volver a leer el anuncio, dobló el diario y lo dejó en la mesa lateral. Así que Morland se casó con Aurora, pensó. Un gesto noble, el único gesto que podía hacer, suponía. De todos modos, lo sorprendía que Pembourne hubiera permitido el matrimonio, dados sus sentimientos por los Bencroft. Ah, muy bien; nuevamente la vida había dado un giro inesperado, uno al que tendría que resignarse. Después de todo, él no podría haberse casado con una mujer que fue sorprendida en la cama de otro hombre, por muy atractiva que fuera.

Cansinamente se frotó los ojos. Tendría que reevaluar sus opciones y redirigir su futuro.

A muchas millas de distancia, en una sórdida taberna de Cornualles, un hombre fornido y barbudo leyó el mismo anuncio de matrimonio, pero su reacción fue mucho más violenta.

Apurando su cerveza, se quedó contemplando el diario, perforando las palabras con sus negros ojos.

«Otra vez ese cabrón piensa alzarse con lo que desea —masculló para su coleto, hirviendo de rabia, la furia golpeándole por dentro la cabeza como un martillo—. Muy bien, este afortunado matrimonio suyo no quedará impune. Lo pagará. Sobre la tumba de mi hermano, lo pagará.»

Capítulo 7

*M*erlín estaba de vuelta. Eso fue lo primero que pensó Aurora, lo único que pensó en realidad, sentada al lado de su marido en la sala de estar de Pembourne, oyéndolo explicarle a Slayde y Courtney, con franqueza y precisión, la verdad que se ocultaba tras las legendarias historias del Zorro y el Halcón. Sin amilanarse por las bruscas interrupciones de Slayde ni por la palidez de la cara de Courtney, continuó exponiendo los hechos y las pruebas, con la habilidad de un maestro y la objetividad de un investigador. Había desaparecido el seductor y pausado amante de los días y noches pasados; en su lugar estaba un hombre autoritario, serio, tan resuelto y firme como imponente.

La comprensión la golpeó, rotunda, y dándole que pensar. Bien podía conocer a su marido en el sentido bíblico, pero en todo lo demás, Julian Bencroft seguía siendo un enigma.

—Esto es incomprensible —exclamó Slayde cuando Julian terminó la explicación y guardó silencio.

Del cofre que le había entregado Julian sacó la daga con el zorro en la empuñadura y estuvo un momento examinándola. Después concentró la atención en el diario, pasando las páginas una a una.

—Todos estos años. Todo ese odio.

—Odio estúpido —añadió Julian—. Un odio basado puramente en mentiras, mentiras que separaron a nuestras familias y nos han impedido encontrar justamente lo que todos buscábamos, el diamante negro. Bueno, eso va a cambiar, a partir de este momento.

Slayde levantó bruscamente la cabeza y lo miró con los ojos entrecerrados, desconfiado.

—¿Por eso te casaste con mi hermana? ¿Para facilitarte la búsqueda de la piedra?

Julian ni siquiera movió una pestaña.

—Hasta cierto punto, sí.

—¡Maldición! —exclamó Slayde, golpeando la mesa con el puño—. Debería haber hecho caso de mi intuición y haberte mantenido lo más lejos posible de Aurora. Puede que no seas un canalla cruel como tu padre, pero tus motivos son igualmente egoístas.

—Slayde, para —dijo Aurora, cogiéndose de los brazos del sillón.

Slayde negó con la cabeza.

—Es un maldito mercenario, Aurora, impulsado únicamente por la codicia. Pretende utilizarte para encontrar esa piedra para luego venderla al mejor postor...

—Slayde, espera —interrumpió Courtney, poniéndole suavemente la mano en el hombro—. Tengo la clara impresión de que en esto hay más de lo que hemos oído. —Pasó su sagaz mirada a Aurora y le preguntó tranquilamente—: Todo lo que nos ha explicado Julian tú ya lo sabías, ¿verdad? Y no quiero decir desde el día de vuestra boda, quiero decir desde hace dos semanas.

—Sí —repuso Aurora, agradeciendo como siempre lo bien que la comprendía Courtney naturalmente—. Julian me lo explicó todo el día que vino a Pembourne a pedir mi mano.

Slayde hizo una inspiración rápida, sorprendido.

—Entonces, ¿por qué no nos lo dijiste inmediatamente? —preguntó.

Aurora le dirigió una mirada muy significativa.

—Julian temía que tú interpretaras mal sus intenciones y nos prohibieras casarnos, lo que ninguno de los dos estaba dispuesto a tolerar. Por lo tanto, me dio a elegir. O nos íbamos inmediatamente a Gretna Green y nos casábamos a toda prisa, después de lo cual yo estaría en libertad de deciros todo esto, o disfrutábamos del día de bodas que yo deseaba tanto, con la presencia de vosotros dos, pero guardaba silencio hasta que hubiéramos hecho las promesas del matrimonio. A él le daba igual, le venía bien cualquiera de estas dos opciones, mientras se lograra el resultado final. La decisión era mía, y yo la tomé.

Courtney sonrió.

—Es decir, Julian, deseabas evitar que Slayde sacara justamente la conclusión que ha sacado.

—Sí —contestó él—, conclusión que, debo decir, para ser justo con Slayde, yo también habría sacado si Aurora fuera mi hermana. —Se inclinó hacia ellos, todo poder y prestancia—. No obstante, ahora que he revelado la verdad, no quiero que haya ningún malentendido entre nosotros. Es mi intención encontrar esa joya. Deseo vuestra ayuda, pero no es esencial que la reciba. Y no era esencial, por cierto, que Aurora se convirtiera en mi esposa para llevar a cabo mi objetivo. Útil sí, pero no esencial. Como te expliqué hace dos semanas, Slayde, pedí la mano de Aurora por muchísimos motivos; muchos de ellos te los dije; a Aurora se los dije todos. Y muchos de ellos tenían poco o nada que ver con el diamante negro. —Sonrió levemente—. Aunque debo reconocer que me encantó, pero no me sorprendió, la reacción de Aurora a la verdad que se ocultaba tras los alias de el Zorro y el Halcón. Era mi deseo que ella reaccionara exactamente así, y no me decepcionó. Le interesó tanto como a mí la revelación de mi bisabuelo y se mostró tan entusiasmada como yo por llevar a su fin su misión y dejar atrás el pasado. Esa perspectiva influyó bastante en su decisión de aceptar mi proposición de matrimonio. Por lo tanto, si bien estoy encantado por la colaboración de Aurora, pues realmente no puedo negar que facilitará mi búsqueda, no la engañé para que aceptara ser mi mujer.

—Muy bien —dijo Slayde, secamente—. Me has convencido. Continúa.

—¿Que continúe?

—Sí. He oído que pretendes encontrar el diamante negro; he oído que tenías numerosos y honorables motivos para casarte con Aurora. Lo que todavía no he oído es qué quieres hacer con la piedra una vez que la encuentres.

—Ah, quieres saber si se justifica tu escepticismo, si mi codicia va a eclipsar todo lo demás.

—Exactamente. No te voy a ayudar a hacer tu fortuna a expensas de mi familia.

—A expensas de «nuestras» familias —enmendó Julian fríamente—. No olvides que los Bencroft han sufrido las mismas injusticias que los Huntley, aun cuando no el mismo número de tragedias.

—Y ¿es tu intención reparar esas injusticias? ¿Tu sentido del honor te va a obligar a renunciar a los cientos de miles de libras que obtendrías vendiendo el diamante, y todo para restablecer la buena fama de una familia que aseguras despreciar?

En los ojos de Julian brillaron chispitas.

—Repetiré lo que te dije el día que vine a pedir la mano de Aurora. Sabes muy poco de mí, y menos aún acerca de mis valores, prioridades y motivaciones. Es hora de que aclare esas ideas erróneas. Aunque trabaje como mercenario, no me impulsa la ambición de riquezas. Ah, sí que disfruto de las buenas compensaciones que gano, pero mi estilo de vida me da mucho más que simple dinero, vale decir, emoción, entusiasmo, desafío, aventura, y sí, a veces la oportunidad de servir a la justicia. Sobre todo esta vez, en que la justicia es de naturaleza tan personal, personal y válida, a pesar de la hostilidad que sentía por mi padre y mi abuelo. Encontrando la joya rindo homenaje a dos hombres muy dignos y meritorios, uno de los cuales da la casualidad que es mi bisabuelo, y puedo poner fin a una enemistad que no debería haber comenzado jamás y silenciar una maldición que, al margen de que yo la encuentre ridícula, nos ha convertido en parias de la sociedad.

—¿No crees en la maldición?

—No más que tú. Pero lo que creamos o no creamos tú y yo tiene poco peso en la forma como nos ve el mundo. Y no es que a mí me importe un rábano ese ostracismo. Como tampoco te importa a ti, supongo.

—No me importaba —repuso Slayde en voz baja—, hasta ahora. —Miró a Courtney y su mirada bajó hasta detenerse en su muy abultado abdomen—. Ya no es sólo mi vida la que está en juego. Si puedo proteger a mi familia, a mi hijo, evitar que tengan que soportar las heridas del pasado, el miedo y el aislamiento, lo haré. —Tragó saliva—. Debo.

—Entonces, confía en mí —lo instó Julian, con expresión vehemente—. Cree que no tengo la intención de quedarme con la joya ni venderla. Mi intención es entregarla a la Corona y ocuparme de que se devuelva al templo del que la robaron.

Echando una última mirada al diario, Slayde asintió.

—Muy bien. Aunque todavía estoy atontado por todo lo que acabamos de enterarnos... las implicaciones.

—Todos lo estamos, Slayde —terció Aurora—. Yo sólo leí el diario anoche, y lo volví a leer esta mañana, en el coche, durante el trayecto. Lo que hacían Geoffrey y James, los verdaderos hombres que eran, es estimulante, inspirador. Me siento muy orgullosa de ellos, e igual de resuelta a limpiar sus nombres.

—¿Cómo podemos ayudaros Slayde y yo? —preguntó entonces Courtney—. ¿Crees, Julian, que el diamante está escondido aquí, en Pembourne?

Julian negó con la cabeza.

—No. El Zorro y el Halcón eran muy inteligentes, no habrían guardado en sus casas los tesoros que recuperaban. Estoy convencido de que tenían un escondite secreto, uno que aún falta descubrir.

—Cientos de piratas y corsarios han buscado el diamante negro —dijo Slayde—. ¿Por qué ninguno de ellos ha encontrado ese escondite?

—Porque no tenían las pistas necesarias para encontrarlo.

—Y ¿nosotros las tenemos?

—Sí, sólo necesitamos encontrarlas.

—Me has despistado, Julian —dijo Slayde, ceñudo.

—He dicho que no creo que el diamante esté escondido en Pembourne ni en Morland. Eso no significa que no lo estén las pistas que llevan a él.

—Ah, claro —exclamó Slayde, dando una palmada en la mesa—. ¿Qué mejor manera de asegurar que sólo los Huntley y los Bencroft, juntos, encuentren las joyas recuperadas por el Zorro y el Halcón, que esconder pistas en las casas de nuestras familias?

—Exactamente. He trabajado en bastantes casos de tesoros robados, por lo que sé que hay un número infinito de lugares donde se pueden esconder, en cuevas, detrás de cantos rodados, bajo suelos cubiertos de hierba, en fin, las posibilidades son ilimitadas. Para encontrar cualquiera de esos lugares se requieren instrucciones detalladas o un mapa. Está claro que mi bisabuelo creía que el mismo heredero que fuera considerado digno de su legado sería también lo bastante listo para encontrar las pistas que dejaron él y James y para aprovecharlas como guía para encontrar ese escondite.

—¿Por dónde comenzamos, entonces, a buscar esas pistas? —preguntó Courtney, con los ojos chispeantes de entusiasmo—. ¿Al menos, las que están ocultas aquí en Pembourne?

—Pues hay que comenzar por examinar todo lo que sepa Slayde acerca de James Huntley, sus costumbres, sus intereses, qué habitaciones ocupaba normalmente. También por revisar todos sus documentos o efectos personales que todavía existan. Cualquiera de esas cosas podría servirnos para determinar nuestro camino.

—¿Efectos personales? —repitió Slayde, ceñudo, levantándose—. No recuerdo que James dejara nada de importancia, ciertamente nada tan espectacular como una daga y un diario. En cuanto a documentos, revisaré todos los papeles que existen en Pembourne por si encuentro algún tipo de pista. Las costumbres personales son otra historia. Según mi padre, James tenía muy pocos lazos con la propiedad, y con cualquier otra cosa de Inglaterra. Como bien sabes, se pasaba la mayor parte del tiempo en el extranjero. Rara vez volvía a Pembourne, y cuando venía, sólo estaba unas pocas semanas.

—Pero cuando estaba aquí —terció Aurora—, normalmente se lo encontraba en el extremo de la propiedad donde tenía sus halcones. Los halcones eran su mayor fascinación, y está claro que eran muy importantes para él, ya que de ellos tomó su alias.

—Eso es cierto —dijo Slayde, y arqueó una ceja, mirándola sorprendido—. No sabía que supieras tanto sobre nuestro bisabuelo. Yo sabía lo de su interés por los halcones porque padre solía hablar de eso durante nuestras conversaciones sobre la historia de la familia Huntley, conversaciones destinadas a prepararme para el título que heredaría algún día. Pero tú no eras más que una cría pequeña en esa época. ¿Cómo es que recuerdas esas conversaciones?

—No las recuerdo. Ni necesito recordarlas. El señor Scollard me ha explicado todo acerca de esa obsesión de nuestro bisabuelo por los halcones. Ahora que lo pienso —añadió, frunciendo los labios—, tal vez debería haber prestado más atención a las historias del señor Scollard. Siempre supuse que sólo quería contarme cosas interesantes del pasado de mi familia. Conociéndolo como lo conozco, debería haber supuesto que lo que me revelaba era de gran valor. En todo caso, así fue como me enteré de lo de James y sus halcones. También me enteré de unas cuantas cosas por Siebert, el día que descubrí las jaulas de halcones vacías. Por entonces tenía quince años y estaba loca de aburrimiento. En el instante en que volví a la casa interrogué a Siebert; al fin y al cabo él había estado aquí eternamente, por lo tanto era lógico que hubiera oído hablar de esa afición de mi bisabuelo. Y sí que sabía algo, pero muy poco. Después de contestar mi andanada de preguntas, nuestro pobre mayordomo me sugirió que le echara una buena mirada a la biblioteca, donde James había dejado un montón de libros sobre halcones.

—Y ¿lo hiciste?

—Uy, encantada; eso me ofrecía una muy necesitada distracción. —Miró a Slayde significativamente—. ¿He de recordarte que he estado encerrada en esa propiedad más de diez años?

—Y ¿he de recordarte que tú pasaste la mayor parte de esos diez años tratando de escapar haciendo correr como locos a mis guardias?

Aurora sonrió de oreja a oreja, sin el más mínimo asomo de contrición.

—Muy bien, entonces. Durante esas pocas ocasiones en que no estaba eludiendo a tus guardias o visitando al señor Scollard, estaba leyendo. Conozco todos los libros de la biblioteca. Muchos de ellos tratan del arte de la cetrería, con anotaciones y fechas en los márgenes, escritas por James. Te sorprendería lo mucho que sé sobre los diferentes tipos de halcones y sus características. Lo cual me lleva de vuelta a mi primera sugerencia: creo que deberíamos examinar todos los libros de James y registrar las jaulas de los halcones, lo que he estado muerta de ganas de hacer desde la primera visita de Julian, para ver si hay alguna pista escondida en ellas.

—No las ha tocado nadie desde hace muchos años —dijo Slayde—. Dudo que haya algo en ellas aparte de telarañas y polvo.

—De todos modos, vale la pena verlas.

—Estoy de acuerdo —interrumpió Julian, levantándose—. Así que dejemos de hablar y empecemos a buscar. James tiene que haber dejado algo de él, tal como hizo Geoffrey. Además, si tengo razón y las pistas que llevan al diamante negro están escondidas en Pembourne y en Morland, a nosotros nos corresponde encontrarlas, reunirlas y llevar a su fin la misión de nuestros bisabuelos.

—Yo comenzaré por la biblioteca —propuso Courtney—. Primero reuniré todos los libros de James sobre halcones y luego los examinaré uno a uno. —Al ver la sorprendida expresión de Aurora, sonrió y se dio unas palmaditas en el abdomen—. No, Aurora, no he perdido mi espíritu aventurero, sólo mi agilidad. Si intento salir a recorrer el terreno, sólo os voy a estorbar con mi lentitud y volver loco de preocupación a Slayde. Es mejor que me quede aquí y haga un trabajo más sedentario.

—Eso sin ninguna duda —convino Slayde al instante—. Aurora, tú acompañas a Courtney a la biblioteca. Y no le permitas que haga tonterías. Súbete tú a la escalera a sacar los libros. Las dos podéis leerlos juntas. Mientras tanto yo revisaré todos los artículos personales que me dejó mi padre cuando murió, por si James hubiera dejado algo, algo que sin darnos cuenta pasamos por alto dado que no teníamos idea de su verdadera identidad. Julian, antes de comenzar le ordenaré a Siebert que te indique el lugar donde están las jaulas de halcones. Eres dueño de revisarlas pulgada a pulgada en busca de pistas. ¿De acuerdo?

—De acuerdo —asintió Julian.

Aurora se mordió el labio, desgarrada entre el deseo de negarse y la lealtad hacia Courtney. Infierno y condenación, ya no tenía por qué obedecer a Slayde. Además, él sabía muy bien cuánto deseaba ella inspeccionar esas jaulas, y lo mucho que detestaba estar encerrada en esa maldita casa. Por otro lado, comprendía el motivo de la orden de su hermano. Courtney no se contentaría jamás con estar ociosa, y seguro que subiría la escalera para sacar todos los libros, poniendo en peligro su salud, convencida de que ella y el bebé no sufrirían ningún daño.

Al final, no le quedó otra opción.

—Vamos Courtney —le dijo a su amiga, haciéndole un gesto—. Comencemos.

Julian le cogió el brazo cuando iba pasando por su lado.

—En el caso de que encuentre alguna pista, iré directo a la biblioteca —le prometió en voz baja.

Aurora levantó la cabeza para mirarlo a la cara. «Lo comprende», pensó, sorprendida, al ver aprobación en sus ojos, aprobación y algo más, una expresión que semejaba evocación de algo. «Admira mi decisión.»

Pero fue esa expresión de evocación lo que captó más su interés.

Mirando la enigmática expresión de Julian, tuvo la extraña sensación de que su admiración por la decisión de ella nacía de algo personal, de una experiencia tal vez, o de una relación, que le inspiraba el tipo de lealtad que él respetaba. ¿Podría ser eso también lo que lo motivaba para actuar con el honor al que tanto aspiraba? Y si lo era, ¿quién o qué se lo inspiraba?

Dios santo, era muchísimo lo que no sabía sobre su marido, muchísimo lo que tenía que aprender si quería que ese fuera un verdadero matrimonio. Casi sonrió ante esa idea, ya que, según ella misma afirmaba, jamás había esperado casarse.

El señor Scollard tenía toda la razón, como siempre.

—¿*Soleil*? —dijo él, claramente convencido de que su silencio significaba escepticismo—. Te lo diré inmediatamente si descubro algo en las jaulas.

—Gracias —dijo ella en voz alta—. Trataré de tener paciencia. Pero no soy muy buena para esperar.

—Ah, eso sí lo sé por experiencia propia —susurró él, en tono ronco y seductor, claramente sólo para sus oídos, dejándola pasmada—. Y te prometo, *soleil*, que trataré de no hacerte esperar nunca.

Antes que ella pudiera contestar, y ni siquiera recuperarse de la sorpresa, ya había desaparecido la expresión traviesa en la cara de él e iba caminando hacia la puerta.

—Vamos a buscar a Siebert —le dijo a Slayde.

Viendo salir a su marido, Aurora reflexionó sobre la asombrosa transformación que era capaz de hacer sin ningún esfuerzo. Era como si de la formidable presencia de Merlín surgiera de repente un asomo de Julian y luego desapareciera con la misma rapidez con que había surgido.

Bueno, a ella le gustaba el desafío tanto como a él. Y acababa de encontrar el mayor desafío de todos: el propio Julian.

—Estás desilusionada —declaró Courtney tan pronto como salió Slayde detrás de Julian—. Es evidente que estabas ansiosa por ir a explorar esas jaulas de halcones. Aurora, no soy una niña. Ve con Julian. Yo puedo reunir los libros sola.

Aurora negó enérgicamente con la cabeza.

—De ninguna manera. No tengo la menor intención de dejarte subir escaleras ni abusar de tus fuerzas. Además, no es desilusión lo que ves, sino contemplación.

—Contemplación —repitió Courtney—. ¿De qué? ¿De Julian?

—Sí —suspiró Aurora—. Mi flamante marido es un hombre muy complejo.

—Eso he observado. —Courtney se aclaró la garganta con la mirada fija en Aurora—. A pesar de tus deseos de aventuras, sé cuánto te aterra el diamante negro, y lo segura que estás de su maldición. También sé que Julian no descansará mientras no lo encuentre, lo cual te coloca justo en el centro de esta búsqueda, realidad que es tan aterradora como estimulante. De todos modos, a pesar de todo esto, te ves radiante. ¿Puedo suponer entonces que estos últimos días han resultado tal como lo predije?

—Puedes —contestó Aurora, sonriendo.

—¿Estás feliz, entonces?

—En éxtasis, al menos cuando estoy en los brazos de Julian. Ahora bien, si lograra desatar sus pensamientos tal como desato sus pasiones... —Frunció el ceño—. No sé, me parece que esa va a ser una tarea muchísimo más difícil.

—No me cabe duda. —Courtney sonrió traviesa—. Sobre todo dado que desatar sus pasiones seguro que no te llevó más de un instante a solas con él en su dormitorio.

—¿Dormitorio? Escasamente aguantamos hasta más allá de las puertas de Pembourne. —Se ruborizó al recordar sus primeros momentos de dicha conyugal—. Consumamos el matrimonio en el coche —confesó en tono confidencial—. ¿Conmocionada?

A Courtney le salió una risa gutural.

—Por el Zorro y el Halcón, sí. ¿Por ti? Jamás. —Le apretó las manos—. No veo las horas de saber más, pero por desgracia tendré que practicar la paciencia. Nos llaman muchísimos libros.

—Sí —convino Aurora mirando en dirección a la biblioteca—. Y el diamante negro.

Media hora después, había un montón de libros esparcidos sobre la alfombra oriental de la biblioteca y Aurora estaba en lo alto de la escalera sacando más del estante superior.

Courtney, que estaba sentada en el sofá, se acomodó el cojín de la espalda y tiró otro libro al suelo.

—Nada —masculló—, aparte de unas interesantes anotaciones al margen sobre las diferencias entre el halcón peregrino y el merlín. No he logrado encontrar absolutamente nada, ni en el texto ni en las anotaciones de James, que se parezca aunque sea remotamente a un mensaje oculto.

—Ahora bajo a ayudarte —contestó Aurora, sacando otros dos gruesos libros.

Afirmándolos contra el pecho comenzó a bajar la escalera de madera. Sólo empezaba a enderezarse al llegar abajo cuando entró Julian a largas zancadas. Todo su fornido cuerpo parecía irradiar expectación.

—Julian, ¿pasa algo? —le preguntó Aurora.

—Esto —contestó él, enseñándole una llave muy vistosa y elaborada, aun cuando estaba algo oxidada—. La encontré colgada junto a las jaulas.

—¿Es importante eso? —preguntó Aurora, examinando atentamente el oxidado trozo de metal—. Supongo que era la llave que abría las jaulas.

—Lo era. La probé. Encaja a la perfección en las cerraduras.

—¿Entonces?

—Esta llave es igual a la que me entregó mi abogado, la que abre la caja fuerte de Geoffrey. Tiene la barra corta, igual, las muescas del paletón son finas y los adornos del ojo son dorados. Iré al despacho de Slayde a comprobar si es idéntica a la otra.

—¿Crees que Geoffrey hizo hacer una llave igual para James, para que pudiera abrir la caja fuerte? —preguntó Courtney.

—Esa sería la suposición lógica —contestó Julian, ceñudo, dando vueltas a la llave en la palma—. Pero tengo una memoria excelente para los detalles. Aunque las similitudes son claras, inconfundibles, creo recordar que los dientes del paletón no están tan juntos en la otra llave.

—Hay otra posibilidad —terció Aurora, al pasarle la idea por la cabeza como un rayo iluminador—. Es posible que James se haya mandado a hacer una caja fuerte igual y una llave que abriera no solamente las jaulas de los halcones sino también esa caja fuerte. Si fuera así, es posible que esa caja fuerte contenga información tan importante como la que Geoffrey le legó a Julian.

Julian levantó bruscamente la cabeza y fijó su asombrada mirada en su mujer.

—Esa es mi teoría —dijo.

—No te sorprendas tanto —le aconsejó Courtney alegremente—. Nunca he conocido a nadie, ni hombre ni mujer, que tenga una mente tan rápida y tan ocurrente como Aurora. Será mejor que te acostumbres a eso.

—Eso parece —dijo Julian, mirando a su mujer con una expresión que no delataba ni por asomo que se sintiera amenazado por la afirmación de Courtney—. ¿Sabes, Rory?, es una lástima que, con tu osadía e inteligencia, hayas estado encerrada en Pembourne todos estos años.

—Para el mundo, tal vez, pero no para Merlín —replicó Aurora sonriendo traviesa—. Yo sería una mercenaria extraordinaria y una adversaria formidable, así que siéntete aliviado de que el matrimonio me haya convertido en una aliada.

Julian se echó a reír, y su risa ronca pareció impregnar la sala como miel caliente.

—Y me siento aliviado, *soleil*, muchísimo. —Miró la llave y se le desvaneció la risa—. Es hora de ir a comprobar si es cierta nuestra teoría.

—Voy contigo —exclamó Aurora al instante.

—Yo también —dijo Courtney, levantándose lentamente del sofá—. Aunque tengo mis dudas respecto a vuestra suposición. Si James hubiera poseído esa caja fuerte, Slayde sabría de su existencia.

—Eso si la caja estuviera entre los efectos personales de James —contestó Julian, a medio camino hacia la puerta—. El que no esté no significa que no exista, oculta en alguna parte. Y en ese caso, de nosotros depende determinar su paradero.

A solo tres pasos detrás de su marido, Aurora se detuvo a mirar a Courtney.

—¿Te importa si me adelanto?

—No, claro que no —respondió Courtney haciéndole un gesto para que continuara adelante—. Ah, una sola pregunta, ¿quién es Merlín?, aparte del halcón, quiero decir.

—Un mercenario muy extraordinario, aquel al que me ofrecí en la taberna Dawlish hace dos semanas —contestó Aurora, mirándola por encima del hombro—. Después te lo explicaré, no quiero perderme nada.

Diciendo eso echó a correr detrás de su marido.

Cuando entró en el despacho, Slayde ya estaba probando la llave y Julian estaba a su lado inclinado.

—No encaja —declaró Slayde, sacando la llave y levantándola para compararla con la otra—. Tienes razón, las muescas son diferentes. En cuanto a que esta segunda llave abra otra cosa aparte de las jaulas de los halcones, más concretamente una caja fuerte oculta, ¿James no se lo habría dicho a alguien si se hubiera mandado a hacer dicha caja? ¿De qué otra manera podía asegurarse de que cayera en las manos convenientes? No podía suponer que alguien que pasara junto a las jaulas fuera a sospechar que la llave que servía para abrirlas también abriría una caja fuerte desconocida.

—No, a no ser que la persona que pasara ya hubiera visto la llave de la caja fuerte de Geoffrey y notara la similitud —repuso Julian. Cogiéndose las manos a la espalda, estuvo un momento pensativo, todo su cuerpo tenso por la concentración—. Tu abogado —exclamó de pronto—. ¿Es Henry Camden?

Slayde dejó las dos llaves sobre su escritorio.

—Sí.

—Eso me imaginé. Es mi abogado también, desde hace muchos años. En realidad, su padre era el abogado de mi bisabuelo, y también del tuyo, supongo, dada la naturaleza de la asociación entre ellos.

—Eso tiene lógica. Y, sí, los Camden han servido a nuestra familia a lo largo de varias generaciones. Al igual que fuera su padre, Henry es un abogado sobresaliente, los dos siempre dignos de confianza y competentes.

Se iluminaron los ojos de Julian al pasar una idea por su mente.

—Muy competentes, y muy dignos de confianza —dijo—, tal vez lo bastante dignos de confianza como para dejar a su recaudo dos cajas fuertes, la de Geoffrey «y» la de James.

—Es posible —musitó Slayde—. Henry no te habría dicho nada acerca de la caja fuerte de James, sin tener la orden concreta de hacerlo; eso iría contra sus principios. Esperaría hasta que se presentara a él su descendiente.

—Tú —especificó Julian.

—Sí, yo.

—Entonces será mejor que nos pongamos en marcha inmediatamente. —Cogió la segunda llave del escritorio mirando al mismo tiempo hacia la ventana del despacho—. Quedan sólo unas pocas horas de luz. Viajaremos hasta que esté oscuro, nos alojaremos en una posada y a primera hora de la mañana estaremos esperando cuando él abra su despacho.

—No —dijo Slayde, negando rotundamente con la cabeza.

—¿No? —preguntó Julian, sorprendido.

—Me has oído, no. —Slayde se cruzó de brazos y lo miró con sus ojos grises acerados—. No saldré de Pembourne habiendo tantos peligros acechando a sus puertas. —Levantó la mano para silenciar las objeciones de Julian—. No me hagas perder el tiempo con argumentos inútiles. El apellido de mi familia me importa muchísimo, pero no tanto como mi mujer y mi hijo. Puedo echar abajo esta casa arrancando piedra por piedra, examinar todos los objetos y documentos por si ocultan alguna pista, pero mientras no se haya encontrado y devuelto ese diamante negro, mientras no cesen las invasiones a mi casa y dejen de llegar notas amenazantes, no saldré de esta propiedad. Y punto.

Julian hizo una corta inspiración.

—Muy bien. Entonces enviaré un mensaje a Henry para que venga él aquí; le pediré que venga enseguida. Eso retrasará uno o dos días las respuestas, pero si es la única manera...

—No lo es.

Los dos se giraron a mirar sorprendidos a Aurora, que les dirigió una mirada exasperada.

—¿Habéis olvidado que Slayde no es el único Huntley que está vivo? Aunque yo esté casada, sigo siendo la bisnieta de James. Slayde, escribe una carta de autorización al señor Camden para que yo se la lleve. Así tú puedes quedarte aquí con Courtney y yo iré a Somerset con Julian. Así no perderemos ni un instante de tiempo, y si Henry tiene en su poder una caja fuerte Huntley, puede entregármela a mí.

—Tienes toda la razón —exclamó Julian, con un destello de triunfo en los ojos—. Es una idea excelente, *soleil*.

—Eso creo yo —repuso Aurora y, mirándolo con una sonrisa beatífica, se recogió las faldas y se dirigió a la puerta—. Iré a ordenar que traigan tu coche a la puerta inmediatamente.

Ya era de noche cuando Julian abrió la puerta de la habitación que les había asignado el posadero, y se apartó para que entrara Aurora.

Con el ceño fruncido, se quedó en la puerta y miró a ambos lados del corredor de la tranquila posada del pueblo de Somerset. A sus oídos llegaban los distantes tintineos de los platos y copas de los parroquianos que estaban cenando o disfrutando de su oporto en el bodegón de la planta baja de la posada. Aparte de esos ruidos, todo lo demás estaba silencioso, y tanto en el corredor donde estaban las habitaciones como en la escalera que conducía a él, no se veía a nadie.

Echando una última escrutadora mirada al corredor, entró en el dormitorio, cerró la puerta y corrió el cerrojo.

—Julian, ¿pasa algo? —le preguntó Aurora, con los ojos turquesa brillantes de curiosidad—. Esta es la segunda vez desde que llegamos que te detienes a mirar atrás, por no decir nada de los largos ratos que te pasaste mirando por la ventanilla del coche durante el trayecto. ¿Alguien nos sigue?

—Parece que no —contestó él, caminando hasta la ventana y separando las cortinas para mirar hacia abajo—. Aunque no me puedo quitar de encima la sensación... —Se encogió de hombros y se volvió a mirarla, ya recuperada su sonrisa—. Perdóname, *soleil*, no quería preocuparte.

Aurora arqueó una ceja, como tratando de decidir si debía hacerle más preguntas.

—Si hay algo de qué preocuparse, serás la primera en saberlo —le aseguró él, entonces, obligándose a relajarse, puesto que mientras no tuviera pruebas de que los seguían no tenía ningún sentido alarmarla.

—No me sentía preocupada ni alarmada —aclaró ella, dejándolo nuevamente pasmado por su combinación única de audacia y candor—. Me sentía descuidada, olvidada —continuó, quitándose lentamente la capa y dejándola sobre la silla—. Me alegra saber que había un motivo para tu evidente falta de interés durante el trayecto en coche, tan diferente a nuestros viajes anteriores. Es un alivio saber que tu comportamiento estaba causado por la prudencia, no por desinterés.

—¿Desinterés? —Julian se habría reído ante la ironía de la declaración de su mujer si su cuerpo no estuviera ya gritando su inmediata y rotunda contradicción. Sólo esas palabras, su tono seductor, le encendían la sangre, lo hacían arder—. No, *soleil*, puedes estar segura de que el desinterés es una reacción que no tengo cuando estoy contigo.

—Me alegra. —Sonriendo como una seductora sirena, ella se quitó las horquillas del pelo y agitó la cabeza haciendo caer la cabellera en una brillante cascada cobriza—. Entonces tal vez querrías compensar esa falta de atención ahora mismo, en esta agradable y acogedora posada.

Julian cubrió la distancia que los separaba, la cogió en sus brazos y la levantó.

—Encantado. De repente me alegra que el despacho de Henry no esté más cerca de Devonshire —musitó, desabotonándole rápidamente el vestido por la espalda—. Me alegra muchísimo.

Ávidamente le cubrió la boca con la suya.

—A mí también —suspiró ella.

Rápidamente le desabotonó la camisa y la tironeó sacando fuera los faldones. Introdujo las manos y deslizó las palmas por la piel cubierta de vello de su pecho.

Entonces le frotó las tetillas con los pulgares y a él se le hizo trizas el autodominio.

En unos segundos ya la había desnudado; un segundo después toda su ropa estaba apilada en el suelo. Apartándola con el pie, la llevó hasta la cama, la soltó el tiempo suficiente para echar atrás las mantas y la tumbó sobre la sábana bajando sobre ella con todo su peso.

—Me vuelves loco —musitó con la voz ronca de pasión, enredando las manos en su pelo—. ¿Cuántas veces te he hecho el amor estos días pasados? ¿Doce, quince, más?

Se apoderó de su boca, en un beso largo, profundo, como para derretir los huesos, un beso que le hizo correr vibrando la sangre por el cerebro y martillear el deseo en las ingles.

—Es una maravilla que todavía puedas caminar, que los dos sigamos respirando. Y la parte más increíble es que no nos sacia. El fuego que arde entre nosotros sigue ardiendo más fuerte, con llamas más altas. Te deseo tanto que me consume el deseo.

Ladeándole la cabeza, volvió a enterrar los labios en los suyos.

Aurora respondió al instante, rodeándole fuertemente la espalda con los brazos, arqueándose para aumentar la exquisita fricción entre sus cuerpos desnudos.

—Yo te deseo igual —logró decir, estremeciéndose de una manera que a él le avivó las llamas que corrían por su sangre.

Con la rodilla le separó las piernas, con el miembro duro y vibrante, ya desesperado por la liberación.

Mirando los ojos de Aurora, empañados por la pasión, detuvo bruscamente el movimiento y separó un poco el cuerpo, afirmando su peso con los puños apretados a cada lado de la cabeza de ella.

Maldición, deseaba algo más que eso, algo más que un rápido y frenético apareamiento. Deseaba despertarla a otro grado de pasión, hacerla descubrir la maravilla de la pasión cuando la llevara a nuevas alturas. Deseaba sentirla desmoronarse de placer en sus brazos.

Deseaba satisfacer otra fantasía que lo roía desde el instante en que la vio en la taberna Dawlish.

Apretando resueltamente los dientes aplastó su intensa necesidad de unión inmediata.

—¿Julian? ¿Por qué has parado? —preguntó ella, desconcertada, atrayéndolo por los hombros, instándolo a continuar.

—Porque quiero saborear esto, saborearte a ti. —Le mordisqueó suavemente el labio inferior, tratando de resistirse a los seductores movimientos de ella, invitándolo. —Pronto —prometió, con la voz espesa, besándole el fragante hueco de la garganta.

—No. Ahora.

Él bajó un poco el cuerpo y le lamió un pezón.

—Todavía no.

—Julian..., por favor.

Esa súplica lo hizo arder como yesca y los ansiosos movimientos de su cuerpo arqueándose se le hicieron irresistibles. Abandonando la intención de prolongar el momento, bajó más el cuerpo, le cogió los muslos y se los levantó pasándolos por encima de sus hombros.

Notó el movimiento de sorpresa de ella, pero no esperó; al instante bajó la cabeza y se apoderó de esa parte de ella con la más íntima de las caricias. Le abrió los pliegues con los labios e introdujo la lengua, poseyéndola con una ardiente caricia que casi lo hizo desmoronarse. Oyó el agudo grito de placer de ella, sintió sus dedos cogiéndole el pelo, pero sólo estaba consciente del insportable éxtasis que le producía su sabor, su aterciopelada suavidad, las pequeñas contracciones de sus músculos interiores. Repitió la caricia, penetrándola más con la lengua, estremeciéndose todo entero al oírla sollozar su nombre, suplicándole que continuara.

No habría podido parar aunque de ello dependiera su vida.

Afirmándole las piernas, le dio lo que los dos necesitaban, penetrándola con ardientes embestidas de la lengua, sintiendo los golpes del corazón en las costillas al ir llevándola cada vez más cerca del orgasmo.

De pronto, ella se arqueó dejando escapar un gritito de placer al pasar por el umbral del orgasmo, y su cuerpo se estremeció con las exquisitas contracciones finales.

Julian no pudo aguantarse ni un instante más. Incorporándose, subió el cuerpo por el de ella y la penetró con su miembro con una embestida implacable, cogiéndole las nalgas y empujando más y más, apretándola fuertemente contra él, hasta llegar hasta donde podía llegar. Estremecido, cerró los ojos, sintiendo las contracciones de ella alrededor de su miembro rígido al penetrarla una vez, dos veces, sintiendo el inicio del orgasmo que ya se apoderaba de él.

Emitiendo un grito gutural, se rindió, aplastándole las caderas, derramando su simiente dentro de ella, en explosivos chorros de liberación.

Mojado de sudor, se desplomó sobre su cuerpo húmedo y estremecido. Casi no podía respirar, y mucho menos hablar, por lo que simplemente hundió la cara en su fragante nube de cabellos, acariciándole suavemente las caderas con los pulgares.

La oscura niebla de la pasión tardó unos largos minutos en levantarse.

—¿Te he hecho daño? —le preguntó al fin, notando que la voz le salía ronca y rasposa.

Aurora negó con la cabeza sobre su hombro.

—Pero ahora sí que te lo estoy haciendo.

Intentó incorporarse, pero ella lo abrazó con más fuerza.

—No —susurró, enérgicamente.

Todavía tembloroso, se incorporó un poco, apoyado en los codos, y miró la hermosa y sonrosada cara de su mujer, con los párpados entrecerrados.

—¿No?

—No. —Se movió un poco, apretando los músculos interiores, introduciéndolo más en su exquisito pozo de calor líquido—. Continúa conmigo.

Julian tuvo que reprimir un gemido al notar cómo su miembro cobraba vida nuevamente con asombrosa rapidez.

—Estoy contigo, *soleil* —contestó dulcemente, empujando más hacia el fondo del aterciopelado calor—. ¿Mejor?

—Mmm, no, no mejor, maravilloso.

Al él le subió una ronca risa por el pecho. Le acarició la cara, apartándole mechones de pelo mojado.

—¿Sabes que para ser una mujer que dice que le encanta cómo te hago el amor dices «no» con mucha frecuencia?

Ella sonrió.

—Sólo cuando intentas dejarme o me haces esperar. Aunque he de decir que el retraso de esta noche fue magnífico, valió todos los exquisitos momentos.

—Me he imaginado haciéndote eso desde esa primera noche en la taberna —confesó él, acariciándole con el índice la boca hinchada por los besos.

A ella se le intensificó el rubor.

—¿Qué te hizo tardar tanto?

—Estaba ocupado haciendo realidad mis otras fantasías.

—Comprendo —dijo ella, levantando las piernas para abrazarle los costados—. ¿Eso quiere decir que ya se han agotado todas esas fantasías?

—¿Agotado? —exclamó él, negando con la cabeza y rodando con ella hasta instalarla encima de él a horcajadas—. Dudo, *soleil*, que esa palabra se pueda aplicar a nosotros jamás.

Le bajó la cabeza acercándole la boca a la suya, al tiempo que intensificaba su presencia dentro de su cuerpo, desatando el fuego que parecía no remitir jamás.

Y continuó ardiendo el fuego.

Aurora estaba profundamente dormida, su cuerpo acurrucado suavemente contra el suyo, cuando Julian oyó crujir un tablón del corredor.

El sonido fue fugaz, acabó con la misma rapidez con que se produjo. Pero a él le bastó.

Se le erizó el vello de la nuca y se le tensaron todos los músculos del cuerpo. Con sumo cuidado para no despertarla, se apartó de ella y bajó de la cama, al mismo tiempo buscando a tientas su ropa en el suelo, sin apartar los ojos de la puerta. Encontró las calzas, se las puso con los movimientos más indispensables, luego cogió su chaqueta, la palpó hasta encontrar y sacar la pistola que llevaba oculta en un bolsillo interior. Con la pistola amartillada, avanzó lenta y sigilosamente hacia la delgada franja de luz que entraba por la rendija inferior de la puerta.

Sonó otro crujido, esta vez más cerca, justo fuera de la puerta. Estaba claro que había alguien ahí. Pero ¿quién?

Con los ojos entrecerrados, llegó hasta la puerta, descorrió silenciosamente el cerrojo y cerró la mano sobre la manilla.

Con un movimiento relámpago, abrió la puerta y cogió por el cuello al intruso que estaba agazapado fuera. Sin perder un instante, le golpeó la muñeca con el cañón de la pistola y el arma del hombre cayó al suelo.

El hombre dejó escapar un grito ahogado cuando Julian lo hizo entrar violentamente en la habitación.

—De acuerdo, me has encontrado —masculló Julian, aplastando a su víctima contra la pared—. Ahora bien, ¿quién eres y qué quieres?

—Me... Merlín, soy yo —fue la ahogada respuesta.

Julian aflojó la presión y le giró la cara hacia la luz plateada procedente de la lámpara del corredor.

—¿Stone?

El hombre asintió, afligido.

Julian lo soltó y observó algo divertido mientras el fornido hombre de cara cuadrada trataba de recuperar el equilibrio.

—Bueno, ¿qué sabes? Esto ha sido todo un espectáculo, muy diferente de tus apariciones de costumbre. ¿Desde cuándo le has tomado afición a estas teatrales entradas?

—Demonios, Julian, creo que me has roto algo —resolló Stone, moviendo con todo cuidado la cabeza de lado a lado—. El cuello, por ejemplo.

—Si te hubiera roto el cuello no estaríamos sosteniendo esta conversación —lo tranquilizó Julian alegremente. Se agachó a recoger la pistola, cerró la puerta y le pasó el arma, con el cañón hacia abajo—. ¿Ahora te importaría decirme qué hacías fuera de mi puerta, agazapado como para golpear como un asesino desquiciado? O, si es por eso, ¿por qué has seguido a mi coche desde Devonshire a Somerset? ¿Tengo razón al suponer que eras tú?

—¿Me viste?

—No. Si te hubiera visto te habría hecho estas preguntas entonces, y no con mi mano en tu cuello. Simplemente percibí que me observaban.

—Sí, bueno, ¿cuándo no? —Asintiendo resignado, Stone se guardó la pistola y miró hacia la parte silenciosa y oscura de la habitación—. Tenía que estar seguro de que esta era tu habitación. Me lo pareció, pero no quería encontrarme con ninguna sorpresa al otro lado de la puerta. Necesitaba verte inmediatamente. Fui directo a Polperro, pero no estabas. Habría detenido tu coche, pero no sabía cuánto le has dicho a tu... esposa. No quería decir más de lo que debía, así que esperé hasta que paraste para pasar la noche. He estado horas en ese corredor, esperando a que dejaran de oírse vuestras voces, para estar seguro de que tu esposa estaba durmiendo.

—Bueno, su esposa ahora está despierta —declaró Aurora, atravesando la habitación envuelta en una sábana toda enredada—. Respecto a cuánto le ha dicho, la respuesta es menos que nada. Pero eso está a punto de cambiar. —Con las mandíbulas apretadas, miró a Julian, con un destello de expectación en los ojos—. Julian, perdón, Merlín, te agradecería que me presentaras a tu amigo.

Capítulo 8

*J*ulian no pudo reprimir del todo una sonrisa.

—Muy bien, *soleil*, como quieras. —Hizo un amplio movimiento de barrida con el brazo—. Aurora, te presento a Stone. Stone, te presento a mi nada tradicional esposa. Y perdona su escasez de ropa —añadió, afirmándole más la sábana en los hombros—. No esperábamos tener compañía.

—Señor Stone —saludó Aurora, mientras un montón de preguntas pasaban por su cara—. ¿Se conocen bien usted y mi marido?

Stone la miró boquiabierto, con una expresión casi cómica.

—¿Nos cono...? —Miró a Julian, impotente—. Esto..., es decir...

—Nos conocemos desde hace muchos años —contestó Julian—. Somos socios. En realidad, Stone me ha dado un buen número de datos esenciales para mi trabajo, que me han servido para determinar el mejor camino que tomar para actuar.

—Es decir, es tu informante —dijo ella tranquilamente—. Te avisa cuando no sería aconsejable descuidarte la espalda.

Esta vez Julian no pudo evitar sonreír de oreja a oreja.

—Algo así.

—Comprendo. Y ¿esta es una de esas ocasiones, señor Stone?

Stone continuaba con la boca abierta.

—Puedes cerrar la boca, Stone —le sugirió Julian—, y siéntete libre para contestar la pregunta de Aurora. No va a ceder hasta que se lo digas.

—Muy bien —dijo Stone, pasándose la manga por la frente y mirando a Aurora como si fuera un objeto raro—. Sí, esta es una de esas ocasiones. —Diciendo eso, miró a Julian—. Tal vez deberíamos hablar a solas.

Se desvaneció la sonrisa de Julian. Conocía ese determinado tono, uno que Stone no empleaba con frecuencia, ni sin motivos. Lo que fuera que lo hubiera impulsado a hacerle esa visita nocturna, era grave.

—Aurora, danos un minuto.

—Pero...

Él giró la cabeza bruscamente y la miró con firme resolución.

—Aurora, vuelve a la cama. Ahora mismo.

Vio cómo ella agrandaba los ojos ante la dureza de su orden, y sintió una punzada de pesar, que se desvaneció al instante, reemplazada por una consideración práctica. Había límites que él no permitía que los cruzara nadie, ni siquiera su muy animosa mujer. En realidad, ya había supuesto que se presentaría ese problema, pues sabía muy bien que ella consideraba la existencia de él una grandiosa aventura llena de emociones estimulantes, sin contratiempos ni inconveniencias. Y sabía, además, que a él le correspondía hacerla comprender, entrar en razón, no sólo para conservar su preciada independencia sino también para proteger la vida de ella. Como le había explicado, hay una diferencia entre aventura y peligro. Lo primero es un estimulante regalo, lo otro, una cruda y negra realidad. La capacidad para distinguir entre ambas es esencial.

Igual de esencial era fijar límites al lugar de Aurora en su vida. Le cogió los hombros y buscó la mirada de sus ojos turquesa.

—Rory, necesito hablar con Stone, en privado.

—Muy bien.

Inesperadamente, su mujer obedeció, se recogió la sábana que la envolvía para que no le arrastrara por el suelo, y volvió a la cama.

Ceñudo, él observó su retirada, pensando qué habría sido lo que causó su repentina y totalmente atípica sumisión.

—Menuda mujer la que tienes —murmuró Stone, siguiendo su mirada—. Hermosísima, pero ¿siempre es tan... tan...?

—Sí —contestó Julian bruscamente, volviéndose a mirar a su amigo—. Pero no has hecho todo este camino para hablar de Aurora. ¿Cuál es el problema?

—Macall.

Julian hizo una corta inspiración.

—¿Macall? ¿Qué pasa con él?

—Está aquí, en Inglaterra. Sabe lo de tu matrimonio, y con quién te casaste. Ha jurado llevar a cabo su tan deseada venganza, sólo que ahora no sólo quiere matarte sino también apoderarse del diamante negro, que está seguro que tienes tú. No es ningún secreto que desea tu sangre, Merlín. De esto ya hace casi medio año. Y ahora que sabe dónde estás, no descansará hasta que te encuentre.

—Condenación —masculló Julian, golpeando el aire con el puño—. Esta es una complicación que no necesito en este momento. ¿Qué diablos trajo a Macall a Inglaterra? La última vez que supe de él, estaba peinando Malta buscándome. Me marché de ahí con mucha discreción, por lo que creo que no se enteró de mi marcha.

—Se le acabó el dinero y se vino a Cornualles en busca de trabajo. Por desgracia, el anuncio de tu boda apareció en todos los malditos diarios del país. No le llevó mucho tiempo enterarse de que te habías casado con una Huntley.

—Por lo tanto, supone que tengo en mi poder el diamante negro.

—Exactamente. Ya te odiaba antes. Imagínate ahora que cree que has encontrado la fortuna de tu vida. Está desquiciado. Nada lo haría más feliz que robarte esa joya, someterte, humillarte y luego atravesarte el vientre con una espada, burlándose de ti con su premio robado. Está loco, Merlín. Será mejor que tengas cuidado, mucho cuidado.

Julian se pasó la mano por el pelo.

—Sin duda. ¿Dónde está ahora?

—No me ha seguido, de eso estoy seguro. Lo he comprobado muchas veces. Además, sabe que tú estás en Inglaterra, pero no sabe que yo también lo estoy. —Se friccionó el cuello—. Pero claro, mi nombre no ha aparecido escrito en todos los diarios.

—Muy gracioso. ¿Dónde estaba la última vez que supiste de él?

—En Cornualles, yendo de pub en pub. Acercándose a Polperro, esperando que vuelvas.

Julian asintió secamente.

—Es probable. Ahora estaré preparado para él.

Nuevamente Stone miró por encima del hombro de Julian. Hizo un gesto hacia la cama.

—Ahora le has dado una munición que no tenía antes —masculló.

Julian abrió la puerta.

—Me las arreglaré. Gracias por encontrarme. Estaremos en contacto.

—O yo te encontraré si es necesario. Mientras tanto, mantén abiertos los ojos —añadió Stone dirigiéndose a la puerta.

—Buenas noches, señor Stone —gritó Aurora desde la cama—. Sin duda volveremos a encontrarnos.

Stone pestañeó.

—Sí, seguro. Buenas noches.

Acto seguido salió y desapareció en el corredor.

Julian volvió a correr el cerrojo de la puerta, muy consciente de la vigilante mirada de Aurora. No le hacía falta mirar para saber que su mujer se estaba preparando para otro altercado o interrogatorio. Curiosamente, esa idea le producía tanta excitación como obstinada resolución. Más curioso aún, a pesar de todos sus esmerados planes, no se había imaginado lo difícil que le resultaría establecer límites factibles en su matrimonio. Era extraordinariamente concienzudo, vencía las dificultades determinándolas con sumo cuidado y luego encontraba la manera de torcerlas a su favor, reduciendo así al mínimo el riesgo de fracaso. Había hecho exactamente eso para procurarse la mano de Aurora. Ah, sí que sabía muy bien que su matrimonio plantearía complicaciones a su estilo de vida; de todos modos, había supuesto que lograría un acuerdo tolerable, uno que satisficiera el deseo de aventura de Aurora, y sus deseos de ella, sin volver del revés su existencia ni poner en peligro la vida de ella.

Lo que no había esperado era la pasmosa potencia de su atracción mutua, el insaciable deseo que encendía su mujer dentro de él en todo momento. Eso lo desconcertaba tremendamente, arrojándolo en aguas desconocidas en las que no tenía la menor intención de navegar.

Era el momento de recoger velas y salir a la orilla.

Enderezando los hombros, se giró y fue a sentarse en el borde de la cama, esperando adrede que ella impusiera el tenor de la conversación.

—Tu amigo parece ser un hombre interesante —dijo ella, levantando las rodillas y apoyando en ellas el mentón—. Rápido, eficaz y leal.

—Sí.

—No me vas a decir nada más —continuó ella, con la misma tranquilidad con que comentaría el estado del tiempo.

Julian frunció el ceño, desconcertado por esa inesperada actitud. Había esperado rabia, desafío, tal vez incluso resentimiento. Pero no esa serena evaluación de lo obvio.

¿Qué demonios se proponía?

—No —contestó, con la misma tranquilidad y franqueza de ella.

—¿Por qué no?

—Porque esta es una de esas situaciones a las que me refería cuando te advertí que habría actividades en las que te prohibiría participar. Actividades que entrañan peligro, peligro del que es mi intención protegerte.

—Todo lo contrario —replicó ella, metiéndose un mechón detrás de la oreja—. Cuando hablaste de las ocasiones de las que pensabas protegerme, dijiste que me excluirías solamente cuando quedarme en casa me mantendría a salvo. Claramente esta no es una de esas ocasiones. Sería imposible dejarme atrás; el señor Camden no entregaría nada perteneciente a mi bisabuelo a nadie que no fuera un Huntley. Además, no ha habido ningún verdadero viaje, sólo hemos viajado hasta el condado de al lado. Sin embargo, aun cuando estás aquí en Inglaterra, es evidente que estás en peligro. Y eso, como he aprendido de mis experiencias del pasado, me pone en peligro a mí también, simplemente por el hecho de llevar tu apellido y por tu proximidad al peligro. Por lo tanto, esto no se parece en nada a las situaciones que me explicaste cuando pediste mi mano. Así pues, no tienes otra opción que cumplir tu promesa de protegerme diciéndome qué o quién nos amenaza. Porque en este caso, te guste o no, tu futuro afecta directamente al mío.

Julian se quedó un largo rato simplemente mirándola. Después se echó a reír.

—¿Esa es tu manera de decirme que sigues negándote a decirme algo?

—No, es mi manera de decir que tu lógica es infalible. La verdad, si Napoleón hubiera tenido la suerte de tenerte por consejera, me estremece pensar cuál podría haber sido el destino de Inglaterra.

A Aurora se le iluminó la cara y se inclinó hacia él, con los ojos brillantes de interés.

—Estoy a punto de reventar de curiosidad. ¿Quién es Macall? ¿Por qué te persigue? ¿Por qué está tan empeñado en vengarse?

Julian se rió más aún.

—Conque oyendo conversaciones privadas, ¿eh?

—Soy muy buena para eso.

—Eres muy buena para muchas cosas.

—Lo sé.

A Julian se le desvaneció la risa. El rubor de las mejillas de Aurora, el destello de sus ojos..., condenación, volvía a sentir ese incontrolable deseo de tumbarla en la cama y hacerle el amor otra vez.

Aurora percibió la dirección que tomaban sus pensamientos; él lo vio en su cara, lo oyó en su rápida inspiración al retener el aliento.

Ella se le acercó más, mirándolo con su sonrisa de sirena, seductora.

—Pronto —le prometió, tal como él le prometiera antes—. Primero cuéntame lo de Macall.

—¿Chantaje, *soleil*?

—Incentivo, Merlín.

—Muy justo. —Julian le cogió las manos y se puso serio, reflexionando sobre lo que le iba a decir—. Gerald Macall y su hermano Brady eran unos despreciables corsarios que hacían su dinero robando bienes y mercancías y vendiéndolos de contrabando a quien fuera que pagara más.

—¿Eran? —preguntó Aurora, arqueando las cejas.

—Sí, Brady murió. Yo lo maté.

—¿Por qué?

—Hace diez meses los dos se apoderaron de un cuadro, un cuadro por el que les habrían pagado una bonita suma. Yo se lo arrebaté y lo devolví a su legítimo dueño. Los Macall me buscaron y me encontraron. Brady desenvainó su espada e intentó atravesarme, pero mi pistola fue más rápida y más letal. La bala le perforó el corazón y murió instantáneamente. Gerald juró entonces que me mataría. Es evidente que ha elegido este momento para llevar a cabo su venganza.

—¿A quién pertenecía el cuadro?

—A un conde italiano muy cortés y amable que con la edad empezaba a sufrir de ciertos síntomas de demencia senil. Su mayordomo, que era un canalla sinvergüenza, le robó el cuadro pensando que el anciano no notaría su desaparición, y lo vendió a unos corsarios por una buena suma de dinero. Resultó que el conde no estaba tan demente como creía su mayordomo; no sólo se dio cuenta de que el cuadro había desaparecido, sino que también dedujo la identidad del ladrón. Al mayordomo lo metieron en la cárcel, y el conde ofreció una pingüe recompensa al que encontrara y le devolviera el cuadro. Además de valor material, el cuadro tenía para él un valor sentimental, pues fue un regalo de su difunta mujer el día que nació su primer nieto. Era el orgullo de su colección, por no decir que valía una fortuna. Por lo que supe después, un rufián inglés, que no sé quién es, contrató a los Macall para que encontraran ese cuadro y se lo llevaran a él en lugar de devolverlo al conde. Si tenía la intención de pagarles o si simplemente era una promesa falsa para tentar a dos codiciosos canallas, es algo que no sabremos jamás.

—¿Dónde encontraron el cuadro?

—En el almacén de una galería de arte francesa. Estaba oculto debajo de un óleo bastante soso. Yo descubrí su paradero dos días antes que ellos.

—¡Dos días antes! Y ¿por qué no lo cogiste?

Julian frotó entre los dedos un sedoso mechón de pelo de ella.

—Porque, mi impaciente esposa, uno no entra sencillamente en una galería y sale con un cuadro.

—Podrías haberlo comprado.

—No estaba en venta. Mi suposición es que el dueño sabía muy bien qué había debajo de esa vulgar pintura al óleo; para mí, que fue él quien lo ocultó ahí. Yo no podía correr ese riesgo. Así que esperé todo el tiempo que necesitaba para planear la mejor manera de entrar en ese almacén por la noche y llevarme el cuadro sin que me pillaran. Ya estaba preparado para hacerlo cuando me enteré de que los Macall estaban a punto de dar el golpe. Eso me obligó a cambiar los planes; no habría servido de nada que los tres anduviéramos tropezándonos unos con otros por el sótano para robar ese cuadro. Por lo tanto, sabiendo que eran expertos ladrones, simplemente me hice a un lado y los dejé que hicieran la parte fea. Se apoderaron del cuadro, y después yo me apoderé de ellos.

—Comprendo —dijo Aurora, y desvió la mirada con la cara nublada por una expresión de preocupación.

—La aventura tiene un lado desagradable, *soleil*. Ya intenté decírtelo.

—Tú no me importabas entonces.

Esa declaración lo cogió totalmente desprevenido.

—¿Cómo has dicho?

—Crees que estoy perturbada porque mataste a un hombre. Bueno, pues, te equivocas. También crees que soy una niña desamparada, que necesita protección pero, como he intentado decirte, no lo soy. El día que me explicaste en qué trabajabas, en el despacho de Slayde, comprendí muy bien que algunos de tus encuentros no eran... pacíficos. Así que si crees que mi reacción es de horror, eres un tonto. Por el contrario, me siento orgullosa de que hayas actuado con tanta honradez, devolviendo el cuadro a su legítimo dueño. —Tragó saliva y él notó que se le tensaban los dedos—. Pero estoy preocupada.

Él le cogió la cara entre las manos y la obligó a mirarlo a los ojos.

—Aurora, no permitiré que nadie te haga daño.

—No es por mí que estoy preocupada —contestó ella, y él vio la vulnerabilidad y la confusión reflejadas en sus ojos—. Es por ti.

Julian sintió una opresión en el pecho.

—Antes eras un desconocido —continuó ella—, ahora eres mi marido. Me sorprende tanto como a ti oírme decir esto. Pero estos últimos días... nunca me imaginé... —Titubeó, como tratando de entender sus desconcertantes sentimientos—. Lo importante es que no quiero que sufras ningún daño. Y de repente he comprendido que podrías sufrirlo.

Julian le bajó la sábana de los hombros, amilanado por esa emotiva agitación de ella, o tal vez por su propia reacción, silenciando ambas cosas de la única manera que sabía.

—No te preocupes, *soleil*. No me pasará nada. —Le besó el cuello y ahuecó las manos en sus pechos, soltando la sábana, que cayó sobre la cama—. Tengo un extraordinario incentivo para mantenerme bien y a salvo.

Aurora gimió suavemente, todo su cuerpo estremecido de placer.

—Julian, hazme el amor —musitó.

Sus palabras quedaron silenciadas por la boca de él.

—Buenos días, excelencia —saludó el joven secretario, revisando ceñudo su libreta en busca de una anotación inexistente—. ¿Tiene cita con el señor Camden?

—No, Tolladay, no la tenemos —contestó Julian, mirando impaciente la muy ordenada oficina con muebles de nogal—. Pero mi esposa y yo necesitamos ver al señor Camden por un asunto de cierta urgencia. Hemos hecho un largo viaje. Estoy seguro de que nos atenderá.

Tolladay miró su reloj y luego hacia la puerta del despacho interior.

—Tenía una reunión a primera hora de esta mañana, señor. Ya debe de estar por terminar. Saldrán de un momento a otro.

—Esperaremos —dijo Julian.

Como si eso hubiera sido la señal, se abrió la puerta y hasta ellos llegó la voz de Henry Camden:

—Me ocuparé de eso inmediatamente, Guillford.

—Ay, no —masculló Aurora en voz baja.

Julian le apretó el codo.

—Tranquila. Era inevitable que nos encontráramos con él en cualquier momento. Bien podría ser ahora.

—Julian —dijo Camden al verlos, deteniéndose sorprendido—. No tenía idea de que estabas aquí. ¿Os esperaba a ti y a tu esposa esta mañana...? —se interrumpió al caer en la cuenta de lo incómoda que era la situación.

—No, señor Camden —se apresuró a decir Aurora—. Y le pedimos disculpas por venir sin anunciarnos. Espero que eso no presente un problema. —Miró al vizconde—. Hola, lord Guillford.

Guillford los estaba mirando nervioso, pasando su peso de un pie al otro.

—Aurora —saludó, en tono forzado—. Camden y yo ya hemos terminado nuestra reunión, así que vuestra llegada no presenta ningún problema para mí. —Se aclaró la garganta, intentando visiblemente serenarse—. Permitidme que antes de marcharme os exprese mis sinceras felicitaciones por vuestro reciente matrimonio.

—Gracias, Guillford —dijo Julian, en una postura tan relajada como rígida era la del vizconde—. Mi mujer y yo agradecemos tus buenos deseos.

—Sí, bueno, será mejor que me vaya. Por favor —le dijo a Henry—, contacta conmigo cuando tengas esas cifras.

Dicho eso salió del despacho y cerró la puerta con suavidad.

Aurora expulsó el aliento retenido en un soplido.

—Señor Camden, lo siento. No tenía idea.

Henry levantó la mano acallando sus disculpas, con una sonrisa insinuándose en sus labios.

—Tonterías. Va bien un poco de escándalo de vez en cuando. Nos mantiene alertas. —Hizo un gesto hacia su despacho—. ¿No vais a entrar?

—Gracias por ser tan amable —dijo Aurora cuando ya estaban sentados.

—No amable, querida mía, adaptable —guiñó sus bondadosos ojos—. Tú sólo llevas unos pocos días casada con este caballero; yo he trabajado con él años. He aprendido a esperar lo inesperado. Y hablando de eso, antes de pasar al motivo de vuestra visita, quiero manifestaros mis buenos deseos. Que disfrutéis de una larga y feliz vida juntos.

—Eso pretendemos —repuso Julian—. Larga, feliz y, a juzgar por estos pocos días, apasionante, llena de emociones.

—¿Lo cual nos lleva al motivo de vuestra visita?

—Sí —dijo Julian, inclinándose hacia él—. Henry, esta reunión tiene que ver con la caja fuerte de Geoffrey.

—Comprendo. —El abogado miró inquieto a Aurora.

—Mi mujer lo sabe todo —explicó entonces Julian, y sonrió con su sonrisa sesgada—. En realidad, sabe mucho más que tú, dada tu precipitada salida de la casa Morland el día que me entregaste el cofre. —Levantó la mano, anticipándose a la protesta de Henry—. Sé que tu decisión de marcharte en ese momento estaba motivada por tu acostumbrada integridad.

—No voy a negar que tenía curiosidad por conocer el legado de Geoffrey —aclaró Henry—, pero la curiosidad no es la cualidad sobre la que ha fundado su buena fama nuestra familia. Como te expliqué en Morland, las órdenes de Geoffrey fueron que tú vieras solo el contenido del cofre.

—Y yo mejor que nadie entiendo el por qué, si no, te diría ahora mismo lo que encontré.

—Comprendo.

—Pero a Aurora se lo he dicho todo, así que no te preocupes, puedes hablar con toda libertad.

—Muy bien. —Por la cara de Henry pasó una expresión de perplejidad—. Pero no lo entiendo. Dada vuestra información y mi ignorancia, ¿qué puedo hacer por vosotros?

—Puede decirnos si mi bisabuelo le confió un cofre similar a su familia —terció Aurora.

—No entiendo —dijo el abogado, ceñudo.

Aurora se mordió el labio, pensando con sumo cuidado sus siguientes palabras:

—Basándonos en un descubrimiento que hicimos en Pembourne, tenemos motivos para creer que James Huntley dejó un cofre igual a sus herederos. ¿Lo dejó?

—No, que yo sepa.

—Señor Camden. Yo soy una Huntley. Comprendo que se sentiría más cómodo si hubiera venido Slayde a hacerle esta pregunta, pero estando Courtney muy próxima a dar a luz a su primer hijo, eso no fue posible. Le he traído una nota escrita por él, por si hiciera falta, pidiéndole que me entregue a mí cualquier cosa de James que usted pudiera tener en su poder...

—Eso no sería necesario —interrumpió Camden—. Te conozco desde que eras un bebé, Aurora. Si tuviera lo que buscas, estaría tan dispuesto a entregártelo a ti como a Slayde. El hecho es que no lo tengo. Si a causa de ese descubrimiento que dices creéis que James poseía una caja fuerte similar, o al menos que la confió al cuidado de nuestra familia, esa conclusión es errónea. No la tengo.

—¡Córcholis! —exclamó Julian, levantándose—. Tiene que estar en alguna parte. Sé que existe. Todos mis instintos me lo dicen.

Henry se levantó lentamente de su sillón.

—Si mi curiosidad ya estaba despierta, ahora está gritando.

—Lo sé, Henry. Y muy pronto, espero, podremos darte las respuestas a todas tus preguntas. Pero por ahora... —le cogió el codo a Aurora para ayudarla a levantarse—, será mejor que nos vayamos.

—Muy bien. Os deseo suerte. —Henry los miró a los dos con un destello de ironía en sus ojos—. Cuesta creer que por fin haya paz entre los Huntley y los Bencroft. Había comenzado a considerar eso un imposible. Pero si alguien es capaz de realizar lo imposible, eres tú Julian; en especial con esta determinada damita a tu lado. —Fue hasta la puerta y la abrió para que pasaran—. Estoy seguro de que encontraréis exactamente lo que buscáis.

Al día siguiente, Aurora tenía sus dudas.

Se habían puesto en marcha inmediatamente y hecho el trayecto desde Somerset a Pembourne a la mayor velocidad posible, con la esperanza de que en su ausencia Courtney y Slayde hubieran descubierto algo de importancia.

Los resultados eran tan desalentadores como los de ellos. A pesar de haber pasado horas revisando libros y examinando papeles, ni Courtney ni Slayde habían encontrado ninguna información pertinente sobre James ni sobre sus halcones.

—Y ahora ¿qué? —preguntó Slayde, reclinándose abatido en el sofá de la biblioteca.

—Morland —dijo Julian, escupiendo la palabra como si fuera un veneno—. Es hora de registrar la casa de mi padre, removiendo piedra sobre piedra. Puesto que la llave estaba escondida en Pembourne, es posible que la caja fuerte, o al menos alguna pista sobre su paradero, esté escondida en Morland. Sería muy típico de nuestros bisabuelos haber repartido las pistas entre las dos propiedades. Así se aseguraban la participación de las dos familias para localizar el cofre.

—Pero tú ya has registrado Morland varias veces —protestó Aurora—. Seguro que habrías visto una caja fuerte idéntica a la de tu bisabuelo.

—Si estuviera visible, sí. Pero es posible que haya pasado por alto el escondite de James. Y es más posible aún que no haya visto una pista, si es eso lo que está oculto en Morland y no la caja. Acuérdate, Rory, que cuando exploré la propiedad no andaba buscando nada concreto. Ahora sí.

—Julian —dijo Courtney, que estaba sentada muy derecha en un sillón—, ¿no es posible que tu línea de pensamiento te esté llevando en una dirección equivocada?

—¿Cómo?

—Supongamos que existe esa caja fuerte y que la llave de las jaulas de halcones de James la abre. De todo modos, es posible que no haya ninguna pista del paradero de la caja ni en Pembourne ni en Morland, y por un muy buen motivo. ¿Se te ha ocurrido pensar que James usara esa caja fuerte no para poner una pista sino para poner el diamante cuando lo escondió?

Julian se pasó la mano por el pelo.

—He considerado esa posibilidad. Sin embargo, dada la naturaleza de la asociación entre James y Geoffrey, creo que no. Si Geoffrey empleó su caja fuerte para transmitir una pieza de este rompecabezas, estoy dispuesto a apostar que James hizo lo mismo. Más aún, no creo que James hubiera corrido el riesgo de dejar una llave que abría un cofre que contenía algo tan valioso como el diamante negro ahí colgada al aire libre donde todo el mundo podía verla, aun cuando fueran mínimas las posibilidades de que alguien pensara que tenía una doble utilidad.

—Y aún en el caso de que alguien sospechara que la llave abría una caja fuerte además de las jaulas, no sabría dónde encontrar la caja fuerte —añadió Slayde—. Lo cual es justamente el problema que enfrentamos ahora, y el motivo de que esté de acuerdo con Julian. ¿Para qué iban nuestros bisabuelos a darnos la llave de sus tesoros sin darnos también los medios para encontrar esos tesoros? No habrían hecho eso. Por lo tanto, si existe otra caja fuerte, creo que nos queda información por descubrir, información que nos haga posible encontrar lo que buscamos.

—Ah, sí que existe —afirmó Julian firmemente—. Lo sé. Está claro que James y Geoffrey deseaban que nos diéramos cuenta de ello y justamente por eso hicieron las dos llaves tan similares. La pregunta es ¿dónde está la caja fuerte? En mi opinión, la pista que lleva a su descubrimiento está aquí o en Morland.

—Entonces, vamos. —Aurora se levantó de un salto y, cogiéndole la mano a Julian, se dirigió a la puerta—. Estamos perdiendo el tiempo. El trayecto a Morland es sólo de una hora. Courtney y Slayde pueden continuar explorando Pembourne. Tú y yo vamos a echar abajo Morland, piedra por piedra.

Una hora y cuarto después, el coche pasó por entre las puertas de hierro de Morland y tomó el camino de entrada circular en dirección a la casa. Aurora sintió como si una mano helada se cerrara sobre su corazón cuando vio la fría y austera casa, y se le fueron agolpando feos recuerdos a medida que se acercaban.

Julian notó su tensión y la miró, observando su fuerte reacción.

—Aurora, ¿te sientes mal?

—Había olvidado lo lúgubre que es esta casa. —Se estremeció—. No ha cambiado nada.

Julian arqueó las cejas, sorprendido.

—¿Has estado aquí?

—Fuera, en el terreno, y sólo una vez. Vine con Courtney, antes que ella se casara con Slayde. Ella deseaba enfrentar a tu padre. Tenía la esperanza de que hablando con él conseguiría darle una cierta paz a Slayde. Yo la acompañé y esperé en el coche mientras ella hablaba con Lawrence.

—Mi padre habría vendido su alma al diablo antes que darle paz a un Huntley.

—Sí, lo sé.

—No tienes por qué entrar —dijo entonces Julian, acariciándole la mejilla con el dorso de la mano—, si eso te angustia.

Aurora enderezó bruscamente la espalda.

—¡Pues claro que entraré! Estoy tan resuelta como tú a encontrar esa caja, y mi resolución es lo bastante fuerte como para vencer cualquier malestar o angustia.

—Dicho como una verdadera aventurera —dijo él, haciéndole un guiño y mirando hacia la casa al detenerse el coche—. Dado lo animada que estás, ¿te sientes lo bastante valiente como para explorar por tu cuenta? Porque aprovecharíamos el tiempo al máximo si hiciéramos la búsqueda por separado. Y puesto que ninguno de los dos desea estar aquí ni un momento más del que sea necesario, mi objetivo es encontrar lo que buscamos y marcharnos lo más pronto posible.

—Excelente idea. ¿Por dónde empiezo?

—Yo exploraré la planta baja, revisando cada sala de estar, salón y antesala. Tú exploras la primera planta registrando todos los muebles de los dormitorios, escritorios, mesas de noche, cómodas, roperos, y luego los de las salas de estar. Me imagino que no encontrarás nada en los muebles, ya que durante muchos años sólo han vivido aquí mi padre y sus criados.

Aurora asintió, y aceptó la mano que le ofrecía Julian para bajar del coche. Después, con la cabeza muy erguida, lo acompañó hasta la puerta principal.

Les abrió un mayordomo de aspecto altivo. Aurora comprendió al instante que ese era el mayordomo que le abrió la puerta a Courtney ese día de su visita a Morland.

—Excelencia, no le esperaba —dijo el hombre.

—Thayer —dijo Julian pasando el brazo por la cintura de Aurora—, te presento a mi esposa, la duquesa de Morland.

Pronunció el título como desafiando al mayordomo a tratarla sin el debido respeto.

Thayer frunció los labios, pero se inclinó, saludándola con toda la dignidad debida a su título.

—Excelencia, bienvenida a Morland.

—Gracias.

—Su excelencia desea explorar su nueva propiedad —informó Julian a Thayer—. Haz el favor de atenderla en lo que sea que necesite, incluso dejarla sola si ella lo prefiere.

—Sí, señor, por supuesto —respondió Thayer, volviéndose a inclinar.

—Me gustaría ver los dormitorios —dijo entonces Aurora, tratando de hablar como una verdadera recién casada deseosa de explorar su nueva casa.

—¿La acompaño, señora?

—No, gracias, Thayer. Tal como ha supuesto mi marido, prefiero hacer sola mi recorrido.

—Muy bien, excelencia.

—Entonces, comenzaré al instante. —Sus ojos se encontraron con la decidida mirada de Julian—. ¿Me disculpáis caballeros?

—Sabes dónde encontrarme —respondió Julian tranquilamente.

—Sí.

Alentada por la tranquilidad de Julian, Aurora se recogió las faldas y echó a andar hacia la escalera.

Tan pronto como estuvo fuera de la vista, abandonó toda ceremonia, llegó de unos cuantos saltos al rellano de la primera planta y se detuvo a contemplar el largo corredor, impaciente por comenzar el registro. Tiene que haber muchísimos dormitorios aquí, pensó, un trabajo hecho a mi medida.

Y comenzó la tarea entrando en cada dormitorio, revisándolo concienzudamente y luego pasando al siguiente. Tal como predijera Julian, los dormitorios no contenían nada aparte de los muebles, y todos estaban vacíos, como si nunca hubiera vivido nadie en esa casa, ni siquiera el difunto duque, de cuyos aposentos ya habían sacado todos sus efectos personales. Toda esa planta era francamente espeluznante, pensó, estremeciéndose. Todas las habitaciones eran prácticamente iguales: el suelo cubierto por alfombras orientales, desnudos muebles de caoba, y una especie de fría asepsia que parecía impregnar cada aposento como un viento helado.

La casa Morland era tan mausoleo por dentro como lo parecía por fuera.

Cuando ya llevaba dos horas revisando aposento tras aposento, tomó el corredor que conducía a la otra ala de dormitorios, y entró en uno que se veía tan impersonal como los anteriores.

Metiéndose un mechón detrás de la oreja, inspeccionó el ropero y la mesilla de noche, los dos vacíos, miró debajo de la cama de cuatro postes y finalmente se sentó ante el escritorio.

Con razón Julian odiaba esa casa.

Ese pensamiento le pasó por la mente al abrir el cajón del escritorio, tratando de imaginarse cómo habría sido para él criarse allí. Su madre murió cuando él era todavía un niño, y su padre era un tirano insensible que prácticamente lo ahuyentaba. Qué solo debió sentirse. Cierto que ella también perdió a sus padres cuando todavía era una niña. Pero antes de morir, ellos le habían dado cariño, los fundamentos del amor, un hogar del que se sentía parte, y tenía un hermano mayor que, al margen de ser tan independiente, dedicaba gran parte de sus energías a procurarle bienestar.

Julian también había tenido un hermano, recordó. Un hermano que murió justo cuando los dos se habían convertido en hombres. ¿Lo habría afectado muy profundamente esa pérdida? ¿Estaría muy unido con ese hermano del que sólo lo separaba un año de edad?

Le vino a la mente la breve conversación que tuvo con el señor Scollard respecto al hermano mayor de Julian.

«Era un hombre bueno, de fines honrados, de naturaleza generosa. Muy diferente de su padre y de su abuelo.»

«Y ¿de Julian?»

«No diferían en sus principios, pero en hechos, eran muy distintos.»

«¿Estaban unidos?»

«De corazón, sí.»

«De corazón. ¿Significa eso que les importaban cosas similares o que se querían mutuamente?»

Al final el señor Scollard no le contestó esa pregunta, aparte de decirle que tendría que buscar en otra parte la respuesta, posiblemente en Julian.

Esa era una posibilidad muy débil, pensó apesadumbrada. Julian se resistía enérgicamente a revelar incluso los detalles prácticos, objetivos, de su vida, y todavía más si eran de naturaleza personal. Había tenido que sonsacarle prácticamente con pinzas la información sobre su enemistad con los hermanos Macall, y eso él sólo lo consideraba una consecuencia desafortunada de su trabajo. La idea de revelar detalles emocionales de su pasado le resultaba inconcebible.

De todos modos, ella no tenía la menor intención de renunciar a sus intentos de corregir eso.

Estaba a punto de cerrar el cajón cuando vio un cuaderno en el fondo. Lo sacó, observó que era un bloc de dibujo y pensó a quién podría pertenecer. Lo abrió y se encontró ante uno de los dibujos más hermosos que había visto de una catarata. Como hechizada, fue pasando las páginas, admirando una cantidad de escenas de la naturaleza bellamente dibujadas y muy bien delineadas: un bosquecillo junto a una laguna, un paisaje de invierno, todo cubierto con la primera nieve, una puesta de sol sobre el mar. Quien fuera el dibujante, tenía muchísimo talento.

Impaciente por la curiosidad, se puso el bloc bajo el brazo, salió de la habitación y bajó a toda prisa a la planta baja. Asomó la cabeza en la primera sala que encontró.

—¿Se le ofrece algo, excelencia?

Pegando un salto, Aurora se giró y se encontró ante el mayordomo de Morland.

—Ah, Thayer, me ha sobresaltado. Sí, estaba buscando a mi marido.

—Está en el despacho de su difunto padre —contestó el mayordomo altivamente.

—¿Que está...?

—Por ese corredor, la cuarta puerta a la izquierda.

—Gracias.

Echó a andar por el corredor, todavía amilanada por Thayer, por la casa, por todo lo que le recordaba a Lawrence Bencroft.

Cuando entró en el despacho, fue recibida por el ruido de un cajón al cerrarse. Julian estaba revisando el escritorio.

—¿Julian? —llamó tímidamente.

Él se levantó al instante.

—¿Encontraste algo?

—Creo que no, al menos nada importante. No encontré absolutamente nada en ninguno de los dormitorios que registré, a excepción del último. Encontré esto —le enseñó el bloc de dibujo—, en el escritorio.

Julian dio la vuelta al escritorio, cogió el bloc y lo abrió en el primer dibujo. Por su cara pasó una expresión extraña, observando detenidamente cada trazo, casi como si se hubiera reunido con un amigo al que no veía desde hacía mucho tiempo y deseara asimilar todos los detalles que se había perdido en el tiempo que habían estado separados. Tragó saliva y empezó a pasar las páginas, deteniéndose en una de tanto en tanto para contemplar una escena o un determinado detalle.

—Son excepcionales —se atrevió a comentar Aurora, en voz baja.

Se sentía como si se estuviera entrometiendo en una reunión íntima, y como si de pronto se hubiera abierto un enorme abismo que la separaba de su marido.

—Sí. Tenía un talento increíble —contestó él, en tono forzado, y se giró hacia el escritorio, con los hombros rígidos—. Casi lo había olvidado.

Sin añadir nada más, dejó el bloc sobre el escritorio.

—¿Hugh hizo esos dibujos? —preguntó ella, para probar.

Él guardó silencio un buen rato.

—Sí. Y si no te importa, preferiría no hablar de mi hermano.

—¿Por qué no? Es evidente que significaba muchísimo para ti.

—Sí, pero ya hace más de trece años que murió.

—Mis padres murieron hace casi once años. Eso no significa que yo haya dejado de echarlos de menos.

Julian se giró a mirarla con la postura menos rígida, pero la expresión velada.

—Lo sé, *soleil*. Y siento mucho todo lo que has sufrido, entonces y ahora. Pero mi situación es totalmente diferente. Cualquier asunto no resuelto que tenga relación con Hugh, entraña mucho más que aflicción o una sensación de pérdida. Así que, aunque agradezco tu preocupación por mí, por favor no me consideres un juguete roto que necesita ser reparado.

A Aurora la frustración le hizo trizas la resolución de ser discreta.

—¿Un juguete roto? —exclamó—. Ni mucho menos. Lo que te considero es un hombre cabezota que necesita amistad. O que necesita a alguien. Eres tan reservado, estás tan resuelto a conservar tu maldita autonomía ¡que me enfureces!

A Julian se le curvó la comisura de la boca, sorprendiéndola.

—Y ¿tú vas a reformarme?

—Lo intentaré —replicó ella—, si me dejas.

Julian estuvo callado un largo rato. Finalmente se sentó en el borde del escritorio y la miró con los párpados entornados.

—¿Qué quieres saber?

—Algo acerca de tu hermano. Háblame de Hugh.

—¿Por qué?

—Porque fue una persona importante en tu vida. Porque es evidente que lo querías muchísimo, y porque tengo la extraña impresión de que, indirectamente, él es el responsable de nuestro matrimonio.

Por los ojos de él pasó un destello de interés.

—¿Sí?

—Sí. Si lo recuerdas, el día que pediste mi mano te dije que creía que había un motivo, o una persona, que te impulsaba a corregir el pasado, a encontrar el diamante negro para limpiar el apellido Bencroft. Alguien distinto de tu padre o tu abuelo. No me contestaste entonces. Tal vez podrías contestarme ahora. ¿Esa persona es tu hermano?

—Siempre la intuitiva —musitó él, cruzándose de brazos—. Muy bien, *soleil*, sí, es él.

—Entonces me gustaría saber algo de él.

—Hugh era el hombre más bueno, más admirable que he conocido, un hombre de principios, compasivo, más sabio de lo que correspondía a su edad, incluso cuando era niño.

—¿Estabais muy unidos?

—Éramos tan diferentes como la noche y el día. Hugh era ecuánime, tranquilo, sereno. Yo era terco, rebelde. Él era tan estable y tradicional como el heredero que llegaría a ser; yo, en cambio, era inquieto, impaciente, no me interesaba la propiedad ni sus asuntos, ni el título, que para mí significaba tan poco como el hombre repugnante que lo ostentaba. Hugh decidió pasar por alto, no, creo que una mejor expresión sería eligió aceptar, aunque nunca compartir, la absoluta falta de escrúpulos de nuestro padre. Yo no, no podía. Tampoco pude entender nunca la tolerancia de Hugh. Él era un hombre decente, moral. Pero era partidario de la lealtad a la familia; ese era uno de sus más arraigados principios. Ahora que lo pienso, supongo que los únicos rasgos que teníamos en común eran la fidelidad a nuestros respectivos principios y nuestro cariño mutuo. —Clavó la vista en el suelo—. Ojalá hubiéramos tenido en común también mi buena salud y mi constitución fuerte. Pero no las teníamos. Hugh era tan frágil como yo fuerte. Casi no recuerdo un momento en que él no estuviera enfermo o convaleciente de una enfermedad. Yo me pasaba toda la noche despierto oyéndolo toser y deseando poder darle algo de mi vigor. Por desgracia, eso no era posible. Cuando murió... —se encogió de hombros—, se cortó el último hilo que me conectaba con esta casa.

A Aurora se le formó un nudo en la garganta.

—Recuerdo cuando murió —dijo en voz baja—. Yo era una niña, pero recuerdo claramente cuando Slayde les comunicó su muerte a mis padres al volver de Oxford a pasar unos días. Estaba tremendamente afligido, a pesar de las diferencias entre nuestras familias. Está claro que tenía una muy elevada opinión de tu hermano.

—Sí, Slayde se portó muy decente cuando murió Hugh, a pesar del odio que existía entre nuestras familias. Nunca he olvidado eso, y nunca lo olvidaré.

—Como te he dicho, tú y Slayde os parecéis en muchas cosas.

—Entre ellas nuestro compromiso hacia nuestras familias, por lo menos hacia aquellos familiares que necesitan y merecen ese compromiso. Slayde daría su vida por proteger la tuya. Yo no tuve esa opción; no pude salvar a Hugh, por mucho que rezara, por mucho que lo intentara. Pero que me cuelguen si dejo que continúe manchado su apellido, ya sea por las maldades de mi padre y de mi abuelo o por un robo que nunca se cometió. Así que sí, es mi intención restablecer el honor de Hugh. Quisiera Dios que pudiera restablecerle su vida.

Aurora no pudo evitarlo; se le acercó y le acarició los antebrazos con las palmas.

—El honor de Hugh está tan intacto como tus sentimientos por él. No es necesario restablecer ninguna de esas dos cosas. ¿Por qué crees que hay que restablecerlo?

—Porque, como observó inteligentemente mi padre, el honor de Hugh ya no puede demostrarlo él sino que me toca a mí restablecerlo.

—¿Por qué dijo eso Lawrence?

—Para conseguir que yo obedeciera su orden. Y lo más terrible es que el razonamiento del cabrón era sensato. Cada una de sus malditas palabras.

—¿Te dijo eso después de la muerte de Hugh?

—No, después de la suya.

Aurora ahogó una exclamación.

—No lo entiendo.

—Entonces deja que ponga las piezas que faltan —dijo él. Una vez que había comenzado a hablar parecía incapaz de parar—. Mi bisabuelo no fue el único que me legó un formidable reto, ese que recibí el día que pedí tu mano a Slayde. Ese día, cuando Henry me entregó la caja fuerte de Geoffrey aquí en esta casa, también tuve el dudoso privilegio de oír la lectura del testamento de mi padre. Él también me legó algo, aunque en este caso no era un regalo. —Aurora notó que se le tensaban los brazos—. Me legaba la maldición del diamante negro, me desafiaba a encontrar la piedra y deshacer la maldición. Y consiguió exactamente lo que deseaba: mi colaboración. ¿Cómo? Recordándome que no era sólo mi apellido el que estaba manchado, también lo estaba el de Hugh. Que mientras no se resolviera el robo de la joya, el apellido de Hugh estaría siempre relacionado con un pasado sucio. Y que siendo el último Bencroft que quedaba, yo era el único que podía corregir ese horrendo mal, no por él sino por Hugh. Y tenía razón. Como la tenías tú cuando adivinaste que tenía otra motivación para desear encontrar ese maldito diamante. La tengo. Y esa motivación es mi hermano.

—¿Lawrence te chantajeó para que encontraras la piedra? —repitió Aurora, asombrada de que incluso un canalla como Lawrence pudiera haber caído tan bajo—. ¿De veras te convenció de que era tu responsabilidad limpiar el nombre de Hugh?

—Soy inmune a los dardos de mi padre, Aurora. Por lo menos a los que me arroja a mí y a aquellos sin fundamentos. Pero piénsalo. Siendo el último Bencroft vivo, y un hombre al que no le importa su reputación sino por la de su hermano, ¿de quién es la responsabilidad de proteger la memoria de Hugh sino mía?

A pesar de su indignación, Aurora no pudo discutir esa lógica. Por inmerecida que fuera la carga que llevaba él, era su carga de todos modos.

—Con razón estabas tan empeñado en convencerme de casarme contigo —musitó.

—Ese no era mi único motivo.

—Lo sé —se apresuró a tranquilizarlo ella—, no quise dar a entender que lo fuera. Tampoco me sorprenden tus motivos. Como te he dicho, comprendí que te impulsaba algo personal, simplemente no sabía qué. Ahora lo sé. —Apretó las mandíbulas—. Pero si antes odiaba a Lawrence Bencroft, ahora podría matarlo.

—¿Por mí?

—¿No eres tú el que acaba de hablar de proteger a la propia familia? —preguntó ella—. Bueno pues, eres mi marido. ¿No es lógico que yo desee protegerte también?

Una pequeña llamita le suavizó los ojos a él.

—Sí, *soleil*, supongo que lo es. —La atrajo hacia si y le apoyó la cabeza en su chaleco—. Gracias.

—De nada. —Sonrió, contenta por haber hecho un progreso en penetrar el sólido muro emocional de Julian—. ¿Lo ves? Expresar los sentimientos es muy parecido a hacer el amor. Sólo duele la primera vez, y sólo un instante. Después es puro placer.

La ronca risa de él le vibró en el oído.

—Te tomaré la palabra, *soleil*.

—No lo olvides. —La mirada de Aurora recayó en el bloc de dibujo—. Hugh era un artista de mucho talento.

—Sí. —Julian la soltó y cogió el bloc—. Tenía un don increíble para captar los detalles. En ese sentido, fue él, no yo, el que salió a Geoffrey.

—¿Tu bisabuelo dibujaba?

—No en el verdadero sentido de la palabra, no. De todos modos, yo diría que dibujaba bastante bien. —Apuntó hacia la pared, donde colgaba un detallado dibujo de la propiedad Morland.

—¿Geoffrey lo dibujó? —preguntó ella, sorprendida, caminando hacia el cuadro para examinarlo de cerca.

El dibujo representaba una inmensa extensión de terreno, con diversas partes encerradas por setos, y dos senderos bien delineados que bajaban hacia la casa, que estaba abajo; uno salía del establo, el otro de los jardines, y un tercer sendero salía de arriba, pasaba por un lado de las casas de los inquilinos, luego hacía una abrupta curva y continuaba hacia arriba, hasta el extremo más alejado de la propiedad.

—Él lo dibujó, sí. Si lo miras de cerca, verás su firma y la fecha. Lo sé. Me pasé más de una hora mirando ese maldito dibujo con la esperanza de que nos diera alguna pista. Por desgracia, es preciso, pero no revela nada.

—Preciso —musitó Aurora—, como un halcón. Es irónico eso, puesto que Geoffrey era el Zorro. Pero claro, igualmente irónico es que tú seas el Merlín. Es casi como si el destino deseara asegurar que prevaleciera la asociación entre Geoffrey y James, como lo deseaban ellos mismos al repartir por igual su legado. —Examinó atentamente el dibujo, maravillada, fijándose al mismo tiempo en todos los detalles—. Tienes razón. Hugh heredó la habilidad de su bisabuelo. Es asombroso lo reales que se ven estos senderos, casi como si fueran discurriendo resueltamente hacia un lugar concreto. —Pasó la yema del índice por los dos senderos convergentes—. Estos dos fluyen hacia los setos que rodean la casa, primero separados y luego como uno solo. Y ese... —apuntó hacia el sendero curvo que pasaba por un lado de las casas de los inquilinos—. Ese vira hacia el norte, hasta desaparecer completamente. —De pronto sonrió, fascinada—. ¿Sabes?, este dibujo me recuerda una leyenda que al señor Scollard le encanta contar; me la ha contado muchísimas veces, tal vez porque ha sido mi favorita desde que tenía ocho años.

—Y ¿qué leyenda es esa? —preguntó Julian, sonriendo indulgente.

—La leyenda del río Tamar. ¿La conoces?

—Lo único que sé del Tamar es lo que he descubierto navegando por él. Es increíblemente pintoresco, serpenteando por cerros y valles, flanqueado por aldeas y elevados acantilados de piedra caliza. Separa Cornualles de Devon y desemboca en Plymouth. Toda esa región genera esa especie de lirismo del que escriben los poetas. Así que si bien no conozco ninguna leyenda sobre el Tamar, no me sorprende que exista una.

—¿Quieres oírla?

Él se rió.

—Encantado.

—La leyenda explica cómo recibió su nombre el Tamar —comenzó Aurora, con la vista fija en el dibujo e inmersa en la leyenda—. El río se llama así por una bella ninfa marina, Tamara, que en tiempos inmemoriales vivía en una cueva subterránea muy por debajo de la superficie de la tierra y deseaba ardientemente ver el magnífico y colorido mundo que existía arriba. Así pues, a pesar de que su padre le advertía que había gigantes que pasaban por las tierras de Dartmoor, directamente encima de ellos, se las arregló para subir a la superficie y allí descubrió que tales advertencias eran ciertas. La vieron dos gigantes, Tavy y Torridge, se enamoraron de ella, y cada uno resolvió tenerla para él. La persiguieron por los páramos hasta la costa norte de Cornualles, allí la capturaron y le exigieron que eligiera a uno de los dos. Su padre, furioso por su desobediencia, pero sin lograr convencerla de que volviera a la cueva, empleó su magia para hacer caer a los dos gigantes en un profundo sueño y transformarla a ella en un riachuelo plateado. Cuando Tavy despertó, fue a buscar a su padre, y este empleó un hechizo para convertirlo en un riachuelo que atravesara los páramos en persecución de Tamara. Al final Tavy la encontró, se unieron y continuaron juntos hasta el Hamoaze.* En cuanto a Torridge, también consiguió que lo convirtieran en un riachuelo, pero por ahí se desorientó y continuó hacia el norte por en medio de los cerros hasta llegar al océano Atlántico. —Aurora tocó el sendero que pasaba por el lado de las casas de los inquilinos y continuaba hacia el norte—. Este sería Torridge, que fluye hacia el norte por en medio de bosques hasta desaparecer en el océano. Y estos... —con el dedo siguió los dos sen-

---

* Hamoaze es el estuario formado por las desembocaduras de los ríos Tamar, Tavy y Lynher (o St. Germans) antes de entrar en el estrecho de Plymouth. *(N. de la T.)*

deros que bajaban y se unían delante de los setos de la parte delantera de la casa— estos serían Tamara y Tavy, que se encuentran en Dartmoor, cerca de Tavistock, y continúan juntos hacia el mar.

—Se encuentran en... —Despertado su interés, Julian entrecerró los ojos, mirando atentamente el dibujo—. ¿Dices que esa leyenda es muy conocida?

—Ah, pues, sí, supongo que sí. El señor Scollard me la ha contado muchísimas veces.

Julian bajó de un salto del escritorio y en cuatro pasos llegó junto a ella.

—Repite esa última parte, la de los ríos que se encuentran.

Aurora lo miró perpleja.

—No me habría imaginado que fueras un romántico. Muy bien. Estos senderos se parecen a los cursos que tomaron Tamara y Tavy, hasta fusionarse en Tavistock y de ahí fluir juntos hacia el Hamoaze.

—Eso es.

—¿Qué es?

—Acabas de darnos la respuesta. —Señaló la parte del dibujo que representaba la casa, donde se unían los dos senderos y seguían en uno solo hacia abajo—. La caja fuerte está por aquí.

—Julian, ¿de qué estás hablando, por el amor de Dios?

—Piénsalo, Rory. Yo suponía que la caja estaba en Morland, pero no se encuentra por ninguna parte. Entonces decidí que no era la caja la que James y Geoffrey ocultaron aquí sino una pista que llevara a su recuperación. Y resulta que están ambas cosas. La pista está aquí, mirándonos a la cara. Y ¿la caja fuerte? Figuradamente está en la casa Morland, tal como lo describe el dibujo. En la realidad está en alguna parte más allá de los páramos de Devonshire, entre Tavistock y Calstock.

Aurora lo estaba mirando con los ojos como platos.

—¿Quieres decir que Geoffrey hizo este dibujo como una especie de mapa secreto?

—Exactamente. Míralo atentamente y piensa en tu leyenda. Si estos dos senderos representan los dos ríos, y la casa Morland representa el lugar donde se encuentran, estos setos bajos de la parte delantera de la casa son las colinas de Tavistock, y los setos altos de atrás de la casa son los acantilados de piedra caliza que continúan hasta el mar. ¿Ves las diferentes formas? Así es exactamente como se ven esos acantilados. En algunas partes están interrumpidos por hendeduras o grietas, y en otras se elevan tan alto que parecen perforar el cielo.

A Aurora el corazón ya comenzaba a golpearle el pecho mientras examinaba la parte del dibujo que representaba la casa Morland.

—Sí, tiene lógica. No me extraña que el señor Scollard me repitiera tantas veces esa determinada leyenda. ¿Cuándo voy a aprender que todo lo que dice significa más de lo que parece, aun cuando yo no lo entienda en el momento? Está claro que sabía que algún día yo necesitaría esa información para... —Sintió una oleada de euforia al encontrar lo que buscaba. Con la mano temblorosa señaló el pie del primer seto de atrás—. Julian, mira. Ahí hay un marca de lápiz, más acentuada; parece un círculo lleno, destaca, se ve fuera de lugar. ¿Crees que...?

—Ya lo creo que sí —exclamó él, mirando atentamente ese punto, con los ojos brillantes de triunfo—. ¿Qué mejor lugar para esconder la caja fuerte que una hendedura al pie de un solitario acantilado? —Cogió a Aurora en sus brazos, la besó ferozmente y la soltó—. Vamos.

—¿Vamos? —preguntó ella, todavía sin aliento, no sólo por el efecto del beso sino también por el significado de sus palabras—. ¿A los acantilados?

—Por supuesto. —La expresión de él reflejaba la euforia de ella. Buscó en el bolsillo y sacó la llave que encontrara junto a las jaulas de halcones—. Es hora de explorar la leyenda del señor Scollard, de ver adónde nos llevan tu ninfa Tamara y su gigante Tavy.

La embelesada mirada de Aurora pasó de la llave a la cara de su marido.

—Vamos, Merlín. Hacia nuestra próxima aventura y hacia la recuperación de la caja fuerte de James.

Capítulo 9

*L*os acantilados eran más pasmosos aún de lo que se había imaginado Aurora.

Habían pasado la noche en Plymouth, donde llegaron en coche desde Morland, y esa mañana al alba se embarcaron en un quechemarín y entraron por la desembocadura del Tamar rumbo al norte. Habiendo pasado junto a la larga extensión de majestuosos acantilados de piedra caliza, ya iban llegando al de más al norte.

—Me alegra que James eligiera el pie de una hendedura y no una cima para esconder la caja fuerte —comentó Aurora, contemplando los gigantescos acantilados—. Esas alturas son un reto amedrentador, incluso para mí.

—Son tremendamente peligrosos —convino Julian, mirando el dibujo de Geoffrey—. También es una suerte que eligiera este primer acantilado y no esos que hemos dejado atrás. Eso no sólo nos libra de trepar mucho, sino que también nos ahorrará tiempo en encontrar la caja. Justo más allá de donde estamos, el Tamar se estrecha y se convierte en un río normal, poco más que un riachuelo. Allí en ese punto vira hacia el sur. La marca en el dibujo de Geoffrey está claramente en la parte que va hacia el sur. Lo más probable es que eligiera ese lugar porque esa parte del acantilado queda fuera de la vista de aquellos que viajan hacia el norte por mar. Entonces... —hizo un gesto hacia el toldo verde que iba apareciendo—, ya casi hemos llegado.

Unos minutos después, Julian dirigió hábilmente el quechemarín por el recodo, dejando atrás la zona boscosa que, aunque sin flores durante esos meses de invierno, se veía exuberantemente verde por los árboles perennes que dejaban pasar rayos de sol por entre el follaje. El río hacía una curva, acercándose más al acantilado, que se elevaba del agua como una ola gigantesca.

—Ahí está la grieta que indica el dibujo de Geoffrey —exclamó Aurora, recogiéndose las faldas y corriendo hacia la proa.

Siguiendo su mirada, Julian miró la grieta en la roca que correspondía a la marca más acentuada del dibujo.

—Esa es. —Rápidamente arrió la vela, acercó la embarcación a la orilla y la amarró al tronco de un viejo roble que se elevaba justo al pie del acantilado—. Vamos.

Recogió sus herramientas, bajó de un salto y se giró para ayudar a Aurora a bajar, y sólo entonces vio que ella ya había saltado e iba caminando hacia la abrupta pendiente.

Riendo la siguió y llegó a la grieta detrás de ella, que estaba casi saltando.

—¡Julian, date prisa!

—Lamento el retraso, *soleil* —bromeó él—. Me detuve a recoger las herramientas; me pareció que nos serían útiles. ¿O pensabas arrancar las capas de piedra con las uñas?

Aurora le sonrió pesarosa.

—Lo siento. Pero ya te he dicho que la paciencia no es una de mis virtudes.

—Sí, me lo has dicho.

Sonriendo, Julian se acuclilló y empezó a palpar toda esa parte, introduciendo los dedos hasta que encontró una roca que se movía. La tironeó, moviéndola de aquí allá, y fue sacando las piedras de alrededor que se soltaban hasta que dejó el trozo de piedra libre.

Emitiendo un sonido de triunfo, la cogió y la dejó a un lado.

—¿Está ahí? —preguntó Aurora, arrodillándose a su lado.

Julian miró, frunciendo el ceño.

—No lo sé. Tendré que picar un poco para desprender más piedras. No me cabe la mano por el agujero.

—La mía sí. Déjame explorarlo, a ver si toco la caja fuerte. Así por lo menos determinaremos si debemos continuar picando aquí o buscar en otro lado.

Pasó la mano por el agujero y la hundió todo lo que pudo hasta que sus dedos tocaron la superficie dura y lisa de un objeto.

—Julian —exclamó entusiasmada—, creo que la he encontrado.

—Estupendo —dijo él, en tono tranquilo—. Ahora tenemos que aplicar una regla fundamental de los aventureros. Nada es tuyo mientras no estés seguro de que lo que has encontrado es realmente lo que buscas. Y ni aún así es tuyo, mientras no lo tengas en las manos y hayas eliminado todos los posibles obstáculos que podrían estorbarte. Ahora deja la mano ahí. Voy a picar otro poco para soltar otras cuantas piedras de los lados. Cuando haya ensanchado el agujero, tendrás que mover la palma hacia los lados, a ver si palpas toda la superficie de la caja. ¿Recuerdas los detalles de la caja fuerte de Geoffrey?

—Sí, tiene un ribete dorado en todas las aristas. Y en cada esquina tiene unos botones protuberantes, dos más pequeños y dos más grandes, y debajo de uno de estos está la cerradura.

—Excelente. —Julian ya estaba picando, soltando y quitando las piedras alrededor de la muñeca de ella—. Que tus dedos sean tus ojos. Vas a palpar, buscando todos los detalles que acabas de enumerar.

—Muy bien.

Aurora se movió impaciente, como ordenándole a Julian que se diera más prisa en soltar las rocas.

—Paciencia, *soleil* —musitó él, leyéndole el pensamiento—. Las prisas suelen engendrar desastre. —Emitiendo un gruñido, sacó un trozo de roca bastante grande—. Y ¿ahora?

—Mejor. —Aplastó la palma sobre la superficie dura, explorando—. Es la caja fuerte, estoy segura —proclamó—. Palpo los ribetes dorados, los botones e incluso las cuatro aristas de los lados. La hemos encontrado, Julian.

—Entonces es el momento de coger nuestro premio. —Resueltamente, cogió el brazo de Aurora, le sacó la mano del agujero y se asomó a mirar. Asintió—. Por lo que logro ver, parece que está intacta. Ahora, liberémosla.

Estuvieron media hora picando, desprendiendo lascas y soltando piedras a golpes, hasta que por fin fue recompensado su trabajo.

Dejando a un lado las herramientas, Julian metió las dos manos en el agujero ensanchado y tiró del cofre. Rechinando al raspar la roca, la caja salió.

—Uy, Julian, es realmente la caja fuerte de James —exclamó Aurora, pasándose la manga sucia por la frente, sin darse cuenta de que tenía la cara embarrada y el vestido y la capa con varios rotos—. Abrámosla.

—Todavía no. La abriremos cuando estemos en el velero, seguros y navegando.

Algo que detectó en el tono de él, la indujo a mirar alrededor.

—¿Crees que nos han seguido? —preguntó, mirando atentamente el denso bosque y la pequeña aldea que se divisaba más allá—. Y si nos han seguido, ¿quién? ¿Tu informante Stone? ¿Ese canalla Macall? ¿O alguno de los ladrones que han estado merodeando por Pembourne en busca del diamante negro?

—Eso último es improbable —contestó él, sentándose en los talones—. Esos ladrones perdieron interés después que yo retiré todas las ridículas acusaciones de mi padre.

—Tienes razón. Han dejado de llegar notas de amenazas y no ha habido ningún intento de robo. Entonces, si no son esos corsarios... —Volvió a escrutar la zona—. Stone no tendría ningún motivo para ocultarse, puesto que ya nos hemos conocido oficialmente. ¿Crees que es Macall? ¿Crees que descubrió tu paradero y nos ha seguido hasta aquí?

Julian negó con la cabeza.

—No, Macall está muy resuelto a encontrarme, pero no es tan listo para seguirme sin que lo detecte a cierta distancia, sobre todo si vamos navegando. Si estuviera por ahí, yo ya lo habría visto hace horas. No, la verdad es que no creo que nos hayan seguido esta vez. Pero...

—Lo sé —interrumpió ella, guiñando los ojos—. La regla fundamental de los aventureros: eliminar todos los posibles obstáculos. —Se incorporó y se quitó los terrones de tierra del vestido—. Dime, Merlín, ¿está permitido correr o caminar deprisa? ¿O eso sería demasiado notorio? ¿Debemos caminar tranquilamente para no despertar sospechas?

Julian se echó a reír y se incorporó también, poniéndose el cofre y las herramientas bajo el brazo.

—La prisa no sólo está permitida sino que es aconsejable. Vamos.

Bajaron la pendiente y en el camino a Aurora se le quedó varias veces cogida la ropa en rocas puntiagudas, rompiéndose. Cuando por fin llegaron al quechemarín, se adelantó a Julian, saltó a cubierta y esperó ahí moviéndose impaciente, hasta que él llegó hasta ella y dejó la caja y las herramientas en el suelo.

—Ahora —lo instó—, ábrela, rápido.

Julian sacó la llave del bolsillo, pensó un instante y se la pasó a ella, para desatar la amarra.

—¿No quieres abrirla tú?

Aurora lo miró sorprendida.

—¿Yo? ¿De verdad?

—James fue tu bisabuelo. Técnicamente, la caja te pertenece a ti. —Sonrió travieso, mientras izaba la vela—. Además, te mereces una recompensa. Has demostrado ser una espléndida aventurera, y una con éxito. —Le cerró los dedos sobre la llave, y fue a ocupar su lugar junto al timón—. Tú la abres, yo dirijo el barco. Es toda tuya, Rory.

Temblando de emoción, Aurora se arrodilló junto a la caja, localizó la cabeza de tachón correspondiente a la que ocultaba la cerradura en la de Geoffrey, la cogió firmemente por ambos lados y la empujó hacia uno hasta que se deslizó y quedó a la vista la cerradura. Metió la llave y, ejerciendo presión, la fue girando poco a poco hasta que sonó el clic indicador.

Sus ojos se encontraron con los de Julian.

—Bravo, *soleil*. Ahora veamos qué nos ha dejado James.

Mojándose los labios, Aurora levantó la tapa y movió el cofre de forma que pudieran ver los dos el contenido.

Lo primero que vieron sus ojos fue una daga adornada con la cabeza de un halcón. Debajo de la daga había una sola hoja de papel, toda llena de texto, descolorido por el tiempo.

Aurora sacó las dos cosas de la caja y examinó primero la daga, sosteniéndola en alto para que la viera Julian también.

—Es idéntica a la de Geoffrey —comentó.

—Sí —convino él—. Está claro que esta fue la manera de James de asegurarnos que lo que hemos encontrado es auténtico, dejado por el Halcón. —Movió el timón para seguir el curso del río y miró rápidamente el papel que tenía Aurora en la mano—. Un borde es irregular, y las palabras están impresas, no escritas a mano. ¿Qué dicen?

—Tiene que ser una página arrancada de un libro —dijo ella, dándole la vuelta—. Está impresa por los dos lados. —Ceñuda pasó rápidamente la vista por el texto de ambos lados—. Es la descripción de los hábitos de caza de los halcones, concretamente, del merlín y del cernícalo.

—Los dos halcones más pequeños —comentó Julian, pensando en voz alta—. Interesante. Tendremos que leerlo con más atención, para ver qué determinadas frases quiere James que distingamos. ¿Hay alguna anotación en las páginas?

—No hay ninguna anotación, ninguna palabra subrayada ni rodeada por un círculo, en ninguna de las dos caras. —Pasó el dedo por el borde irregular—. Menos mal que al arrancarla no se rompió ninguna palabra. —Guardó silencio un momento—. ¿De qué libro la habrá arrancado?

—Eso podría ser tan importante como el propio texto impreso —musitó Julian, pensando—. Sugiero que nos marchemos cuanto antes de Plymouth y vayamos directamente a Pembourne, a enseñarle nuestro hallazgo a Slayde y Courtney. Al fin y al cabo no tenemos ningún motivo para volver a Morland ahora que hemos encontrado la caja. Y tu hermano y tu cuñada se merecen saber que la hemos encontrado.

Aurora lo miró maliciosa.

—Por no decir que Pembourne contiene la biblioteca de James, con todos sus libros de halcones, sobre los que no ves las horas de poner tus manos, puesto que uno de ellos es sin duda el que buscamos.

—Estás cada vez más intuitiva —rió Julian.

—Tal vez mi intuición se está reforzando sólo con respecto a ti —dijo ella intencionadamente, observándole el perfil para calibrar su reacción—. Ten cuidado, Merlín, estoy comenzando a comprender tu manera de pensar.

Él la miró de reojo, divertido.

—¿Debo sentirme amenazado?

—Sólo si insistes en mantener levantados esos malditos muros de reserva. —Le dirigió una sonrisa beatífica—. Si no, soy bastante inofensiva.

—Me alegra saber eso, *soleil*. He comenzado a comprobar por mí mismo qué formidable adversaria serías.

El tono de broma en que dijo eso irritó a Aurora más que el recelo que había esperado. Bromeando él eludía el tema adrede, impidiéndole hábilmente hacer cualquier incursión más a fondo que deseara. «Maldita sea, Julian —pensó, hirviendo de rabia—. No puedes excluirme eternamente. No te lo permitiré.»

La vehemencia con que tomó esa resolución le dio que pensar. Sí, Julian era un reto, un reto del que juraba estar a la altura. Pero la intensidad de su resolución de derribar sus muros emocionales excedía con mucho a cualquiera que hubiera experimentado antes ante un simple reto. ¿Qué la preocupaba tanto? Julian le estaba dando todo lo que le había prometido cuando le propuso matrimonio: aventura, emoción, excitación, pasión. Le había prometido compartir con ella su vida de aventuras, su euforia, sus estimulantes experiencias. No le dijo nada respecto a sus pensamientos íntimos, ni de hablarle de sus sentimientos.

Nada sobre abrirle el corazón.

Entonces, ¿por qué le importaba tanto asegurarse esas cosas? ¿Por qué no podía simplemente conformarse con las maravillas que ya le ofrecía, explorar el mundo, buscar el diamante negro, atizar el fuego de la pasión? ¿Por qué ya no le bastaban esos incentivos?

La respuesta fue tan sorprendente como evidente.

Se había enamorado de su marido.

Casi emitió un fuerte gemido. ¿Cómo pudo ocurrirle eso?, pensó, asombrada. Un mes atrás ni siquiera conocía a Julian Bencroft. Era imposible que él le hubiera cautivado el corazón sólo en unos días.

Sin embargo, no necesitó más de unos minutos para fiarse de él.

Ella misma lo dijo el día que él le propuso matrimonio, cuando le discutió que el tiempo no era un requisito para la confianza, que la confianza viene del interior y muchas veces es más instintiva que ganada. Y ¿cómo podía refutar esa afirmación cuando en el corazón sabía que era cierta? Se había fiado de él desde el principio, había creído en sus nobles intenciones, en su decencia, en su honor. Había colocado en sus manos su vida, su futuro, sabiendo que él le daría todo lo que ansiaba.

Lo que no sabía entonces era cuánto era lo que ansiaba.

Pero ¿amor? A diferencia de la confianza, el amor necesita tiempo, familiaridad, que lo cultiven. ¿No?

El amor entre Slayde y Courtney no necesitó nada de eso.

Cerró fuertemente los ojos, al asimilar todo el efecto de esa comprensión. «Soy una idiota», se regañó, pensando en las avasalladoras sensaciones que experimentaba cada vez que hacían el amor, sensaciones tan profundas que no podían nacer solamente de la lujuria, incitadas por un ardor que se iba intensificando con cada unión. «Estúpida, tonta, idiota. ¿Qué creí que quiso decirme el señor Scollard cuando me comparó con Courtney, recordándome el tiempo en que ella estaba confundida por sus sentimientos por Slayde después de ser introducida inesperadamente en su vida? El señor Scollard quería decir que muy pronto yo experimentaría algo similar por Julian. Pero yo, como una boba, no lo entendí. Bueno, ahora sí lo entiendo, señor Scollard. El problema es, ¿qué puedo hacer al respecto?»

«Por ahora, nada.»

La decisión surgió en su mente con la misma claridad con que se presentó la comprensión de sus sentimientos. Y aunque todavía estaba pasmada por saber que se había enamorado de Julian, tenía la suficiente sensatez para no actuar conforme a ese descubrimiento. No convenía en esos momentos. El diamante negro seguía sin descubrir, y los ecos del pasado seguían atormentando sus vidas. Faltaban por concluir muchas cosas, debían considerar muchos obstáculos y superarlos.

Y encontrar el diamante negro era lo primero.

Después vendría ella.

Hizo una larga y profunda inspiración para serenarse, aferrando la caja fuerte abierta entre las manos como si fuera un ancla. Nunca se había imaginado enamorada, por lo que ahora que lo estaba, bueno, necesitaba tiempo para comprender esos asombrosos sentimientos que le asaltaban los sentidos, cogiéndola totalmente por sorpresa.

Después vendría la tercera dificultad, y tal vez el obstáculo más difícil de todos: Julian.

¿Cómo comunicarle esos sentimientos? ¿Qué podía decirle, y cuándo, en qué momento? Y ¿cómo reaccionaría él?

Que se molestaría era seguro. No podía engañarse en eso; su sinceridad le impedía ver las cosas de otra manera. Ella mejor que nadie sabía cómo la consideraba su marido: una excitante y deliciosa distracción, una tentadora complacencia que saborear a voluntad, incluso un espíritu afín y una digna compañera. Pero ¿amor? El amor no entraba en los planes de Julian, como tampoco las limitaciones que generan los lazos emocionales. Julian era un aventurero. No aceptaría las posibles limitacioens que impondría el amor en su estilo de vida. Además, era un solitario, un solitario que ya había revelado más de sí mismo de lo que quería, y que se resistiría a permitir más intrusiones en sus pensamientos y sentimientos íntimos.

Dios la amparara, ¿en qué callejón sin salida se había metido esta vez?

—¿Aurora? —preguntó Julian, mirándola con expresión de curiosidad—. ¿Por qué estás mirando esa caja fuerte como si contuviera otro secreto que aún tenemos que descubrir?

Volviendo bruscamente a la realidad, ella pasó la mano por la página que ya había puesto en el interior de la caja.

—Porque lo contiene. Todavía nos falta determinar por qué James eligió esta página, la arrancó y la ocultó aquí. Evidentemente, es una pista esencial que quería que descubriéramos.

—Entonces, ¿estás de acuerdo en que volvamos a Pembourne?

Pembourne. La idea le hizo pasar oleadas de alivio por toda ella, por motivos que tenían muy poco que ver con la biblioteca de James.

—Sí, absolutamente —contestó, pensando que ir a su antiguo hogar significaba recibir exactamente lo que necesitaba: el maravilloso bálsamo de los consejos de Courtney—. Sugiero que nos marchemos de Plymouth en seguida y vayamos derechos a Pembourne.

No sólo estaba oscuro, sino que ya era una hora avanzada de la noche cuando llegaron. Nerviosa, Aurora miró hacia la casa y la invadió otra oleada de alivio al ver que todavía estaban encendidas las lámparas en la planta baja.

—Están levantados —exclamó, bajando del faetón casi de un salto.

Subió corriendo la escalinata, cogió la aldaba y golpeó fuerte y varias veces, hasta que Siebert abrió la puerta.

—Buenas noches, Siebert, soy yo —anunció.

—Eso no lo he dudado ni por un instante, milady —contestó el mayordomo en tono irónico—. ¿Quién, si no, iba a intentar echar abajo la puerta a estas horas de la noche? —Se hizo a un lado para dejarlos pasar, saludando con una inclinación de cabeza, educada aunque distante, a Julian—. El conde y la condesa están en la sala de estar.

—Gracias, Siebert.

Irrumpió en la sala de estar como una bala de cañón.

—Encontramos la...

—Dios santo, ¿qué te ha ocurrido? —interrumpió Slayde, levantándose de un salto y contemplándola boquiabierto—. ¿Tuvisteis un accidente?

—¿Qué? —Aurora siguió la mirada de su hermano y sólo entonces cayó en la cuenta del lamentable estado en que se encontraba—. Ah, se me debió romper el vestido.

—¿Romper el vestido? Aurora, estás toda cubierta de barro, tu vestido y tu capa están hechos jirones, y tienes arañazos en las manos. ¿Qué diablos ocurrió en Morland?

—Tu ingeniosa hermana localizó el escondite de esto —contestó Julian, entrando en la sala y enseñando la caja fuerte—, eso es lo que ocurrió.

—¿Estaba en la casa Morland? —preguntó Courtney, enderezando la espalda en el sofá.

—Por así decirlo.

Entonces Julian les contó todo y al terminar abrió la caja fuerte para que vieran su contenido.

—Bueeno —musitó Courtney, moviendo la cabeza, pasmada—, parece que vamos a tener que examinar toda la biblioteca de James otra vez.

—Yo comenzaré esta noche —aclaró Julian al instante—. Slayde, si tú quieres puedes acompañarme, pero nuestras mujeres se van a ir a la cama.

—Yo no —protestó Aurora, levantando bruscamente la cabeza—. Courtney necesita descanso. Pero yo...

—Aurora —interrumpió Julian, levantando una palma para acallar su protesta, y en el mismo tono inflexible que empleó en la posada cuando le exigió que lo dejara hablar en privado con Stone—. No has comido nada desde el desayuno, estás pálida, llena de arañazos, y a punto de caerte al suelo. En resumen, estás agotada. Hay cientos de libros en esa biblioteca. Es dudoso que Slayde y yo descubramos algo en las próximas horas. Si encontramos algo, te despertaré. Yo estoy acostumbrado a este ritmo, tú no. Así que no me discutas. Come algo, date un baño caliente y vete a dormir.

—Muy bien. Descansaré... un rato.

Normalmente habría luchado como una tigresa. Pero si había algo que deseaba con tanta intensidad como examinar esos libros era la oportunidad de hablar con Courtney. Además, Julian tenía razón. Se sentía insólitamente débil y le dolía terriblemente la cabeza, casi como si los efectos del día le hubieran caído encima todos juntos de una vez.

Se fue a su antigua habitación; allí cenó, dos platos, se dio un buen baño con agua caliente, después se puso un camisón y una bata y salió al corredor en dirección al dormitorio de Courtney.

Golpeó suavemente la puerta.

—Adelante.

Aurora abrió la puerta y asomó la cabeza.

—Soy yo.

—Lo sé, te estaba esperando. —Dejando el cepillo en el tocador, Courtney le hizo el gesto invitándola a entrar—. ¿Te sientes mejor?

—Mucho mejor. Parece que tenía más hambre del que creía.

—Y más suciedad —sonrió Courtney—. Siéntate.

Aurora cerró la puerta y miró hacia todos lados.

—¿Esperas a Slayde?

—Supongo que llegará en algún momento, después que se haya pasado la mitad de la noche mirando libros con Julian. La verdad, creo que agradece esa oportunidad. Este tiempo mi pobre marido vaga bastante por ahí antes de venir a acostarse, y sólo viene a mi habitación cuando está con mucho, mucho sueño.

Una nueva comprensión iluminó los ojos de Aurora.

—Debí imaginarme que este sería un tiempo muy difícil, para los dos.

—Difícil, pero lo vale —repuso Courtney, apoyando la palma en el abdomen—. Además, sólo faltan unas pocas semanas para que llegue nuestro bebé. Después de eso es mi intención recuperarme lo más rápido que sea posible, aunque sólo sea para que Slayde abandone sus paseos nocturnos.

Las dos se rieron.

—Hace un mes te habrías mofado de lo que acabo de decir —comentó Courtney.

—Hace un mes era una niña —contestó Aurora dejándose caer en el sillón—. Una niña y una tonta. Courtney, estoy en un apuro terrible. No sé qué hacer.

—¿A causa de Julian?

—Dios me ampare, sí.

Courtney frunció sus delicadas cejas.

—No te hace desgraciada, ¿verdad?

—No. Bueno, sí, pero no de la manera que quieres decir.

Courtney fue lentamente a sentarse en la cama, mirando a su amiga con expresión sagaz.

—Te has enamorado de él, ¿verdad?

Horrorizada, Aurora sintió que se le llenaban los ojos de lágrimas.

—Sí, y parece que no puedo evitarlo.

—Y ¿para qué lo vas a evitar?

—Porque lo cambia todo. Porque la aventura, la emoción, incluso la pasión, son divertidas, pero que el amor es profundo, real. Porque me confunden mis emociones, son como un torbellino. No las sé dominar y no las entiendo del todo. —Guardó silencio un momento—. Y porque Julian detestaría la idea.

—Ah, así que de eso se trata —dijo Courtney, pasando por alto toda la parrafada y centrando la atención en esa última afirmación—. Temes la reacción de Julian cuando le declares tu amor.

—No te puedes imaginar con qué vehemencia se resistiría a esa idea.

A Courtney le brillaron chispitas en los ojos.

—¿Ah, no? Parece, mi querida amiga, que tienes muy mala memoria. La primavera pasada, eras tú la que me aconsejabas justamente respecto a esto.

—Eso era totalmente distinto.

—¿Ah, sí? ¿En qué?

—Porque yo sabía que Slayde estaba enamorado de ti. Y, por cierto, él también lo sabía. Simplemente era tan bobo que no quería aceptar tu amor.

—Y ¿Julian?

—Julian es un solitario obstinado, reservado, que se niega a hablar de sus pensamientos y de sus sentimientos, y mucho más a abrir su corazón.

—Eso se parece muchísimo a una descripción de Slayde cuando lo conocí. —Courtney se inclinó a cogerle las manos—. Sé que no son exactamente iguales, como tampoco lo son las circunstancias que han definido la vida de cada uno. Pero hay muchas similitudes entre ellos, y fuertes. Seguro que lo habrás notado.

—Lo he notado —dijo Aurora, asintiendo tristemente—. Por desgracia, todos los rasgos que tienen en común son negativos. Son como dos rocas inamovibles. Sólo que Julian, a diferencia de Slayde, no tiene ningún deseo, ni motivo, para hacer algo por cambiar.

La expresión de Courtney se tornó pensativa.

—Sin duda Lawrence y Chilton tienen mucho que ver con eso. Ten en cuenta que Slayde nunca tuvo que soportar el aislamiento y el rechazo que sufrió Julian. Me imagino que eso no fue nada fácil.

—No es sólo el rechazo de Lawrence la causa de su actitud —explicó Aurora en voz baja, expresando la conclusión que sacó después de oírlo hablar con tanto fervor, aunque renuente, de su hermano—. La muerte de Hugh tuvo mucho que ver con el distanciamiento de Julian, tal vez más de lo que él mismo comprende. Estaban muy unidos.

—Hugh murió muy joven —musitó Courtney—. Si no recuerdo mal, Slayde me contó que murió durante su primer año en Oxford. Y ¿dices que a consecuencia de su muerte, del dolor de esa pérdida, Julian se aisló emocionalmente?

—Sí, pero yo creo que es algo mucho más profundo —dijo Aurora, ceñuda—. Hugh fue enfermizo toda su vida. Julian se pasó gran parte de su infancia tratando de aceptar que él no podía hacer nada para cambiar la realidad de la fragilidad de su hermano. Por mucho que rezara, no podía transmitirle su vigor a Hugh. Se sentía impotente y culpable. Creo que una parte de mi marido se siente responsable de la muerte de Hugh, no de causarla, sino de no haber podido impedirla. Nunca ha sido él mismo desde la muerte de su hermano. Creo que el motivo de eso es que con la muerte de Hugh, Julian perdió no sólo a la única persona que le importaba sino una parte de sí mismo también.

—Pobre Julian —dijo Courtney, sus ojos suavizados por la compasión—. No me extraña que haya elegido ser un aventurero. Es mucho más fácil mantenerse indiferente cuando no se está nunca en ningún sitio el tiempo necesario para tratar con otros, o con uno mismo.

—Exactamente. Y se las ha arreglado para conseguir justamente eso, es decir, hasta ahora. Coincidiendo con su vuelta a casa, todo cambió. Lo han arrojado en el núcleo mismo de su pasado, y de su sufrimiento.

—¿Quién?

—Su padre.

—¿Lawrence? —exclamó Courtney—. ¿Qué efecto podría tener ese monstruo en la vida de Julian ahora? ¡Ya se murió!

—Pero su crueldad sigue muy viva. Ha chantajeado a Julian para que cumpla sus órdenes, utilizando como cebo sus sentimientos por Hugh. —Le explicó la cláusula del testamento y el efecto de esta en su marido—. Julian está impulsado por eso, tratando de redimirse de una manera que no tiene nada que ver con el rechazo de su padre y todo que ver con sus sentimientos de culpa y de pérdida.

—Con razón está tan obsesionado por encontrar ese diamante —dijo Courtney, pensando en voz alta.

—Y esa es la causa de que una vez que lo encuentre, vaya a reanudar su vida tal como era —añadió Aurora, lúgubremente.

—Con una excepción, ahora tiene esposa, una esposa que él eligió, no, por la que peleó para casarse, una que sin duda va a preferir por encima a andar recorriendo el mundo.

—Siempre que lo único que le pida ella sea compartir sus aventuras y su cama.

—Pero no su amor.

—Exactamente. Tú misma acabas de decir que nunca se estará quieto en un sitio el tiempo suficiente para echar raíces o, el cielo lo ampare, para enamorarse.

—Tanta más razón para que tú te encargues de obligarlo a quedarse quieto el tiempo suficiente para que ocurra eso.

—¿Qué? —exclamó Aurora levantando la cabeza.

—Me has oído —contestó Courtney, rotundamente—. Aurora, tú mejor que nadie sabe que vencer la resistencia de Slayde fue un desafío monumental. Estaba resuelto a que el apellido Huntley, junto con esa detestable maldición, muriera con él. Con ese fin, juró no casarse nunca ni engendrar hijos. Yo estaba perdidamente enamorada de él y sufría ante la sola idea de que nunca podríamos tener una vida juntos. Tú fuiste la que me dijiste que me lanzara en pos de mi futuro, porque en último término era el futuro de Slayde también.

—Dije eso, ¿no?

—Aajá. Es muy fácil dar consejos, amiga mía. Pero seguir el consejo, sobre todo si significa batallar con una roca inamovible, es muy difícil, terriblemente difícil. No me cabe duda de que estás a la altura de ese desafío. La pregunta es, ¿amas a Julian lo bastante para coger ese reto y perseverar hasta que lo consigas?

—Haces preguntas difíciles —dijo Aurora, presionándose las sienes—. Pero, Dios me ampare, creo que la respuesta es sí.

—Yo también —sonrió Courtney—. A ver, exploremos esas emociones tuyas. Una vez me preguntaste cómo es estar enamorada. Ahora me toca a mí hacerte la misma pregunta. Dime cómo te hace sentir Julian.

Aurora hizo una inspiración corta.

—¿Cómo me hace sentir Julian? Como el mar azotado por una tormenta. Como las ramas de un roble cuando las agita un vendaval. Como el agua de una cascada al caer por un acantilado y estrellarse sobre las olas rompientes. Como...

—Vale, vale —interrumpió Courtney, riendo—. Debería haber esperado eso.

—No se parece en nada a la descripción que me hiciste tú.

—Tal vez porque el amor es diferente para cada persona. Para mí significaba una sensación de paz, de hogar, de pertenencia. Para ti significa euforia, emoción, aventura. Aurora, las dos sabemos que nunca te conformarías con una vida serena y apacible.

—Parece que tampoco estoy destinada a tenerla. Y seguro que no la tendré una vez que le haya confesado mis sentimientos a Julian.

—¿Tan convencida estás de que va a reaccionar mal?

—¿Tú no?

—No. Yo creo que subestimas lo mucho que te quiere. Ah, no creo que él vaya a reconocer eso. Sin duda permitirse la vulnerabilidad de necesitar a alguien lo consideraría insostenible.

—¿Insostenible? No se lo permitiría jamás.

—No siempre tenemos el mando sobre nuestras emociones.

—Courtney, esto es ridículo. —Levantándose de un salto, Aurora comenzó a pasearse inquieta por el dormitorio—. Aún no llevamos una semana casados, y antes de eso escasamente nos conocíamos. —Se detuvo y se giró a mirarla—. ¿Cuánto tiempo te llevó darte cuenta de que estabas enamorada de Slayde?

—Menos del que te ha llevado a ti percibir tus sentimientos por Julian. Y ten presente que Slayde y yo eramos verdaderos desconocidos, en todos los sentidos. Tú y Julian estáis casados, compartís una intimidad que Slayde y yo no experimentamos inmediatamente.

—Eso es pasión, no amor.

—En tu caso es pasión acompañada por la misma afinidad emocional que compartíamos Slayde y yo. La verdad, no logro imaginarme una combinación más potente. Así que en esto no se trata de tiempo.

—Tal vez no, pero, Courtney, yo no soy tan generosa como tú. No soporto amar a un hombre que no puede, que no quiere, corresponderme el amor.

—Ni tienes por qué soportarlo —contestó Courtney dulcemente—. Créeme, Aurora, Julian ya está medio enamorado de ti. Lo veo en sus ojos cuando te mira, lo oigo en su voz cuando alardea de tu habilidad como aventurera. Incluso en su manera protectora de cuidar de tu bienestar. Y su deseo de ti, bueno, eso es evidente. Están todas las semillas. De ti depende hacerlas brotar y crecer. Después de eso, se transformará la vida de los dos.

Aurora estaba a punto de manifestar su desacuerdo cuando captó la última frase.

—Es curioso —comentó, pensando en voz alta—. El señor Scollard dijo casi esas mismas palabras cuando habló de mi futuro con Julian.

—¿Sí? —exclamó Courtney, cogiendo casi al vuelo esa revelación— ¿Cuándo fue eso?

—Justo después que Julian pidió mi mano. Al día siguiente al alba fui corriendo al faro a ver al señor Scollard. Él también dijo que Julian y yo nos transformaríamos mutuamente la vida. Y por cierto, fue al mismo tiempo que me reveló la verdadera historia del Zorro y el Halcón, antes que yo le dijera nada de eso.

—Nada de eso debería sorprenderte, conociendo al señor Scollard —dijo Courtney, descartando con un gesto esa revelación—. ¿Qué más te dijo respecto a ti y Julian?

—Me previno diciendo que el merlín es engañoso, a veces de maneras que ni él mismo sabe o comprende. Y proclamó que el amor es la fuerza más potente y maravillosa, con la única excepción del destino.

—¡Excelente! —exclamó Courtney—. Como siempre, el señor Scollard ha hablado como un genio. Además, estoy totalmente de acuerdo con su opinión. Eso me da más confianza para darte el consejo que pensaba darte.

—Y ¿cuál es?

—No esperes para decirle a Julian que lo amas. Cuando se presente la próxima ocasión, díselo.

Aurora la miró boquiabierta.

—¿Inmediatamente?

—Sí, por muchos motivos. Primero, porque eres demasiado franca para contenerte. Segundo, a pesar de tu preocupación porque crees lo contrario, Julian es tan arrogante que no rechazaría tu declaración; incluso podría saborearla. En cualquier caso, va a necesitar tiempo para adaptarse, para hacer frente a sus sentimientos y aceptar lo inevitable. Créeme, le será mucho más fácil derribar su muro si está seguro de que tu amor lo espera al otro lado.

—Y ¿cómo lo voy a convencer de eso?

—Eso, amiga mía, es algo que sólo tú puedes decidir y sólo tú puedes hacer. Pero a mí me parece que te las arreglarás muy bien.

—Lo dices en serio —musitó Aurora, sintiendo retumbar el corazón como un tambor.

—Absolutamente.

—Courtney, y ¿si él...?

—No.

—Tengo que pensarlo. —Reanudó el paseo—. Nunca me imaginé que un hombre pudiera tener tanto poder sobre mí. Irónico, ¿no? Tanto que quería asegurarme la libertad, y ahora estoy atada de un modo más estrecho que antes.

—Pero esta vez es por elección.

—O por el destino —enmendó Aurora, pensando en las palabras del señor Scollard.

—Sí, el destino —dijo Courtney, recostándose alegremente en las almohadas, y mirando a Aurora con una sonrisa satisfecha—. Sospecho que el destino tiene planes fabulosos para ti.

—Si tú lo dices...

—¿Dudas del señor Scollard y de mí?

Aurora puso los ojos en blanco.

—De acuerdo, se lo diré. El cielo me ampare, se lo diré.

Capítulo 10

*L*a blanquecina luz del alba la despertó. Poniéndose de espaldas, Aurora pestañeó, abrió los ojos y se quedó contemplando el conocido cielo raso, extrañándose de sentirse tan rara al despertar en su propio dormitorio.

La respuesta surgió clara como la luz del sol.

Julian no estaba a su lado.

Incorporándose apoyada en los codos, paseó la vista por la habitación, confirmando que Julian no estaba ahí. Lo había esperado la mitad de la noche hasta que su agotado cuerpo y sus pesados párpados ganaron la batalla y el sueño se apoderó de ella.

Tal vez haya sido para mejor, pensó.

Seguía impresionada por su conversación con Courtney, o mejor dicho, por el resultado. Había esperado muchas cosas de su amiga: comprensión, compasión, argumentos profundos, todo lo cual lo tuvo en abundancia. Lo que no había esperado era su impulsiva respuesta. Ella era la temeraria, la que se precipitaba impetuosamente en las situaciones. Courtney era más calmada, más racional, capaz de sopesar las consecuencias antes de actuar. Y sin embargo, justo cuando ella enfrentaba el desafío más abrumador, cuando había logrado encontrar la sensatez para reprimirse de soltar a borbotones sus sentimientos a Julian, Courtney le aconsejaba hacer exactamente eso.

Más aún, ella había aceptado.

¿Había aceptado porque eso iba bien con su naturaleza o porque de veras creía que decírselo a Julian era lo más conveniente? Rápidamente repasó los motivos que se había dado para retrasar su declaración: la búsqueda del diamante negro, su renuencia y, sobre todo, la de Julian.

Los razonamientos de Courtney los aniquilaron todos. Si lo que pensaba su amiga era cierto, Julian podría sentirse desconcertado, incluso amilanado por su declaración de amor, pero en último término necesitaría ese amor, contaría con él como un apoyo mientras buscaba no sólo la joya desaparecida sino también la paz interior que tanto él como su pasado habían ahuyentado.

Gimiendo bajó las piernas de la cama y se echó atrás la abundante melena.

Infierno y condenación, Courtney tenía razón.

Resignada al reconocer eso, se levantó, y una sonrisa irónica curvó sus labios: el amor sí que cambia a una persona. Por primera vez en su vida, el retraso le había parecido mucho más atractivo que la sinceridad.

Fue a abrir el ropero y sacó uno de los pocos vestidos que había dejado ahí, para esas ocasiones en que visitaría Pembourne, detalle muy conveniente, dado que el vestido que llevaba el día anterior estaba prácticamente destrozado, irreparable. Se lavó y se vistió rápidamente, con sus pensamientos ya dirigidos a otra cosa.

Julian no había llegado a acostarse; eso sólo podía significar una cosa: seguía en la biblioteca con Slayde, examinando libro por libro por si encontraban el que le faltaba la página oculta en la caja.

Y ella deseaba estar allí cuando lo encontraran.

Se pasó el cepillo por el pelo, se echó una rápida mirada en el espejo, salió y echó a correr por el corredor, bajó la escalera y no paró hasta irrumpir en la biblioteca.

—¿Qué habéis encon...?

Sin terminar la frase, se detuvo, pasmada por el espectáculo. Tres cuartos de los estantes de la biblioteca estaban vacíos y el suelo estaba casi cubierto por pilas y pilas de libros descartados. En medio de las pilas, estaban Slayde y Julian, Slayde arrellanado en un sillón, Julian repantigado en el sofá. Cada uno tenía un libro abierto sobre los muslos, y cada uno se volvió a mirarla con los ojos enrojecidos.

—Nada —dijo Julian cerrando el libro y pasándose la mano por el pelo, frustrado—. Ni una maldita cosa, eso es lo que hemos encontrado. Libros y más libros sobre halcones, muchos que tratan concretamente del merlín y el cernícalo, pero a ninguno le falta una página.

—Los dos parecéis muertos —dijo Aurora, acercándose a quitarle el libro a su marido—. ¿No habéis dormido nada?

—No —contestó Slayde, en tono igualmente frustrado, sus ojos vidriosos y desorientados—. ¿Qué hora es, por cierto?

—La mañana. ¿O no os habéis percatado de la luz que entra por las ventanas?

—No estoy de ánimo festivo, Aurora —dijo Slayde, tirando al suelo el libro que había estado revisando y levantándose con las piernas algo inseguras—, así que no intentes hacerte la graciosa.

—Muy bien —repuso Aurora y, girando sobre sus talones, salió de la biblioteca.

Cuando volvió, pasados unos cuantos minutos, traía una humeante bandeja.

—La cocinera estaba preparando un desayuno temprano, y va a preparar otras dos cafeteras, una para vosotros y la otra para el personal. Les he explicado a todos los que estaban en la cocina el lamentable estado en que os encontráis después de trabajar toda la noche, y han insistido en que la primera cafetera fuera para vosotros. —Dejó la bandeja en una mesa lateral, sirvió dos tazas y les llevó una a cada uno—. Venga, esto os calmará el mal humor y os levantará el ánimo.

—Eso lo dudo —masculló Slayde, bebiendo un largo trago—, pero gracias.

—De nada. —Se volvió hacia Julian y lo observó mientras se bebía toda la taza—. ¿Mejor?

—Mucho mejor. Gracias, *soleil*. —Dejó la taza en la mesa lateral y se friccionó la nuca—. Hemos revisado casi todos los libros de la biblioteca. También registramos el despacho y algunos salones, por si James hubiera puesto el libro en otra parte. Nada, no está en ninguna parte.

—En ninguna de las partes que habéis buscado —enmendó Aurora—. James no se dio el trabajo de ocultar esa página en un cofre enterrado para nada. Simplemente aún no lo hemos encontrado. Lo encontraremos. O, mejor dicho, yo lo encontraré. —Se cruzó de brazos—.

Julian, ni tú ni Slayde estáis en condiciones de continuar. Ya casi no sois capaces de ver, y mucho menos de concentraros. En cambio yo, me di un buen baño caliente, cené dos platos y he dormido bien varias horas. Quiero que los dos hagáis lo mismo. Tomad el desayuno que os está preparando la cocinera, daros un buen baño con agua caliente, ya ordené que subieran las bañeras, y luego dormid. No todo el día —se apresuró a añadir, al ver que su marido abría la boca para protestar—. Sólo unas pocas horas, hasta que hayáis recuperado las fuerzas para continuar. —Le acarició la mandíbula sin afeitar—. Julian, por favor.

Por la cara de Julian pasó una expresión extraña, y al final asintió y se levantó:

—Muy bien, pero sólo un rato.

Aurora le sonrió pícara.

—Prometo que te despertaré si encuentro algo importante —bromeó, imitando la promesa que le hiciera él la noche anterior.

—Eso me tranquiliza —dijo él sonriendo travieso. Le rozó la palma con los labios y se giró hacia la puerta—. Vamos, Slayde, ya hemos recibido nuestras órdenes.

Slayde vaciló, mirando inquieto hacia los estantes.

—Ni se te ocurra, mi amor —dijo Courtney en tono inflexible entrando en la sala—. Si Aurora no te ha convencido, permíteme que te convenza yo. Si decides continuar trabajando, sin haber comido ni dormido, me veré obligada a salir a correr con Tirano por los campos, ir al faro a visitar al señor Scollard y podar todas las plantas del invernadero, cosas que soy muy capaz de hacer, aunque a un ritmo más lento, pero que no he hecho en todo este último mes debido a tu incesante preocupación. —Le dirigió una sonrisa beatífica—. ¿Le digo a Siebert que esta mañana sacaré a pasear a Tirano?

—Argumento aceptado —dijo Slayde, mirándola con su habitual gesto de advertencia—. Tú te quedas aquí. Julian y yo vamos de camino al comedor.

—Me alegra oír eso.

Courtney y Aurora esperaron a que los dos hombres hubieran salido, y entonces se desternillaron de risa.

—Slayde se ha puesto blanco como un papel cuando le has dicho que saldrías a correr con Tirano —comentó Aurora—. Creo que habría aceptado cualquier cosa para retenerte en la casa con el bebé.

—Es probable. —Courtney dejó de reír y en sus ojos brilló un destello malicioso—. ¿Viste la expresión de Julian cuando le suplicaste que descansara?

—Me pareció... desconcertado.

—A mí me pareció un hombre enamorado.

—¿De verdad lo crees? —preguntó Aurora, esperanzada.

—De verdad.

A Aurora le chispearon los ojos.

—De repente tengo la energía para revisar yo sola todos los libros que faltan.

—Te recomiendo que me permitas ayudarte —propuso Courtney sonriendo—. Así podrás reservar un poco de energía para tu marido. Me parece que tienes algo que decirle cuando despierte.

—Sí, creo que sí.

Resultó que Aurora tuvo que postergar nuevamente su declaración. Cuando a mediodía volvieron Julian y Slayde a la biblioteca encontraron a sus mujeres cansadas y desalentadas en medio de un montón de libros descartados más grande y caótico aún.

—No lo entiendo —musitó Aurora, desconcertada, bajando por la escalera—. El libro tiene que estar aquí.

—Tiene que estar —masculló Julian—, pero hasta el momento, no está.

—Perdón, milord —dijo Siebert en ese momento, deteniéndose en la puerta con la boca abierta al ver el desorden que se presentaba a su vista—. El vizconde Guillford ha venido a verle.

Aurora giró bruscamente la cabeza.

—¿Guillford?

—Condenación —masculló Slayde—, se me había olvidado. Tengo una reunión con Guillford para hablar de una inversión. —Frunció el ceño—. Le diré a Siebert que lo haga pasar directamente a mi despacho. Así no verá el caótico estado de la bilioterca, ni vosotros tendréis que verlo.

—Estoy de acuerdo en lo de la biblioteca —dijo Julian—. Si Guillford entrara aquí haría muchísimas preguntas que preferiríamos no contestar. Pero no estoy de acuerdo en que Aurora se esconda de él. Para empezar, él sabe que estamos en Pembourne, mi coche está en el camino de entrada. Además, ya es hora de que dejemos atrás el ridículo escándalo en torno a nuestro matrimonio. Ya nos encontramos con Guillford una vez, en el despacho de Camden. Y seguro que lo volveremos a ver, y nos cruzaremos de nuevo con lady Altec y sus chismosas amigas, como también con los otros miembros fisgones de la aristocracia. Es el momento de demostrarles lo bien que estamos Aurora y yo, la buena pareja que hacemos. Cuanto antes lo hagamos, menos incómodo o desagradable será, no para mí, puesto que me importa un bledo lo que piensen de mí, sino para Aurora. —Se le suavizó la expresión—. Mi mujer ha esperado muchísimo tiempo algo que por lo menos se parezca a una presentación en sociedad. Sugiero que le hagamos agradable esta experiencia, por limitada que sea.

—Estoy de acuerdo —terció Courtney—. Después de todo, ya le presentamos nuestras disculpas a lord Guillford. No hay ninguna necesidad de hacer más enmiendas. Además, no había ningún amor terriblemente profundo entre él y Aurora. Él tiene herido su orgullo, sí, pero su corazón no ha sufrido. Y por lo que me han dicho, hay por lo menos diez mujeres deseosas de ayudarlo a sanar la herida, sobre todo si eso significa adquirir su apellido, su título y su riqueza. Sinceramente, Slayde, estoy de acuerdo con Julian. Dejemos de tratar este matrimonio como si fuera algo inferior a lo que de verdad deseábamos para Aurora.

—Argumentos aceptados —dijo Slayde, asintiendo—. Muy bien. Vamos juntos a saludar al vizconde. Eso apaciguará el escándalo, aunque no la sorpresa, que rodea a este matrimonio.

—Una vez que hayamos hecho nuestro acto de presencia —añadió Courtney—, nosotros volveremos a la biblioteca a continuar nuestro trabajo mientras tú mantienes tu reunión con el vizconde.

—Será una reunión muy corta —dijo Slayde—, muy breve. Deseo encontrar ese libro. Siebert, haz pasar a lord Guillford a la antesala. Dentro de un momento iré a recibirlo.

—Muy bien, señor —dijo Siebert, sin moverse de su lugar. Se aclaró la garganta—. ¿Hago venir a unos cuantos lacayos para que ordenen la biblioteca?

—Todavía no, Siebert. Después, todavía no.

Lord Guillford se levantó y se cogió las manos a la espalda cuando entraron las dos parejas Huntley y Bencroft en la antesala. Su expresión era serena, pero se adivinaba su sorpresa al verlos a los cuatro ante él.

—Buenos días, Guillford —lo saludó Slayde amablemente—. Perdona el retraso, pero estábamos atendiendo a Aurora y Julian, que han venido a visitarnos.

—Sí, por supuesto, lo comprendo. —El vizconde inclinó la cabeza, haciendo un saludo general—. Condesa, Morland, Aurora, me alegra verles. —Echó una rápida mirada a Slayde—. Si prefieres dejar la reunión para otro día...

—No por nosotros —terció Julian tranquilamente—. Courtney nos iba a ayudar a recoger las pertenencias de Aurora que han quedado aquí. Entramos aquí simplemente para saludarte. No hay ningún problema para que tú y Slayde tengáis vuestra entrevista tal como la teníais programada.

—¿Os vais a embarcar para el viaje de bodas? —preguntó Guillford.

—No todavía. Tengo que concluir unos cuantos asuntos antes, para poder salir de Inglaterra.

—Ah, la propiedad de tu padre.

—Entre otras cosas —repuso Julian, sin añadir más.

—Debe de ser muy difícil para ti —añadió Guillford, mirando de Julian a Aurora—, tener que contender con tantas cosas al mismo tiempo: la muerte de tu padre, un matrimonio inesperado, y uno tan inverosímil además, más esos otros asuntos de la propiedad que has mencionado.

Julian entrecerró los ojos.

—No, en absoluto. Estoy acostumbrado a llevar un buen número de asuntos y actividades al mismo tiempo. En cuanto a la muerte de mi padre, fue más una molestia que otra cosa. Aunque tener que venir a atender los asuntos de su propiedad ha tenido sus compensaciones. Si no hubiera estado en Devonshire, no habría tenido la oportunidad de conocer a mi esposa. Ese fue un día muy afortunado. Había perdido la esperanza de conocer a una mujer tan osada, tan única, tan estimulante, para compartir mi vida. Como quiso la suerte, Aurora es todo eso y mucho más. —Le pasó el brazo por la cintura a Aurora, en gesto posesivo—. ¿Inverosímil? Todo lo contrario. Si alguien está destinado a poner fin a una enemistad de más de medio siglo entre nuestras familias, somos Aurora y yo. Nos gusta el desafío; más aún, siempre ganamos.

A Guillford le subió un rubor por el cuello.

—Qué delicioso para ti.

—Bueno, ya le hemos ocupado bastante tiempo —terció Aurora, indecisa entre sentir diversión o lástima. El vizconde no le llegaba ni a los talones a Julian, ni siquiera armado de envidia y rensentimiento—. Courtney, vamos a recoger mis cosas. Después Julian y yo podremos marcharnos.

—Sí, por supuesto —repuso Courtney, con una radiante sonrisa—. Buen día, lord Guillford.

—Buen día.

Cuando ya estaban en el corredor y la puerta de la antesala estuvo cerrada, Aurora miró a Julian con los ojos risueños.

—Eres un bruto —le susurró. Se desvaneció la risa en sus ojos y añadió simplemente—: Gracias.

—¿Por qué? Simplemente dije la verdad.

—Entonces gracias por decir la verdad. Me ha aliviado muchísimo la incomodidad.

—No tienes por qué sentirte incómoda —dijo Courtney, lealmente, caminando delante de ella hacia la biblioteca—. El vizconde va a tener que recuperarse de su chifladura por ti.

—Lo sé —asintió Aurora—. De todos modos, contar con vuestro apoyo significa el mundo para mí.

—Somos familia. Para eso está la familia. —Ya habían llegado a la biblioteca y Courtney miró el panorama—. Ahora a reanudar nuestro tedioso trabajo. Sólo nos faltan dos estantes por explorar. Comencemos.

En menos de una hora terminaron, ya que sólo un cuarto de los libros que quedaban trataban el tema de los halcones.

—Y ¿ahora qué? —preguntó Aurora.

—Ahora consideramos otras posibilidades —repuso Julian—. James quiere que encontremos ese libro. Eso significa que no hemos seguido la línea de pensamiento que él desea que sigamos. Busquemos otra. ¿En qué otro lugar guardaría un libro?

—¿Crees que está escondido?

—No. La caja fuerte estaba escondida porque estaba fuera de los muros protectores de nuestras propiedades. Si seguimos nuestra primera premisa, que todas las pistas, a excepción de las cajas fuertes cerradas con llave, están en nuestras respectivas casas, entonces el libro está en alguna parte de esta casa. En ese caso, James no habría tenido ningún motivo para esconderlo. Sólo los Huntley tendrían ocasión de encontrarlo.

—Y ¿los criados? ¿Los visitantes? —preguntó Courtney—. Y ¿si otra persona que no era un Huntley lo encontró?

—Igual que la llave para abrir las jaulas de los halcones —contestó Julian—, el libro no tendría ningún significado para nadie, a no ser que la persona tuviera la página que falta y estuviera buscando el libro del que la sacaron. No, mi instinto me dice que la respuesta la tenemos delante de nosotros.

—Yo creo que no —exclamó Aurora repentinamente.

—Se te ha ocurrido algo —dijo Julian, mirándola.

—En realidad, se te ocurrió a ti —repuso ella—. Simplemente no seguiste la idea hasta su conclusión evidente. Piensa en el orden que siguieron nuestros bisabuelos para orquestar esto. La caja fuerte de Geoffrey te la entregó el señor Camden en Morland; la llave de la caja fuerte de James, colgada fuera de las jaulas de los halcones en Pembourne; el mapa de Geoffrey, dibujado y colgado en Morland; y la página y la daga que encontramos en la caja fuerte de James, son claramente posesiones originadas en Pembourne. —Miró a su marido, sintiendo bullir la euforia por sus venas—. Si seguimos ese método de asociación uno y uno, que evidentemente emplearon nuestros bisabuelos, querría decir que la siguiente pista debería haberse originado en o estar esperándonos en Morland.

—Pero ¡claro! —exclamó Julian, su cara iluminada por la exaltación y en sus ojos color topacio brillantes de chispitas doradas—. Tienes toda la razón. Morland, Pembourne, Morland, Pembourne. Ahora toca Morland. ¿Por qué diablos no lo vi? —exclamó, golpeando la mesa lateral con el puño—. Todo un día perdido. Pero no importa, lo compensaremos. —Se levantó de un salto—. Iremos a Morland inmediatamente.

—Le diré a Siebert que haga traer tu coche a la puerta —se ofreció Courtney, haciendo un leve gesto de molestia al levantarse para salir.

—No —dijo Julian, deteniéndola con la mano—. Ya has abusado demasiado de tus fuerzas.

—No soy una inválida, Julian.

Él arqueó una oscura ceja.

—No, pero yo lo seré si Slayde piensa que te he exigido demasiado. Por favor, hazlo por mí, quédate aquí y descansa. Además, así podrás explicarle todo a Slayde tranquilamente cuando acabe su reunión con Guillford. Dile dónde estamos y qué vamos a hacer. —Le cogió la mano a Aurora—. Vamos, tenemos que encontrar un libro.

La euforia de Aurora dio paso a una aguzada percepción de su marido muy poco después de que el coche virara para entrar en el camino principal.

Julian se había transformado repentinamente en otro hombre: reservado, tenso, desconfiado. Ya había aminorado tres veces la marcha para mirar hacia atrás.

La cuarta vez sacó el faetón del camino, tiró de las riendas y se apeó para mirar discretamente alrededor.

—Nos siguen —concluyó Aurora en voz alta.

—Sí, esta vez sí —contestó él. Dio la vuelta al faetón, haciendo como que revisaba los aparejos de los caballos, mirando disimuladamente hacia los grupos de árboles de ambos lados del camino—. Y quienquiera que nos sigue no viene muy lejos. —Estuvo un momento pensando, ceñudo—. Iría a investigar, pero no quiero dejarte sola.

—Iré contigo —dijo Aurora, levantándose para bajar.

—No. Quédate donde estás. Si el que nos sigue me ve al acecho contigo al lado, se dará cuenta de que lo hemos descubierto. Creo que deberíamos continuar nuestro camino a Morland. Está claro que nuestro perseguidor creyó que íbamos a algún lugar más interesante, si no, no nos habría seguido.

—¿Cómo sabes eso?

—Porque la ruta que lleva al interior, a Newton Abbot, es muy transitada. Ningún salteador de caminos sigue a una persona hasta su casa ni la asalta a plena luz del día.

—Y no crees que nuestro perseguidor sea un salteador de caminos.

—Cierto, no lo creo. Creo que nuestro perseguidor sabe exactamente a quien sigue y por qué. Lo cual es su mayor razón para refrenarse. Nadie que conozca mi capacidad para defenderme se atrevería a atacarme en estas circunstancias, si desea seguir vivo, claro. Además, creo que no hace falta darle más vueltas. Una vez que nuestro indeseado visitante se dé cuenta de hacia dónde vamos, se desvanecerá su interés, al menos por el momento. Ten en cuenta que la casa Morland es mi casa en la opinión de la mayoría de la gente. Que yo lleve a mi mujer allí no tiene nada de sospechoso; parecerá lo más natural del mundo.

—En cuanto opuesto a la ruta más fascinante y misteriosa que tomarías si fueras en busca de, o a recoger, el diamante negro.

—Exactamente —dijo él, sonriéndole.

Diciendo eso, subió al faetón, se sentó, cogió las riendas y guió a los caballos para subir al camino, y continuó la marcha como si no pasara nada.

—Eso tiene lógica —musitó Aurora, pensativa—. Así que simplemente continuamos nuestro camino y esperamos que nuestro perseguidor pierda el interés.

—No, seguimos nuestro camino y continuamos vigilantes, no sea que no pierda el interés. —La miró de reojo—. ¿Te amilana esto?

—¿Amilanarme? No, ni lo más mínimo. La verdad es que encuentro bastante interesante la situación. —Enderezó la espalda, con la cara iluminada por el entusiasmo—. Me siento como un zorro especialmente astuto durante la caza, un zorro que sabe que es más veloz y más listo que los perros o los hombres que lo persiguen.

A Julian le brillaron los ojos de humor y entusiasmo.

—Me alegra que te fascine tanto la emoción de la caza. De todos modos, *soleil*, permíteme que te haga una advertencia, simple pero esencial: nunca te sientas excesivamente confiada o segura. El exceso de confianza engendra la temeridad.

—Y ¿la temeridad engendra el fracaso?

—En la mayoría de los casos. —Le cogió la mano y le besó la palma con la boca abierta—. Pero hay una situación en la que siempre puedes dar rienda suelta a esa seductora temeridad tuya, y en la que no encontrarás otra cosa que éxito.

El tono de su voz ronca y la intencionada caricia encontraron su blanco, pues la recorrió una oleada de excitación.

—¿Sí? —Le acarició la mandíbula y los labios con las yemas de los dedos—. Es curioso, creo recordar muchas situaciones en las que apruebas mi particular clase de temeridad.

Julian retuvo el aliento y la miró de reojo, con una deslumbrante expresión que combinaba ardiente deseo y absoluto asombro.

—Sólo tú podrías tentarme a olvidarlo todo, nuestro peligro del momento, el libro que andamos buscando, todo. Estamos en medio de un caos y sin embargo lo único que deseo hacer ahora es sacar el coche del camino y enterrarme en ti hasta que no exista nada fuera de la pasmosa magia que hacemos con nuestros cuerpos.

Aurora sintió que se le derretía todo por dentro, llegándole hasta los dedos de los pies.

—Y ¿si te tentara?

—Lo conseguirías, así que no lo hagas. Eso pondría en peligro tu vida, algo que he prometido no hacer jamás. —Dándole un rápido beso en el dorso de la mano, se la soltó—. Pero una vez que estemos a salvo dentro de esas paredes, una vez que encontremos ese maldito libro...

—Me ofreces un incentivo espléndido.

—Un incentivo, y muchísimo más.

Agitando repentinamente las riendas, Julian aceleró la marcha.

—Los libros de esta biblioteca son mucho más variados que los de la de Pembourne —comentó Aurora, y observando que eran muy pocos los que trataban de animales o de la naturaleza, relajó los hombros, aliviada—. Eso nos hará más fácil el trabajo. Allá tuvimos que examinar un ejército de libros, no fuera que uno de los que trataban de aves de presa fuera el que buscamos. Mientras que aquí... —Suspirando fue a acuclillarse ante uno de los estantes de más abajo de la pared enfrentada a la de la puerta—. Me alivia ver libros de filosofía, historia y religión, que podemos eliminar como posibilidades. Eso reduce bastante el número de libros que tenemos que examinar.

—Tal vez los reduce demasiado —dijo Julian, contemplando la sala—. A primera vista no veo ni un solo libro sobre halcones.

—Lógicamente, tendremos que investigar más a fondo.

—Sí, estoy de acuerdo. Ahora bien, para determinar el lugar lógico por donde empezar...

—No determines, simplemente busca.

Julian se giró a mirarla.

—Qué impaciente. Muy bien, Rory, esta vez lo haremos a tu manera. Pero sólo porque eso no implica ningún peligro.

—Sí, señor —masculló ella.

—Yo comenzaré por los estantes de esa otra pared. Grita si encuentras algo importante.

—No te preocupes, si encuentro ese maldito libro, casi seguro que Courtney y Slayde me van a oír en Pembourne.

Dicho eso, comenzó a leer los títulos de la sección de los estantes de más abajo.

Al cabo de una hora, estaba en la tercera sección cuando una sorpresa la hizo fruncir el ceño, pensativa.

—No sabía que a tu familia le interesaban las armas —comentó.

—¿Armas? —preguntó él, levantando la cabeza—. No les interesaban, al menos no que yo sepa. ¿Por qué?

—Porque todo este estante sólo contiene libros sobre ese tema: pistolas, espadas, cañones, de todo; hay mucha variedad.

Julian bajó lentamente la escalera, con expresión perpleja.

—Es extraño.

—Tal vez, pero dudo que esto signifique algo con respecto a Geoffrey. Probablemente no fue él quien eligió estos libros para la biblioteca. Al fin y al cabo, entre Geoffrey y tú ha habido dos duques de Morland.

—Uno de ellos un tirano maníaco obsesionado exclusivamente por recuperar nuestra fortuna y rehacer nuestros negocios, y el otro un blandengue borracho obsesionado solamente por su botella y su venganza.

Aurora se giró a mirarlo y ladeó la cabeza, interrogante.

—¿Quieres decir que después de Geoffrey nadie ha usado esta biblioteca?

—Quiero decir que aún en el caso de que mi abuelo y mi padre le echaran una mirada a un libro de vez en cuando, no eran el tipo de personas que decidieran qué material de lectura debía haber en la biblioteca. A ninguno de los dos les importaba nada eso. Mi opinión es que todos los libros que encontremos aquí son de la época de Geoffrey. —Atravesó la sala con la frente arrugada, pensativo—. Es extraño que haya dejado libros sobre armas tan a la vista, aun cuando le interesara el tema. Dado su papel de agente secreto, yo habría suspuesto que evitaría la exhibición de todo un estante con libros sobre un tema que podría despertar sospechas. ¿De qué armas en particular tratan esos libros?

—Uy, sobre muchas —musitó ella, empezando a pasar la yema del índice por los lomos—. Hay uno sobre armas de combate en el campo de batalla, uno sobre rifles, uno sobre mosquetes militares, dos sobre pistolas accionadas con pedernal, uno sobre escudos. Aquí vienen dos libros sobre cañones, tres sobre espadas, y uno sobre... —frunciendo el ceño, trató de sacar el último libro, que era delgado y estaba muy apretado entre el libro anterior y la pared—, uno sobre —logró sacarlo— ... sobre dagas del siglo dieciocho. —Aún no terminaba de hablar cuando se volvió hacia Julian, que ya estaba a su lado—. Aquí tendrían que estar las del periodo en que se fabricaron las dagas del Zorro y el Halcón.

—Pues sí.

—Examinemos este libro hoja por hoja —dijo ella, ya a medio camino hacia el sofá.

—No te molestes, no será necesario.

Julian se agachó a mirar el lugar donde Aurora encontró el libro sobre las dagas. Repentinamente pasó la atención al estante de abajo.

—Aquí está el que buscamos.

Se enderezó, enseñándole un libro titulado *Los halcones más pequeños de Inglaterra*.

El libro que tenía Aurora en la mano cayó al suelo.

—¿Cómo supiste que estaba ahí?

—James me lo dijo. O, mejor dicho, su caja fuerte. Piensa en lo que nos dejó.

—Su daga con el halcón y la página de su libro.

—¿Dispuestos de qué manera?

Aurora agrandó los ojos.

—La daga estaba encima de la página.

—Exactamente, por lo tanto simplemente seguí su orientación. Tú encontraste la daga, yo simplemente miré debajo —explicó, apretando con fuerza el libro sobre halcones—. Este es el libro que tenemos que examinar detenidamente.

—Empecemos por mirar el texto de las páginas anterior y posterior a la que él arrancó —sugirió Aurora, sentándose en el sofá y alargando la mano para coger el libro—. Es posible que encontremos alguna pista ahí.

—De acuerdo. —Julian se sentó a su lado y fue pasando las páginas hasta encontrar el lugar. Rápidamente leyó en diagonal la página inmediatamente posterior a la arrancada—. Tenías razón. Esta sección trata de los hábitos de caza del merlín y el cernícalo. —Comenzó a leer en voz alta—: «El merlín vuela bajo, repentinamente se eleva y cae como una piedra sobre su presa. Se alimenta de pequeños mamíferos, insectos y ratones. El cernícalo vuela alto y súbitamente se deja caer en picado sobre su presa, cosecha su premio y continúa su vuelo». —Interrumpió la lectura y se quedó un momento pensativo—. No hay nada importante en esto. Espera —entrecerrando los ojos, ladeó el libro hacia la luz—. Las palabras «alimenta» y «cosecha» están subrayadas con un trazo muy suave. Es extraño —comentó, ceñudo. Diciendo eso miró la página opuesta, la inmediatamente anterior a la arrancada—. Este es el final de la sección anterior. Describe las características concretas de los dos halcones: «El merlín tiene un ligero bigote y una osada franja negra en la cola. El cernícalo tiene alas puntiagudas y grita el eterno reclamo "quili quili quili"». —Nuevamente ladeó el libro hacia la luz—. Están subrayadas las palabras «negra» y «eterno». Estoy comenzando a dudar de que estos subrayados sean pura coincidencia.

Aurora le cogió el brazo con la mano fría como el hielo.

—No lo son. Cambia ligeramente esas palabras por otras derivadas y luego ordénalas de otra manera: «negro», «cosechará», «eternas», «alimentarán». ¿No te evocan algo?

—La maldición del diamante negro —dijo Julian, volviendo a mirar las páginas—. Condenación, todas las palabras subrayadas aparecen en esa odiosa maldición.

Aurora se estremeció, y recitó esa funesta frase que había memorizado hacía tanto, tanto tiempo:

—«Aquel de corazón negro que toque la joya cosechará riquezas eternas y se convertirá en la carroña de la que se alimentarán otros por toda la eternidad». —Tragó saliva—. ¿James querría advertirnos que la maldición es real?

Julian la miró, muy consciente de su creciente temor.

—Lo dudo —dijo con voz profunda y tranquilizadora—. Lo más probable es que nos advierta que otros creen que es real; que mientras no se devuelva el diamante, Inglaterra está en peligro. Ten en cuenta, Rory, que James no tenía idea de los negros acontecimientos ni del escándalo que seguirían a su muerte. Él estaba preocupado por su país, no por su familia.

—Tienes razón. —Aurora se cogió firmemente las manos en la falda, tratando de dominar su agitación—. Lo siento, me pongo bastante irracional cuando se trata de esa piedra.

—Lo comprendo. Pero el misterio sigue siendo el mismo de antes —añadió, ceñudo—. Ni por un momento creo que James se haya tomado todo este trabajo simplemente para advertirnos eso. Todo su plan, de él y de Geoffrey, todas sus pistas cuidadosamente colocadas tenían por objeto guiarnos hacia el diamante. Pues bien, las palabras subrayadas que acabamos de leer sólo se refieren a la maldición, no llevan a la solución. Todavía no sabemos dónde buscar la joya.

Impaciente, pasó rápidamente las amarillentas páginas. Finalmente el libro quedó abierto en las páginas de guarda de la cubierta. En la de la derecha había una dedicatoria.

—Aurora, mira.

Ante la urgencia que detectó en su tono, Aurora se inclinó a mirar por encima de su hombro. La dedicatoria decía:

Geoffrey, como los halcones que se describen en este libro, eres mucho más grande de lo que pareces: una roca de fuerza, un gigante entre los hombres. Al igual que el merlín y el cernícalo, sigue el camino de tu mapa, y luego elévate hasta la cima más alta, y la llave de todos los tesoros de la vida será tuya.

Tu amigo

James

—Ah, o sea, que James le regaló este libro a Geoffrey —comentó Aurora, volviendo a leer las palabras de su bisabuelo.

—Ostensiblemente.

Ella levantó la cabeza.

—¿Qué quieres decir con «ostensiblemente»?

—Quiero decir que era James el famoso criador de halcones, no Geoffrey. Es su biblioteca la que está a rebosar de libros sobre aves de presa. Geoffrey no tiene ninguno, a excepción de este.

—Veo hacia dónde van tus pensamientos —dijo Aurora, asintiendo enérgicamente—. Si alguien, alguien que no debía, se encontraba este libro y le parecía raro que estuviera en Morland, sólo tenía que abrirlo y ver la dedicatoria personal para darse cuenta de que era un regalo y descartar por lo tanto cualquier duda o reserva que hubiera tenido. —Volvió a leer la dedicatoria y frunció el ceño, desconcertada—. Me gustaría saber por qué James eligió estas palabras concretas. Tienen que significar algo.

—Para empezar, mencionan cada una de las pistas que nos llevaron a su caja fuerte: «llave», «mapa», «gigante», refiriéndose a los gigantes de tu leyenda del Tamar. Está claro que James quiere asegurarse de que hemos reunido todas las piezas necesarias, las que tenemos.

—Pero piezas ¿para qué? ¿Para llevarnos adónde? ¿De vuelta al Tamar?

Julian frunció el ceño.

—No lo sé. No lo sé... todavía. Tendremos que releer todo lo que acabamos de descubrir, y luego leer atentamente todo el libro, línea por línea, para ver qué otras referencias concretas nos ha dejado James. No olvides que hasta el momento sólo hemos leído la página que encontramos en la caja fuerte, otras dos páginas y una dedicatoria. Mientras no tengamos más información, no podemos determinar la ruta que nos llevará hasta el diamante.

—¡Infierno y condenación! —exclamó Aurora, levantándose bruscamente—. No podemos haber llegado tan lejos sólo para quedarnos frustrados.

—No estamos frustrados. —Julian se levantó, la cogió por los hombros y empezó a darle un suave masaje—. Rory, querías ser una aventurera. Para serlo, debes ejercitarte en la paciencia. Nadie, por inteligente que sea, soluciona un misterio de una vez. Resolver rompecabezas, en especial los complejos, como este, lleva su tiempo. Creo que hemos hecho un trabajo magnífico, dado que sólo hemos trabajado unos cuantos días.

Aurora exhaló un suspiro, ya más relajada con las calmantes fricciones de las manos de su marido.

—Supongo que tienes razón. Me duele la cabeza de tanto pensar y por este ritmo frenético.

—No me cabe duda. —Subió los pulgares por los lados de su cuello en una suave caricia—. Muchas veces, ¿sabes?, es necesario distanciarse de la aventura. La distancia nos da la objetividad, la perspectiva, que son esenciales para llegar a la solución correcta, y que se pierden cuando estamos demasiado cerca del problema. Créeme, he hecho este tipo de trabajo mucho más tiempo que tú. —Le friccionó la nuca, con lentas y calmantes caricias—. ¿Te acuerdas de lo que te conté sobre ese cuadro, el que encontré en Francia? Bueno, como te dije, tuve que aplastar mi urgencia, esperar el momento oportuno para actuar, si no, lo habría perdido todo. Ahora estamos en una situación similar. No sólo en lo que se refiere a nuestros actos sino también a nuestros pensamientos. Llevamos más de dos semanas obsesionados por este misterio, por no decir que su esencia ha dominado siempre nuestras vidas. —Guardó silencio un momento y añadió en un ronco susurro—: Lo que necesitamos ahora es una eficaz distracción.

A Aurora se le curvaron los labios.

—¿De veras? ¿Se te ha ocurrido una?

—Mmm, mm. Es perfecta: excitante, estimulante, lo abarca todo, nos va a exigir toda nuestra energía, mental «y» física.

—La encuentro fascinante, y absorbente. ¿Qué es?

Él le contestó con una sonrisa pícara y la soltó, el tiempo suficiente para ir a cerrar la puerta con llave.

—La que me prometiste cuando veníamos en el coche, ¿o creías que lo había olvidado?

Era evidente que no lo había olvidado.

Tampoco lo había olvidado el cuerpo de ella, que cobró vida al instante con el recordatorio de Julian.

—No, no creía que lo hubieras olvidado, pero —lo miró seria cuando el volvió a su lado y la rodeó con los brazos—, no sabía si querrías complacerte en esa determinada distracción aquí.

—Deseo complacerme en esa determinada distracción contigo en cualquier parte —musitó él, besándole la garganta y deslizando la boca hacia el hombro—, bibliotecas incluidas.

—No me refería a la biblioteca, sino a Morland. —Se le cerraron los ojos y tuvo que hacer un esfuerzo para retener el pensamiento y luego para expresarlo—. Tus recuerdos de esta casa no son muy agradables.

—Muy cierto —repuso él, desabotonándole el vestido y bajándoselo junto con la camisola—. Entonces a nosotros nos corresponde crear nuevos recuerdos que sean agradables. No, no agradables, espectaculares. —Bajó los labios hasta el valle entre sus pechos y continuó hacia abajo—. ¿Te parece bien?

Gimiendo, Aurora se rindió, le cogió los brazos y se arqueó para apretarse más a él.

—Sí.

—Estupendo.

Diciendo eso comenzó a saborearle los pechos, cogiéndole cada deseoso pezón con la boca, tironeándoselos hasta que ella tuvo que morderse el labio para no gritar.

—No grites —le advirtió él en un ronco susurro, levantando la cabeza—. No nos conviene que venga Thayer corriendo. No creo que esté equipado para arreglárselas con lo que encontraría si echara abajo esa puerta.

Dicho eso volvió a bajar la cabeza y reanudó la tortura.

—Julian —gimió ella, cogiéndole los codos para afirmarse.

Le parecía que hacía un año, y no un día, desde la última vez que estuvieron abrazados así.

Julian la levantó en los brazos.

—¿La alfombra o el sofá? —preguntó con la voz espesa—. Las dos —contestó él mismo. La sentó en el sofá y terminó de bajarle la ropa, dejándola absoluta y gloriosamente desnuda—. Eres pasmosa. —Se arrodilló en la alfombra, la acercó al borde del sofá y metió los hombros por entre sus muslos—. Recuerda, no grites.

Entonces bajó la cabeza y se apoderó de esa tierna parte con la boca.

Aurora cogió un cojín y se tapó la boca con él para ahogar los gritos de placer. Julian le cogió los muslos, separándoselos más, sin dejar de lamer e introducir la lengua, con ardiente intensidad, elevándola al instante a alturas insoportables. Ella arqueó las caderas, arrimándose más a las exquisitas sensaciones y al hombre que se las producía.

Julian pasó las manos por debajo de sus nalgas y la levantó sobre él, intensificando las caricias, encendiéndole las terminaciones nerviosas hasta que estallaron. El orgasmo llegó sin aviso, pasando por toda ella, rompiéndola en cientos de trocitos, haciéndola arquearse y retorcerse y abrazarse al cojín con todas sus fuerzas.

Julian la soltó y ella quedó flotando, vagamente consciente de que él se estaba quitando la ropa, tirándola de cualquier manera alrededor.

—Ven aquí —susurró él, con la voz espesa, cogiéndola en los brazos y tirando hacia un lado el cojín—. Ahora abrázame a mí.

La bajó hasta la alfombra, montó encima y la penetró con una ávida embestida.

—¡Julian! —exclamó.

No pudo evitarlo, al sentir nuevamente las contracciones en reacción a la fuerza de la penetración.

—Oooh —exclamó él entre dientes, cogiéndole las nalgas con sus potentes manos, y levantándola al ritmo de sus frenéticos movimientos.

Aurora le rodeó la cintura con las piernas y el cuello con los brazos.

—Julian —musitó, mirando las ardientes llamas color topacio de sus ojos, y acercando su boca a la suya.

Se besaron, besos profundos, ardientes, ávidos, uno tras otro, mientras él la penetraba una y otra vez con embestidas rápidas, urgentes. Enredó las manos en su pelo, devorándole la boca, succionándole la lengua, el aliento, haciéndolos de él.

—Córrete otra vez, conmigo —le ordenó en un resuello—. Quiero sentirte, conmigo, apretada en torno a mí. Ahora, Aurora.

Ella le enterró las uñas en la espalda, sintiendo la ya insoportable tensión anterior al orgasmo liberador.

—Sí, ahora...

—Mírame.

Esperó hasta que ella lo miró y, sosteniéndole la mirada, la penetró hasta el fondo y continuó así hasta que ella se deshizo en violentas contracciones alrededor de su miembro.

—¡Julian! —gritó ella echando atrás la cabeza, cuando todo convergió y explotó en su interior.

—Sí, sí, síii —exclamó él, vaciándose en ella como un poseído, gritando su nombre y embistiendo con fuerza como para llegar hasta su matriz y derramar su simiente en su entrada.

Se desmoronaron, mojados de sudor, tratando de inspirar a bocanadas, como si se hubieran estado ahogando. Ninguno de los dos se movió ni habló. Continuaron abrazados, sus mentes absolutamente aturdidas, sus corazones retumbando como cañonazos.

Sonó un golpe en la puerta.

—¿Excelencia? —la seca voz de Thayer, que siguió al golpe penetró la niebla de sus mentes drogadas por la pasión—. Oí una conmoción. ¿Pasa algo?

El gemido de Julian sonó apenas como un susurro sobre el pelo de Aurora.

—¿Excelencia? —insistió Thayer, moviendo la manilla de la puerta—. Señor, le he preguntado si pasa algo.

Julian ya había reunido las fuerzas para contestar.

—No, Thayer —gritó, separando el cuerpo del de ella con enorme esfuerzo apoyado sobre los codos—. No pasa nada, todo está bien. Simplemente la duquesa y yo estábamos —le besó el hueco de la garganta— explorando la biblioteca.

Aurora se mordió el labio para reprimir la risa.

—Muy bien, señor —dijo Thayer, en un tono nada convencido, y claramente curioso.

Se oyeron sus pasos alejándose por el corredor.

Aurora miró a los ojos a Julian y se desternilló de risa.

—Menos mal que la puerta resistió. Thayer se habría desmayado. O algo peor.

—Ciertamente algo peor —convino él, apartándole mechones de pelo de la cara—. Ya me cree un pagano.

—Eso es sólo porque Lawrence se lo hizo creer —dijo ella solemnemente.

—Es posible. —Encogiéndose de hombros, Julian le sonrió, con esa sonrisa pasmosa—. Por otro lado, mis actos acaban de respaldar esa afirmación. Me porté como un salvaje.

—No como un salvaje. Más bien como un dios pagano —enmendó ella, introduciéndole los dedos por entre el pelo más largo de la nuca.

Eso pareció divertirlo.

—¿Un dios pagano?

Ella seguía flotando en una nube de color rosa, en la que no existía nada fuera de las esplendorosas secuelas de su unión.

—Eso fue lo que pensé de ti cuando nos conocimos en la taberna Dawlish.

Julian arqueó una ceja.

—¿Sí? ¿Por qué?

—Ah, por muchas razones. Principalmente porque te encontré pecaminosamente guapo, de una manera tenebrosa, prohibida, que me derritió por dentro.

—Ah, bueno, ese concepto es mucho más atractivo que el del semental con que me comparaste.

Le rozó el cuello con los labios, subiéndolos hasta el sensible hueco detrás de la oreja.

—Me lo imaginé —dijo ella, sintiendo pasar un leve estremecimiento.

—Y ¿ahora?

A Aurora la cabeza ya empezaba a darle vueltas con las sensaciones, todo su interior débil y tembloroso, reavivado por la caricia de él.

—¿Ahora... qué?

—Has dicho que me comparaste con un dios pagano. —La presionó con las caderas, su miembro ya hinchado, en reacción a la señal de ella—. ¿Cómo me ves ahora?

—Igual —confesó ella. Se le cortó la respiración cuando él se retiró y volvió a penetrarla, hasta más al fondo—. Eres potente, no convencional, turbulento, seductor.

Él le cogió la cara entre las palmas.

—Y tú eres una hoguera en mi sangre. —Le acarició las mejillas con los pulgares—. Un fuego que nada puede extinguir. —Sosteniéndole la mirada, continuó moviéndose a un ritmo lento, profundo, observándole la cara mientras ella se arqueaba para recibirlo—. Dios mío, qué hermosa eres —gimió, con los dientes apretados—. Qué terriblemente hermosa. —Sus ojos ardientes le perforaron los de ella—. ¿Lo sientes? ¿Sí?

—Sí, ah, sí.

Las palabras se le escaparon y ella no tenía ningún deseo de rescatarlas.

—Dímelo. Dime qué sientes.

Ella sintió desplegarse algo profundo y maravilloso en su interior, algo que no tenía nada que ver con la pasión.

—Te amo —susurró.

Julian se tensó.

La nube rosa se desintegró.

Ay, Dios, ¿cómo pudo soltarle eso así? Cerró los ojos, ordenándole al suelo que se abriera y se la tragara entera. Maldita su impulsiva lengua; maldita su implacable sinceridad; maldita su incapacidad para pensar cuando estaba sumergida en las caricias de Julian. Maldición, maldición, maldición.

—Aurora, mírame.

Ella obedeció de mala gana.

—Repite eso.

Ella le escrutó la cara, buscando un signo, cualquier signo, que le indicara su reacción a la declaración. Pero lo único que vio fue expectación, una recelosa expectación, mientras esperaba su respuesta. Ya era tarde para retractarse.

—Te amo —repitió—. ¿Estás muy enfadado?

Julian le acarició la cara y hundió los dedos en su pelo.

—¿Enfadado? ¿Por qué iba a estar enfadado? —Bajó la cara y la besó con inmensa ternura, con una especie de reverencia y una suave tensión que no tenía antes—. Nadie me había dicho nunca esas palabras —añadió en voz baja—. Me siento humilde. —La volvió a besar, profundo—. Me siento honrado —pasó los brazos por debajo de sus muslos y se los levantó para que le abrazara los costados—, y mucho más conmovido de lo que sé expresar.

—Me... me alegra.

Aurora sintió una terrible necesidad de pensar, de entender el verdadero sentido de esas palabras, pero no pudo, pues él ya le estaba haciendo el amor, transportándola a ese extraordinario lugar al que sólo podía subir en sus brazos.

—Déjame que te lo demuestre —musitó él en sus labios—. Mi deslumbrante Aurora, déjame que te lo demuestre.

Al contrario de su frenesí anterior, Julian le hizo el amor con una inmensa ternura, con exquisitas caricias en cada penetración, que le perforaban todo el cuerpo, llegándole hasta el alma.

Después, cuando yacía en silencio debajo de él, rodeada por sus brazos, los pensamientos se le agolparon en la cabeza, tropezándose por hacerse oír.

La reacción de Julian no había sido ni el enfado que ella había temido, ni la arrogancia que había supuesto Courtney. Según él, se sentía honrado, humilde, conmovido, emociones que ella jamás le habría atribuido a Julian Bencroft.

Pero claro, ¿por qué no?

¿Acaso no había visto atisbos de afecto en él, de su capacidad de sentir, no sólo en su forma de tratarla a ella sino también en su forma de hablar de su hermano? La respuesta a eso era un inequívoco sí.

«Nadie me había dicho nunca esas palabras.»

Bueno, ya era hora de que alguien se las dijera.

De todos modos, recordó, él se tensó la primera vez que se lo dijo, por sorpresa, sí, pero también por algo más.

Y ese algo era inquietud, temor de que ser amado significara sacrificar su autonomía, renunciar a su libertad, cambiar su estilo de vida.

Corresponder el amor.

Sí, tal vez Julian estaba medio enamorado de ella, pero iba a luchar a brazo partido para reservarse la otra mitad.

Qué lástima que él no lograra ver cuánto la necesitaba.

Y qué espectacular que ella tuviera que demostrárselo.

Capítulo 11

Julian se detuvo y echó atrás la cabeza para mirar toda la estructura de piedra sita al pie de la colina al sur de Pembourne.

—Así que este es tu faro Windmouth.

—¿No es glorioso? —dijo Aurora, mirando la torre de cincuenta y siete pies* de altura con tanto orgullo como si la hubiera construido ella.

—Sí, efectivamente.

—En las condiciones en que lo mantiene el señor Scollard, uno no adivinaría jamás que tiene más de cien años de antigüedad. Su magia es evidente en cada brillante piedra, en cada rayo del faro.

—Toda una fascinante leyenda —bromeó él.

Vio pasar por sus ojos un inesperado destello de pena, algo que no había visto nunca antes y mucho menos en sus ojos. Al instante la rodeó con el brazo y la atrajo hacia sí.

—*Soleil*, no fue mi intención herirte.

Aurora lo miró a los ojos y su incomparable candor reemplazó la pena y la obligó a explicar.

—Eres la segunda persona que he traído aquí. Cuando traje a Courtney sabía que le encantarían la casa y el señor Scollard. Contigo, no estoy segura. Eres un enigma, Julian. Tienes la mente de un realista y el alma de un aventurero. Francamente, no sé que tipo de

* 57 pies: 17,30 metros. (*N. de la T*).

reacción esperar de ti. Sé que no debería importarme, pero me importa. Eres mi marido y deseo terriblemente que comprendas, incluso tal vez que compartas, mi fe en el señor Scollard. —Guardó silencio un momento y por su cara pasó una especie de triste resignación—. Pero supongo que yo también debo ser realista. Así que si lo que deseo no puede ser, si encuentras esta experiencia dudosa, en el mejor de los casos, lo único que te pido es que respetes mis sentimientos. Este faro ha sido mi refugio toda mi vida, el único lugar al que podía acudir para encontrar paz, alegría y, por encima de todo, amistad. El señor Scollard me es tan querido como si fuera mi padre. Así que si lo encuentras soso, o encuentras estúpida mi fascinación por sus leyendas, por favor, no lo digas. Y, por favor, no me ridiculices.

Sorprendido por una oleada de emoción, hasta el momento desconocida, Julian le enmarcó la cara entre las palmas, maldiciéndose por haber sido la causa de que se apagara un momento la luz de su exuberancia.

—Aurora, nunca te ridiculizaría. Tampoco pretendo despreciar el papel del señor Scollard en tu vida ni disminuir la magnitud de tu fe. Por el contrario, encuentro fascinante todo lo que me has contado sobre el faro Windmouth y de su farero. —Le acarició las mejillas con los pulgares—. Y si no te lo he dicho, te lo digo ahora: encuentro estimulante y contagioso tu entusiasmo, tu celo por la vida, que es uno de tus rasgos más atractivos. Nunca des explicaciones ni te disculpes por eso. Y no permitas nunca, nunca, que se desvanezca. —Sintió una extraña opresión en el pecho—. En cuanto a que el faro ha sido siempre tu refugio, me alegra que tuvieras un lugar así y un hombre como este al cual recurrir.

—Porque tú no lo tuviste —concluyó ella. Se puso de puntillas y lo besó suavemente en los labios—. Pero estás a punto de tenerlo. —Desaparecida su tristeza, le cogió la mano y lo llevó hacia la puerta—. Sé que el señor Scollard nos ayudará a resolver nuestro rompecabezas. —Le dio unas palmaditas sobre el bolsillo de la chaqueta, donde él llevaba el libro sobre los halcones—. Nos guiará tan impecablemente como la luz de su faro guía a los barcos que pasan.

Aún no había terminado de hablar cuando se abrió la puerta y apareció un caballero de pelo blanco y vivos ojos azules.

—Rory, qué bien, el té todavía está caliente. —Se limpió las manos en su delantal y sus penetrantes ojos se posaron en Julian—. Es un placer, señor. —Pasada una breve pausa, continuó—: Si no le trato por su título, no es por falta de respeto sino porque usted detesta los recuerdos que este le evoca. Aunque todo eso cambiará, claro. No mi forma de tratarlo sino la aversión. En realidad, ambas cosas. Pero lo primero no será consecuencia de lo segundo. No, me enorgullece decir que cuando haya superado esa aversión, yo ya le estaré tratando por su nombre de pila. Por lo tanto —asintió enérgicamente—, no estoy destinado a llamarle «excelencia». Pasen, por favor.

A Julian le causó más diversión que sorpresa ese largo circunloquio para saludarlo. En realidad el señor Scollard era exactamente tal como se lo que se había imaginado.

—Es un placer para mí conocer al hombre del que mi mujer habla con tanta admiración.

—Ah, habla de mí, pero sueña con usted.

—¡Señor Scollard! —protestó Aurora, sorprendida.

El farero se echó a reír y se hizo a un lado para que entraran.

—No te he avergonzado ni hecho una gran revelación. Tu franqueza excluye ambas cosas.

A Julian ya le caía bien el señor Scollard.

Cuando entraron en la acogedora sala de estar, miró alrededor y vio la humeante tetera, el plato con pasteles y las tres tazas. Los muebles eran dos sillones iguales y un sofá con cojines adosado a la pared, en la que colgaban varias acuarelas en tonos pastel, y enfrente un hogar de ladrillos en que crepitaba un buen fuego. La decoración reflejaba a la perfección al señor Scollard, pensó: acogedora, sencilla, todo bien definido y armonizado hasta en sus más mínimos detalles.

—Tome asiento, señor —le dijo el farero haciendo un gesto hacia uno de los sillones y comenzando a servir el té.

—Puesto que ya lo ha previsto, ¿por qué no comienza ya a tutearme tratándome por mi nombre de pila? —sugirió Julian, sentándose y colocando el libro en un extremo de la mesa—. No me agrada particularmente el «señor».

—Pero sí el té bien cargado y fortalecido con coñac —dijo el señor Scollard, pasándole una taza—. Preferencia adquirida en el Lejano Oriente, una deliciosa mezcla de ese té y del fino coñac francés, Julian —concluyó, guiñando sus ojos azules.

—Tiene toda la razón. —Sonriendo, Julian bebió un sorbo y lo saboreó—. Me alegra saber que en Inglaterra se puede encontrar esa deliciosa combinación. Este té es excepcional.

—Me alegra que te guste.

—A mí no —declaró Aurora, inclinándose en el sofá y mirando desconfiada la taza que tenía delante—. ¿Debo beberlo?

—No —repuso el señor Scollard—, pero lo necesitarás. ¿Cómo si no vas a tragarte tus pasteles predilectos?

—De acuerdo. —Suspirando, ella probó un sorbo, y levantó la cabeza, desconcertada—. Este té no está cargado ni lleva coñac.

—No, claro que no. ¿Para qué? Es al duque al que le gusta su té así, no a ti. —Así diciendo, el farero se sentó en el otro sillón y cogió su taza—. El tuyo es menos fuerte y dulce, tal como lo prefieres. Y el mío es el de mi marca favorita, importado de Java, con un poquito de crema.

Aurora cogió un pastel.

—Pero si sólo ha hecho una tetera... no, nada, déjelo. ¿Para qué le hago estas preguntas? —Tomó un bocado, entusiasmada—. Julian, prueba uno de estos pasteles, aunque te lo advierto, son adictivos. Casi no pude ponerme mi vestido de novia gracias a los pasteles del señor Scollard.

—Sí, sírvete, sírvete —lo instó el señor Scollard—. Te esperan largos viajes, viajes del cuerpo, de la mente y del corazón. Vas a necesitar tus fuerzas, más para algunos destinos que para otros.

Julian estuvo un rato masticando pensativo, ingiriendo mucho más que el delicioso pastel.

—¿Sí? —dijo al fin, lamiéndose el índice—. Entonces espero que mis viajes sean tan satisfactorios como estos deliciosos pasteles.

—Algunas satisfacciones se logran con más facilidad que otras. Sin embargo, los sabores que se saborean con demasiada rapidez se disuelven como los pasteles en la lengua. Son los viajes arduos, aquellos cuyos objetivos están nublados, o incluso no se perciben, los que dan las mayores recompensas. —Guardó silencio un momento, pensativo—. Pero claro, algunas satisfacciones fácilmente logradas, que no pasajeras, son representaciones esenciales del mayor premio que podría buscar cualquier aventurero.

—¿Nos referimos al diamante negro o a mis búsquedas personales? —preguntó Julian mirándolo fijamente.

—Creo que te referías a ambas cosas.

Julian sonrió levemente.

—Supongo que sí. —Se inclinó, dejó la taza en la mesa y cogió el libro sobre halcones—. Esta es una búsqueda que percibo demasiado bien.

—Demasiado bien, interesante elección de palabras. —El señor Scollard miró el libro pero no hizo ni el más mínimo ademán de cogerlo—. ¿En qué os puedo ayudar?

—Necesitamos comprender el mensaje de James. ¿Nos haría el favor de mirar la dedicatoria y las palabras subrayadas?

—No es necesario. Las he visto.

Un destello de incredulidad pasó por los ojos de Julian.

—Muy bien. ¿Nos puede decir cuál de las dos cosas es importante?

—Las dos.

—Sin embargo nos falta una pieza esencial.

—Tal vez. Por otro lado, es posible que aún no estéis preparados para asimilar lo que ya se os ha revelado.

—¿Qué camino hemos de seguir para prepararnos?

Scollard no desvió la mirada ni por un instante.

—Uno que debéis descubrir vosotros.

—¿No puede decirme nada más?

El señor Scollard dejó su taza en la mesa.

—Por el contrario, puedo decirte varias cosas. En primer lugar, que eres muy concienzudo. Tu bisabuelo se sentiría muy orgulloso, orgulloso y seguro de que restablecerás el honor de un apellido que ha estado tanto tiempo manchado por la injusticia del exterior y la amargura del interior.

Julian bajó la cabeza.

—¿Es eso una creencia o una profecía suya?

—Es la realidad, Julian. Ya has actuado con más honor que los dos duques que te separan de Geoffrey, escondiendo tu título de nobleza. Tu fuerza interior iguala a la de él, tu fuerza física es mucho mayor. Y tus bienes exceden a todo lo que él conoció, porque tu asociación sobrepasa la amistad.

Eso sí lo entendía, pensó Julian.

—Se refiere a Rory —dijo, mirando tiernamente a su mujer—. Y si es así, estamos completamente de acuerdo. Mi mujer es un bien incomparable.

—Y un viaje en sí misma.

—Me ha despistado —dijo Julian, ceñudo.

El señor Scollard volvió a llenar las tazas.

—No, simplemente aún no has llegado al punto en que estoy yo. Llegarás. Ahora, volviendo a lo que puedo deciros. El libro contiene muchos mensajes, algunos los veo, otros no. Lo que sí veo es un hombre, un anciano que tiene volutas de recuerdos almacenados en su memoria y muchos propósitos rondando a sus pies.

—¿Un anciano? —preguntó Aurora, dejando bruscamente su taza en la mesa—. ¿Qué anciano? ¿Dónde podemos encontrarlo? ¿Qué sabe? ¿Nos puede ayudar a encontrar el diamante? ¿Lo conocemos? ¿Es un pirata? ¿Ha navegado con Julian?

El señor Scollard la miró sonriendo indulgente.

—Ay, Rory, si soy brujo es para llevar la cuenta de tus preguntas. Ningún simple mortal podría hacerlo. —Miró compasivo a Julian—. Tienes que mantenerte despabilado, si no, quedarás tirado a la vera del camino.

—Lo tendré presente —dijo Julian, riendo.

—¡Señor Scollard, contéstenos! —insistió Aurora.

—Muy bien —dijo el farero, frunciendo los labios—. El que tiene conocimiento de primera mano. En un pub de Cornualles, no sé en cuál. Más que cualquier otro. Eso tendréis que descubrirlo vosotros. No. No. Y no, nunca. —Asintió complacido—. Creo que las he contestado todas en orden.

—No he entendido una palabra de lo que ha dicho —dijo Aurora en tono frustrado.

—Pero, bueno, Rory, si yo puedo darte las respuestas, lo menos que puedes hacer es recordar tus preguntas.

—¿Tal vez si combinara todas las respuestas en una sola? —sugirió Julian, reprimiendo a duras penas la risa que pugnaba por salir, a pesar de su curiosidad.

—Muy bien —suspiró el señor Scollard, simulando que hacía un esfuerzo para ser tolerante—. El anciano de que hablo fue marinero, no pirata. Es demasiado viejo para que haya navegado contigo Julian; se retiró de su oficio antes que tú nacieras. Se pasa la mayor parte de su tiempo hablando de sus recuerdos con otros ex marineros en un pequeño pub que no queda muy lejos de tu casa de Polperro. —Pensó un momento—. No logro ver exactamente dónde, pero sí sé que no lo conocéis, no lo habéis visto nunca. Al margen de que os lleve o no hacia el diamante negro, es necesario para el buen término del viaje, porque atraerá a fantasmas del pasado a los que hay que silenciar para siempre, si no, el futuro continuaría estando fuera de vuestro alcance. Y sabe más de la verdad que cualquier otra persona con la que pudierais hablar, porque es la única persona viva que queda que navegó con Geoffrey en su último viaje a Inglaterra.

Julian casi se cayó del sillón.

—¿Quiere decir que venía en el barco donde murió mi bisabuelo?

—Sí.

—Señor Scollard, ¿qué edad tiene ese marinero? —preguntó Aurora, con los ojos como platos.

El farero se encogió de hombros.

—Algo más de ochenta, pero está muy lúcido. Y sus recuerdos de hace sesenta años son muy nítidos.

—¿Cómo podemos encontrarlo?

—Eso se lo dejo a tu marido, que es mucho más experto en estos asuntos que yo. —Se tensó un poco, lo que les anunció que lo que seguiría era importantísimo—: No subestiméis los peligros que os aguardan, de origen esperado y origen desconocido. Estos peligros acechan en cantidad, y en cantidad debéis vencerlos. La codicia es una importante propulsora; el deseo de venganza da más poder aún, y la desesperación es con mucho la más peligrosa, porque ofrece recompensa sin ningún riesgo. Tened muchísimo cuidado, porque el camino en que os vais a embarcar está plagado de sombras, oscurecido por el odio. Id con visión, perspicacia, ingenio y determinación. Volved con paz, seguridad, y por la gracia de Dios. —Una expresión de inquietud nubló su cara—. Mis dones son limitados; ojalá tuviera más para poder protegeros. Sólo tengo relámpagos de visión, fervientes oraciones y muchísima fe. Quiera Dios que eso baste. —Miró en la distancia, con los ojos velados por la precupación—. Los obstáculos son enormes, y los tesoros aún más. Pero debéis ir. Es necesario para conseguir la solución. Quiera Dios que no resulte más caro de lo que vale. —Pestañeó y volvió de dondequiera había estado—. Ahora acabad vuestro té y después marcharos. Explicadle todo esto a Courtney y Slayde. Y después de eso, haced lo que debéis. Y, lo más importante, volved a decirme lo que habéis descubierto.

El color había ido abandonando la cara de Aurora a medida que el señor Scollard hablaba.

—Señor Scollard, nunca le había oído hablar así —musitó—. ¿De verdad estamos en un peligro tan grave? —Se mojó los labios resecos—. ¿Vamos a... prevalecer?

El señor Scollard se levantó y se le acercó a revolverle el pelo.

—Sólo veo lo que os he dicho —dijo tranquilamente—. Aférrate a tu fuerza y a tu marido. —Su solemne mirada pasó a Julian—. Cuida de ella, como ella cuidará de ti.

Slayde se estaba paseando inquieto por el salón amarillo.

—Esto no me gusta nada. Scollard nunca dice cosas tan ominosas como las que acabáis de contarnos. Aurora, tal vez Julian debería ir solo a buscar a ese marinero.

—No, de ninguna manera —exclamó Aurora, negando enérgicamente con la cabeza—. Y no sólo porque estaré a reventar de curiosidad. —Tragó saliva, mirándose la falda—. Me pondré enferma de preocupación.

—¿Julian? —preguntó Slayde, mirándolo con una ceja arqueada.

—Te dije que cuidaría de Aurora, y lo haré —repuso Julian, observando la cabeza inclinada de su mujer—. Pero dejarla encerrada en casa, aplastar su espíritu, no es la solución. Como el halcón, necesita volar, y en este caso eso significa acompañarme, buscar las mismas respuestas que yo. —Vio que Aurora levantaba la cabeza, con una expresión de maravilla y de alivio en la cara—. No he olvidado las promesas que hice cuanto te pedí su mano —añadió a posta, dirigiéndose a Slayde, pero hablándole a Aurora—. Ni las que le hice a ella ni las que te hice a ti. —Apretó las mandíbulas y sostuvo firmemente la mirada de Slayde—. Aurora irá conmigo, pero también estará segura.

Slayde hizo un mal gesto.

—Slayde —terció Courtney—, hubo una ocasión, no hace mucho, en que yo estaba en una situación similar a la de Aurora, aquella vez que me permitiste acompañarte a la parte más sórdida de Darmouth para resolver nuestros pasados.

—Lo hice en contra de mi voluntad.

—Lo sé —sonrió ella—, y sospecho que Julian va a hacer esto en contra de la suya. Pero no intentes impedírselo. Y no intentes impedírselo a Aurora. A no ser que hayas olvidado que sería más fácil poner del revés diez acantilados de piedra caliza.

—Muy bien —dijo Slayde, y miró a Julian—. Vale más que cumplas tus promesas.

—Siempre las cumplo.

Slayde asintió.

—Es tarde, quedaos a pasar la noche en Pembourne. Mañana a primera hora podéis salir hacia Polperro.

—Excelente idea —exclamó Julian, levantándose—. Ha sido un día muy largo y agotador.

—Coincido contigo —dijo Aurora, levantándose también—. Es como si hiciera un año que salimos de aquí esta mañana.

—Por cierto, eso me recuerda, ¿cómo reaccionó Guillford a nuestro acto de presencia? —le preguntó Julian a Slayde—. ¿Dijo algo después que nos marchamos?

—¿De ti y de Aurora? No. Vuestros nombres brillaron por su ausencia en nuestra conversación. Sigue sintiéndose insultado por lo que considera una bofetada en la cara; lo percibo. Pero no hay nada que hacer al respecto. Él tiene derecho a sentirse herido, y su arraigada manera de ser le impide superarlo. No creo que alguna vez vaya a armar una escena; esa misma adherencia a las reglas del protocolo le impedirá actuar de modo indecoroso. Me imagino que se va a portar con educación siempre que os crucéis con él, ya sea en circunstancias sociales o de negocios. Pero yo no esperaría ninguna invitación a una fiesta en su casa.

—Me siento destrozado —dijo Julian, irónico.

—No lo dudo. En todo caso, su actitud conmigo es tan rígida como con vosotros. Probablemente cree que por haber estado yo a cargo de Aurora soy el responsable de su horrorosa conducta. Por no decir que yo lo coloqué en una posición insostenible; después de todo fui yo el que le prometí a Aurora, bien dispuesta e intacta.

—Nunca estuve bien dispuesta —masculló Aurora—, aun cuando sí estaba intacta.

—Sea como sea, está claro que se ha enfriado su actitud hacia mí. Su único interés al venir aquí hoy era de negocios. Parece que ha encontrado un magnífico caballo de carreras, que, según él, dará muchísimos beneficios. Por desgracia tiene inmovilizados sus fondos en otras inversiones, así que me preguntó si yo estaría dispuesto a poner el dinero para comprar el caballo y entrenarlo, y luego los primeros beneficios de sus triunfos serían míos. Y una vez que recuperara el dinero de la inversión, iríamos a medias con los beneficios. Me pareció un buen negocio, así que acepté. Inmediatamente después de eso, el vizconde se levantó, me explicó que Camden llevaría los detalles de la transacción y se marchó. La reunión duró menos de una hora. Vuestro coche acababa de dar la vuelta al camino de entrada cuando salió el de él. —Ladeó la cabeza—. ¿Por qué? ¿Te preocupa la desaprobación del vizconde?

—En lo más mínimo —repuso Julian—. Aunque sí encuentro ridícula su actitud respecto a este asunto. Tiene un montón de mujeres para elegir —sonrió, presumido—, aun cuando todas empalidecen comparadas con mi mujer. De todos modos, sé que la causa no es la ruptura del compromiso, porque él sabe tan bien como yo que hace tan buena pareja con Aurora como un zorro con una gallina. Esto tiene que ver con su maldito concepto del decoro. —Se encogió de hombros—. Lo superará o no lo superará, la decisión está en sus manos. Yo tengo asuntos más urgentes que atender, como, por ejemplo, descansar un poco para salir a buscar al anciano de que habló Scollard y asegurar el continuado bienestar de mi animosa mujer.

—Ah, claro, eso es —exclamó Aurora.

Julian se giró a mirarla.

—¿Es qué?

—Nada. Lo que pasa es que acabo de caer en la cuenta... o sea, esto... es que por fin he entendido... —Se interrumpió, haciendo esfuerzos visibles por encontrar una respuesta creíble.

—¿Por fin has entendido...? —la animó Julian, reprimiendo una sonrisa. Fuera cual fuera la gran revelación que había surgido en la mente de su mujer, estaba claro que no tenía la menor intención de comunicarla. Señor, qué terriblemente mala es para mentir—. ¿Has caído en la cuenta de qué?

Al instante se le iluminó la expresión a Aurora y se cubrió la boca para ocultar un exagerado bostezo.

—De que estoy medio dormida. —Miró de reojo a su cuñada—. Más aún, he observado que Courtney está terriblemente demacrada.

—¿Sí? —preguntó Courtney, con los ojos risueños.

—Sí —repuso Aurora, mirándola significativamente—. De hecho, si no os importa, caballeros, creo que subiremos a acostarnos.

—Muy de acuerdo —dijo Julian, siguiéndole el juego y avanzando un paso hacia la puerta.

—¡No! —exclamó Aurora—. O sea, quise decir Courtney y yo. Tú te quedas aquí con Slayde hasta que hayáis concluido vuestro asunto.

—Nuestro asunto ya concluyó, Aurora —terció Slayde, sarcástico—. En cambio el tuyo parece que acaba de comenzar. Pareces un conejo a punto de echar a correr para escapar.

—¿Sí? Sólo estoy cansada. —Su mirada recayó en el libro de halcones que tenía Julian en la mano—. Creo que los dos deberíais quedaros unos minutos más en el salón. Slayde, deberías copiar la dedicatoria y las palabras subrayadas del libro de James, para que con Courtney podáis pensar en su significado mientras Julian y yo estamos en Cornualles.

—Aurora... —dijo Slayde, cruzándose de brazos—, he visto cien veces esa expresión en tu cara. ¿Qué te propones?

—Nada. —Dándole un codazo a Courtney, comenzó a dar pasos cortos hacia la puerta—. Te lo prometo Slayde, sólo voy a subir a mi habitación. Puedes observarme con Julian cuando suba la escalera.

—¿Para luego escapar por el roble que hay fuera de la ventana de tu dormitorio?

Courtney se echó a reír.

—No creo que sea eso lo que quiere, cariño. Al menos si desea incluirme a mí en su plan. —Apoyó suavemente la palma en el abdomen—. Ese pobre roble se desmoronaría con mi peso.

—Estás muy hermosa —replicó Slayde al instante, mirándola tiernamente—. Y eres tan frágil que me extraña que no te hayas desmoronado tú con el peso de mi hijo. No, mi amor, no le pasaría nada a ese roble. A Aurora, en cambio... —miró severo a su hermana—, no le iría nada bien si intentara arrastrarte a...

—¡Vamos, por el amor de Dios! —interrumpió Aurora, fastidiada, poniendo los ojos en blanco—. No tengo ningún plan. ¿Para qué iba a tenerlo? No necesito escapar de nada. Si tanto quieres saberlo, simplemente deseo hablar con Courtney a solas.

—Pero claro, *soleil*, ve —dijo Julian, apuntando hacia la puerta—. Subid a tener vuestra conversación. Slayde y yo subiremos dentro de un rato.

Aurora lo miró insegura.

—¿Me crees?

—Por supuesto. Por varios motivos. Uno, porque eres fatal para mentir. Dos, porque me fío de mis instintos, y tres, porque te encontraría en un santiamén, y lo sabes.

Ella curvó los labios en una leve sonrisa.

—Sí, lo sé. —Se giró a tironearle el brazo a Courtney—. Vamos, necesito verte.

Courtney la siguió, con los hombros estremecidos de risa.

—¿Sí? No me lo habría imaginado.

Salieron del salón.

—¿Estás seguro de que sabes lo que haces? —le preguntó Slayde a Julian, mirando las espaldas de las dos mujeres.

—Segurísimo —contestó Julian, sonriendo de oreja a oreja, siguiendo la mirada de Slayde—. Es evidente que mi mujer tiene algo muy urgente que decirle a la tuya.

Slayde apretó las mandíbulas.

—Eso es exactamente lo que temo.

Sin dejar de sonreír, Courtney fue a instalarse en un sillón de la habitación de Aurora.

—Muy bien, Aurora. Hemos hecho con éxito nuestra sutil salida, y he tenido diez segundos para recuperar el aliento. Ahora, soy toda oídos: dime lo que te preocupa. Espero que no sea nada que desees guardar en secreto, porque es evidente que nuestros maridos van a tener millones de preguntas que hacernos por la precipitada salida que hemos hecho.

—No pasa nada. Aunque creo que se van a llevar una buena decepción cuando sepan de lo que quería hablar contigo. —Se apoyó en la puerta cerrada, con los ojos brillantes—. Acabo de hacer un maravilloso descubrimiento, uno que no tiene nada que ver con el diamante ni con los peligros ni con esa falsa escapada que Slayde cree que he planeado.

—Pero uno que tiene todo que ver con Julian —adivinó Courtney.

Aurora asintió.

—Se lo dije.

—¿Le dijiste que lo amas?

—Sí.

—¿Cómo reaccionó?

—No como me imaginaba. Y tampoco como te imaginabas tú. —Aurora fue a sentarse en la cama—. Aunque tú tenías razón en una cosa. Soy absolutamente incapaz de guardarme nada. Le solté la declaración en el instante mismo en que se presentó la oportunidad. Pero claro, jamás puedo pensar derecho cuando estoy en los brazos de Julian.

—Colijo entonces que le confesaste tus sentimientos durante un momento íntimo.

Aurora volvió a asentir.

—En ese caso, Julian estaba tan vulnerable como tú.

—Demasiado vulnerable, al menos desde el punto de vista de él. Si hubiera estado sereno y controlado habría ocultado mucho mejor su reacción, aun si mi revelación le llegaba como una inmensa sorpresa.

—Y ¿supongo que fue una verdadera sorpresa?

—Absolutamente. Se quedó pasmado, y francamente tenso.

—¿Dijo algo?

—Dijo que se sentía conmovido, humilde y honrado, y que nunca nadie le había dicho esas palabras.

—Eso parece prometedor.

—Sí, pero fue lo que no dijo lo que me ha tenido obsesionada toda la tarde. Inmediatamente después que le solté mis sentimientos, me pareció, no sé, como que se retiraba o distanciaba, no físicamente, ni tampoco en su manera de hablar, pero claro, es que ese no es su estilo. No lleva su reserva y autodominio a flor de piel, como los lleva Slayde. Por fuera, mi marido es encantador y expresivo. La franqueza se le da muy fácil, pero sólo en la cama y en la conversación. Cualquier cosa que sea más profunda, es otra historia. Sentimientos, emociones, ahí es donde están fijados sus límites autoimpuestos. Sus sentimientos, sus emociones. —Aurora se interrumpió para hacer una lenta y profunda respiración—. Courtney, he tenido varias horas para pensar en esto, para analizar lo que está experimentando Julian. Y lo que por fin he entendido, tal vez lo que tú ya has entendido, es que mi amor plantea poco o ningún problema para él. Sólo tiene que aceptar mis sentimientos a la vez que mantiene su control y reserva sobre los suyos. El verdadero problema sería que él se permitiera amarme, corresponder a mi amor. Eso sí que lo haría vulnerable, algo que él se niega a ser, por todos los motivos que tú y yo ya hemos hablado.

Courtney asintió.

—Pero ya está enamorado de ti, por lo tanto ya es vulnerable, lo quiera reconocer o no.

—Eso lo sé —repuso Aurora en voz baja, entrelazando los dedos y apretando fuertemente las palmas—. Y hasta cierto punto, también lo sabe él. Pero no se va a rendir sin presentar batalla. Hasta ahora ha estado seguro, siempre de paso, sin familia, sin hogar, y sin ninguna posibilidad de pérdida. Amarme cambiaría todo eso. Significaría renunciar a su autonomía, correr un riesgo mucho mayor que aquellos a los que se expone en todas sus aventuras juntas. —Estuvo callada un momento—. Y hay una cosa más. ¿Te acuerdas de lo que te dije sobre su sentimiento de culpabilidad por no haber podido impedir la muerte de Hugh?

—Lo recuerdo.

—Creo que eso también juega un papel importante. ¿Te has fijado con qué frecuencia y con qué vehemencia jura que me va a proteger, asegurar mi bienestar?

—¿Crees que se debe a que no pudo hacer eso por su hermano?

—Hasta cierto punto, sí. Toda su vida Julian ha sido fuerte, autosuficiente, un hombre al que otros recurren en busca de soluciones. Se toma muy en serio ese papel, incluso en su trabajo. Se siente tremendamente responsable de enmendar las cosas, de reparar y de proteger. Bueno, no se puede ser omnipotente y vulnerable al mismo tiempo, ¿verdad?

—No, supongo que no —repuso Courtney, pensativa—. Si lo que dices es cierto, y sí que parece lógico que lo sea, ¿cómo lo vas a convencer de que cambie?

—Eso es lo que acabo de comprender hace unos minutos —dijo Aurora, inclinándose, con la cara resplandeciente—. El señor Scollard me dio la respuesta hoy, sólo que yo no la oí, no la oí de verdad, hasta ahora. —Hizo un guiño—. Pero claro, no era su intención que lo entendiera en ese momento. Como siempre, su respuesta estaba laboriosamente oculta, para obligarme a hacer todo este proceso de pensamiento, hasta entender totalmente las cosas para llegar a mi solución.

Courtney asintió, pues conocía muy bien, por propia experiencia, la inteligente manera de orientar del señor Scollard.

—¿Qué te dijo? Y ¿adónde te llevó eso?

—Me dijo que me aferrara a mi fuerza y a mi marido. Y a él le dijo que cuidara de mí como yo cuidaría de él. —Sonrió—. Después de haber repasado todo lo que te he dicho y luego oírlo declarar por enésima vez que tenía la intención de asegurar mi bienestar, la comprensión me golpeó como un rayo. El señor Scollard me había preparado el camino con su consejo. La conclusión que he sacado de sus palabras es lo siguiente: si Julian, como mi marido, está empeñado en protegerme, y sabemos que lo está, entonces yo, como su esposa, estaré empeñada en protegerlo también. No por sentimiento de culpabilidad ni por deber, sino por amor, lo cual, como tú y yo sabemos, es el verdadero motivo de que él desee protegerme, aun cuando lo amilane reconocerlo, ante mí e incluso ante él mismo. En todo caso, eso es lo que enmarca el objeto de mi plan. No sólo voy a proteger a mi marido como una leona, también voy a demostrarle algo al hacerlo: que amar a alguien te hace fuerte, no débil.

Courtney movió la cabeza, asombrada.

—Estoy debidamente admirada. Esto ha sido un despliegue de raciocinio extraordinario, incluso viniendo de ti. Sin embargo, has omitido unos cuantos detalles, por ejemplo, cómo pretendes hacer eso. Y más importante aún, ¿de qué necesita Julian que le protejan? Porque no te refieres solamente a la búsqueda del diamante negro, ¿verdad?

Silencio.

—Aurora, contéstame. ¿Cómo piensas proteger a Julian, y de qué, o más bien, de quién?

—No puedo contestar a esas dos preguntas, al menos no todavía. Pero, Courtney, tenías razón, dos veces, en realidad. Julian se está enamorando de mí, y mi amor estará ahí para amortiguar el golpe cuando caiga.

—Nunca he dudado de ninguna de esas dos cosas —dijo Courtney, pero continuaba con la cara preocupada—. Aurora, no vas a hacer nada peligroso, ¿verdad?

—Sólo si es necesario —contestó Aurora, sinceramente. Enderezó la espalda y alzó el mentón—. Pero pase lo que pase, voy a proteger a mi marido, y a abrirle sus tozudos ojos al mismo tiempo.

Capítulo 12

*E*l coche aceleró la marcha una vez que pasó por las puertas de Pembourne, en dirección a Polperro.

—Observé que no les dijiste nada a Courtney y Slayde de tus sospechas de que nos seguían cuando íbamos a Morland ayer —comentó Aurora.

Julian se encogió de hombros.

—No había ningún motivo para decirlo. Al final no ocurrió nada. Sólo fue una sensación, certera, estoy seguro, pero sensación de todos modos. Además, tu hermano ya está casi desquiciado de preocupación por Courtney. Si se lo hubiera dicho, sólo le habría aumentado la inquietud. Y, quien fuera el que nos seguía, me perseguía a mí, no a un Huntley.

—¿Estás seguro?

—Totalmente. —Pasado un momento, añadió—: Y hablando de cosas sin decir, ¿qué era lo que tanto deseabas decirle a Courtney anoche? Al final no me lo explicaste.

Aurora lo miró de reojo, sonriendo pícara.

—No me lo preguntaste. En realidad, hablaste muy poco cuando llegaste a la cama. Parece que tenías la mente ocupada con otros asuntos.

Él la atrajo más, y frotó el mentón en su satinado pelo.

—Sí. Los mismos asuntos que siempre tengo en la mente tratándose de ti. —Deslizó las manos hasta ahuecarlas en sus pechos—. Es inconcebible lo que me haces.

Con un ligero estremecimiento, ella se giró a mirarlo y comenzó a desabotonarle la camisa.

—Tenemos horas y horas —musitó en tono seductor—. Un largo y tedioso trayecto en coche, sin nada que hacer.

Alargando la mano por delante de él, cerró las cortinas de la ventanilla, tal como hiciera él el día de la boda. Julian le cogió el brazo y detuvo su movimiento.

—¿Esto se debe a que no quieres contestar mi pregunta?

—No. —Lo miró a los ojos, pensando en su plan y en las medidas que había tomado para llevarlo a cabo—. Se debe a que te deseo tanto como tú a mí. En cuanto a la pregunta, no tengo ningún problema para contestarla. El motivo de que deseara tanto hablar con Courtney es que quería decirle que seguí su consejo y te dije que te amo.

Julian hizo una rápida inspiración.

—Ah, comprendo.

—Y ahora, ¿me vas a hacer el amor? —musitó ella, abriéndole la camisa y deslizando las palmas por los duros planos de su pecho áspero por el vello, mientras le escrutaba la cara.

Emitiendo un ronco gemido de deseo, él se apoderó de su boca.

—Hasta que el fuego nos consuma —dijo enérgicamente.

El fuego continuó ardiendo durante todo el trayecto a Polperro.

Como también continuó el coche que venía traqueteando discretamente más atrás.

La propiedad de Julian era todo lo maravillosa que prometiera ser cuando Aurora hizo su primera y somera inspección. Pero claro, esa era la primera vez que veía la casa y su entorno a plena luz del día. El terreno no era grande, tal vez un par de hectáreas, y sólo un pequeño jardín y una extensión de muy cuidado césped la rodeaba. Pero la vista era espectacular, incluso desde el camino de entrada: gigantescos acantilados detrás y, abajo, las aguas del Canal, que se extendían hasta más allá de lo que llegaba la vista.

—¿Podríamos caminar un poco antes de entrar? —preguntó Aurora, con los ojos chispeantes, cuando se detuvo el coche.

—Por supuesto.

Julian aún no había cerrado la boca cuando ella abrió la puerta y saltó fuera, casi derribando al sorprendido lacayo.

Julian bajó riendo, y después de dar unas cuantas órdenes al cochero y al lacayo, la cogió del brazo y echó a andar justamente hacia donde ella deseaba ir: por el pequeño sendero que bajaba serpenteando hasta el mar.

Cuando llegaron a la arenosa franja de playa, Aurora echó a correr, casi mareada de felicidad.

—Es todo lo que dijiste y mucho más —declaró, caminando por la orilla, donde rompían suaves olas, mojándole los zapatos y la orilla del vestido con la espuma—. Los acantilados arriba y el mar abajo, el sueño de una buscadora de leyendas.

—Pensé que te gustaría —dijo él sonriendo, gozando de su exuberante reacción.

—¿Gustarme? ¡Me encanta! —Impaciente se levantó la falda de muselina y comenzó a escurrir el agua.

—Me parece que eso no servirá de nada —observó él—. El vestido ya está estropeado.

Aurora se rió y dejó caer la orilla en la arena.

—Cierto, pero claro, ya estaba estropeado desde hace horas. Por ti.

—¿Es una queja eso? —preguntó él, mirándola con expresión presumida.

—No, hombre arrogante, sólo ha sido un juicio de saciedad. —Dándose media vuelta, se hizo visera con la mano para contemplar la casa, sus paredes cubiertas de hiedra, que, formando ángulo recto seguían hacia atrás, en una segunda ala, más alta, por la pendiente, en dirección al acantilado—. La casa es más grande de lo que me pareció la primera vez.

—¿Demasiado grande? —preguntó él, abrazándola desde atrás.

—No. Perfecta.

—Estupendo. Entonces, ¿te apetece que entremos para que conozcas al personal? —Le mordisqueó el cuello—. ¿O nuevamente impido el recorrido, como hice la última vez, llevándote derecha a la cama?

—No, esta vez no —rió ella, desprendiéndose de sus brazos—. Sin duda tus criados ya me consideran una mujer lujuriosa. ¿Qué pensarían si repitiéramos la actuación de aquella vez, y a plena luz del día, nada menos?

—No me importa lo que piensen. Y ¿a ti?

Aurora se puso seria.

—Sabes que no. Pero quiero hacer todo el recorrido. —Guardó silencio, frotando los pliegues húmedos de la falda entre los dedos, pensando cómo explicarle algo que era tan extraño para ella como para él, y explicarlo de una manera que no lo amilanara aún más. Pero claro, su maldita sinceridad no le permitiría decir nada que no fuera la más absoluta verdad, por lo tanto bien podía lanzarse y correr sus riesgos—. Julian, en muchos sentidos, este es mi primer hogar verdadero. Pembourne era más una prisión para mí, al menos hasta que llegó Courtney. Pero incluso entonces, mi afinidad era con ella y con Slayde, no con la casa. Sé que he dicho que no necesito raíces, pero tal vez estaba equivocada. Tal vez necesitaba un tipo diferente de raíces, un tipo de raíces que yo no sabía que existía, hasta ahora. ¿Encuentras inaprensible esa idea? O si no inaprensible, ¿insostenible?

Julian entrecerró los ojos y por sus profundidades topacio pasaron diminutas chispitas.

—No, esa idea no es ni inaprensible ni insostenible. —Le pasó las manos por el pelo—. Con sumo gusto te presentaré tu nueva casa, pero sólo si me prometes que no te vas a apegar demasiado a ella. Porque lo que sí encuentro inaprensible e insostenible es la idea de estar sin ti meses y meses seguidos. Apenas lograré no ponerte las manos encima mientras la recorramos. Así que no cambies de opinión respecto a viajar conmigo.

Aurora sintió oprimida la garganta ante esa declaración de necesidad que era lo más cercano a una declaración de amor que se permitía él.

—No, no podría. —Le puso la palma en la mejilla—. Me sentiría tan vacía como te sentirías tú.

Él giró la cara para besarle la palma y luego le cogió la mano.

—Vamos, *soleil*. Ven a conocer a tu personal.

El personal de Julian era tan poco convencional como él, desde Daniels, el corpulento mayordomo sin uniforme, hasta Hadrigin, el fornido y barbudo ayuda de cámara, que no sólo no vestía uniforme sino al que, además, los criados llamaban «Gin», apodo que, por lo

234

que sospechó Aurora, tenía muy poco que ver con la abreviatura de su apellido. Luego estaban los otros veintitantos criados, hombres y mujeres, todos con ropa muy informal, que la saludaron no con las usuales reverencias y venias sino con una ancha sonrisa y un simple «hola», aunque en absoluto carente de respeto y afecto.

—Y ¿bien? —preguntó Julian, cuando habían terminado el recorrido de la rústica casa y estaban en su dormitorio—. ¿Qué te parecen los residentes de la casa Merlín?

Aurora arqueó las cejas.

—¿Casa Merlín?

—Pues, claro. ¿Acaso los nobles y sus propiedades no llevan el mismo nombre?

—Ah, pues sí —repuso ella, sin poder contener la risa—. Dime, ¿es imaginación mía o todos tus criados son algo... poco ortodoxos? Y ya que tocamos el tema, ¿de qué le viene el apodo a Gin?

—Son tan poco ortodoxos como yo, o bueno, tal vez un poco menos. En cuanto a Gin, no sólo sabe hacer el lazo de una maldita corbata, también es capaz de beberse cinco copas del licor que lleva su nombre y hacerlo bien con los dedos firmes.

—Toda una proeza —comentó Aurora, limpiándose las lágrimas de risa—. ¿Sus recomendaciones decían eso? ¿O simplemente se lo preguntaste a su anterior empleador?

—Ninguna de las dos cosas —contestó él, desaparecida su sonrisa y con una leve tensión manifiesta en su voz—. Lo conocí en uno de mis viajes. Su jefe era un asqueroso pirata que estaba a punto de atravesarlo con su espada por haber liberado a una camarera de taberna en lugar de llevarla al barco para que todos la disfrutaran. Convencí a ese cabrón asesino de que podía pasar muy bien sin la chica y sin Gin.

—Y ¿la camarera de taberna está aquí también?

—Es Emma, la chica que te presenté en la sala de estar, la que te miraba con adoración.

Aurora palideció al recordar a la frágil criada que estaba quitando el polvo en la mesita lateral y que, mirándola con los ojos agrandados y reverentes se inclinó en una reverencia tras otra.

—Julian, no puede tener más de dieciséis años.

—Quince —corrigió él—. Tenía trece cuando ocurrió aquel incidente. —Le acarició la mejilla—. No te horrorices tanto. Está bien y absolutamente intacta, gracias a la intervención de Gin. Ahora tengo dos excelentes criados, y cada uno de ellos tiene un hogar. —Con el pulgar le acarició los labios y luego le alisó la arruga del ceño—. Piensa en lo horroroso que era para mí antes de eso —bromeó, intentando hacerla sonreír—. No sólo tenía que hacerme la cama, también tenía que hacerme los lazos de las malditas corbatas.

—Pero si nunca usas corbata —dijo ella, distraída por los pensamientos que pasaban veloces por su cabeza, hasta que se detuvieron bruscamente—. Julian, tus criados... todos los hombres y mujeres que trabajan aquí, todos son como Gin y Emma, ¿verdad? ¿Todos eran víctimas a las que rescataste de situaciones terribles?

—No lo hagas parecer como si yo fuera un gran héroe, *soleil*. Sí, los rescaté de situaciones desagradables, les di trabajo y un lugar para vivir, pero todos trabajan arduamente para ganarse sus salarios. —Curvó la comisura de la boca en su sonrisa sesgada—. Puede que no lo creas, pero no soy un hombre con el que sea fácil convivir. También soy tremendamente exigente, tanto aquí como en el extranjero. Los deberes de mi personal son muchos y variados, y uno de ellos es arreglárselas con todo tipo de huéspedes desagradables que pueden dejarse caer por aquí cuando yo no estoy, sin estar invitados.

—Eso no disminuye en nada la magnitud de tus actos —dijo ella, con el pecho henchido de orgullo y respeto por él—. Tú, Julian Bencroft, eres un hombre maravilloso. Vives según tus propias reglas, sí, pero esas reglas son mucho más ejemplares que las de todos los aristócratas juntos. Tu nobleza trasciende a un simple título. —Apretó sus delicadas mandíbulas, con un destello de resentimiento en sus ojos—. Eso sólo demuestra que tu padre, además de ser un canalla y un embustero, era un estúpido, un maldito tonto. Me encantaría poder darle una buena paliza por censurarte tanto.

La ternura le suavizó los rasgos a él, y atrayéndola con sus brazos, le echó atrás la cabeza para besarla.

—Eres terriblemente seductora cuando te enfadas.

Entonces ella sonrió, por fin.

—Veamos, cuando estoy enfadada, cuando me guardo secretos, cuando soy aventurera, cuando soy osada, cuando estoy impaciente, cuando...

—Siempre, todo el rato, entonces —dijo él, silenciándola con un beso.

—Eh, Merlín, eso va a tener que esperar —dijo Gin, entrando, y sin el menor asomo de perturbación por el apasionado beso que interrumpía.

Tampoco se alteró Julian, que no hizo el menor ademán de soltar a su mujer.

—Adiós, Gin. Por cierto, es hora de que aprendas a llamar a las puertas.

—La próxima vez. Ahora está Stone aquí, y quiere verte.

Entonces Julian sí levantó la cabeza.

—¿Stone? ¿Ahora?

—Sí, dice que tiene noticias.

—Muy bien, pensaba enviarlo a buscar, esto me ahorra el trabajo. Dile que iré enseguida.

Aurora le aferró los brazos.

—No, dile que «iremos» enseguida —le dijo a Gin. Y no le soltó los brazos a Julian, ni siquiera cuando él entrecerró los ojos y moduló la palabra «no»—. El asunto por el que quieres ver a Stone me concierne a mí también. —No explicó más puesto que Gin seguía ahí, y no sólo seguía ahí sino que prácticamente estaba encima de ellos, boquiabierto. Centró la atención en Julian y, sonriéndole traviesa, añadió—: Además, el señor Stone y yo somos viejos amigos. Vamos, si me ha visto en el más escandaloso estado de semidesnu...

—Basta —interrumpió Julian riendo y poniéndole un dedo en los labios—. Eres terrible. Muy bien, ven conmigo.

—A tu lado —dijo ella. Al pasar junto a Gin, lo miró con una expresión de la más pura inocencia y le preguntó—: ¿Pasa algo?

—¿Mmm? —El ayuda de cámara negó con la cabeza y cerró la boca—. No, señora. Todo está bien, y mejorando minuto a minuto. La verdad, creo que este trabajo se va a poner muy interesante; igual me convendría mantenerme sobrio para disfrutarlo.

Slayde entró en la sala de estar, acompañado por Aurora, y cerró la puerta.

—¿Qué noticias me tienes, Stone? Recuerdas a mi mujer, supongo —añadió, tocándole el codo a Aurora.

A Stone se le dilataron las pupilas pero simplemente asintió.

—Sí, gusto de verla, lady... lady...

—Aurora —suplió ella, y sonrió—: O señora Merlín podría ir muy bien. Lo que te resulte más cómodo.

Él tragó saliva.

—Ah. Supongo que tendré que pensarlo y...

—Stone —dijo Julian, atrayendo la atención de su colega a lo que correspondía—. ¿Has visto a Macall? ¿Por eso has venido?

—Sí, por eso he venido, pero no, no le he visto personalmente. No puedo correr el riesgo de que me reconozca. Pero he estado con los oídos alertas. Y por lo que me han dicho, está muy desquiciado, Merlín. Por la noche se emborracha, arma riñas callejeras y va gritando por todas partes cómo piensa vengarse de ti. Cada día desaparece horas y horas, al parecer peinando las calles buscándote. Y ahora que tu casa...

—Vamos a tener que poner fin a esto, Macall y yo —declaró Julian en tono acerado—. Por desgracia, ha elegido un muy mal momento, pero eso no se puede evitar. Si está tan resuelto a enfrentarme, pues sea. Estoy preparado. Lo he estado desde que me dijiste que estaba en Inglaterra.

—No le has visto aún, ¿verdad?

—No, pero alguien me ha estado siguiendo estos últimos días. Supongo que es Macall.

—Hay otra cosa que debes saber. Macall se ha hecho con una nueva espada, una muy especial, de bronce, que se robó en Malta. Me han dicho que tiene la empuñadura cubierta de piedras preciosas, y que su hoja es tan afilada como para rebanar a un hombre en dos partes. Dicen que la tiene reservada especialmente para ti; la va blandiendo por todas partes cada día y dice que con ella te va a atravesar el corazón, y luego pasará por encima de tu cadáver y se va a apoderará del diamante negro.

—Vaya, vaya, el canalla está obsesionado, ¿eh? —comentó Julian, apoyándose en la pared, sin la menor preocupación.

A Aurora se le formaron nudos en las entrañas.

—¿Algo más? —preguntó Julian.

—No, hasta que deje de esperar y haga algo. Y entonces creo que tú lo sabrás antes que yo.

—Creo que tienes razón. Bueno, basta de hablar de Macall. Tenía otra cosa que hablar contigo. ¿Qué sabes de un viejo marinero, ya retirado, que ahora pasa su tiempo hablando de sus recuerdos en un pub de por aquí?

Stone pestañeó.

—Diablos, Julian, eso describiría por lo menos a treinta hombres.

—No, no, al decir viejo quiero decir muy viejo, no de cincuenta ni de sesenta. Más bien de ochenta o incluso más años, pero está muy bien de la cabeza y tiene una excelente memoria. Es uno que sabe muchísimas historias del mar.

—Tan viejo, ¿eh? —Stone frunció el ceño, pensativo—. Ahora que lo dices, sí que he visto a un viejo, creo que se apellida Barnes. Estaba en un par de pubes que visité en Fowey, el Brine y el Cove, bebiendo y perorando acerca de su época de marinero. No había vuelto a pensar en él, hasta ahora que tú lo has mencionado. La verdad es que estaba tan ocupado haciendo averiguaciones por si alguien había visto a Macall, que no presté mucha atención a otras cosas. Pero este hombre Barnes es viejo, viejo; debe tener la edad que dices. Y es muy amistoso con todo el mundo, parece que es cliente asiduo en esos pubes. —Volvió a fruncir el ceño—. No creo que sea ningún problema, si es por eso que lo buscas.

—No es por eso —contestó Julian enderezándose, con la mirada fija en la cara de Stone—. Descríbemelo.

—Como te he dicho, no lo miré con mucha atención. Veamos. Pelo cano, bueno, el que le queda; hombros encorvados, demonios, es tan viejo como las montañas. Patillas, la voz cascajosa. Eso es todo lo que recuerdo.

—Con eso basta. —Julian se frotó el mentón, pensando—. Fowey, el siguiente puerto al oeste de aquí. Eso explicaría por qué no le he visto nunca. Conozco esos dos pubes de que hablas, aunque no los he frecuentado. El Brine está en el muelle, y el Cove más o menos a una milla más allá por la orilla del río.

—Sí. Y aunque tú no los frecuentes, Macall sí, y con su espada. Ha estado tres o cuatro veces en esos dos pubes, emborrachándose y preguntando por ti. Así que mantente bien alejado de ahí, Merlín. Irás a buscarte problemas.

—No, iré a buscar a Barnes. Macall es el que se va a buscar problemas. —Miró a Aurora y al ver que estaba blanca como un papel, frunció el ceño—. Tendrás que disculparnos, Stone. Mi mujer está cansada por el viaje. Creo que la acompañaré arriba. Además, ya hemos hablado lo que había que hablar, por ahora.

—Sí, claro —repuso Stone, al parecer no muy convencido, pero no insistió—. Me marcho ahora mismo, no es necesario que me acompañe Daniels. —Titubeó y echó una rápida mirada a Aurora—. No olvides lo que te he dicho, Merlín. Macall te va detrás, y ahora tiene otra munición. No permitas que la use.

Diciendo eso, se marchó.

—Aurora, ¿te sientes mal? —preguntó Julian, levantándole el mentón.

—Pensé que estaría muy bien —balbuceó ella—, pero la sola idea de que ese animal te haga daño... —Hizo una inspiración profunda—. ¿Soy yo la munición de que habla Stone?

—Eso no tiene importancia. No debes preocuparte por nada de esto. No me pasará nada, ni a ti tampoco. Yo me encargaré de eso.

—Eres un hombre, Julian, no un dios. ¿Cómo puedes estar tan seguro?

—Porque lo estoy. —Sonrió—. ¿Qué quieres decir con eso de que no soy un dios? Me pareció que me comparabas con un dios pagano.

—Maldita sea, Julian —exclamó ella, golpeándole el hombro con el puño cerrado—. Deja de bromear con esto, no seas tan arrogante. Estamos hablando de tu vida, no de un juego.

Julian se puso serio, le cogió la mano y le rozó el dorso con los labios.

—Lo sé. Eso es lo que he intentado decirte desde el principio. Tú no me escuchabas.

—No me parecía real.

—No lo parece —dijo él, rozándole el dorso de la mano con el aliento—, pero lo es. De todos modos, no hay ninguna necesidad de darle más vueltas a lo improbable. He sobrevivido a muchas cosas a lo largo de años y años, y es mi intención seguir sobreviviendo. En cuanto a ti, no tienes por qué inquietarte. Prometí mantenerte a salvo, y lo haré.

—¿A quién quieres tranquilizar, a mí o a ti? —le preguntó ella, sintiendo derrumbarse en su interior la presa que contenía sus emociones—. Has hecho tantas veces esa promesa desde que pediste mi mano que es casi como si dudaras, como si necesitaras convencerte de su validez. ¿Por qué? Nunca he dudado de tu palabra, y nunca te has quedado corto en tus esfuerzos por mantenerme a salvo. ¿O no es en mí en quien piensas, no es mi situación la que te hace dudar de ti? ¿Es otra persona, alguien a quien crees que le fallaste, que no protegiste? Si es así, sólo puedo suponer que es Hugh. —Lo sintió tensarse, pero continuó de todos modos, acariciándole la mandíbula apretada con las yemas de los dedos—: Julian, no abandonaste a tu hermano. Hiciste todo lo que pudiste por mantenerlo seguro, a salvo. Le ofreciste el amparo de tu amistad, tu respeto y tu decencia, en una familia en la que sólo existían la codicia y un odio egoísta. Le habrías ofrecido tu vida si hubiera estado en tu poder hacerlo. Pero no estaba. Algunas fuerzas son sencillamente demasiado grandes para vencerlas, incluso para un protector infalible como tú. La fragilidad del cuerpo es una de esas fuerzas, y, desgraciadamente, esa fue la que determinó el destino de Hugh. Estaba enfermo, Julian, tan enfermo y débil que no pudo continuar viviendo. Esa era una realidad indiscutible, una realidad que no estaba en tu poder cambiar. Así que debes dejar de culparte. Todo lo que está en tu poder proteger y defender lo proteges y defiendes, ya sean personas u objetos: yo, tus criados, los tesoros que has recuperado, las víctimas que has salvado. Y sí, a Hugh también, sus principios, su compasión, su espíritu. Cierto que siempre habrá objetivos tan grandes que son inalcanzables incluso para ti, algunos elementos del destino que están fuera de tu alcance. Pero Julian, eso no significa que seas débil sino simplemente humano.

A él se le movió un músculo en la garganta.

—En cuanto a ti —continuó ella—, a tu futuro, a tu destino, no te permitiré que te metas en peligros como si tu vida no importara. Importa, a mí me importa. —Asombrada sintió brotar calientes lágrimas de los ojos, que empezaron a bajarle por las mejillas—. Julian, te amo —tragó saliva—, y te necesito.

—Yo también te necesito —musitó él con la voz rasposa y espesa, y los ojos empañados por la emoción.

Repentinamente se giró, y casi en un solo movimiento cerró la puerta con el pie, giró la llave, la levantó en los brazos y la llevó al sofá.

—No me refería a ese tipo de necesidad —protestó Aurora, negando con la cabeza.

—Lo sé —dijo él, cogiéndole el borde de la falda y subiéndosela con resueltos movimientos—. Pero es el tipo de necesidad que yo puedo silenciar junto con tus miedos, tus dudas, tu preocupación. Así es como puedo combatir tu sufrimiento, llenar tu vacío.

—Y ¿los tuyos? —preguntó ella dulcemente, escrutándole la cara.

—Sí, también los míos —reconoció él, con la voz ronca. La depositó en el sofá, le subió la falda hasta la cintura y rápidamente se desabrochó la bragueta—. No me rechaces.

—No podría —susurró ella, con el corazón en los ojos.

Julian hizo una rápida y agitada respiración.

—Creo que no puedo esperar.

—No esperes —dijo ella, abriéndole los brazos.

Le hizo el amor como un salvaje, un desesperado, estrujándola en los brazos, penetrándola con movimientos, rápidos, fuertes, con una avidez, un frenesí que no podía dominar ni comprender. Gritó su nombre al eyacular, llenándola con su simiente y absorbiendo las exquisitas contracciones del orgasmo de ella.

Después se quedó encima y dentro de ella, más rendido por lo que acababa de ocurrir de lo que se había sentido jamás a causa de todos sus enemigos juntos. La combinación de la pasión con las emotivas palabras que la habían precedido era más de lo que podía soportar.

Hizo respiraciones lentas y profundas para serenarse, con el corazón acelerado, y no sólo por la inimaginable intensidad de su orgasmo.

Transcurrieron los minutos.

La respiración lenta y pareja de Aurora le dijo que estaba durmiendo. Se incorporó lentamente, apoyándose en los codos y contempló su hermosa cara, las pestañas mojadas posadas sobre sus mejillas como un brillante abanico de hilos de oro rojo.

Dios lo amparara, estaba en dificultades.

Lo que comenzara como una excitante aventura, una unión esencial inducida por la pasión y una meta, en sólo unos días se había convertido en algo mucho más intenso, mucho más grande de lo que se hubiera imaginado ni en sus más locos sueños.

Su mujer estaba enamorada de él.

Sólo pensar en la declaración de amor de Aurora le oprimía el pecho, haciéndole trizas todas las ridículas negaciones que se había hecho para afirmar su indiferencia. Era absurdo fingir que no había cambiado nada, que la declaración de Aurora, sincera y conmovedora, no cambiaba nada, no ahondaba nada, no encendía nada.

Había sido un tonto y un mentiroso.

Levantó lentamente la mano y le acarició el suave contorno de la mejilla con el dorso. La verdad era que deseaba oírle decir esas palabras y sentir las emociones que le producían. Lo hacía feliz que ella le hubiera entregado su corazón, le producía placer oírla decir esas palabras. Incluso su cuerpo reaccionaba con vehemencia, excitándose con más violencia cada vez que ella le expresaba sus sentimientos.

Hasta ahí llegaba su razonamiento lógico de que la atracción sexual entre ellos nacía de algo puramente físico, de que sólo el enérgico espíritu y la belleza de Aurora eran los responsables de producirle en su interior ese deseo insaciable, esas ansias sin precedentes.

Estaba claro que era mucho más.

El deseo sexual, por intenso que fuera, no explicaba la ternura que sentía cuando la observaba descubrir el mundo, saborear su primera aventura, su primer triunfo, su primera pasión. Tampoco explicaba su creciente necesidad de compartir la vida de ella y de que ella compartiera la suya, de tenerla siempre a su lado, en todo momento, incluso en esas ocasiones en que jamás antes había permitido que le invadieran sus dominios, ni mucho menos invitado a alguien a invadirlos: las conversaciones con Stone, las expediciones para descubrir pistas, las revelaciones de su pasado.

Dios lo amparara, si incluso le había hablado de Hugh, algo que jamás había podido hacer con nadie, en parte porque le dolía demasiado hablar de él, y en parte porque nunca había conocido a nadie a quien deseara revelarle algo tan personal. La intimidad física era una cosa, la intimidad emocional, otra.

Aunque con Aurora ambas eran tan intensas que escapaba a su comprensión.

Incluso le había hecho soportable entrar en la casa Morland. Desde el instante en que le hizo el amor ahí, siempre que pensaba en el mausoleo en que se crió, en esa casa que hasta ese momento sólo significaba vacío y sufrimiento, visualizaba no las reñidas batallas con su padre sino los maravillosos momentos de éxtasis en los brazos de Aurora.

Momentos durante los cuales ella le dijo que lo amaba.

No dudaba de que eso fuera cierto, sobre todo después de lo que acababa de ocurrir en esa sala de estar, no el acto sexual sino las emotivas palabras que ella le dijo antes, su conmovedora manera de enfrentar su sentimiento de culpa, instándolo a aceptar la muerte de Hugh, a dejar atrás un pasado que no podía cambiar, y todo porque deseaba que él encontrara la paz que hasta ese momento lo había eludido. Su manera de penetrar sus pensamientos y sus motivaciones era pasmosa; ni siquiera él había sido consciente de la inmensa influencia que la muerte de Hugh había tenido en su actitud, en su forma de ser, en sus decisiones, en la intensidad de su compromiso hacia aquellos de los que se sentía responsable.

Ella lo deseaba a salvo. No, le ordenó que se mantuviera a salvo, de esa manera que sólo ella sabía hacer. Y no hizo el menor esfuerzo en ocultar por qué. Era porque lo amaba, lo necesitaba. Eso lo reconoció sin la más mínima vacilación, con una especie de franqueza emocional que él jamás se había imaginado posible.

Pero claro, así era Aurora, absoluta y estimulantemente sincera, vibrante, impetuosa. Y tan tremendamente apasionada que le hacía arder hasta el alma.

¿Estaba en dificultades? Demonios, estaba con el agua al cuello, ahogándose.

Retiró la mano de la mejilla de Aurora, con la mente hecha un torbellino al pensar en las consecuencias de lo que acababa de comprender.

Era hora de dejar de huir, de dejar de descartar sus sentimientos por Aurora atribuyéndolos a la consecuencia natural de una pasión siempre bullente, de dejar de temer las consecuencias de lo que ya era.

La verdad lo estaba mirando a la cara.

Se había enamorado de su mujer.

Esa comprensión era sobrecogedora, aun cuando en ciertos recovecos de su mente ya lo sabía, y había combatido esos sentimientos durante días. Él, que no necesitaba a nadie, que no se fiaba ni dependía de nadie, que no compartía su vida con nadie, le había entregado su corazón a su esposa.

Más amedrentador aún era que en esos momentos, enfrentado a la realidad de sus sentimientos, los aceptara con tanta facilidad, al menos en cuanto a lo de renunciar a su libertad emocional. Eso se debía tal vez a que, tratándose de Aurora, aquello a lo que renunciaba quedaba pálido comparado con lo que ganaba. Su pasmosa mujer le había reformado y redefinido su visión de la pasión y del matrimonio, ofreciéndole una unión exquisitamente no tradicional y muy superior a todo lo que había esperado o imaginado, algo que jamás había visto en otros tampoco. Sin duda, el amor con ella sería igual. Tener a Aurora a su lado le iría renovando constantemente el estímulo y el afán de aventuras. Porque mientras viajara con ella por el mundo, lo vería todo por primera vez, a través de los exuberantes ojos de ella.

Sí, amar a Aurora le daría un verdadero motivo para embarcarse en nuevas empresas. Pero, más importante aún, por primera vez en su vida, le daría un verdadero motivo para volver a casa.

Se le movió un músculo de la mandíbula. Sí, toda esa idea de estar enamorado de su mujer sería absolutamente cautivadora si no fuera por el aspecto más serio, aquel al que se refirió ella en ese apasionado discurso, y que lo había impulsado a combatir sus sentimientos por ella.

Proteger vidas era algo que se tomaba muy en serio. Ya era difícil esa tarea cuando las personas involucradas le eran desconocidas y no tenía sentimientos especiales por ellas. Pero en el caso de su hermano, y ahora de su mujer, esa tarea le era infinitamente más importante, su responsabilidad se intensificaba enormemente.

Todo eso lo sabía muy bien cuando fue a pedirle la mano de Aurora a Slayde; y ya había aceptado sus nuevas obligaciones el día que le puso el anillo en el dedo. Ella se hizo suya ese día, y él estaba absolutamente decidido a protegerle la vida con la suya.

Entonces era muy importante.

Ahora era esencial.

Porque ahora estaba enamorado de ella, y eso transformaba su tenaz responsabilidad en absoluta necesidad emocional. Y eso lo hacía vulnerable, susceptible, le daba una clara ventaja a sus enemigos, y a los de Aurora.

Pues, sea, pensó, sintiendo correr la resolución por sus venas. Agudizaría su ingenio, intensificaría su decisión de protegerla de todo mal. Y la protegería, a brazo partido, contra viento y marea. Pero no dejaría de amarla, no podía. Más aún, no lo deseaba. Amarla lo hacía sentirse mucho mejor que todas sus aventuras juntas.

Tenía que decírselo.

Tiernamente le apartó unas guedejas de pelo de la frente y acercó la boca a la de ella. La despertaría, le haría el amor, y le susurraría sus sentimientos recién descubiertos mientras la estrujaba en sus brazos.

El reloj de pie del corredor dio las seis.

Volvió bruscamente a la realidad menos agradable pero absolutamente decisiva. La noche se les venía encima. Ceñudo, miró hacia la ventana y vio que el cielo de invierno ya estaba oscuro. Tendrían que darse prisa si querían llegar a Fowey y visitar las dos tabernas mencionadas por Stone a tiempo para encontrar a Barnes. Dada la edad del marinero, era posible que se marchara pronto a su casa para acostarse a una hora temprana.

Encontrarlo era fundamental.

Tan fundamental como entrar y salir con Aurora de esas sórdidas tabernas con la mayor rapidez posible. Cuanto más tarde se hiciera, mayores serían las posibilidades de encontrarse con problemas.

Y de toparse con Macall.

Contemplando muy serio a Aurora, sintió resonar en la cabeza la advertencia de Stone cuando titubeó antes de marcharse y, después de mirar a Aurora, le dijo: «No olvides lo que te he dicho, Merlín. Macall te va detrás, y ahora tiene otra munición. No permitas que la use».

Stone no sabía lo acertada que era su evaluación.

Por todo él pasó un deseo casi violento de protegerla, seguido por un estremecimiento de furia. Que intentara hacerle daño ese asqueroso cabrón; con sólo que hiciera ademán de tocarla, estaría muerto antes que alcanzara a pestañear.

Haciendo una inspiración, decidió dejar para después su grandiosa declaración de amor, y volvió a besarla, aunque más para despertarla que para excitarla.

—Cariño, despierta.

Ella suspiró, balbuceó algo ininteligible, e inconscientemente acercó la cabeza para recibir su beso.

—*Soleil* —musitó él, entre sus labios—. Es la hora. Tenemos que vestirnos, comer algo y salir hacia Fowey, todo en menos de una hora.

Aurora abrió los ojos.

—Me he quedado dormida.

Él sonrió.

—Ya me he dado cuenta.

—Mmm, qué exquisito —musitó ella, echándole los brazos al cuello y arqueando las caderas.

—Vuelve a hacer eso y no vamos a encontrar a Barnes —la advirtió él, combatiendo el deseo de responder a la invitación de su cuerpo.

Aurora se quedó quieta.

—Qué ultimátum más horrible —protestó, quejumbrosa.

—No un ultimátum, *soleil*. —Introdujo los dedos por su pelo—. Sólo un retraso.

—Detesto esperar.

—Lo sé —rió él, siguiendo la curva de sus labios con la yema de un dedo—. Yo también, tratándose de ti.

—Muy bien. Si hemos de ir, hemos de ir. —Ya estaba totalmente despierta. Titubeó un instante y añadió—: Julian, ¿vas a pensar un poco en lo que te dije?

—Ah, ya lo he pensado. —De mala gana se retiró de ella y se arrodilló a arreglarle y alisarle el arrugado vestido—. Todo el tiempo que estuviste durmiendo. Después hablaremos, cuando haya acabado la aventura de esta noche.

—De acuerdo. —Le escrutó la cara como si buscara la respuesta que percibía justo bajo la superficie. Bajó la mirada hacia el arrugado vestido y repentinamente sus pensamientos tomaron otra dirección—. No puedo salir así —exclamó, pasando las manos por las marcadas arrugas y mirando la orilla embarrada.

—No —dijo él, haciéndole un guiño y abotonándose las calzas, que se veían tan patéticas como el vestido de ella—. Por eso te desperté. Si nos damos prisa, podemos darnos un baño rápido y cambiarnos de ropa. Le diré a Gin que nos prepare las bañeras. Ahora lo único que tenemos que hacer es subir a nuestros aposentos.

Aurora echó atrás la cabeza, riendo.

—¿Aposentos? Si escasamente me dejaste asomarme a mis aposentos; no los he explorado. Ni siquiera sé muy bien dónde están, ni cómo son.

—Son azul celeste y están contiguos a los míos. Eso es todo lo que necesitas saber, porque, créeme, no los necesitarás mucho. —Sonriendo travieso, hizo girar la llave en la puerta—. ¿Vamos?

—Sí, por supuesto. —Al llegar a la puerta, le pasó las palmas por la camisa—. Uy, tienes toda la ropa arrugada, como si hubieras estado haciendo el amor toda la tarde.

—¿Sí? —Le cogió la muñeca y le besó la palma—. Debe de ser porque eso es lo que he estado haciendo. Y si pudiera hacer mi voluntad, la tarde se alargaría hasta el anochecer y luego a la noche.

—Te recordaré eso después.

—Cuento con ello. —Le pasó la lengua por la palma, hasta el pulgar.

—Julian, para —le ordenó ella, estremeciéndose—. Si no, no vamos a salir de aquí y no podremos viajar a Fowey.

—Tienes razón. —Suspirando le soltó la mano—. ¿Estás preparada para subir?

—Sí. Tal vez si aceleramos el paso los criados no se fijen en nuestro lamentable estado. —Brilló el escepticismo en sus ojos—. Aunque, conociendo a tus criados, dudo que los engañemos. —Frunció los labios al pasar por su cabeza una idea repentina—. Julian, esto me recuerda, he estado pensando. Sé que esta casa es muy poco convencional, pero soy duquesa y por lo tanto necesito una doncella a mi servicio, ¿verdad?

Julian arqueó una ceja, pensando adónde querría llegar.

—Sí, claro.

—Y lo correcto es que yo elija a esa persona, ¿verdad?

—Si no recuerdo mal las reglas del protocolo, sí.

—Estupendo —dijo ella, mirándolo con una sonrisa radiante—. Entonces elijo a Emma.

—¿Emma? —Lo que fuera que había esperado él, no era eso—. Cariño, sólo tiene quince años. Además, no tiene la menor experiencia como doncella.

—Cierto, pero la juventud y la inexperiencia tienen sus ventajas. Emma estará deseosa de aprender y aprenderá rápido, por no decir que al no tener con qué comparar, no se enterará jamás de lo poco ortodoxa que es su señora.

Julian se echó a reír.

—No puedo discutir eso.

—¿Hecho, entonces?

Entonces él comprendió.

—¿Cuánto de tu decisión se basa en los motivos que acabas de darme y cuánto en la historia que te conté sobre cómo llegó Emma aquí?

Ella lo miró con su perenne candor.

—A partes iguales. Además, no dejo de recordar cómo me miró Emma cuando nos conocimos, como si yo tuviera todas las maravillas del mundo en mis manos. Y no sólo porque tengo un título, y tampoco porque estoy casada contigo, aun cuando te mira con absoluta adoración, sino porque estoy establecida, soy feliz y tengo un maravilloso futuro por delante. La entiendo mejor de lo que ella cree. Cuando yo tenía su edad, mis padres ya habían muerto, Slayde estaba constantemente ausente, y yo vivía encerrada en Pembourne como un conejo en una jaula. Me sentía sola y fuera de lugar, y aunque estaba rodeada por un montón de criadas y criados amables, siempre me sentía sola y veía un futuro muy poco prometedor. Me imagino que ella debe de sentirse igual. Creo que podría ayudarla, ofrecerle un puesto que le gustará y una mujer con la que pueda hablar.

—Tienes razón —dijo él, acariciándole la mejilla, conmovido por su generosidad—. Entonces será Emma. —Le deslizó la mano por la nuca, atrayéndola, y bajó la cara para besarla—. Tus padres eligieron muy bien tu nombre, y su razonamiento para elegirlo fue muy acertado. Llenas de luz el mundo. Gracias, *soleil*.

La estrechó en sus brazos y volvió a besarla, más profundo.

—¿Crees que Emma estará contenta? —preguntó ella, en un susurro, casi sin aliento.

—Va a estar fascinada. —Con un inmenso esfuerzo, Julian levantó la cabeza y le agradó ver la expresión aturdida en sus ojos y la desilusión en su cara—. Yo también creo que debemos salir inmediatamente de esta sala, no sea que pierda la resolución y te haga el amor aquí y ahora mismo, y al cuerno Barnes. —Hizo una inspiración profunda y, ya algo más controlado, abrió la puerta y se asomó al corredor—. Nadie por aquí, nadie por allá. ¿Estás preparada?

—Todavía me tiemblan las piernas, pero aparte de eso, estoy preparada.

Julian sonrió.

—Entonces sólo veo una solución. —Cogiéndola en los brazos, salió de la sala y echó a caminar hacia la escalera—. Hasta aquí, todo bien —anunció, mirando a uno y otro lado, y subiendo los peldaños de dos en dos—. Igual logramos llegar a los aposentos sin que nadie nos detecte.

—Igual —balbuceó Aurora, que casi no podía hablar por la risa—. Pero claro, también es posible que los criados nos eludan adrede.

—No lo apostaría. Mis criados son cualquier cosa, menos tímidos.

Al llegar al rellano, giró y con pasos firmes tomó el corredor en dirección a sus aposentos.

—Fuera de peligro —declaró Aurora cuando cruzaron el umbral—. La verdad es que no creí que lograríamos pasar sin que... —Se interrumpió bruscamente y se quedó boquiabierta.

—Como ves, no lo logramos. —Julian la depositó en la cama y comenzó a desabotonarse la camisa, haciéndole un gesto a Gin, que estaba agachado en el centro de la habitación vertiendo cubos de agua caliente en una inmensa bañera de cobre—. ¿Ese baño es para mí o para la duquesa? —preguntó tranquilamente.

Gin se incorporó, pasándose el brazo por la frente.

—Para ti. Preparé primero el de la señora Merlín; la está esperando en su dormitorio. Por cierto... —Miró a Aurora, interrogante—. Le parece bien que la llame señora Merlín, ¿verdad? La oí cuando le dio esa opción a Stone, y su sonido me gusta mucho más que el de lady Aurora. También oí a Merlín decir algo de ir a Fowey. Me figuré que quería decir esta noche, pues a Merlín no le gusta esperar. Pero claro, supongo que usted ya ha descubierto eso. En todo caso, sus ropas no estaban en condiciones como para hacer visitas, así que supuse que necesitarían un baño. Claro que pensaba preguntárselo, pero la sala de estar estaba cerrada con llave cuando quise abrirla, y eso me dio a entender que no querrían compañía. Así que, sin más, decidí preparar las bañeras. Lo único que necesito saber es, ¿quién quiere que la ayude?

Sentada en el medio de la cama, Aurora seguía boquiabierta, muda.

—Ahora estamos empatados, ¿no, señora Merlín? —dijo Gin, con una ancha sonrisa en su barbuda cara—. Parece que los dos somos muy buenos para las sorpresas.

—Sí —contestó ella, con los ojos ya risueños—. Eso parece.

—Eres muy atrevido, incluso para mi mujer —le advirtió Julian—. Por lo tanto, mientras se recupera de la impresión producida por tus actos, por no decir nada de lo de escuchar conversaciones privadas, yo contestaré por ella. —Dejó a un lado la camisa y se sentó en la cama a quitarse las botas—. Aurora ha decidido que Emma sea su doncella, ¿verdad, *soleil*?

Aurora asintió, con los hombros estremecidos por la risa.

—Sí, aunque seguro que eso no es una sorpresa para tu ayuda de cámara. Sin duda ya lo había oído.

Gin emitió un gritito de placer.

—Pues no, eso me lo perdí. Puede que sea un hijo de p...

—Gin —interrumpió Julian, secamente, rebanando el aire con su tono.

—Perdone, señora. —Se aclaró la garganta—. Emma va a estar fascinada. Iré a buscarla.

—Sí, ve. Ah, Gin —levantó la mano para detenerlo antes que saliera—. Gracias por tu previsión, solicitud y atención a los detalles. En respuesta a tus preguntas, señora Merlín es una forma perfecta para llamarme y, como acabas de oír, he elegido a Emma para que sea mi doncella. Sólo tengo que pedirte una cosa, ahora que estamos empatados, ¿sería posible que te refrenaras de hacer apariciones sorpresa en mi dormitorio, y en el de Julian también, sólo por si yo estuviera en un estado de desnudez?

A Gin le brillaron los ojos de humor.

—Sería más que posible. Y será mejor que deje de hacer apariciones sorpresa no sólo en los dormitorios, si se puede juzgar por mi visita a la sala de estar esta tarde. Sí, creo que a partir de ahora golpearé todas las puertas, para estar seguro. ¿Lo ve? No hay nada de qué preocuparse. Puede que sea tosco por fuera, pero soy un caballero de la cabeza a los pies, y eso sólo me mantendrá decente y honrado. —Miró de reojo a Julian y se rió al ver la mirada de advertencia en sus ojos—. Eso, más el hecho de que si entrara sin llamar en su habitación Merlín me mataría.

—Está muy hermosa, señora —dijo Emma, haciendo su quinta reverencia, al tiempo que le ponía la última horquilla en el peinado—. ¿Se le ofrece alguna otra cosa? ¿Le traigo guantes? ¿Un abanico?

Aurora se levantó de la banqueta del tocador, y le sonrió.

—No, gracias, Emma. Has hecho un trabajo magnífico arreglándome el pelo y ayudándome a vestirme. Nadie se imaginaría que este ha sido tu primer día como doncella. En cuanto a los guantes y el abanico, son demasiado formales para el lugar donde vamos a ir esta noche.

—Muy bien, milady. —Otra reverencia—. Gracias.

Aurora le puso suavemente una mano en el hombro.

—Soy yo la que debo darte las gracias. —Le hizo un guiño—. Soy tan novata en la casa Merlín como tú en el trabajo que acabas de hacer. Estoy encantada de tener a una chica joven con quien hablar, y una que sabe peinar tan bellamente. Te agradezco que hayas aceptado ser mi doncella, pero, como te he dicho, soy muy propensa a meterme en dificultades, así que, por favor, ahorra tu energía para rescatarme de las dificultades, no la gastes en hacer reverencias.

La niña asintió enérgicamente.

—Gracias, señora. —Le alisó la falda del vestido de muselina beis—. ¿No quiere ponerse un collar? Unas joyas le alegrarían este vestido.

—No, creo que no. —Se miró el vestido y negó con la cabeza—. Dado el lugar donde vamos, el color serio es apropiado, y no llama la atención. Las joyas serían un estorbo. Pero sí necesito mi ridículo. —Fue hasta la cómoda y cogió el pequeño bolso de satén—. Este sí es un adorno necesario.

—Claro, una nunca sabe cuándo va a necesitar un pañuelo o alguna horquilla para el pelo.

—Muy cierto. —Palpando suavemente la superficie lisa y fresca del ridículo, Aurora lo cerró, tirando los cordones, lo colgó de su muñeca y lo apretó protectoramente al costado—. Pañuelo, horquillas... y cualquier otra cosa esencial. —Levantando el mentón, se echó una última mirada en el espejo—. Uno nunca sabe qué podría necesitar.

Capítulo 13

*S*ólo faltaban unos pocos minutos para las ocho cuando Julian atracó el esquife en el muelle de Fowey. Luego de amarrarlo firmemente a un noray, bajó de un salto y contempló con el ceño fruncido a los hombres de mala catadura que merodeaban por el muelle en busca de una posible presa.

—Viajar en barca ha sido más rápido que venir en coche, pero de todos modos hemos tardado mucho en llegar aquí —masculló, mientras ayudaba a Aurora a bajar—. Condenación, si hubiéramos salido de Polperro con los últimos rayos del sol, podríamos haber navegado más rápido y llegado aquí antes que estos rufianes hubieran salido de las entrañas del infierno.

—¿De qué nos habría servido llegar más temprano? —razonó Aurora, mirando alrededor con más curiosidad que miedo—. Barnes sólo visita esas tabernas por la noche. No teníamos elección respecto a la hora. Además, eres un navegante magnífico, de día y de noche.

Julian estaba mirando fijamente a uno de los rateros de muelle, un hombre flaco, hasta que este bajó la vista y se alejó.

—Rory, no olvides lo que te dije. Mantén la cabeza gacha y los ojos fijos en el camino. No te detengas y camina lo más pegada a mí que sea posible. —La observó atentamente, arrebujándole más la capa alrededor de los hombros y le metió un mechón suelto debajo de la papalina—. No puedes evitar ser hermosa —gruñó—. Espero no tener que matar a nadie antes de salir del muelle y llegar al Brine. Vamos.

Cogiéndola del brazo, la alejó del muelle en dirección a la hilera de casas del otro lado de la calzada. El suelo estaba cubierto de basura, en diferentes fases de pudrición, y el hedor a cerveza era más fuerte que los olores a pescado y a aire marino juntos. A su alrededor muchos pares de ojos observaban su avance. Detrás se oía el murmullo de las olas al lamer suavemente el muro del muelle, meciendo las pocas barcas de pesca amarradas allí, para luego retroceder hacia la negra oscuridad de la noche.

Un letrero descascarado en que se leía «The Brine», les dijo que ya tenían a la vista su destino.

Aurora se levantó más el cuello de la capa cuando ya les faltaban unos pocos pasos para llegar a la burda y ruinosa casa que más parecía una choza abandonada que una taberna.

—Esto hace parecer elegante la taberna Dawlish —comentó.

—No es exactamente Carlton House, ¿eh? —contestó Julian, sarcástico.

Tenso, miró atrás por enésima vez, como para verificar que el sonido que se oía era el del mar y no los pasos de un enemigo o de un audaz ladrón. Al llegar a la puerta del pub, aumentó la presión de su brazo en la cintura de ella.

—Recuerda las reglas, *soleil*. En ningún momento te vas a separar de mi lado ni tomar el asunto en tus manos. —Sonrió—. Y, por el amor de Dios, no te ofrezcas a jugar una partida de whist con los marineros.

—Muy gracioso —murmuró Aurora, cerrando con fuerza la mano en su ridículo y apretándolo más contra su costado.

—¿No llevarás nada de valor ahí, verdad? —le preguntó él en el instante en que el ruido de risotadas les asaltaba los oídos.

—Sólo cosas de primera necesidad —repuso ella.

—Estupendo. Entonces veamos de qué podemos enterarnos.

Diciendo eso, Julian abrió la puerta y entraron.

El pub estaba en penumbra y el aire apestaba a licor. Estaba atestado, y la clientela eran los hombres más sucios y desgreñados que ella había visto en su vida. Todos giraron las cabezas hacia ellos y las conversaciones bajaron de volumen, hasta parar totalmente mientras ellos caminaban hacia el mostrador.

—¿Sí?

El tabernero, de mejillas fláccidas, miró un instante a Julian y luego pasó la mirada a Aurora, examinando con los ojos saltones primero su oculta figura, pasando luego de la papalina a la cara, en la que se detuvo.

El brazo de Julian la estrechó como una manilla de acero.

—Buscamos a Barnes —dijo entre dientes—. ¿Está aquí?

—¿Quién quiere verlo?

—Merlín.

El tabernero palideció.

—¿Tú eres Merlín?

—Sí.

—Macall te anda buscando.

—Eso me han dicho —contestó Julian, encogiéndose de hombros—. Ya me encontraré con él, tarde o temprano. Mientras tanto, necesito ver a Barnes.

—¿Para qué? —gritó uno de los marineros—. Seguro que él no te verá a ti, ni ninguna otra cosa, si es por eso.

A eso siguieron fuertes carcajadas.

—Tampoco oye muy bien —añadió un hombre flaco. Levantó la jarra de cerveza, bebió y luego se pasó el antebrazo por la boca para limpiársela con la manga—. Así que pierdes el tiempo.

—Eres tú el que pierdes el tiempo —contestó Julian muy tranquilo. Se apoyó en el mostrador y sacó despreocupadamente un fajo de billetes del bolsillo—. Veamos, no ve ni oye, ¿crees que sabe contar?

El marinero detuvo el movimiento del brazo con los ojos agrandados por el interés.

—No sé si él sabe, pero yo sí.

—Muy bien, entonces podrás contar estos, si me dices dónde puedo encontrar a Barnes. —Separó dos billetes de diez libras y los levantó dejándolos colgados de los dedos—. Quiero comprobar su capacidad para ver y oír.

El tabernero se inclinó sobre el mostrador e intentó coger los billetes.

—Ni se te ocurra —bramó Julian en tono amenazador poniendo los billetes fuera de su alcance—, a no ser que tengas información para darme. No me gusta que me timen. Eso me enfurece.

—No te metas con él, Briney —terció otro marinero—. He oído

hablar de este Merlín. No te conviene desafiarlo, a no ser que quieras quedar mal herido.

El tabernero retrocedió un paso, levantando las manos en gesto conciliador.

—Tranquilo, compañero. Mi taberna no es ese tipo de lugar. Aquí no hay peleas, ni robos, nada.

—Me alegra saber eso —dijo Julian, con una sonrisa tan simpática como si estuviera recibiendo a los invitados a un baile—. Ahora, repito mi pregunta. ¿Alguien sabe dónde puedo encontrar a Barnes?

—Estuvo aquí antes —contestó Briney, limpiándose las manos en el delantal—. Supongo que está en el Cove. Siempre va ahí después, hasta las diez. Después se va a la cama.

Julian dejó los billetes en el mostrador.

—Excelente, gracias.

Briney miró los billetes, vaciló y volvió a recorrer de arriba abajo a Aurora con su ávida mirada.

—¿Qué tal si te guardas el dinero y me prestas a tu mujer?

Julian se quedó absolutamente inmóvil.

—¿Qué tal si coges el dinero y retiras el ofrecimiento, o te rompo todos los dientes?

—Bueno, bueno —dijo el tabernero, apresurándose a coger los billetes y retrocediendo otros pasos más detrás del mostrador—. No sabía que te importara tanto. No era mi intención ofenderte.

La muy practicada sonrisa simpática volvió a los labios de Julian.

—Muy bien. —Miró alrededor—. A pasar bien la noche, caballeros. —Separó otros cuantos billetes y los dejó sobre el mostrador—. Por las molestias, unas cuantas rondas de bebida para todos, yo invito. —Llevó a Aurora hasta la puerta y allí se volvió—. Ah, Briney, dile a Macall que cuando quiera, estoy listo.

Cuando salieron, Aurora tuvo la impresión de que respiraba por primera vez en esos quince minutos.

Julian le levantó el mentón y le observó la cara pálida.

—¿Te sientes mal?

Ella negó con la cabeza, algo temblorosa.

—Sólo un poco desconcertada. Esta taberna no se parece en nada a Dawlish.

—Los clientes asiduos a Dawlish son mucho más limpios. La mitad de estos marineros son contrabandistas, ladrones, o algo peor. Son otra clase totalmente diferente.

—Tú estuviste maravilloso, Merlín cien por cien, sin siquiera un asomo de Julian. Hasta a mí me intimidaste.

Julian se echó a reír.

—Bueno, eso sí que es toda una proeza.

Aurora no sonrió.

—Los sueños despierta y la realidad son muy diferentes, ¿verdad? —preguntó, preocupada al comprender eso.

—Ah, sí, muy diferentes. —Julian se detuvo a observarle la cara. Le acarició la mejilla—. ¿Te sientes con ánimo para continuar con esto, *soleil*? Podríamos irnos a casa y yo volver solo mañana por la noche.

—No —dijo ella, cogiéndole las solapas de la gruesa chaqueta—. Tendría más miedo si tú vinieras solo que el que tengo ahora. Por lo menos así puedo cuidar de ti.

Él esbozó su sonrisa sesgada.

—Me siento honrado.

—Te divierte. No te rías. No he tenido mucha oportunidad de demostrarlo, pero estoy tan resuelta como tú a cuidar de las personas que amo.

—Como he dicho, me siento honrado.

—Y dudoso.

—No, *soleil*, nunca dudo tratándose de ti. —Levantó bruscamente la cabeza al ver salir del Brine a un marinero tambaleante—. Vámonos de aquí.

—¿Cuánto tardaremos en llegar al Cove? —preguntó ella, caminando a su lado.

—Está a menos de una milla, a orillas del Fowey. Si navegamos muy cerca de la orilla, remontar el río hasta ahí nos llevará media hora más o menos. Podríamos ir a pie, pero me sentiría mejor si evitáramos a los rufianes que nos encontraríamos por el camino. Tendremos tiempo de sobra para tratar con ese tipo de gentuza cuando lleguemos a la taberna.

—No veo la hora —replicó Aurora.

Treinta y cinco minutos después, dejaron amarrado el esquife a la orilla del río y subieron los destartalados peldaños de madera que los llevaba a la taberna Cove.

Afortunadamente esta era algo menos ruinosa y lúgubre que la otra, pero sus clientes eran igual de sucios y estaban mucho más borrachos, tal vez porque los marineros habían tenido casi una hora más para beber a gusto.

Nuevamente Julian se detuvo a examinar la apariencia de Aurora. Una vez que comprobó que su figura estaba todo lo oculta que permitían sus capas de ropa, la atrajo hacia sí, con el brazo firme y posesivo, entraron y se dirigieron al mostrador.

—No tenemos habitaciones —anunció el tabernero moviendo sus ojos inyectados en sangre de Julian a Aurora—. Así que tendrás que llevar a otra parte a ese sabroso bocado. —Se inclinó sobre el mostrador, enseñando sus dientes amarillentos y echando un aliento tan apestoso que Aurora no pudo evitar arrugar la nariz de asco—. A no ser, claro, que quieras compartirla conmigo. En ese caso, podemos llevarla a la cocina y...

—No busco habitación —gruñó Julian, reprimiendo el deseo de estrangularlo—. Mi esposa y yo —recalcó la palabra «esposa»— buscamos a un hombre. Quiero que nos ayudes a encontrarlo.

—Vendo cerveza, no información.

—Queremos ambas cosas —dijo Julian, poniendo un billete de diez libras sobre el mostrador—. Y las pagaré.

Al tabernero le brillaron los ojos.

—Ah, eso es diferente. —Cogió el billete—. ¿A quién buscan? ¿Y para qué?

—A un marinero apellidado Barnes. Es muy mayor, de pelo cano, y tiene una voz cascajosa. Sé de buena tinta que pasa sus noches aquí, en el Cove.

El hombre lo miró, evaluador.

—Todavía no me has dicho para qué buscas a este hombre Barnes.

—Quiero hacerle unas preguntas sobre un amigo común.

—¿Un amigo? ¿O alguien al que quieres robarle o matar?

—Un amigo. Alguien del que quiero hablar.

—¿Nada más?

—Nada más. —Estaba claro que Julian presentía la victoria, porque sacó otros dos billetes, los movió ante la cara del tabernero como un cebo, y luego los dobló bien y cerró la palma sobre ellos—. Como he dicho, pago bien. No habrá ningún problema, ni pelea, sólo información. Y después, si da la casualidad de que Barnes está aquí, mi esposa y yo lo invitaremos a unas cuantas jarras de cerveza, charlaremos con él un rato y nos marcharemos. Ya está. —Frotó los billetes entre los dedos—. Y ¿bien?

Los ojillos rojos le miraron ávidamente la mano.

—Supongo que un hombre de su edad no se va a meter en ningún problema —razonó en voz alta y alargó la mano para coger el dinero—. Está aquí.

Julian alejó la mano.

—¿Dónde?

Rascándose la barbuda mandíbula, el tabernero se inclinó sobre el mostrador y apuntó hacia una mesa que estaba junto a la pared lateral.

—Ahí; no hay forma de confundirlo. Le cuenta sus historias a todo el que quiera oírlo. Es más viejo que todos los demás hombres juntos.

—Gracias... —Julian hizo ademán de entregarle los billetes, y de pronto detuvo el movimiento—. ¿Cómo dijiste que te llamabas?

—Rawley.

—Gracias, Rawley.

Puso los billetes en la sucia palma del tabernero, cogió a Aurora por el codo y echó a andar hacia la destartalada mesa de madera a la que estaban sentados cuatro hombres, tres ancianos, uno ancianísimo, riendo y bebiendo cerveza.

No hacía falta adivinar cuál era el marinero que buscaban.

—¿Barnes? —preguntó Julian tranquilamente, mirando al encorvado anciano que tenía rodeada la jarra con sus nudosos dedos.

—Soy yo. ¿Quién eres?

—Alguien que necesita hablar con usted, a solas.

—Lo siento —contestó Barnes, con la voz cascajosa que describiera Stone—. No voy a ninguna parte con nadie que no conozca. Y mucho menos sin motivo.

Julian lo miró sorprendido.

—No le pido que vaya a ninguna parte. Venga conmigo a esa mesa de ahí —apuntó—, a beber una cerveza.

—Nones. No puedo. Estoy hablando con mis amigos, contándoles aquella vez que mi bergantín se volcó y dio una vuelta de campana cuando salíamos de India.

—Sólo serán unos minutos.

—Nones.

—Por favor, señor —dijo Aurora, como si las palabras le hubieran salido por propia voluntad—. Mi marido y yo le hemos buscado por todas partes. Perdimos a un familiar en el mar, y nadie fuera de usted nos puede arrojar luz sobre esa situación. ¿Nos haría el favor de concedernos sólo un cuarto de hora de su tiempo? Le prometo que no tenemos ninguna mala intención. —Le tocó suavemente el brazo—. Es importantísimo para nosotros.

Barnes se rascó la cabeza blanca.

—¿Están casados?

—Sí, señor.

—Y ¿necesitan saber algo de un familiar?

Aurora asintió.

—De un pariente de mi marido, un hombre con el que usted navegó. Necesitamos su ayuda; usted es nuestra única esperanza.

Barnes echó hacia atrás la silla y se levantó.

—En ese caso iré. —Miró serio a sus amigos—. Será mejor que no olvidéis en qué parte estaba.

A juzgar por las expresiones de los viejos, ya lo habían olvidado, pensó Aurora, sonriendo para sus adentros.

—¿Ahí? —preguntó Barnes, apuntando con un arrugado dedo.

—Sí, ahí sería perfecto —contestó Aurora, y miró a Julian, sonriendo al ver lo impresionado que parecía por la consecución de ella—. No eres el único hombre que sucumbe a mis encantos —le dijo traviesa en voz baja.

—Está visto que no.

Él caminó delante hasta un rincón que parecía ser el más silencioso y desocupado de la taberna.

—Siéntese, Barnes, iré a buscarle otra cerveza.

El anciano declinó el ofrecimiento agitando la mano.

—No la necesito. Simplemente dígame cuál es su problema. Por un momento pensé que era uno de esos piratas que desean información sobre el diamante negro. Antes venían muchísimos a hacerme preguntas. Ahora sólo aparece uno de vez en cuando. Pero, como les digo siempre, no sé nada de eso. Simplemente pierden el tiempo.

—Nuestras preguntas no tienen nada que ver con el diamante —contestó Aurora, con su habitual sinceridad—, pero sí con los hombres que lo encontraron.

Barnes arqueó sus espesas cejas.

—Creí oírle decir que era sobre alguien de su familia.

—Lo es —dijo Julian.

El anciano lo miró escéptico.

—¿Seguro que no es un corsario que anda en busca de la joya?

—No soy corsario. Soy el bisnieto de Geoffrey Bencroft. Y aunque no conocí a mi bisabuelo, sus actos han marcado toda mi vida. Tengo entendido que usted navegó con él, y tengo muchos deseos de saber cualquier cosa que pueda decirme sobre él.

—Así que es Julian Bencroft. —Le brillaron de interés los ojos al anciano, y lentamente giró la cabeza hacia Aurora—. Si lo que me ha dicho es cierto y están casados, usted es Aurora Huntley. —Se rió al ver la sorpresa de ella—. Puede que sea viejo, pero todavía no me he muerto. Oigo todos los cotilleos del pueblo igual que cualquier prójimo. Y una boda entre los Bencroft y los Huntley es una gran noticia en opinión de cualquiera.

—Sí, soy Aurora Huntley —dijo ella.

—Lo dice como si se sintiera orgullosa de eso.

—Y me siento, por muchos motivos. —Hizo una lenta inspiración—. Ninguno de los dos cree que nuestros bisabuelos fueran delincuentes, señor Barnes. Queremos oír su opinión, y cualquier información que pueda darnos sobre Geoffrey Bencroft. Con mucho gusto le pagaremos la molestia.

—No necesito su dinero. —Barnes enderezó los encorvados hombros y los miró a los dos con sus ojos que revelaban la sabiduría adquirida a lo largo de los años—. Son ustedes los primeros que no los han llamado ladrones. No puedo decir nada de Huntley, pero puedo decir con toda seguridad que Bencroft era un hombre bueno, un hombre decente. —Miró atentamente la cara de Julian—. Tiene sus mismos ojos, ¿sabe? El mismo desasosiego, la misma profundidad. Sí, usted es su bisnieto, de acuerdo. Tal vez si contesto a sus preguntas eso le dé paz. ¿Qué puedo decirle?

—¿Usted estuvo con Geoffrey en su viaje de vuelta a Inglaterra, aquel que no terminó?

—Ajá. Yo era grumete en ese tiempo, y me tocó atender a su bisabuelo en tres de sus viajes, incluido el último. Él era muy bueno conmigo; me contaba cosas de todo el mundo, me enseñó a soñar. Lo recuerdo a mi lado en la cubierta, con un brazo sobre mis hombros y con la otra mano apuntando hacia el mar. «Barnes», me dijo, «hay todo un mundo de aventuras ahí, sueños por vivir y tesoros por descubrir. Ve en pos de lo que deseas. No permitas que nada ni nadie te lo impida. Lo que piensen los demás no importa. Sé fiel a ti mismo y morirás siendo un hombre feliz». —Exhaló un suspiro—. Poco sabía de lo cercana que estaba su muerte.

—¿Murió de una fiebre? —preguntó Aurora.

—Sí, señora. Murieron él y otros tres cuartos de los pasajeros y tripulantes. Pero yo me encargué de cuidar a Bencroft. Me sentaba a acompañarlo en su cabina, le quitaba el sudor de la frente y le daba a beber agua. La última noche estaba delirante de fiebre y no paraba de hablar de ese maldito diamante negro. Sabía que estaba maldecido. Repetía una y otra vez que tenían que librarse de él. Le suplicaba a su amigo que lo devolviera. Nunca dijo nada malo de él, aun cuando, según los rumores, Huntley se lo robó. Simplemente le rogaba que lo devolviera.

—¿Esas fueron sus palabras? —preguntó Julian, inclinándose hacia él.

Barnes emitió una tos rasposa.

—Han pasado muchos años. No recuerdo sus palabras exactas. Además, más que nada balbuceaba. El pobre sabía que se estaba muriendo. Quería que Huntley supiera eso también. Lo llamaba una y otra vez, diciéndole que el fin estaba cerca, que el fin estaba a la vista. También repetía que vería a James antes de llegar allí. Yo intentaba calmarlo, pero él trataba de incorporarse, aunque tenía mucha dificultad para respirar. No vio la siguiente aurora, murió esa noche. Pero usted debe sentirse orgulloso de él, no haga caso de lo que dice la gente. Era un hombre bueno. Me siento honrado de haberle conocido.

—Gracias —dijo Julian, emocionado—. ¿Nos puede decir algo más?

—Nones. Creo que eso es todo. Como he dicho, no tengo ni idea de dónde puso el diamante negro James Huntley ni si es cierto que engañó a su socio. Pero no veo por qué Bencroft lo iba a llamar si el otro lo hubiera engañado.

—Gracias, señor Barnes —dijo Aurora, cubriéndole la arrugada mano con la suya tersa—. Ha sido muy amable y nos ha ayudado muchísimo.

—Sí —dijo Julian. Sacó su fajo de billetes, eligió unos cuantos de los grandes y los dejó sobre la mesa, delante de Barnes—. Le agradecemos su tiempo y su valiosa información.

Sin hacer caso de los billetes, Barnes alargó la mano hacia Aurora y con sumo cuidado le tocó un mechón de pelo que se le había escapado de la papalina.

—Guárdese ese dinero, Bencroft —le dijo a Julian—. Pero sea bueno con su mujer. Es una verdadera belleza, y no sólo por fuera. —Se le arrugó la cara con una sonrisa—. Tiene el corazón bien puesto. Su bisabuelo estaría muy complacido por su elección.

—Yo también lo creo —repuso Julian, asintiendo.

—Por favor, señor Barnes —dijo Aurora, cogiendo los billetes y colocándoselos en la palma—. Le ruego que acepte esto, por la paz que nos ha dado, y no sólo a nosotros, sino también a nuestros bisabuelos. Esto le puede servir para comprarse alimentos, cerveza, y la oportunidad de hacer realidad todos los sueños que aún no ha realizado.

Se le empañaron los ojos al anciano marinero.

—Si lo pone así..., de acuerdo. Y que Dios la bendiga.

Después de despedirse, Julian cogió del brazo a Aurora y juntos salieron de la taberna al aire y oscuridad de la noche.

—Ha sido un gesto hermoso, *soleil* —dijo él cuando ya estaban solos—. El segundo del día, en realidad. Primero Emma, ahora Barnes. —Tiernamente le metió el mechón debajo de la papalina—. Barnes tiene razón. Sí que soy un hombre afortunado.

—Los dos somos afortunados. Tú estabas tan conmovido como yo por Barnes y por lo que dijo. No fue casualidad que le dejaras una cantidad de dinero como para rescatar a un rey.

—No voy a negar que me conmoví. Me sentó fabulosamente bien oír decir algo elogioso acerca de mi bisabuelo, sobre todo por un hombre que lo conoció personalmente. De todos modos, desde un punto de vista práctico, no sé si nos hemos enterado de algo importante.

—Tienes razón, supongo —dijo ella, echando atrás la cabeza y mirándolo ceñuda—. Ya suponíamos que Geoffrey deseaba urgentemente encontrarse con James antes de morir, posiblemete para poder ir juntos a devolver el diamante negro al rey Jorge.

Se quedó en silencio, pensativa.

—¿Pero...?

—Pero tengo la impresión de que nos hemos enterado de algo más, algo que aún nos falta dilucidar. Tal vez esto se debe a que el señor Scollard nos orientó en esta dirección y él nunca hace algo así sin tener un motivo concreto. ¿Por qué iba a desear que encontráramos al señor Barnes si sólo era para que nos dijera lo que ya sabíamos? No, tiene que haber algo más que todavía no hemos...

La interrumpieron los gritos de un niño flaco y sucio que venía corriendo y pidiendo auxilio, tan desesperado que casi chocó con ellos.

—Señor, señora —suplicó, agitando los brazos—. Tienen que ayudarme.

Aurora le cogió los brazos.

—¿Ayudarte? ¿Qué te pasa? —Miró atentamente la larga calle desierta; al no ver a nadie, volvió la atención al niño—. ¿Alguien intentó hacerte daño?

—No, es mi hermana pequeña. Está en ese callejón —apuntó—. Se cayó, y le sale mucha sangre. No puedo despertarla. Tiene cuatro años. —Le tironeó la manga a Aurora—. Por favor..., tienen que venir.

—¿Dónde está tu madre? —le preguntó Julian.

—En la casa, cuidando a mi papá. Está enfermo. Yo tenía que ir a buscar pan y vigilar a mi hermana al mismo tiempo, y llevarla a casa. Pero está herida... Por favor, dése prisa.

El niño echó a correr por donde había venido, haciéndoles gestos para que lo siguieran.

—Julian, tenemos que ayudarlo —exclamó Aurora, ya con las faldas recogidas para echar a correr detrás del muchacho.

Él le cogió el brazo.

—Espera. —Miró con los ojos entrecerrados la calle desierta y la oscura entrada del callejón, que se veía lejano, como si no llevara a ninguna parte—. No me gusta nada esto. Podría ser un ladrón, o vete a saber qué otra cosa. Necesitamos más información antes de correr...

—Tenemos que correr ese riesgo —insistió ella—. No puedo dejar a esa niñita de cuatro años en ese horrible callejón, sola y herida.

Soltándose el brazo, echó a correr detrás del niño.

—Condenación —masculló Julian.

Echó a correr también para no perderla de vista, aunque todos sus sentidos le gritaban que todo eso olía a podrido.

Un minuto después, se confirmaron sus sospechas.

Entró corriendo en el callejón y aún no había dado más de diez largos pasos cuando el muchacho, que ya estaba a unas seis yardas de distancia, se detuvo bruscamente y se giró a mirarlos, con una expresión de expectación en la cara.

No había ninguna hermanita.

Al instante Julian se lanzó alargando la mano para coger a Aurora al tiempo que metía la mano en el bolsillo de la chaqueta para sacar su pistola.

No logró hacer ninguna de las dos cosas.

Alguien le asestó un fuerte golpe entre los omóplatos haciéndolo tambalearse. Aun no había recuperado el equilibrio cuando lo empujaron de cabeza contra la pared de ladrillos. Por reflejo levantó los codos para protegerse la cabeza, y le zumbaron los oídos con el agudo grito que lanzó Aurora.

Ese grito lo hizo olvidar el lacerante dolor de los brazos y la espalda. Se giró bruscamente y sólo alcanzó a ver un brillo metálico cuando sintió el pinchazo de una punta de espada en la garganta.

—Por fin, Merlín —dijo la muy conocida y odiosa voz del hombre de tez morena que sujetaba la espada—. Ha llegado el día del arreglo de cuentas.

—Macall —dijo.

Observó que el cabrón tenía cogido el brazo de Aurora con sus gordos y sucios dedos. Hizo una inspiración, reprimiendo el impulso de abalanzarse sobre él para alejar a Aurora. Eso sería lo más estúpido que podría hacer, con lo que sólo conseguiría que los matara a los dos. No, tenía que mantenerse tranquilo, absolutamente inmóvil, y evaluar el grado de locura de su enemigo.

—Supe que me buscabas.

—Y te he encontrado. —Después de escupir a los pies de Julian, Macall miró al pilluelo que se movía inquieto a un lado, esperando—. Venga, cógela —le dijo, haciendo un gesto hacia la pequeña bolsa de monedas que le colgaba de un botón de su chaqueta—. Y luego lárgate.

—Sí, señor.

Diciendo eso, el niño cogió la bolsa de un tirón, echó a correr y desapareció, sin mirar atrás ni una sola vez.

—Así que esta es tu mujer —dijo Macall, mirando hacia Aurora—. Y ¿vale algo? ¿O sólo te casaste con ella por el diamante?

Julian ni siquiera pestañeó.

—Suéltala, Macall. Tu pelea es conmigo, no con Aurora. —Tragó saliva para aliviar la presión sobre el cuello—. ¿Quieres matarme? Muy bien. Suelta a mi mujer y así tendrás las dos manos libres para enterrarme la espada.

—Julian, no.

Aurora empezó a debatirse, tironeando con fuerza, pero lo único que logró con sus movimientos fue soltarse la papalina, que al final cayó al suelo.

De un tirón, Macall la acercó más a él y aumentó la presión de su mano hasta que Aurora gimió.

—Eres una criaturita osada, ¿eh? —Con expresión burlona le examinó el semblante, fijándose en los brillantes mechones color oro rojo que le caían sueltos a la espalda—. ¿Sabes?, estoy comenzando a sospechar que Merlín tenía más de un motivo para querer casarse contigo —dijo, sonriendo sardónico—. Tendré que satisfacer mi curiosidad en ese punto. ¿Quién sabe? Si tienes bastante pericia, eso podría persuadirme de perdonarte la vida.

—Vuélvelo a pensar, Macall —dijo Julian, fríamente—. Lo que pretendes te exige las dos manos, y una la tienes ocupada sosteniendo la espada en mi cuello. Si mueves esa mano, yo encontraré la manera de matarte, sin darte tiempo para hacer otra respiración y mucho menos para tocar a mi mujer. Así que te sugiero que olvides cualquier idea vil que te haya pasado por la cabeza. Suelta a Aurora y descarga tu ira donde corresponde, en mí.

—Ah, sí que pienso descargar mi ira donde debo —contestó el hombre, sin dejar de mirar a Aurora—. Y después de eso, tendré las dos manos libres, y también estará libre tu mujer. —Sonriendo despectivo, miró a Julian—. Sí que te has vuelto blando, ¿eh, Merlín? ¿Quién habría pensado que una mujer significaría tanto para ti que te haría débil, te llevaría a tu perdición? Después de diez meses de buscarte, conseguí atraerte a esta trampa, que era evidente, simplemente usándola a ella como cebo. Y ahora tendré lo que quiero haciendo lo mismo. Qué inesperado, y qué fácil. —Soltó una risa dura—. Irónico, ¿no? A consecuencia de tu estupidez, pronto tendré tus posesiones más preciadas, el diamante negro y tu mujer. —Hizo un gesto hacia el bolsillo de Julian—. Saca tu pistola, despacio, pausado, y tírala al suelo.

—¿Para qué? Según tú, me vas a matar de todas maneras. Claro que —guardó silencio un momento para despertar su interés—, sólo tendrías la mitad de lo que has venido a buscar: tu venganza. Y ¿el diamante negro?

A Macall le brillaron los oscuros ojos

—Eso no te va a resultar, Merlín. No os necesito vivos ni a ti ni a tu duquesa para apoderarme del diamante, siendo ella Aurora Huntley. Podría matarte fácilmente y luego levantarle las faldas a ella aquí mismo y poseerla brutalmente, una y otra vez, hasta que me diga dónde puedo encontrar la joya. ¿Qué te parece eso?

Julian sintió subir bilis a la lengua. Sin tener otra alternativa, sacó lentamente la pistola y la dejó caer al suelo. El cabrón tenía razón. Si lo atravesaba con la espada, Aurora quedaría totalmente a su merced. Tenía que ganar tiempo, encontrar una manera de salvarla.

—Estupendo —dijo Macall, lanzando lejos la pistola con un puntapié—. Ahora podemos comenzar el trabajo.— Le enterró un poquito la punta de la espada en el cuello hasta que comenzó a caer un hilillo de sangre—. Como tú mismo has dicho, deseo dos cosas: a ti muerto a mis pies, y el diamante negro. Lo primero estaba destinado a hacerse realidad, desde el día en que mataste a mi hermano. Lo segundo también es una realidad, pero no tan incondicional como lo primero. Verás, puedo conseguir mi premio de la manera fácil o con un poco de persuasión. Y ahí, Merlín, es donde entra tu decisión. Si me dices lo que deseo saber, morirás con la mínima cantidad de dolor y a la duquesa se le permitirá vivir. Si te niegas, tu muerte será atroz, como tu último recuerdo: verme rebanar a tu mujer en trocitos. Tú eliges.

—No hay ninguna elección que hacer —terció Aurora, tratando de soltarse el brazo otra vez—. Yo optaré por la muerte si vivir significa convertirme en posesión suya.

—Qué palabras tan valientes —contestó Macall—. Y qué ingenuas, también. Afortunadamente tu marido, a diferencia de ti, sabe el sufrimiento que causa una espada como esta. Creo que decidirá en conformidad.

Durante la larga parrafada de Macall, Julian había hecho trabajar la mente. Su miedo era por Aurora, no porque creyera en la amenaza de Macall de matarla a ella primero. El cabrón sabía muy bien, de primera mano, lo rápido que era él para golpear. Si desviaba la espada, aunque fuera una pulgada, en dirección a Aurora, caería sobre él como el merlín sobre su presa. Pero la otra parte, la amenaza de violarla salvajemente cuando él ya estuviera muerto, esa sí que la creía con todas las fibras de su ser, y lo enfermaba. Macall era malo hasta la médula de los huesos, y formidable como el demonio.

Cuando tenía la ventaja.

Pero cuando no, se aterraba y se volvía imprudente. Más veces que menos, esa imprudencia era su perdición. Con un poco de suerte, lo sería en esta ocasión.

Con los párpados entornados, miró a Aurora, que seguía tratando de soltarse el brazo de las garras de Macall, inútilmente, porque este era mucho más fuerte que ella. Pero el hijo de puta la tenía cogida con una sola mano. Si hubiera una manera de engañarlo para que cogiera la espada con las dos manos, tal vez Aurora podría escapar y echar a correr para ponerse a salvo.

Él tenía que encontrar esa manera. Trató de calcular mentalmente la distancia que separaba a Aurora de la entrada del callejón y el tiempo que le llevaría salir y ponerse a salvo, pero descubrió que era incapaz de calcular nada, debido al mareo que le iba aumentando. Condenación, no podía perder el conocimiento antes que ella estuviera a salvo. Tenía que retrasar su destino lo suficiente para crear una distracción que le diera a ella tiempo a escapar.

—Date prisa, Merlín —le dijo Macall—, ya estás blanco como una hoja de papel y tienes la chaqueta manchada de sangre. Espera un poco más y te desmayarás. Quiero que estés consciente cuando te abra el vientre. ¿Cómo va a ser, entonces?

—No tengo el diamante —balbuceó Julian, irritándolo adrede para que actuara, rogando que el resultado le diera a Aurora los minutos que necesitaba—. Tampoco lo tiene mi mujer.

—¿Dónde está escondido?

Julian lo miró a los ojos.

—No tenemos ni idea.

—Maldito —exclamó Macall, girando un poco la espada, ensanchándole la herida y haciendo brotar más sangre.

A pesar del atroz dolor que sintió, eso era justamente lo que había estado esperando.

Emitiendo un gemido ahogado, más real que fingido, apoyó la espalda en la pared y ladeó la cabeza. «Que el cabrón crea que me voy a morir antes que descubra lo que desea saber —rogó en silencio—. Que haga lo que hace siempre cuando se siente apremiado, aterrarse y descontrolarse.»

Macall no lo decepcionó.

—No te atrevas a morirte, hijoputa —aulló, retirando un poco la espada, como si haciendo eso pudiera disminuir la gravedad de la herida y prolongarle la vida.

Julian aprovechó la oportunidad. Cerró los ojos y lentamente se fue deslizando por la pared hasta quedar medio sentado en el suelo.

Y eso lo consiguió.

—¡Merlín, levántate! —gritó Macall. Y empujando a Aurora hacia un lado, se agachó y le cogió con una mano la chaqueta para impedir que cayera del todo, apuntándole al corazón con la espada con la otra—. ¡Levántate, miserable cabrón!

Julian abrió los ojos.

—¡Corre, Aurora! —gritó, para hacerse oír por encima del rugido de sorpresa de Macall—. ¡Vete de aquí, rápido!

Aurora reaccionó al instante. Retrocediendo un poco para alejarse de Macall, se dio media vuelta y echó a correr como una bala.

Un alivio, puro y absoluto, inundó el alma de Julian.

El alivio le duró poco.

De pronto Aurora se detuvo y, ante el asombro y horror de él, se giró, a menos de cinco yardas de distancia. Los miró y agrandó los ojos de terror al ver la rabia demencial en la cara de Macall y comprender lo que iba a hacer.

—¡Espere! —gritó, en el instante en que Macall levantaba la espada, preparándose para enterrarla en Julian—. No mate a mi marido; no podría vivir conmigo misma si lo matara. Él no sabe dónde está el diamante. Pero yo sí.

Macall dejó inmóvil la espada y levantó la cabeza, con las pupilas dilatadas por la sorpresa, y el escepticismo.

—¿Usted?

—Sí, sólo yo. —Aurora se mojó los labios, claramente en un intento de serenarse—. Como ha dicho, soy una Huntley. Puesto que es evidente que conoce la historia del diamante negro, sabe que mi bisabuelo lo robó. Los Bencroft no tenían ni idea, ni entonces ni ahora, del lugar donde escondió la joya.

—Aurora, no —resolló Julian—. Haz lo que te dije, huye, aléjate de aquí.

—Cállate —le ordenó Macall. Ladeó la cabeza hacia Aurora, ya vuelta la razón a su mirada, reemplazando la locura de antes—. ¿Me pide que crea que Merlín se casó con usted sin siquiera preguntarle dónde estaba el diamante?

—Ah, claro que me lo ha preguntado, muchas veces, pero eso no significa que yo haya contestado sus preguntas. Hay todo tipo de maneras de mantener el interés de un hombre, señor Macall.

Por los ojos del hombre pasó un destello de duda.

—Muy bien. Entonces si Merlín no sabe donde está el diamante, puedo matarlo inmediatamente.

—No puede, porque si lo mata, jamás le diré el lugar donde está el diamante. Puede golpearme, violarme, e incluso matarme. Eso no debilitará mi voluntad. —Alzó el mentón—. Supongo que no creería que un hombre como Merlín se iba a casar con una mujer débil y cobarde, ¿verdad?

Soltando una maldición en voz baja, Macall se incorporó, levantando al mismo tiempo a Julian.

—De acuerdo, ¿dónde está?

—Deje libre a Julian.

Controlando su furia, Macall hizo una inspiración, como si estuviera considerándolo.

—Muy bien, le dejaré libre después que me diga dónde está el diamante.

—Necesito su palabra.

—Muy bien —asintió él, burlón—, tiene mi palabra.

Aurora desvió un instante la vista hacia Julian, se encontraron brevemente sus ojos, y volvió a mirar a Macall. Con expresión cautelosa, lo observó atentamente como si quisiera juzgar si era sincera esa promesa. De pronto, como si hubiera tomado una decisión, dijo a borbotones:

—Está escondido en mi cómoda en la casa de Julian en Polperro. Mi hermano lo sacó de donde estaba enterrado en el bosque de Pembourne y me lo regaló el día de mi boda. El acuerdo fue que yo lo compartiría con mi marido después de un año en que hubiera demostrado su fidelidad. Dada la naturaleza inquieta de Julian y su estilo de vida errabundo, nos pareció prudente estar seguros de que se había casado conmigo por mí, no por el diamante.

—Astuto plan —comentó Macall, con expresión evaluadora—. De todos modos, me cuesta imaginar que haya dejado tirado el diamante en un cajón.

—¡Tirado! —exclamó Aurora, indignada—. No lo tiré en el cajón, lo escondí. El cajón está cerrado con llave, y también el joyero que hay dentro y que contiene el diamante negro. Lo puse al fondo, debajo de mis otras joyas valiosas.

—Harían falta muchos collares y pulseras para ocultar una piedra de ese tamaño.

—Le aseguro que mi colección de joyas es más que suficiente para taparlo. Supongo que sabe lo rico que es mi hermano. Entre las que me ha regalado él y las que heredé de mi madre y de mi abuela, tengo un buen surtido de joyas, caras y magníficas, no sólo para ocultar el diamante sino también para convertirlo a usted en un hombre muy rico, tan rico que le justificaría dejar libre a Julian.

A Macall le brillaron los ojos ante la perspectiva de adquirir tanta riqueza.

—¿Dice que el joyero está cerrado con llave?

—El joyero «y» el cajón. Sólo hay una llave para cada uno de ellos, no he querido mandar a hacer duplicados.

—¿Dónde están esas llaves?

—Las tengo yo —dijo ella, levantando el ridículo y dándole una palmadita—. Las llevo siempre conmigo.

—Enséñemelas.

—¿Si se las enseño va a soltar a Julian?

—Una vez que sepa que son auténticas, sí —contestó Macall, mirando ansioso el ridículo y alejando ligeramente la punta de la espada del pecho de Julian—. Enséñemelas.

—Muy bien. —Aurora bajó los ojos, soltó los cordones y metió la mano en el ridículo—. Aquí están. —Sacó una llave, luego otra y las levantó para que él las viera.

—Tírelas aquí.

—Pero...

—Tírelas a mis pies. Las recogeré y las examinaré. Si me convenzo de que son verdaderas, soltaré a Merlín.

Con aparente renuencia, Aurora tiró las llaves, que fueron a caer a unos tres palmos de los pies de Macall.

—Lo siento —se disculpó, con la voz temblorosa, como si se le estuviera acabando el último vestigio de valor—. Estoy tan nerviosa que...

—No importa —interrumpió él. Impaciente, avanzó un paso, con lo que alejó más la espada del pecho de Julian y también se vio obligado a soltarle la chaqueta.

En el instante en que lo soltó, Julian cayó desplomado al suelo. Macall se quedó inmóvil y miró desde su cautivo a las llaves, indeciso, como tratando de decidir qué coger primero.

Aurora aprovechó ese instante de distracción para ahorrarle la decisión. Sacando una pistola de su ridículo todavía abierto, apuntó y, sin la menor vacilación, le disparó al corazón.

El corsario cayó silenciosamente al suelo.

Se hizo un profundo silencio en el callejón.

Julian se recuperó primero. Con la mirada desenfocada, tratando de no desmayarse, se arrastró hacia el cuerpo inmóvil de Macall, hizo a un lado la espada y le cogió la muñeca.

—Está muerto. —Levantó la cabeza y miró aturdido a su mujer, que bajó lentamente el arma—. ¿Cuándo... aprendiste a disparar?

—Ahora.

—Ahora —repitió él tontamente—. ¿De quién...?

—De Slayde —contestó ella avanzando y arrodillándose a su lado—. La cogí de su escritorio. Seguro que ni se ha dado cuenta de su desaparición. —Hizo un gesto hacia una de las llaves tiradas en el suelo—. Creo que esa es la llave que lo abre.

Julian siguió el movimiento con la vista, pensando si estaría más atontado de lo que creía o si eso sería una realidad. Trató de incorporarse para acariciarla, y el lacerante dolor que sintió, y que lo hizo gemir, le dijo que era realidad.

—No, no te muevas. Estás mal herido —musitó ella, empujándolo suavemente hacia el suelo. Hurgó en su ridículo, sacó un pañuelo y se lo aplicó en la herida de la garganta—. ¿Ves lo que ocurre cuando no llevas corbata? —bromeó, con los ojos llenos de lágrimas.

—No... no es tan terrible —balbuceó él. Le cogió la muñeca—. Rory, ¿cómo... cómo se te ocurrió...?

—Sabía que Macall te buscaba. Sólo era cuestión de tiempo que te encontrara. Stone te dijo que era casi seguro que te lo encontrarías en una de estas tabernas. Así que vine preparada. —Tragó saliva al ver la sangre que iba apareciendo en el pañuelo—. Voy a ir a buscar ayuda —levantó la mano para acallar su protesta— armada con mi pistola. No me discutas. Tenemos que llevarte al interior de la taberna, para tratarte esa herida. —Le cogió la mano y le besó la palma—. Ya te lo dije, Merlín, yo protejo a mis seres queridos. Tú eres un aventurero y yo soy la mujer de un aventurero. Tú proteges lo tuyo. Yo protejo lo mío. Es así de sencillo.

Julian miró desde el cadáver de Macall al hermoso rostro de su mujer.

—Condenación. —Fue lo único que alcanzó a decir antes de perder el conocimiento.

Julian se quitó de un manotazo el paño con agua fría del cuello.

—¡Gin, la próxima vez calienta la maldita agua! ¡Es como si me estuviera bañando en la nieve!

—Ah, vive —bromeó Aurora, apoyándose en la mesa y elevando una silenciosa oración.

Esas eran las primeras frases coherentes que decía Julian desde que lo dejó en el callejón y corrió al pub Cove a pedir ayuda. Fue Barnes el que al instante acudió en su auxilio y les ordenó a dos fornidos marineros jóvenes que trasladaran al bisnieto de Geoffrey Bencroft a la taberna. No había abierto los ojos ni durante el traslado ni cuando lo depositaron tendido sobre dos sillas, con los pies en el suelo, para que ella lo atendiera.

«Ha perdido mucha sangre —le comentó Barnes para consolarla, mientras ella le lavaba la herida y le ponía paños limpios para que absorbieran la sangre, que seguía saliendo—. Esa espada que trajeron los hombres tiene un aspecto muy fiero. Debe de haberle hecho una herida honda. Pero ya sale menos sangre. No se preocupe. Se pondrá bien.»

Aliviada, pensó que Barnes tenía razón.

—Basta —protestó Julian, apartándole la mano—. Ya me lavaré después, cuando hayas calentado el agua.

—Me alegra oír eso —musitó ella, inclinándose a quitarle el pelo de la frente—, pero, por desgracia, tu herida necesita compresas frías, no calientes, así que tendrás que soportar el frío.

Julian abrió un ojo y luego el otro.

—¿Aurora? —Giró un poco la cabeza y frunció el ceño al mirar la mesa que estaba a un lado y darse cuenta de que estaba sobre dos sillas, y oír el ruido de jarras y risas de hombres—. ¿Dónde estamos?

—En el Cove, curándote la herida.

Los recuerdos pasaron por su mente como una marejada.

—Macall... —logró decir entre dientes, tratando de sentarse.

—Eso se acabó —le dijo ella en voz baja, impidiéndole incorporarse, y bajándole la cabeza hasta la silla—. Macall ya no es ningún peligro. Está muerto. Creo que ya se han ocupado de su cadáver. —Se estremeció—. La verdad es que no he preguntado ni me importa. Lo único que me importa eres tú.

—Así que ocurrió —dijo él, mirándola atentamente, tratando de evaluar en qué estado mental se encontraba.

—Sí —dijo ella. Mojó el paño, lo escurrió y volvió a ponérselo en el cuello, con las manos temblorosas—. El señor Barnes tuvo la amabilidad de pedirle a dos de sus amigos que me ayudaran. Te trajeron aquí, te pusieron en este rincón, que es el más tranquilo que logramos encontrar, y me dejaron sola para que te atendiera. La herida no ha dejado de sangrar todavía —añadió, ceñuda—. Ya no sale tanta sangre, pero no ha parado.

—No te preocupes por eso —dijo él, acariciándole tiernamente la mejilla con el dorso de la mano—. La hoja de la espada es ancha y delgada... —Hizo una inspiración, todavía algo entrecortada—. Me rebanó la piel y penetró un poco con apenas una ligera presión. Pero no tenía la intención de matarme todavía, así que la herida no es grave.

—Le pasó suavemente el pulgar por los labios—. Deja de preocuparte, me pondré bien.

Nuevamente intentó incorporarse, pero lo pensó mejor y volvió a apoyar la cabeza.

—Quédate quieto —le ordenó ella.

Él le sonrió débilmente.

—No me atrevo a desobedecerte, con lo experta que eres con la pistola de tu hermano. —Se le desvaneció la sonrisa y frunció el ceño, al sentir temblar las manos de ella en su cuello—. *Soleil*, estás muy pálida. ¿Te sientes mal?

Ella negó con la cabeza.

—A mí no me hizo daño. Aparte del antebrazo, que siento entumecido, estoy bien.

—No es eso lo que quise decir —dijo él, acariciándole la nuca con movimientos lentos y calmantes—. Acabas de matar a un hombre. Y eso requiere mucho valor.

Aurora le sostuvo la mirada, con las lágrimas agolpadas en las pestañas.

—Sí, he matado. Y volvería a hacerlo sin dudarlo un instante si tu vida estuviera en peligro.

A Julian se le contrajo la cara, por una profunda emoción.

—Barnes tiene razón. Soy un hombre afortunado, afortunado por tenerte a ti, afortunado por estar vivo... —Hizo otra respiración entrecortada—. Tal vez incluso un merlín tiene sus límites. Tal vez ya es hora de que deje de tentar al destino.

Ella le puso la palma en la mandíbula y se inclinó sobre él.

—Tal vez es hora de que descanses —musitó con la voz trémula, apenas audible en el bullicio de la taberna—. Por cierto, ahora tengo que ir a buscar más compresas. El señor Barnes sigue aquí. Parece que se ha tomado muy en serio su papel de protector mío. No sólo me ofreció su ayuda sino que también les advirtió a los hombres que se mantuvieran alejados de mí. Hasta el momento le han hecho caso, así que puedo moverme por aquí con relativa seguridad. Tú, en cambio, debes mantenerte quieto. No trates de incorporarte bruscamente, que desharía todo mi trabajo, se te volvería a abrir la herida y sangrarías más.

Él le cogió la mano antes que se alejara, y le besó el dorso.

—Aurora, gracias. Agradezco saber que mi vida está en unas manos tan hermosas y capaces.

—Y yo agradezco que estés vivo, más de lo que sabría expresar con palabras.

Se interrumpió, buscando las palabras para explicar lo aterrada que se sintió ante la idea de perderlo, con qué fervor rogó que su resolución compensara su falta de habilidad. Dios santo, si la bala hubiera errado el blanco...

—No —dijo él, como si le hubiera leído el pensamiento—. Tienes una puntería excelente.

—Jamás había tenido un arma en mis manos.

—Créeme, *soleil*. No eres una mujer que necesite que se le enseñe nada.

Con los ojos llorosos y una sonrisa trémula, ella se inclinó a rozarle los labios con los suyos.

—Te amo, Julian.

Se enderezó y echó a andar por la sala, sorteando las mesas hasta llegar al mostrador.

—¿Señor Rawley? Perdone, por favor, pero ¿podría dejarme más toallas limpias?

—Ya le he dado media docena —contestó el tabernero dejando con un golpe una copa sobre el mostrador. Se inclinó hacia ella, mirándola con actitud belicosa—. He visto heridas mucho peores en mi vida. Y por si no lo ha notado, esto no es exactamente el barrio rico de Londres. Sólo la he ayudado porque me dio lástima, pero esto es un pub no una enfermería. Así que levante cuanto antes a su marido y márchense.

—Eso es lo que quiero —contestó ella, tratando de controlar la rabia y las náuseas; el aliento del tabernero era casi tan horroroso como su carácter. Pero necesitaba su cooperación un rato más, lo cual significaba morderse la lengua—. Señor Rawley, le pido disculpas por todas estas molestias. Nada me gustaría más que Julian ya estuviera bien para poder marcharnos. Pero eso no puede ser mientras le siga sangrando la herida. Ahora ya le sangra menos; con unas cuantas compresas más se le parará la hemorragia. Así que si me deja unas pocas toallas limpias y me da unos cuantos minutos más, seguro que podremos satisfacer su petición.

—Muy bien, ¿necesita toallas? Cójalas usted misma.

—Ah, pues, encantada. ¿Dónde están?

Él hizo un gesto hacia la parte de atrás de la taberna.

—Ahí, en la trastienda.

—Gracias, ha sido muy amable.

Acto seguido se dio media vuelta y echó a andar, sorteando las mesas, y sólo se detuvo a hacerle un gesto con la mano al señor Barnes, al pasar cerca de él.

—¿Adónde va? —le preguntó él.

—A buscar más compresas. El señor Rawley está ocupado.

Poco más allá de la última mesa se encontró en un esconce en la pared, y ante dos puertas, sin saber cual debía elegir.

No tuvo suerte a la primera. Al abrir la puerta le dio en la cara una ráfaga de aire frío, lo que la informó de que esa era la puerta de atrás de la taberna; pues, tenía que ser la otra.

Al abrirla, suspiró de alivio al ver hileras de cajas y montones de toallas. Ciertamente esa era la trastienda.

—Eh, duquesa, ¿necesita ayuda? —gritó uno de los marineros de la última mesa en tono guasón—. Me cargaré a Barnes y a su marido si me acepta en ese cuarto con usted.

—Sí, seguro —rió el marinero que estaba sentado a su lado—. Su marido es Merlín. Incluso herido es capaz de darte una paliza. Olvida a la mujer de Merlín y bébete tu cerveza.

Los dos hombres se desternillaron de risa y empinaron los codos con sus jarras.

Desentendiéndose de la broma, Aurora entró en el cuarto y cogió unas cuantas toallas, que suponía le bastarían para terminar de restañarle la sangre a Julian y poder marcharse a casa.

Más tranquila con esa idea, salió del cuarto, cerró la puerta y se giró para volver al bodegón.

Pero un objeto duro y frío, que se le enterró en las costillas, la hizo cambiar de opinión. Se quedó inmóvil.

—Buenas noches, Aurora.

Sobresaltada al reconocer la voz, giró la cabeza para comprobar si su asaltante era el hombre que creía.

—Suelta las toallas, querida mía —dijo el vizconde Guillford, sonriéndole amablemente—. Vas a venir conmigo.

Capítulo 14

A Aurora se le cayeron las toallas al suelo, y exclamó, paralizada por el horror:

—¿Vizconde Guillford?

—Chss, habla en voz baja, querida mía. No nos conviene alertar a tu marido de mi presencia, después de todo el trabajo que te has tomado para salvarle la vida. —Aumentó la presión del cañón de la pistola, a modo de recordatorio—. No hace falta que te diga el daño que puede hacer una pistola. Ya lo descubriste personalmente hace media hora. Así que haz lo que te ordene y no resultarás herida. Y tampoco Julian.

Aurora hizo una inspiración, con un intenso deseo de gritar, para atraer la atención de los marineros a su apurada situación. Pero no podía, no debía arriesgar sus vidas, la de ella y la de Julian, sin antes discernir el estado mental en que se encontraba el vizconde. ¿Estaría loco? ¿Furioso? ¿Qué motivo podía tener para retenerla a punta de pistola y amenazar con matarla a ella y a Julian? ¿De veras pretendería cumplir su amenaza, dispararle a ella y luego entrar en la sala a dispararle a los demás?

Tenía que descubrirlo.

—¿Qué quiere que haga? —preguntó, cautelosa.

—¿Que hagas? Simplemente simular que te alegra verme, hablar conmigo como si estuviéramos teniendo una agradable conversación, y luego salir conmigo por esta puerta de atrás como si nos marcháramos juntos.

—Pero ¿para qué...?

Él volvió a pincharla.

—Hazlo. A no ser que quieras que acabe lo que comenzó Macall.

Aurora se obligó a esbozar una sonrisa y se volvió a medias hacia él.

—Vaya, vizconde Guillford, qué sorpresa tan inesperada. Qué gusto verle, milord.

—Excelente —la encomió Guillford en voz baja. Abrió más la puerta—. Ahora gírate del todo y sal por esta puerta.

Todavía aturdida por la conmoción, ella obedeció y sin decir palabra salió a la oscuridad de la noche.

—¿Adónde me va a llevar? —preguntó cuando iban bajando la escalera, moviendo despreocupadamente la mano hacia el costado.

—No te molestes en buscar tu ridículo. Está en la mesa, al lado de tu marido. Y agradécelo eso, porque te aseguro que tengo mucha más experiencia que tú en disparar. En cuanto adónde vamos, lo descubrirás muy pronto.

Cuando llegó al pie de la escalera, Aurora se giró a enfrentarlo, su horror y sorpresa reemplazados por la ira.

—Me niego a dar un solo paso más mientras no me diga adónde me va a llevar y por qué. Es evidente que nos siguió hasta aquí; esta taberna no es del tipo de las que frecuenta. Y está claro que desea canjearme por algo. ¿Por qué?

Una leve sonrisa apareció en los rasgos patricios del vizconde, y se detuvo en el último peldaño.

—Tal vez por desquite —contestó amablemente—. ¿No se te había ocurrido eso?

—Sí, y rechacé inmediatamente la idea. Porque a no ser que tenga otro motivo para desear vengarse, uno que yo desconozco, me niego a creer que se sienta tan destrozado por la ruptura de nuestro compromiso que recurra a la violencia. ¿Por qué, entonces, me lleva a punta de pistola como si fuera un pirata?

—Interesante elección de palabras, y una conclusión muy inteligente. —Desvanecida su sonrisa, hizo un gesto hacia el camino con la pistola—. Tendré mucho gusto en contestar a eso una vez que estemos instalados en mi coche y en marcha. Por cierto, no vuelvas a desafiarme ni pongas a prueba mis límites. Te aseguro que soy mucho más peligroso para ti de lo que nunca fue Macall. No tengo nada que perder y todo que ganar. Así que no juegues conmigo. —La empujó con la pistola—. Camina.

Al instante resonaron en la cabeza de ella las palabras y advertencias del señor Scollard: «No subestiméis los peligros que os aguardan, de origen esperado y origen desconocido. Estos peligros acechan en cantidad, y en cantidad debéis vencerlos. La codicia es una importante propulsora; el deseo de venganza da más poder aún, y la desesperación es con mucho la más peligrosa, porque ofrece recompensa sin ningún riesgo».

La terrible comprensión le hizo pasar espirales de miedo por toda ella. El farero había querido advertirlos de que los aguardaban dos enemigos a los que tendrían que enfrentar, primero Macall y luego Guillford. Macall era el peligro de origen esperado, el propulsado por la codicia y el deseo de venganza.

Con lo cual, Guillford era el de origen desconocido, propulsado por la desesperación, el más peligroso porque, como él mismo acababa de decir, no tenía nada que perder y todo que ganar o, como dijera el señor Scollard, recompensa sin ningún riesgo.

Pero ¿por qué? ¿Basándose en qué? ¿Qué desesperación podía inducir a Guillford a recurrir al secuestro y tal vez al asesinato para conseguir su objetivo?

Le pareció oír la voz del señor Scollard, instándola: «No subestimes los peligros, Rory. No...»

Ese recordatorio intangible la disuadió de insistir en pedir explicaciones, al menos por el momento. Después intentaría obtener las respuestas. Primero tenía que escapar.

Se detuvo bruscamente, hizo una corta inspiración y meció el cuerpo.

—Espere, creo que me voy a...

—Lo único que vas a hacer es continuar caminando hacia el sendero —dijo Guillford fríamente, cogiéndole el brazo y obligándola a caminar—. Estás tan a punto de desmayarte como yo. Si asesinar a un hombre no te produjo repugnancia ni remilgos, dudo que te produzca eso un simple secuestro. Como te dije, no juegues conmigo. Deja de intentar ganar tiempo. No te va a resultar. —Notó que ella se sorprendía—. ¿Creíste que no sabía lo que pretendías hacer? No me infravalores nunca, querida mía. Puede que seas una mujer muy inteligente y ocurrente, pero yo soy un hombre más inteligente y ocurrente aún. Ahora, camina más deprisa hacia el camino. Mi coche está esperando un poco más allá de esos árboles.

—O sea, que tenía razón. Me va a secuestrar.

—Una enmienda. Ya te he secuestrado.

—¿Por qué motivo?

Guillford se limitó a acelerar el paso, empujándola y alejándola cada vez más de la taberna y adentrándola más en un ominoso y desconocido peligro.

La inquietud le oprimió el estómago a Julian. Aurora tardaba demasiado en volver con las toallas.

Levantó lentamente la cabeza, para poner a prueba su aguante. La sala giró, pero no tardó en quedarse quieta. Afirmó los pies y se incorporó hasta quedar erguido. Volvió a sentir un pequeño mareo, pero este remitió enseguida. Dejando la toalla manchada de sangre en la silla, caminó hasta el centro del bodegón, buscando a Aurora.

No había señales de ella.

Con las piernas algo inestables, llegó hasta el mostrador y le hizo un gesto a Rawley para que se acercara.

—¿Dónde está mi mujer?

—Ah, estás mejor. Parece que ya no te sangra la herida. Ahora os podéis marchar. —Al verle la expresión, el tabernero continuó en tono más amable—. ¿Os apetecería una cerveza a ti y a tu mujer? Te iría la mar de...

—¿Dónde está mi mujer? —bramó Julian.

Rawley retrocedió unos cuantos pasos.

—Quería más toallas para tu herida. La envié a la trastienda.

A Julian se le nubló la vista.

—¿Sola? ¿Estás loco? Y ¿si uno de tus sucios clientes...?

Se interrumpió y aplastó su ira. Estrangular a ese cabrón sólo le ocuparía el tiempo que necesitaba para hacer lo más importante, encontrar a Aurora, objetivo que iba cobrando más urgencia minuto a minuto, ya que su larga ausencia le iba apretando más el nudo en las entrañas.

—¿Dónde está la trastienda? —preguntó.

Rawley apuntó.

—Allá atrás.

Olvidados su mareo y su herida, Julian atravesó corriendo la taberna, casi tirando al suelo a unos marineros a su paso. Llegó a la parte de atrás y al ver abierta la puerta, se asomó. No se veía a nadie en el terreno sembrado de basura.

Abrió violentamente la puerta del cuarto, casi desprendiendo los goznes, y entró.

Aurora no estaba .

—Eh, Merlín, se ha marchado —gritó uno de los marineros de la última mesa—. Supongo que ya no pudo aguantar más este lugar.

A Julian se le retorcieron las entrañas.

—¿Se ha marchado? ¿En qué momento? ¿Adónde?

—Hará unos cinco minutos. Por esa puerta. Con uno de tu clase. Verdadera sangre azul. Supongo que le ofreció llevarla a casa.

Julian se acercó al marinero, lo cogió por el cuello de la camisa y medio lo levantó.

—Dime cómo era ese hombre. Qué dijo. Qué dijo mi mujer. Cualquier cosa que recuerdes.

—Sí —graznó el marinero, con la cara roja—. Pero no creo que tengas que preocuparte. Ella parecía muy contenta de verlo.

—Sí —confirmó el otro marinero, asintiendo y rascándose la barba—. Le sonrió y le habló como si fueran muy buenos amigos.

—¿Bencroft? ¿Qué pasa? —preguntó Barnes, acercándose, con la cara arrugada de preocupación—. ¿Dónde está su mujer? La última vez que la vi iba a buscar toallas para usted.

—Eso es lo que deseo descubrir —contestó Julian—. Estos hombres dicen que Aurora se marchó con alguien.

—¿Se marchó? —repitió Barnes, incrédulo—. Nunca se habría marchado sin usted.

—Lo sé. —Miró al hombre al que tenía cogido por el cuello de la camisa, y le dio una sacudida—. Cómo era, dímelo.

El marinero emitió una exclamación, indicándole que lo estaba ahogando. Tembloroso, Julian lo soltó para que volviera a sentarse, tratando de dominarse.

—De acuerdo —dijo el hombre, haciendo una inspiración—. Veamos, es alto, lleva ropa fina. Delgado, no musculoso si sabes lo que quiero decir. Rasgos bien marcados, pelo oscuro. Tu duquesa lo llamó milord.

—Lo llamó otra cosa también —añadió su compañero barbudo—. Antes de soltar las toallas y salir con él. Vizconde algo, Pill o Will, ¡no! Guill, eso fue, vizconde Guill algo.

—Vizconde Guill algo —repitió Julian, y la horrenda pieza del rompecabeza cayó en su lugar—: ¿Guillford?

—¡Eso! ¡Sí, eso! ¿Es amigo tuyo?

Julian no contestó, ya iba a medio camino hacia la puerta de atrás.

—¡Bencroft, espere! —gritó Barnes—. Está muy débil para seguir a ese individuo a pie. El caballo de Rawley está atado fuera por ese lado. Cójalo. Yo me las arreglaré con él.

Julian le hizo un gesto de gratitud con la mano y salió corriendo, bajó en dos saltos la escalera y dio la vuelta a la esquina de la casa, totalmente olvidados su mareo y malestar. Tenía que rescatar a Aurora. La yegua estaba atada a una barra montada en la pared lateral, tal como le dijera Barnes. Soltó las riendas, montó de un salto y la dirigió hacia el camino, mirando a su alrededor.

Oyó ruido de cascos de caballo a lo lejos. Entrecerrando los ojos, escudriñó la oscuridad y divisó la silueta de un coche abierto que iba por un camino alejándose de la taberna.

El cochero era alto y delgado. La persona que iba a su lado, menuda y delgada.

Un rayo de luna le iluminó el pelo cuando el coche viró por un recodo del camino, formando brillantes visos de color oro rojo, como los de una llama.

Hundiendo los talones en los flancos de la yegua, inició la persecución de su mujer.

—Muy bien, ¿qué preguntas te puedo contestar? —dijo Guillford, dirigiendo el faetón por el serpentino camino, con la pistola a su lado, por si Aurora intentaba escapar.

Aurora le miró el perfil, tratando de discernir si estaba totalmente sereno o totalmente loco.

—Tengo muchas preguntas. Para empezar, ¿qué desea? ¿Por qué

me ha secuestrado? ¿Cómo sabe lo de Macall? ¿Adónde me lleva? —Hizo una inspiración—. ¿Continúo?

Guillford parecía sentirse muy divertido.

—No será necesario. Debo reconocer, Aurora, que me intrigas. Si nos hubiéramos casado creo que me habrías tenido muy entretenido. Pero domarte, bueno, eso habría sido mucho más difícil. De todos modos, podría haber valido la pena; con tu fuego en mi cama y tu riqueza en mi poder. Tal vez debería haber hecho la vista gorda a tu indiscreción con Julian Bencroft, y haberme casado contigo, aunque estuvieras manchada. La alta sociedad lo habría desaprobado, pero sólo por un tiempo. Finalmente habrían olvidado las circunstancia que rodearon nuestro matrimonio. Entonces podría haberlo tenido todo.

—Eso no contesta a mis preguntas —replicó Aurora, desentendiéndose de esa absurda fantasía—. O tal vez el «por qué». ¿Todo es por dinero?

—¿No lo es todo el dinero? Es o dinero o pasión. Y si me lo preguntas, lo primero tiene mucho más valor que lo último, y es mucho más difícil de obtener. Pero claro, algunos hombres tienen la suerte de tener ambas cosas. Hombres como Julian Bencroft. Julian Bencroft y tu hermano Slayde.

—¿Slayde? ¿Qué pinta Slayde en todo esto?

—Es un Huntley. Un maldito Huntley rico, próspero, afortunado. Eso es lo que pinta en todo esto.

—Hace negocios con él.

Él se rió, con una risa seca y dura.

—No, en este caso, él hace negocios conmigo, o mejor dicho, para mí. Yo me llevo el beneficio, él pierde el dinero invertido. Eso va de maravilla.

—No lo entiendo.

—Entonces, permíteme que te lo explique. ¿Te habló Slayde de ese espléndido semental sobre el que atraje su atención en la reunión que tuvimos el otro día? Ese fue mi motivo para ir a Pembourne, eso y ver si lograba enterarme de algo acerca del paradero de ese maldito diamante negro.

¿El paradero del diamante negro?, pensó Aurora, desconcertada, y al tratar de entender empezaron a pasarle más preguntas por la cabeza, tropezándose por hacerse oír. Pero las aplastó, al comprender que la única manera de obtener las respuestas sería dejar que el vizconde llevara la conversación en la dirección que quisiera, empezando por ese fino caballo que quería comprar.

—Si no recuerdo mal, Slayde dijo que a usted le interesaba comprar el semental, pero que no podía porque tenía inmovilizados sus fondos en otras inversiones. Y que él aceptó poner el dinero y luego coger los beneficios necesarios para recuperar su inversión. Y después de eso se repartirían a medias los beneficios.

—Ah, pero la verdad es que la inversión de tu hermano va a ser mi beneficio en el instante en que me ponga ese dinero en la mano.

—Quiere decir que no tiene la menor intención de comprar ese caballo.

—Rápida, como siempre, querida mía. Y tienes toda la razón. Mi plan es no comprar nada aparte de la colaboración de ese codicioso criador de caballos, lo que sólo me costará unas cuantas libras. Mis órdenes para él serán las siguientes: si aparece el conde de Pembourne en su establo con el fin de ver dicho semental, que se lo enseñe, sin darle ningún motivo para dudar de que el incomparable animal nos pertenece a los dos.

—Y ¿los supuestos beneficios de las carreras que gane el caballo?

—Ah, ese brioso semental necesita un periodo de doma, y luego unas cuantas semanas de entrenamiento. Tardará más de un mes en estar preparado para participar en carreras, tiempo más que suficiente para mantener a tu hermano en la ignorancia. Después de todo, los dos sabemos que Slayde va a estar pegado con cola a su mujer hasta que nazca su bebé. Cuando a tu hermano le entre una pequeña curiosidad por saber cómo va nuestra inversión, yo ya tendré en mi poder el dinero como para rescatar a un rey, por lo que no tendré ningún problema para devolverle el dinero prestado. Gracias a ti.

¿Gracias a mí?, pensó ella, extrañada. Esto me huele a chantaje. Bajó la cabeza, mirándole de reojo el perfil oscuro, el rígido contorno de su mandíbula. «Ten cuidado —se aconsejó—. Deja que él lleve la conversación. Es la única manera de que te enteres de algo».

—Así que lo que pretende es robarle dinero a Slayde, al menos por un tiempo. ¿Para qué? ¿Qué piensa hacer con ese dinero?

—Saldar deudas.

Aurora sintió bajar la mandíbula, por el asombro.

—¿Deudas? ¿Con su riqueza?

—Mi ex riqueza —enmendó él, amargamente—. Había esperado que entre la pericia de Camden y el dinero contante y sonante de Slayde podría pagarles a mis acreedores y recuperar una parte de mi agotada fortuna, cuyo total es prácticamente imposible recuperar sin los beneficios que me reportaría el diamante negro, y todo gracias a Julian Bencroft.

—Así que por eso estaba en el despacho del señor Camden ese día que fuimos a visitarlo. Quería su ayuda para... —se interrumpió, al captar el sentido de la última parte—. ¿Julian? ¿Qué pinta Julian en esto?

—Tu marido me ha echado por tierra todo lo que he intentado: desde arrebatarme ese cuadro prácticamente de las manos, a robarme la única oportunidad de adquirir el diamante negro, tú.

Aurora hizo una rápida inspiración, y fue incapaz de continuar reprimiéndose.

—Esta es la tercera vez que hace referencia al diamante negro. Primero ha dicho que uno de los motivos para ir a Pembourne el otro día era descubrir el paradero del diamante negro. Luego, que lo necesitaba para recuperar su fortuna. Y ahora ha dado a entender que yo habría sido su eslabón para hacerse con la joya. ¿He de concluir que acabo de descubrir que su verdadero motivo para pedirme la mano era que creía esa ridícula afirmación de Lawrence Bencroft de que los Huntley teníamos en nuestro poder el diamante? ¿Por eso se sintió tan aniquilado cuando mi indiscreción le hizo imposible casarse conmigo?

—Por supuesto. Pero no tienes por qué hacerme parecer tan canalla. Ese fue también el motivo de que tu amado Julian te comprometiera hasta el punto de que no tuvieras otra opción que casarte con él. —La miró de soslayo y le brillaron los ojos al ver su expresión de incredulidad—. Vamos, Aurora, no permitas que tus sentimientos por tu marido te cieguen a la verdad. Tu Julian sabía lo que hacía cuando te llevó a la cama en esa sórdida taberna. Tal como sabía lo que hacía cuando negó públicamente las declaraciones de su padre, lo que sólo hizo cuando el tonto borracho ya había muerto y no podía defenderse, y después de tener segura tu mano en matrimonio. Eso puso fin a la búsqueda que había recomenzado a consecuencia de las acusaciones de Lawrence. Y aseguró que el diamante negro continuara donde Julian lo deseaba; en posesión de su futura esposa, cuyos bienes pasarían a ser suyos después de la boda. La pregunta es, ¿dónde está el diamante ahora? ¿Lo tiene guardado el maldito mercenario en su casa de Polperro? ¿O los dos lo escondisteis para protegerlo de sinvergüenzas como yo?

Las piezas iban cayendo en su lugar como rápidas balas de cañón.

—Era usted el que nos seguía ese día que íbamos de Pembourne a Morland —dijo al comprender, pensando en voz alta—. Creyó que íbamos en busca del diamante negro, bien para esconderlo o para sacarlo de su escondite.

—Así que tu marido percibió mi presencia. Eso me temí, cuando lo vi dirigir el coche hacia la casa Morland en lugar de continuar el trayecto hasta donde sea que está escondido el diamante.

—No íbamos... —alcanzó a decir Aurora, pero no continuó.

No tenía ningún sentido intentar convencerlo. Estaba aferrado con uñas y dientes a su infundada obsesión. Además, la acosaba otra pregunta motivada por lo que él había dicho antes, y ya no podía desentenderse de ella.

—Un cuadro... Ha dicho que Julian le arrebató un cuadro prácticamente de las manos. ¿Qué cuadro?

—Uno increíblemente valioso. Uno que habría puesto fin a mi mala suerte, me habría devuelto mi anterior estilo de vida, mi riqueza, mi prestigio. Vamos, podría haber vendido ese tesoro por diez veces más de lo que les pagué a esos despreciables corsarios para que lo robaran. Imbéciles. Descubrieron su paradero, sí, tal como lo había planeado. Pero antes que lograran traerlo a Inglaterra para entregármelo, apareció el siempre escrupuloso Merlín y se lo confiscó, para entregarlo a su dueño, claro, y mató a uno de mis hombres en la pelea. Maldito Julian Bencroft, y malditos esos estúpidos por dejarse derrotar por él. Y maldito yo por haber cometido el mismo error dos veces, al volver a contratar al cretino que sobrevivió. Ya debería haber aprendido que para realizar algo de esa envergadura, sólo puedo fiarme de una persona: yo mismo.

A Aurora le temblaron violentamente las manos al ver confirmada su peor sospecha.

—Los Macall —musitó—. Gerald y Brady Macall trabajaban para usted. Usted fue quien les pagó hace diez meses y los envió a París a hacerse con ese cuadro.

El vizconde arqueó las cejas, sorprendido.

—Vaya, vaya. Así que tu marido te ha contado varias cosas de su temeraria vida, ¿eh? Bueno, eso sí me sorprende. Por lo que tengo entendido, el infame Merlín es un solitario consumado, no habla jamás con nadie de los pormenores de sus aventuras, o al menos hasta ahora era así. —Sonrió, maligno—. Excelente. Eso quiere decir que está más enamorado de ti de lo que yo creía. Eso me facilitará llevar a cabo mi plan.

—Le pagó a Gerald Macall para que matara a Julian —dijo Aurora entre dientes, hirviendo de rabia por dentro—. Usted fue la causa de que ese asqueroso pirata hiriera a mi marido en el cuello, haciéndolo sangrar.

—Ojalá yo pudiera atribuirme todo el mérito de la ardiente resolución de Macall, pero no puedo. Macall deseaba a tu marido muerto tanto como yo, o más aún, por un asunto personal. Él quería vengar la muerte de su hermano, mientras yo quería vengar pérdidas no tan íntimas pero más importantes: las de mi dinero, mi futuro y mi reputación. De todos modos, hice una mala elección al contratarlo a él. Era temerario e irracional. Estuvo muy bien que lo mataras; eso me obligó a salir de la sombra, tomar el mando y arrebatarle a Bencroft lo que deseo, lo que se me debe.

—Está más loco que Macall.

—¿Sí? —dijo él, haciendo un brusco viraje para seguir el recodo del oscuro camino—. Dime eso cuando tenga lo que busco. Ah, y eso me lleva a la respuesta a tu primera pregunta: por qué te he secuestrado. La respuesta tiene dos partes. La primera, para vengarme; quiero que Julian Bencroft sufra por lo que me hizo. Y puesto que tú pareces ser su primera y única debilidad, el que yo tenga tu vida en mis manos, que decida prolongártela o quitártela, se encargará muy bien de eso. Y la segunda, obtener el pingüe rescate que tendrá que darme a cambio de dejarte viva: el diamante negro.

«Pero no me dejará viva —refutó ella en silencio—. Sé demasiado. Dejarme viva aseguraría su caída. Además, si yo me doy cuenta de eso, Julian también lo comprenderá. Lo cual significa que va a estar desesperado por salvarme —se dijo entonces, sintiendo una mezcla de alivio y terror—. Conociéndolo, es probable que ya esté en camino, sin preocuparse de su herida.»

Reprimiendo el deseo de girar la cabeza para mirar por encima del hombro, le preguntó:

—¿Puedo saber adónde me lleva?

—Sí, por supuesto. Vamos a continuar en coche hasta pasado Falmouth, hasta el lugar donde el camino hace una pendiente tan abrupta que no se puede subir en coche, y el resto del camino por los acantilados negros lo haremos a pie.

—¿Vamos a la península Lizard? —preguntó ella, sintiendo un nudo de verdadero miedo en las entrañas—. Pero eso...

—¿Eso qué? —preguntó él, disfrutando de haberla amilanado—. ¿Está a horas de distancia? ¿Caminando por unas birrias de caminos en la oscuridad de la noche? ¿O ibas a decir que los acantilados negros son los más verticales y los más aterradores de todo Cornualles?

—Sólo me sorprendió la distancia que se propone viajar —contestó ella, obligándose a hablar en tono tranquilo, sin reflejar el miedo que le atenazaba las entrañas—. Sobre todo por la noche. En cuanto a los caminos, jamás he pasado por ellos, y ni siquiera he visto los acantilados. Así que no sabría decir si son o no aterradores.

—Siempre se me olvida lo protegida que te ha tenido Slayde todos estos años, encerrada en Pembourne como una princesa de cuento de hadas. Bueno, querida mía, antes que aparezcan las primeras luces del alba, vas a a tener ante tus ojos una parte inhóspita de la costa de Cornualles que ha causado más muertes y destrucción de lo que podría recordar.

—Lo encuentro fascinante.

Desvió la cara, mientras pasaban por su cabeza las leyendas sobre los acantilados negros que le contaba el señor Scollard: marineros caídos por la borda de sus barcos empujados por las terribles tormentas de invierno, engullidos por el agua o estrellados contra las rocas; barcos hundidos a causa de la niebla o volcados por las salvajes corrientes; tripulaciones enteras arrastradas al fondo del mar para siempre.

Trató de quitarse las leyendas de la cabeza y centrar la atención en las historias más fantasiosas sobre la región: leyendas de sirenas, tesoros, rescates y botines. Pero esta vez no lo consiguió. Esta vez lo único que sentía era un horrible presentimiento.

—Por cierto —continuó Guillford, azuzando con las riendas a los caballos para tomar un recodo particularmente cerrado—, como he dicho, poco después de llegar a la península, vamos a dejar el coche y continuar a pie; el camino es peligroso, por decirlo suave. Yo en tu lugar, abandonaría la idea de que te van a rescatar. Puede que tu marido sea resuelto, pero está herido. Y aún en el caso de que ya se haya dado cuenta de tu desaparición y se las haya arreglado para seguirnos, no durará más de la primera milla. —Miró rápidamente hacia atrás—. No veo a nadie. Pero en el caso de que estuviera equivocado, y Bencroft nos viniera siguiéndose ocultándose, muy pronto se acabará la persecución. Llegasteis a Fowey en barca. Eso significa que tendrá que seguirnos a pie, puesto que no se atreverá a tomarse el tiempo de buscar un caballo o un coche. Y dado que escasamente puede levantar la cabeza, ¿cuánto tiempo crees que tardará en desmayarse por el esfuerzo y la pérdida de sangre?

Aurora continuó con la cara desviada y cerró los ojos para no dejar entrar esas palabras, que no sólo expresaban la verdad sino que también le evocaban imágenes terribles: Julian inconsciente, tirado en el camino, sangrando y solo.

Sin darse cuenta cerró la mano derecha sobre la izquierda, encontrando un inexplicable consuelo al tocar el frío anillo que la proclamaba esposa de Julian.

Con una terrible angustia, rezó.

Por el horizonte asomaban las primeras luces del alba cuando lord Guillford empujó a Aurora para que empezara a subir el pedregoso sendero que discurría a bastante altura por los acantilados negros. Ya habían hecho muchas millas a pie, desde que la hizo bajar del faetón y la instó a caminar delante de él a punta de pistola. Le dolía todo el cuerpo por el agotamiento, y sentía zumbar la cabeza de preocupación por Julian, y por ella. Pero continuó obligándose a caminar, pidiendo un milagro.

Por el momento no había ocurrido ninguno.

Se detuvo, pues se le quedó cogido el vestido en una roca puntiaguda, la décima vez en diez pasos. El vestido ya estaba hecho jirones y las suelas de los zapatos desgastadas, y Guillford le apuntaba la espalda con la pistola a sólo unas pulgadas.

—¿Cuánto más tenemos que caminar? —preguntó, jadeante, soplándose un mechón mojado para apartárselo de la cara.

—Hasta que yo lo diga —contestó él, glacialmente, enterrándole la pistola en la espalda.

Aurora miró atrás por encima del hombro para evaluar en qué condiciones iba Guillford, evitando adrede mirar hacia la espectacular vista de la costa que se veía a la izquierda. Si miraba hacia ese ángulo y bajaba la vista a las rocas puntiagudas y las feroces olas rompientes, se marearía por el vértigo.

—No te hagas ninguna falsa ilusión de que me voy a desplomar por el cansancio. —Con un brusco movimiento, el vizconde se tironeó la corbata, aflojando el lazo que todavía llevaba muy pulcro—. Ideé este plan hace varias semanas, por si acaso Macall me fallaba. Por lo tanto, ya he hecho todo este camino, no sólo para probar mi resistencia sino también para localizar la cueva perfecta que te servirá de morada temporal. Conseguí las dos cosas. Ahora, continúa caminando.

Un delgado hilillo de esperanza revoloteó en el corazón de Aurora mientras continuaba la marcha, oscilando un poco por la abrupta pendiente del sendero que discurría bastante al borde de uno de los accidentados precipicios. No la sorprendía la meticulosidad del vizconde; era un hombre exigente por naturaleza, cuanto más lo sería si estaba en juego su futuro. Pero ahora sabía algo que no sabía antes: él no tenía la intención de matarla inmediatamente. Pensaba dejarla ahí, tal vez mientras él volvía a Fowey a notificarle a Julian el secuestro y negociar con la vida de ella. Y si bien la asustaba la idea de quedar abandonada allí, la encontraba mucho más atractiva que la alternativa. Además, eso podría darle tiempo para encontrar la manera de luchar por escapar.

Las siguientes palabras de Guillford segaron ese hilillo de esperanza.

—¿Sumida en pensamientos? Bueno, ten en cuenta lo siguiente. No me fío de ti, Aurora. Eres demasiado ocurrente. Por lo tanto, no te dejaré sola mucho tiempo, sólo el suficiente para ir a Falmouth a despachar una carta a tu marido. Durante ese tiempo te dejaré bien atada y amordazada. Cuando vuelva te quitaré las ataduras y, tal vez, te daré algo de comida y agua. Prefiero mantenerte viva y bien hasta que reciba la respuesta de tu marido, que debería llegarme esta noche.

Aurora se detuvo.

—¿Cómo va a saber Julian donde contactar con usted?

—No lo sabrá. Tampoco se enterará de mi identidad, si desea vivir. Mi carta anónima lo pondrá al tanto de mis condiciones, concretamente, entregar el diamante negro a cambio de tu vida. También le explicaré dónde y cuándo debe dejar la joya y, lógicamente, recogerte a ti, un lugar bien elegido, por cierto, a varios condados de aquí. En cuanto a cómo le llegará mi carta, he contratado a un mensajero muy interesado y discreto, que se presentará ante Julian, esperará su respuesta y cabalgará directamente a Falmouth a entregármela.

—¿Así que va a volver a Falmouth cuando oscurezca?

—Sí, y nuevamente te dejaré atada y amordazada en tu pequeña cueva. Si las cosas resultan tal y como espero, la respuesta de Julian será de aceptación de mis condiciones. Al fin y al cabo, ¿qué otra opción tiene? No va a sacrificar tu vida, ni siquiera por el diamante negro.

—Pero mi vida ya está sacrificada, desde el momento en que vi quién es mi secuestrador.

—Lamentablemente eso es cierto. Julian va a entregar el diamante, pero no recibirá a su mujer a cambio.

Aurora tragó saliva.

—¿Cómo piensa matarme?

—Eso, querida mía, va a depender de ti. Como he dicho, no me fío de ti. Por otro lado, no soy un hombre excesivamente violento. Así que si te portas bien durante mis dos viajes a Falmouth, si no intentas hacer nada estúpido, tomaré el camino clemente y simplemente te dejaré en la cueva.

—Es decir me va a dejar abandonada, atada y amordazada, en una cueva aislada en la que o me moriré asfixiada o de hambre. Qué generoso.

—Eso es mucho más agradable que la alternativa —contestó Guillford en tono acerado—, porque si te pones difícil, si haces cualquier estúpido intento de escapar, incluso ahora, me veré obligado a arrojarte por el borde del acantilado para que te estrelles contra las rocas de abajo. —Alargó la mano y cogió entre los dedos un enredado mechón de pelo oro rojo—. Y eso sería un terrible desperdicio para una mujer tan hermosa como tú.

—No me toque —dijo ella en voz baja, apartando bruscamente la cabeza para que le soltara el mechón.

Al mismo tiempo echó a caminar, y él la siguió casi pegado a sus talones. Su risa sardónica le heló la sangre.

—Qué decorosa te has vuelto de repente, y en un momento tan singular. Estábamos hablando de tu muerte y te preocupas por tu virtud. Es muy curioso, en realidad. Bueno, no temas. Aunque es tentadora la idea de tenerte, estoy mucho más interesado en tu dinero que en tu cuerpo, por hermoso que sea. Simplemente recuerda lo que te he dicho. Tu forma de morir depende de ti.

Nuevamente Aurora se detuvo y se giró a mirar a su adversario.

—Podría negarme a colaborar. Después de todo, acaba de decirme que voy a morir de todas maneras. ¿Por qué, entonces, no quedarme plantada aquí e insistir en que me dispare ahora mismo, donde estoy?

—Porque mi bala sólo te causaría muchísimo dolor, no la muerte —contestó él, con los labios estirados de rabia—. Yo me encargaría de eso. En realidad, me encargaría de que estuvieras totalmente consciente cuando cayeras por el borde del acantilado. Dime, Aurora, ¿eres tan valiente para soportar eso? —Dio un paso, le cogió la cara y se la giró y bajó, obligándola a mirar las puntiagudas rocas del pie del acantilado—. ¿Lo eres?

Mirando hacia abajo, Aurora sintió subir bilis a la garganta. Esa parte del acantilado en que estaban se elevaba alto desde el mar y casi en ángulo recto. Una caída por ahí significaba la muerte segura. Abajo, las corrientes contrarias elevaban muy alto las olas que rompían violentamente en las rocas puntiagudas y accidentadas, azotándose contra las columnas de piedras que sobresalían por todos lados, dominantes, amenazantes.

Dios la amparara, le daba miedo morir de esa manera.

Irguiendo la cabeza, miró a la distancia y contempló los lejanos picos que definían el cabo más occidental de Cornualles. Eso tenía que ser Land's End,* pensó, al tiempo que por su cabeza pasaban retazos de leyendas del señor Scollard.

«Señor Scollard, no sabe cuánto le necesito en este momento —pensó tristemente, cayendo en la cuenta de que era muy posible

---

* Land's End: es el nombre del cabo en inglés. Significa «fin de la Tierra»: Finisterre. (N. de la T.).

que no volviera a ver nunca más a su viejo amigo—. Necesito su fe. Y, Dios santo, necesito a Julian.»

En ese instante su mirada captó un vago objeto situado en un pequeño islote muy cercano a la costa de Land's End.

Un faro.

La alta y garbosa estructura de piedra parecía acariciar con su presencia el cielo recién iluminado, atrayendo la atención de quienquiera deseara su presencia.

Y, cuánto la deseaba ella.

¿Serían imaginaciones suyas o ese faro se parecía muchísimo a su amado faro Windmouth?

Como si quisiera contestarle, brilló una diminuta luz en la torre del faro. Sólo una vez, y tan fugaz que era difícil notarla. Y desapareció.

«Señor, Scollard, ¿es usted? —preguntó en silencio—. ¿Quiere decirme que no están perdidas todas las esperanzas?»

Volvió a brillar una luz, fugaz, perfecta.

Bueno, ya tenía la respuesta.

Dando las gracias en silencio, hizo acopio de sus fuerzas, recurriendo a sus reservas. Mientras estuviera rodeada por su amigo, por su renovadora y estimulante fe, podía seguir esperando que ocurriera un milagro.

—¿Ya has contemplado bastante el panorama? —le preguntó Guillford enterrándole los dedos en las mejillas—. ¿O necesitas contemplarlo más de cerca?

—No —contestó ella con fingida sumisión—. No necesito verlo más de cerca. Tiene razón, no deseo morir de esa manera tan horrenda. Estoy dispuesta para continuar nuestro camino.

—Excelente. —Con el cañón de la pistola, Guillford hizo un gesto hacia el sendero—. Nos falta poco para llegar a la cima del acantilado. La cueva está al otro lado del recodo; es una cavidad en la roca muy bien disimulada.

Aurora miró hacia donde él apuntaba y vio que en realidad la cima estaba cerca. Flanqueada por dos gigantescos picos de acantilados, era estrecha, y el espacio que la separaba de los picos más elevados, más estrecho aún.

—El sendero es muy estrecho en el recodo —le informó él—.

Sólo puede pasar una persona. Me preocupaba un poco dejarte fuera de mi vista, aun cuando fueran esos segundos, pero la conversación que acabamos de tener me ha tranquilizado. De todos modos, obedéceme y no hagas nada estúpido.

—De acuerdo.

—Muy bien —volvió a encañonarla con la punta de la pistola—. Ahora avanza.

Alzando el mentón, Aurora continuó avanzando. Cuando ya había dado los cuarenta o cincuenta pasos hasta la parte más elevada del sendero, tomó el recodo, bien pegada a la pared rocosa. Una fracción de segundo después, quedó fuera de la vista de Guillford.

Ese instante bastó para que ocurriera el milagro.

En un movimiento relámpago una figura oscura saltó desde lo alto del acantilado y fue a aterrizar exactamente en el lugar donde ella había estado un instante antes.

Oyó el grito de dolor y sorpresa de Guillford. Sin vacilar desanduvo los pasos y agrandó los ojos al confirmar lo que su corazón ya sabía.

Julian.

Habiendo arrojado al suelo a Guillford, Julian estaba apartando de un puntapié la pistola, que se deslizó por el suelo.

El Merlín había caído sobre su presa.

—Coge la pistola, Aurora —gritó, en el instante en que la vio—. Y dispárale.

Aurora obedeció por reflejo; corrió a recoger la pistola y se posicionó, mientras Julian y Guillford rodaban por el suelo, golpeándose mutuamente. Con las mandíbulas apretadas, apuntó, con toda la intención de atravesarle el corazón a Guillford con la bala.

El problema era que no sólo era un blanco móvil sino que además estaba enzarzado en una pelea con su amado. Si cometía el más mínimo error podía herir mortalmente a Julian.

No podía arriesgarse a eso. Tendría que esperar.

Los dos hombres rodaban por el suelo, como un solo borrón de violentos movimientos de brazos y puños.

—Esta vez no, maldita sea —resolló Guillford, enterrándole el puño en la mandíbula y arrojándolo hacia un lado—. Esta vez ganaré yo. Esta vez morirás.

—Asqueroso cabrón —exclamó Julian, poniéndolo de espaldas y

golpeándolo una y otra vez, con mirada asesina—. Cuando pienso en lo que le ibas a hacer a Aurora...

Acabó la frase con otro fuerte puñetazo.

Guillford gemía, moviendo la cabeza a uno y otro lado, tratando de esquivar los golpes. De pronto levantó el brazo y su puño conectó con la herida en el cuello de Julian.

Julian apartó el cuerpo, doblándose de dolor. Guillford aprovechó la oportunidad para empujarlo, acercándolo al borde del acantilado; entonces se incorporó y se abalanzó sobre él, lo cogió por la camisa y lo arrastró más hacia el borde, claramente con la intención de arrojarlo a su muerte.

El grito de aviso de Aurora se le quedó atrapado en sus labios cuando Julian reaccionó y, soltándose de las manos de Guillford, lo tiró al suelo de espaldas con un solo empujón.

Al ver su oportunidad, Aurora apuntó, pero antes de que pudiera disparar, Guillford despertó a la vida, se puso de pie de un salto y volvió a abalanzarse sobre Julian, con la intención de hacerlo caer por el borde.

Julian observó impasible su avance, sin hacer ni ademán de eludirlo, con lo que a Aurora se le hizo trizas el último vestigio de autodominio.

—¡Julian! —gritó, sintiendo pasar el terror por toda ella.

Demasiado tarde, Guillford ya estaba casi encima de él.

Julian reaccionó como un rayo, rodando hacia Guillford y golpeándole las piernas con toda la fuerza de su peso.

Con el golpe, Guillford salió disparado hacia delante; alcanzó a rozar el borde del acantilado, agitando los brazos para cogerse, pero no logró agarrase a nada. Cayó en picado, y los ecos de su agudo alarido resonaron en los acantilados hasta quedar silenciados por el ruido de las olas rompientes abajo.

Pasó un instante de silencio.

De pronto Julian se levantó y fue a coger a Aurora en sus brazos.

—Dime que estás bien —le ordenó.

La pistola cayó al suelo y ella asintió, escrutándole la cara, como para confirmar que él estaba verdaderamente ahí, igual que ella.

—Estoy bien —logró decir con la voz temblorosa. Le acarició la cara y detuvo la palma en su mandíbula—. Sobre todo ahora que estoy en tus brazos. Julian, Dios santo, creí que te ibas a... que él... —le bajaron dos lágrimas por las mejillas—. Que te iba a perder.

—Jamás me perderás —musitó él, con los ojos iluminados por una ardiente luz—. Ni ahora ni nunca. —La estrechó con más fuerza y le apoyó la cabeza en su pecho—. Te amo —declaró con la voz embargada por la emoción, con los labios hundidos en su pelo—. Dios mío, cómo te amo.

Capítulo 15

*P*asaron el resto del día y esa noche en una posada de Falmouth. Primero comieron, para reponer el cuerpo, y después se bañaron para limpiarse del polvo y de los horrores de esas horas pasadas. Y finalmente, por fin, subieron a la blanda y cálida cama.

—Esto es el cielo —musitó Aurora, hundiéndose en el colchón con un suspiro de gratitud.

—No —susurró Julian, atrayendo su cuerpo desnudo hacia el suyo—, esto es el cielo. —Le acarició los suaves contornos de la columna, bajando las manos hasta ahuecarlas en las nalgas y apretándola contra su miembro erecto y vibrante—. Debería dejarte descansar —musitó, besándole los hombros, el cuello, el hueco de la garganta—. Pero no puedo. Te necesito. Dios mío, casi te perdí.

Introduciendo los dedos por su pelo, le ladeó la cabeza y hundió los labios en los suyos.

—Podemos dormir después —respondió ella, echándole los brazos al cuello, compartiendo su necesidad de reafirmar sus vidas, su amor—. Mucho después.

Él continuó el beso, profundo, ávido, devorándole la boca con una meticulosidad como para derretir los huesos, y la misma cantidad de ternura.

—¿De veras estás bien? —le preguntó entre besos—. ¿Ese hijo de puta no te hizo ningún daño?

Aurora le pasó las palmas por los hombros y lo apartó un poco para poder mirarlo a los ojos.

—No, no me hizo nada. En cuanto a ahora, me sentiría totalmente recuperada y renovada si me repitieras esas maravillosas palabras que me dijiste en el acantilado.

A él se le contrajo la cara por la emoción, y la pasión fue reemplazada un momento por un sentimiento mucho, mucho más profundo.

—Encantado —dijo, con la voz espesa de emoción—. Te amo. No podrías imaginarte cuánto. Dios me ampare, ni yo mismo sabía cuánto, hasta esta mañana. —Tragó saliva, cogiéndole la cara entre las palmas—. He sido un maldito idiota. Me repetía una y otra vez que era el mismo hombre que hace un mes; que era capaz de controlar cuánto te permitía invadir mi existencia, mi corazón. Incluso me decía que deseaba intentarlo. La verdad es que toda mi vida cambió drásticamente en el instante en que entraste en la taberna Dawlish esa noche; yo cambié. Y no desharía ese cambio ni por todas las aventuras del mundo juntas.

A Aurora le brillaron las pestañas, por las lágrimas.

—¿Cuándo te diste cuenta de que me amabas?

—Ayer, cuando estabas durmiendo en mis brazos en la sala de estar. Pero preferí esperar, para decírtelo cuando pudiera saborear las palabras, saborearte a ti. Y entonces ese cabrón te raptó... —Se interrumpió, con un músculo agitado en la mandíbula—. No tienes idea de lo aterrado que me he sentido. Si no te hubiera encontrado a tiempo...

—Pero me encontraste —interrumpió ella dulcemente—. En el fondo yo sabía que me encontrarías. —Le pasó las yemas de los dedos por la venda del cuello—. Aunque cómo te las arreglaste, con esa herida...

—La herida está bien —la tranquilizó él, cogiéndole la mano para llevársela a los labios—. Falta que cicatrice, todavía está en carne viva. Pero como te dije, es muy superficial. Dejó de sangrar unos minutos después que te alejaste a buscar toallas. Pero nada que no fuera la muerte me habría impedido seguirte. En cuanto a cómo me las arreglé, cogí la yegua de Rawley y cabalgué hasta Saint Austell; allí cambié de caballo.

—¿Cómo pudiste tomarte el tiempo para eso y no perdernos el rastro?

Él le besó la muñeca y subió los labios por el antebrazo hasta la curva del codo.

—Conozco el terreno de Cornualles, *soleil*. En especial los bosques y los cerros del interior, por los que se puede viajar a caballo, pero no en coche. En algún momento cabalgué delante de vosotros. Además, tengo varios conocidos; uno de ellos tiene un establo en Saint Austell. Me dejó su caballo más veloz y me aseguró que devolvería la yegua a Rawley. Cuando comprendí hacia dónde te llevaba Guillford, me adelanté a caballo, lo dejé en Falmouth y continué a pie, y luego tomé una ruta más directa, desde Helston a los acantilados negros. Una vez allí, sólo fue cuestión de seguiros por la cima del acantilado y esperar.

—Pero...

—Aurora —la interrumpió él, besándole el hueco de la garganta—. Tenemos cien cosas de qué hablar. Y las hablaremos, después. Pero ahora... —levantó la cabeza para que ella viera el urgente deseo en sus ojos—, tengo que introducirme en ti, sentirte a mi alrededor, saber que estás viva, aquí, a salvo en mis brazos. ¿Entiendes eso, *soleil*?

Sin decir palabra, ella asintió y le atrajo la cabeza para acercar su boca a la suya.

Él le había hecho el amor incontables veces antes, pero jamás así.

Solemne, vehemente, la adoró pulgada a pulgada, acariciándola con las manos temblorosas, con una reverencia y ternura que borró toda la fealdad del día, transformándola en belleza, calentándoles las almas e intensificando por diez la pasión.

A Aurora se le cerraron los ojos, sintiendo vibrar de excitación todas las terminaciones nerviosas, pidiendo más.

Y él se lo dio, con las manos, con palabras, con la boca.

Cuando él hizo ademán de penetrarla, ella ya estaba frenética, todo su cuerpo encendido, y la respiración agitada, jadeante.

—Julian, por favor, ahora —le suplicó, moviéndole los hombros.

—Ninguna fuerza de la tierra podría pararme —resolló él, separándole más los muslos con las piernas.

Cogiéndole la cara entre las manos, la penetró, produciéndole todas las gloriosas sensaciones al unirse en uno sus cuerpos.

—Aurora, mírame —le ordenó, y esperó a que ella lo mirara a los ojos para iniciar ese ritmo lento e intenso que ella ansiaba, moviendo las caderas de una manera que introducía su miembro más al fondo y hacia arriba cada vez—. Ahora dime que me amas.

Aurora ya estaba retorciéndose de placer, abrazándolo fuertemente con las piernas.

—Ooh, Julian, te amo.

A él se le estremeció todo el cuerpo al oír esas palabras y comenzó a brotarle sudor en la frente, pero se contuvo, retrasando con todas sus fuerzas el orgasmo, para que no acabara ese momento, sin apartar los ojos de los de ella.

—Y yo te amo —declaró con la voz ronca—. Mi corazón es tuyo, *soleil*. Siempre.

La penetró hasta el fondo, sellando su promesa con la exquisita y absoluta posesión de su cuerpo.

A Aurora se le escapó un gritito, al sentir un placer tan intenso que casi era insoportable.

—Oooh, Julian —resolló, apretando frenética los músculos interiores alrededor de su miembro.

Él casi no podía hablar.

—Sí, así —logró decir.

Volvió a penetrarla, una y otra vez, hasta que su urgencia hizo trizas su autodominio.

—No pares.

—No, no puedo.

—Julian...

—Sí, *soleil*.

Llegó hasta el fondo y continuó ahí, con las mandíbulas apretadas para combatir el remolino de sensaciones que iban en aumento, vibrando por los dos.

—¡Julian! —exclamó Aurora, y se desplomó, aferrada a él, estremecida por violentas contracciones de placer y compleción, sintiendo los estremecimientos de él y la deliciosa presión de su miembro hinchado dentro de ella.

Emitiendo un grito él eyaculó, estremeciéndose convulsivamente, vaciándose en ella y, movido por la fuerza del orgasmo, continuó embistiendo una y otra vez hasta derramarse entero en ella.

Maravillado y reverente, emitió un sonido ahogado y se desplomó con todo su peso sobre ella, cubriéndola entera con su cuerpo, todavía estremecido por las sensaciones que pasaban por todo él.

—Dios mío, deseo darte el mundo —logró decir, en tono maravillado.

Tan maravillada y reverente como él, ella le acarició los músculos hinchados de los hombros y los mojados planos de la espalda.

—Ya me lo has dado —musitó—. Te has dado tú. Julian, yo sabía que sentías lo mismo que yo, pero necesitaba que lo supieras, y que me lo dijeras.

—Lo sé hasta el fondo de mi alma. En cuanto a decírtelo... —Se incorporó un poco, pero no hizo ni ademán de apartarse o rodar a un lado. Necesitaba entrelazar las palabras transformadoras de la vida con la magia que acababan de hacer con sus cuerpos—. Te amo, Aurora Bencroft. Te he amado desde el momento en que entraste en la taberna Dawlish. Y te amaré hasta que el sol se enfríe.

Aurora sonrió, con los ojos llenos de lágrimas.

—Y yo te ofrezco toda una vida de pasión, entusiasmo, excitación y aventura, te lo prometo.

—Eso ni se te ocurra dudarlo. Para empezar, estoy tan seguro de que vas a impregnar mi vida con tu fuego y espíritu que he tomado una decisión. Se han acabado mis días de aventuras solitarias.

Ella agrandó los ojos.

—¿Lo dices en serio?

—Sí. —Frotó un sedoso mechón entre los dedos—. Tú, mi amor, eres todo el entusiasmo y excitación que soy capaz de manejar. A partir de ahora nos embarcaremos juntos en todas nuestras empresas, comenzando por ese largo viaje de bodas que te prometí. Nos embarcaremos tan pronto como hayamos resuelto este misterio. Y ten la seguridad de que el viaje que tengo planeado va a ser una sorpresa, incluso para ti.

Ella vibró de entusiasmo.

—¿Adónde vamos a ir?

—A hacer realidad tus sueños. A los sitios de todas las leyendas que te ha contado el señor Scollard, y a otros cuantos de las mías. El mundo está a nuestros pies, Rory, y quiero enseñártelo. ¿Cómo sería eso?

—Un paraíso.

Aurora ya tenía la mente ocupada elucubrando acerca de la maravilla de los descubrimientos, la dicha de ver, experimentar, viajar...

Volver a casa.

Pestañeó asombrada por la dirección que habían tomado sus pensamientos. Una ironía.

—Cariño, ¿qué te pasa?

—Creo que no me creerías si te lo dijera.

Él esbozó su sonrisa sesgada.

—Ponme a prueba.

—Estaba pensando que encuentro espectacular nuestro viaje de bodas, un comienzo perfecto y un final perfecto.

Él frunció el ceño, perplejo.

—¿Un final? ¿De qué?

—De un desasosiego que ya no existe —contestó ella, y suspiró, incrédula—. Ah, sin duda me entregaré a nuestros viajes con los brazos abiertos, tal como tú. Pero, por incomprensible que parezca, la vuelta a casa me hace tanta ilusión como el viaje. Sorprendente, ¿verdad? —añadió, maravillada—. Escasamente he vivido un día en la casa Merlín, y sin embargo ya he comenzado a considerarla mi hogar. Pero claro, eso no tendría por qué sorprenderme. Tu propiedad me afectó tanto, y tan inmediatamente, como tú. Me quitó el aliento y no me lo ha devuelto. Y tus criados forman el grupo más encantador, aunque difícil, que he conocido. No veo las horas de conocerlos mejor, muy especialmente a Emma, que ya está disfrutando con su nuevo trabajo, y a Gin, que se lo pasa en grande tratando de desafiarme con su ingenio, aunque me estremece pensar lo presumido que debe de haber sido antes que yo llegara. —Hizo una pausa para respirar—. Además, la propiedad sólo está en el condado contiguo, a poca distancia de Courtney y Slayde, y de mi sobrina o sobrino que va a llegar muy pronto. Por no mencionar al señor Scollard, al que ya echo de menos y eso que sólo hace unos días que no le veo. —Se interrumpió al ver la extraña expresión que tenía en la cara su marido—. Qué, ¿te he desconcertado?

—¿Desconcertarme? No, *soleil*, me haces increíblemente feliz. Vi la alegría en tu cara ayer cuando hicimos el recorrido de la casa, cuando caminabas por la playa y conocías a los criados, y de pronto deseé más que nada en el mundo convertir mi propiedad justamente en el hogar que has proclamado. En el momento me sorprendió mi reacción. Ahora me doy cuenta de que desde que nos conocimos he experimentado la perpetua e inexplicable necesidad de hacer algo que jamás había soñado hacer: echar raíces. Considerando bajo esa luz las palabras de Scollard, he comenzado a comprender lo que quiso decir cuando dijo que tú eras un viaje en ti misma, dando a entender al mismo tiempo que aún no había llegado a mi destino. —Le acarició la cara, con los ojos maravillados—. Se sentirá orgulloso cuando sepa que mi viaje ha llegado a su fin, y que la culminación es la mayor de todas las bendiciones que podría haberme imaginado.

—La mayor bendición para los dos —enmendó ella dulcemente. Ladeó la cabeza, invadida por otro tipo de alegría—. ¿Has estado pensando en las palabras del señor Scollard?

—Concienzuda y repetidamente —dijo él—. Cuando iba galopando y luego caminando en dirección a los acantilados negros, era como si él estuviera dentro de mi cabeza, alentándome, instándome, repitiendo lo que nos dijo hace dos días. Oía una y otra vez su voz explicando que Barnes tenía muchísimos propósitos rondando a sus pies, insistiendo en que tenía la capacidad para atraer a fantasmas del pasado que había que silenciar para siempre, si no, el futuro continuaría estando fuera de mi alcance. Yo creo que el señor Scollard se refería a nuestro futuro, Rory, no solamente al del diamante negro.

—Y los fantamas que había que silenciar, ¿crees que se refería a Macall?

—Y a Guillford.

—Sí, y a Guillford. —Aurora frunció los labios—. Peligros de origen esperado y origen desconocido... acechan en cantidad y en cantidad hay que vencerlos.

—Tú también oíste la voz de Scollard.

—Sí, siempre la oigo.

—Seguimos su consejo —declaró Julian—. Tú cuidaste de mí y yo cuidé de ti.

—Y ¿ahora?

—Ahora haremos lo que nos ordenó. Volveremos para contarle nuestro descubrimiento.

—Esta vez no va a tener respuestas, Julian —dijo Aurora entonces, pensando en voz alta, comprendiendo que eso era cierto—. O tal vez nosotros las descubriremos, con la ayuda de la magia del señor Scollard.

Él le cogió la cara entre las manos.

—Tal vez. En todo caso, los obstáculos han quedado atrás, *soleil*.

Aurora asintió.

—Con la excepción de uno —añadió.

—El diamante negro.

—Sí, el diamante negro.

El señor Scollard salió del faro en el instante mismo en que se detuvo el coche.

—Bienvenidos de vuelta —los saludó, con los ojos sospechosamente húmedos.

Aurora corrió a abrazarlo fuertemente.

—Gracias —musitó, con vehemencia—. No nos abandonó nunca, ni siquiera un momento.

—Fue tu fe la que no te abandonó ni un momento, Rory —contestó él. La apartó para examinarle la cara y asintió satisfecho—. Tu fe, tu valor y, principalmente, tu amor. —Pasó la mirada a Julian—. ¿Cómo va tu herida?

—Sanando, y bien que vale la pena soportarla —contestó Julian, mirando muy serio a su nuevo amigo—. Gracias.

El farero esbozó una leve sonrisa.

—Y ¿la llegada a tu destino, ha sido todas las recompensas que imaginé que sería?

—Más aún.

—Excelente —dijo el señor Scollard, haciéndolos pasar a su sala de estar—. Entonces reunamos todas vuestras preguntas y resolvámoslas. Ha llegado el momento de la resolución definitiva, y del más esplendoroso viaje de bodas.

—No querrá decirnos algo sobre ese viaje, ¿verdad? —dijo Aurora, instalándose en el sofá.

—No —replicó él secamente—. Así que puedes dejar de mirarme como un cachorrito ilusionado a la espera de un bocadito. Ese bocadito tiene que dártelo tu marido. —Se sentó en un sillón agitando la cabeza, exasperado—. Francamente, Rory, ¿es que no vais a aprender nunca a tener paciencia, tú y Courtney? Entre mantener a raya sus incesantes preguntas sobre la fecha de la llegada del bebé y ahora tratar de persuadirte de dejar de fisgonear en la sorpresa de tu marido..., me maravilla que tenga fuerzas para subir la escalera de la torre.

—¿Sabe cuándo llegará el bebé?

Él hizo otro guiño.

—Eso sólo lo sabe el bebé.

Ella frunció el ceño, preocupada.

—Tendrás tiempo de sobra, Rory —la tranquilizó él—. Resuelve el pasado, planifica el futuro. Cuando te embarques en él, ya serás tía.

—Muy bien —aceptó ella, inclinándose hacia él—. Como sabe, hablamos con el señor Barnes. No nos dijo nada que no supiéramos ya.

—¿No?

Julian se sentó en el brazo del sofá.

—¿Quiere decir que el propósito de Barnes era algo más que lo de llevarnos a Macall y a Guillford?

—Quiero decir que las coincidencias no son en absoluto coincidencias, sino destino.

—¿Como la aparición repentina y esencial de un faro que es exactamente igual a este? —terció Aurora.

El señor Scollard bajó su nívea cabeza.

—En ningún mapa aparece otro faro igual.

—Lo vi, señor Scollard —exclamó ella, recordando ese negro momento de desesperación cuando la presencia de su amigo la sostuvo—. Miré hacia Land's End y vi la milagrosa luz de ese faro, sólo un momento antes que Julian saltara y atacara a lord Guillford. Si no hubiera visto esa luz no habría sobrevivido a esa terrible experiencia.

—Es curioso —dijo el señor Scollard—. Estabas en Lizard Point. Ese cabo está en el extremo más meridional de la península Lizard. Land's End está a millas de distancia de allí. Pero claro, estabas en una de las cimas más altas de Cornualles. Eso explicaría que vieras algo tan lejano. Pero distinguir los detalles de un faro, eso sí es toda una proeza.

—Pero no una coincidencia —aclaró Aurora, aplicando la teoría de él—. Ese faro apareció por un motivo, para darme esperanzas, para salvarme la vida. Y por lejano que estuviera, a mí me pareció increíblemente cerca. Vamos, vi Land's End con tanta claridad como si...

—Rory —interrumpió Julian, girando bruscamente la cabeza hacia ella, con los ojos brillantes, como si hubiera hecho un descubrimiento—. Piensa en lo que acabas de decir y piensa en lo que nos dijo Barnes.

—No te sigo —dijo Aurora, ceñuda.

—Dices que veías Land's End y que te pareció increíblemente cerca. Ahora piensa en las últimas palabras de mi bisabuelo, las que Barnes nos dijo que balbuceó delirante por la fiebre.

Ella comprendió a qué se refería.

—Dijo que el fin estaba cerca, que el fin estaba a la vista, que vería a James antes que llegara allí. —Agrandó los ojos—. ¿Crees que se refería a ese fin, a Land's End?

—Basándome en la teoría del señor Scollard de que las coincidencias de la vida son en realidad destino, sí, creo que se refería a Land's End.

—Entonces, siguiendo esa teoría, eso de que vería a James antes de llegar allí significa que el diamante está oculto en alguna parte relativamente cerca de Land's End. —Aurora se levantó de un salto y comenzó a pasearse—. Eso podría ser un montón de lugares, Penzance, Mousehole, Newlyn...

—¿Me permites recordarte que aún hay muchas pistas y aparentes coincidencias sin explorar? —interrumpió el señor Scollard sin ninguna ceremonia.

—Las pistas —exclamó Julian.

Cogió la bolsa que traían de Polperro y sacó las dos cajas fuertes, con sus llaves y contenido, el diagrama de la propiedad Morland y el libro sobre los halcones.

—Sí, todas las pistas están aquí, pero son inútiles sin las coincidencias —proclamó el señor Scollard, sin siquiera echar una mirada curiosa a los objetos que acababa de poner Julian sobre la mesa—. Cada una está íntimamente ligada a las otras.

—Las coincidencias. Muy bien —dijo Julian, comenzando a pasearse con las manos cogidas a la espalda—. Un faro que no existe, visto con toda claridad desde un lugar distante.

—Distante, sí, pero visto de todos modos —aclaró Scollard—.

Visto en un momento de terrible desesperación, y lo transforma en un momento de inmenso triunfo. Visto mediante un milagro de la naturaleza, el mismo milagro que te permitió a ti salvar a Rory de ese destino.

Julian había dejado de pasearse y estaba sopesando esas palabras.

—Ese milagro de la naturaleza fue una cima en los acantilados negros.

—Sí, una de las más altas del condado, me imagino. Cornualles posee muchas de esas cimas. Seguro que no todas son tan altas ni tan difíciles de montar. Todo depende de lo que se busca y de quién hace la búsqueda. —Arqueó una blanca ceja—. Pero claro, seguro que tú sabes eso. Después de todo eres el Merlín, ¿no? O al menos uno de su tipo.

—Ya está hablando con enigmas —dijo Julian, mirándolo pensativo.

—Igual que el bisabuelo de Rory.

—El libro —dijo Aurora, casi tropezando con Julian en su prisa por coger el libro—. Se refiere a la dedicatoria. —Abrió la tapa buscó el párrafo con el dedo y leyó—: «Al igual que el merlín y el cernícalo, sigue el camino de tu mapa, y luego elévate hasta la cima más alta, y la llave de todos los tesoros de la vida será tuya». —Alzó la cabeza para mirar al señor Scollard—. Dondequiera esté el diamante negro, podemos ver ese lugar desde una cima cercana a Land's End. —Bajó la vista a la dedicatoria y volvió a leer el párrafo, mientras Julian se ponía a su lado—. Sigue el camino de tu mapa —musitó—. ¿Al decir «mapa» se referirá al dibujo de Geoffrey? —Cogió el diagrama de la mesa—. ¿Podría ser que esto indicara algo más de lo que ya hemos probado?

—Es posible —dijo Julian, examinando el dibujo de su bisabuelo. Después miró la dedicatoria y leyó en voz alta una parte del primer párrafo—: «Eres mucho más grande de lo que pareces: una roca de fuerza, un gigante entre los hombres». Si hay alguna relación entre estas palabras y el mapa, supongo que sería la palabra «gigante», que nos lleva de vuelta a la leyenda que inspiró el dibujo de Geoffrey. ¿Es a eso a lo que alude James aquí? ¿Quiere decir que nuestro bisabuelo nos envía de vuelta al río Tamar? En ese caso, negaría todo lo que acabamos de determinar.

—Cierto. El Tamar no está cerca de Land's End —convino Aurora—. De todos modos tienes razón sobre la clara referencia a un gigante. Parece demasiado clara para ser una coincidencia... —Se sorprendió por haber empleado esa palabra otra vez y miró al señor Scollard—. No es una coincidencia, ¿verdad? Es importante.

—Así como hay muchos tipos de merlines, hay muchas clases de gigantes. Algunos son legendarios, otros son tangibles.

—¿Un gigante tangible? —repitió Aurora, ceñuda, totalmente despistada.

—Si seguimos el razonamiento, ese gigante tangible es un lugar —dijo Julian, pensando en voz alta.

—¡Pero claro! —exclamó Aurora, armando en la mente retazos sueltos de recuerdos—. Giant's Cave, la Cueva del Gigante —musitó, encontrándose con la mirada de aprobación del señor Scollard—. ¿Cómo pude haberla olvidado?

—Eras poco más que una cría cuando te conté ese determinado cuento, Rory —le dijo el farero—. Estaba dormido en tu memoria, esperando el momento oportuno para presentarse. Ese momento es ahora.

—No conozco ninguna Cueva del Gigante —terció Julian, con el ceño fruncido, desconcertado—. Y lo encuentro raro, puesto que he tenido encontronazos con muchos de los contrabandistas más famosos de Cornualles.

—Eso no tiene nada de raro —dijo Aurora—. Verás, en realidad la Cueva del Gigante no es una cueva, es una aldea.

—¿Una aldea? Imposible. Conozco todas las aldeas de...

—Y esta también —replicó ella—. Sólo que la conoces con otro nombre, Mousehole.*

Julian la miró boquiabierto.

—A ver, explícamelo.

—Encantada. El verdadero nombre de Mousehole es Giant's Cave, aunque nadie la llama así. El nombre Mousehole lo acuñaron los barqueros, debido a lo inaccesible que es. A no ser por mar, es casi imposible llegar allí por tierra.

—Así como uno de los gigantes que siguió a Tamara va a dar al Canal, así también la aldea Giant's Cave —dijo el señor Scollard.

* Mousehole: Ratonera. (N. de la T.).

—Así que esa es la relación —musitó Aurora, pensativa—. Otra coincidencia que no es una coincidencia.

—Que me cuelguen —exclamó Julian, agitando la cabeza, pasmado. Entonces miró al señor Scollard, con los ojos iluminados por otra comprensión—. Eso arroja luz sobre otra de las frases raras que ha dicho usted. Refiriéndose a los acantilados negros, dijo que no todas las cimas deben de ser tan altas ni tan difíciles de «montar». Montar, de monte, como en Mount's Bay, Bahía del Monte, el nombre de la ensenada que rodea Mousehole y se extiende desde Lizard Point a Land's End.

—Ahí fue donde vi el faro —exclamó Aurora, explorando la memoria para recordar todos los detalles de esa parte de la costa—. Pero de esa ensenada no se eleva ningún acantilado. Está el islote Saint Michael's Mount, donde se eleva ese magnífico castillo medieval que sobresale en medio de la ensenada, pero su situación no es la correcta. Está al este de Mousehole y, por lo tanto, más lejos aún de Land's End. Y tampoco es lo que yo llamaría una cima tangible... —Se interrumpió bruscamente y le cogió el antebrazo a Julian—. Las rocas..., había varias formidables sobresaliendo del agua. —Apuntó una frase de la dedicatoria—: «Una roca de fuerza». Tiene perfecto sentido. Debería habérseme ocurrido inmediatamente. Una de las rocas de Mount's Bay es la cima tangible que nos llevará al diamante negro. —Miró nuevamente al señor Scollard—. Y sé que roca es.

—Continúa —dijo Julian.

—Es la segunda parte de la leyenda que me contó el señor Scollard hace tantos años, y también acaba de venirme a la memoria, junto con su homóloga. —Comenzaron a bailarle los ojos de entusiasmo—. Hay una roca legendaria en las aguas que llevan a la aldea, la cual, a diferencia de otros escollos rocosos que hay en la ensenada, sólo se ve cuando la marea está baja. Se llama Merlin Carreg o, traducida, Roca Merlín. Esa es la roca a la que se refiere James en la dedicatoria, aquella a la que hay que subirse para encontrar el tesoro. —Pegó un pequeño salto—. Muchos merlines, muchos gigantes, nada es coincidencia; todas las piezas se están armando.

—Desde luego. —Julian tenía la cara tensa de emoción al repasar una última vez la dedicatoria de James. Después levantó el libro para que la leyera Aurora—. Lee la última frase de la dedicatoria de James. Nos da la última información esencial que necesitamos. Sus instrucciones ya están abundantemente claras, como lo está nuestra ruta. Mousehole está en la costa, cerca de Penzance, a unas ocho millas al este de Land's End. Tanto Mount's Bay como la Roca Merlín están directamente a sus pies. Tenemos que esperar a que la marea esté baja. Entonces iremos en barca, remando, hasta la roca y nos encaramaremos a ella. Desde ahí miraremos hacia la ensenada, en línea recta hacia Mousehole, teniendo a la vista Land's End.

—Pero ¿qué vamos a buscar? —preguntó Aurora, releyendo las palabras de James para determinar qué sabía su marido y ella no—. Supongo que nuestros bisabuelos no elegirían un escondite que estuviera claramente a la vista de todos los marineros que pasaran.

—Noo, no. Por esa ensenada navegan principalmente pescadores, y todos van bastante pegados a la costa, justamente para evitar esos escollos rocosos que acabas de mencionar. Y si algunas barcas pasaran tan cerca de la Roca Merlín que la posición les ofreciera a sus ocupantes las vistas exactas que nuestros bisabuelos quieren que veamos nosotros, no tendrían idea de que esas vistas contienen algo de gran importancia.

—¿Qué contienen?

—La última pieza del rompecabezas: la cima más alta.

—¿La cima más alta de Mousehole?

—Exactamente.

—Pero, Julian, Mousehole es una pequeña aldea de pescadores. Ahí no hay ningún acantilado, ni crestas elevadas ni páramos.

—No tiene por qué haberlos. Ten presente lo que dijo el señor Scollard, que no todas las cimas deben de ser tan altas ni tan difíciles de montar. La cima que buscamos podría ser simplemente la de un cerro pequeño o una colina. Lo importante es que será visible desde esa roca en que estaremos subidos y será más alta que todo lo que la rodea. —Miró sonriendo hacia el señor Scollard—. No lo olvides: todo depende de lo que se busca y de quién hace la búsqueda.

—Eres extraordinariamente sagaz y rápido —lo elogió el farero.

—Pues claro. Soy el Merlín, ¿no? —replicó Julian riendo.

—Pues sí —convino el farero—. Sí, muchísimo.

—O sea, que nos subimos a la Roca Merlín y miramos hacia el lugar más alto de Mousehole —terció Aurora, siguiendo el razonamiento de Julian—. Y cuando lo encontremos, remamos hasta la aldea y comenzamos la búsqueda.

—Sí, y también llevamos unas cuantas cosas con nosotros—contestó él; volvió a apuntar hacia la dedicatoria y recitó—: «Sigue el camino de tu mapa, y luego elévate hasta la cima más alta, y la llave de todos los tesoros de la vida será tuya». De acuerdo con lo que dice James, tenemos que llevar el dibujo de Geoffrey y las llaves de las cajas fuertes cuando vayamos a la Roca Merlín.

—Nuestros bisabuelos debieron de haber guardado sus tesoros en una tercera caja fuerte, y deben de ser necesarias las dos llaves para abrirla —observó Aurora, con los ojos brillantes de entusiasmo. Dicho eso, cogió el dibujo—. ¿Crees que esto nos servirá para guiarnos?

—Sí. Mi suposición es que aquí están detalladas las rutas que hemos de tomar cuando empecemos a explorar esa zona. Sin duda es una especie de mapa.

—¡Qué inteligente! Un dibujo con una doble finalidad. Primero, para llevarnos hacia la caja fuerte de James, y ahora, para ilustrar el lugar donde el Zorro y el Halcón guardaban los tesoros que luego llevaban al rey Jorge.

—Y entre esos tesoros, mi bella y brillante Aurora, está aquel que remediará el pasado y nos abrirá el camino hacia el futuro: el diamante negro.

—Y por fin quedarán limpios los nombres de vuestros bisabuelos —declaró solemnemente el señor Scollard—. Las pistas que dejaron colocadas con tanto esmero serán descifradas tal como lo deseaban, por aquellos cuyas vidas y mutuo amor reunirá a dos familias que no debieron enemistarse nunca. Y así, todas las aparentes coincidencias serán atribuidas, y muy correctamente, al destino. —Diciendo eso se levantó, frotándose las manos—. Todas las tardes baja la marea. Programad las cosas para llegar a la Roca Merlín justo antes de la puesta de sol. Esta noche viajad solamente hasta Polperro. Mañana lanzaros a la empresa y haced la parte que os llevará al final de vuestro viaje. Mientras tanto, disfrutad de vuestro amor, que es el más valioso regalo del destino, como lo es también la fuerza y la perseverancia que os han asegurado el triunfo sobre todos los obstáculos y todos los males que lo amenazaban. —Se dirigió al aparador, sobre el que de repente aparecieron una tetera y tres tazas que ciertamente no estaban antes—. Pero primero, vais a beber un poco de té. Lo suficiente para fortaleceros, y para celebrar el más glorioso de los futuros. —Sirvió una taza y se la llevó a Aurora—. Bebe de este té en gran cantidad entre este momento y el comienzo de vuestro viaje de bodas —le ordenó—. Eso te aliviará el mareo que vas a experimentar en tu viaje de vuelta a casa.

—¿Mareo? —preguntó ella, ceñuda, cogiendo la taza—. Nunca me he imaginado que podría sufrir de eso. Pensaba que me encantaría navegar por mar abierto.

—No y sí.

—Pues, no lo entiendo.

—Sólo sentirás revuelto el estómago esa vez, y sólo en la última etapa del viaje de regreso a casa. Pero no te apures. Habrá un buen motivo para tu corta racha de mareo.

—¿Una tormenta? —preguntó ella.

El señor Scollard se concentró en la tarea de servir las otras dos tazas.

—Una tormenta pendiente —enmendó él, sonriendo enigmáticamente—. Una que promete traer con ella una avasalladora cantidad de emoción, excitación, aventura y pasión.

Capítulo 16

*L*os remos de Julian cortaban limpiamente el agua de la ensenada Mount's Bay; el mar estaba en relativa calma debido a la marea baja, pero de todos modos la pequeña barca se mecía de un lado a otro, no por falta de pericia del remero, sino por la impaciencia de su pasajera.

—Ojalá pudiéramos avanzar más rápido —masculló Aurora, inclinándose a mirar a través de los últimos restos de luz que todavía brillaban sobre la superficie del agua.

Julian sonrió de oreja a oreja.

—Lo sé, *soleil*. Estoy tan impaciente como tú por llegar a la Roca Merlín. Pero si te inclinas un poco más te caerás al agua y yo tendré que zambullirme para rescatarte, y eso nos retrasará considerablemente. Y sería una lástima, porque ya casi hemos llegado. Así que, por favor, trata de estarte quieta.

De mala gana, Aurora se quedó quieta en el borde de su asiento.

—Muy bien, lo intentaré.

Al instante olvidó sus palabras pegando un salto y apuntando hacia una masa ligeramente gris que sobresalía de la superficie a unas treinta yardas.

—Esa tiene que ser.

—Sí, lo es. La divisé hace quince minutos y hacia ella he venido remando.

Ella giró la cabeza y lo miró por encima del hombro con mala cara.

—Algún día te superaré, Merlín, y entonces veremos qué haces con esa maldita arrogancia tuya.

Julian se inclinó, soltando el remo un momento para tirarla hacia atrás hasta hacerla caer en su regazo.

—Ya me has superado —le dijo con la voz ronca, besándola suavemente en los labios—. Has conquistado mi corazón, *soleil*.

—Entonces nos hemos superado mutuamente —contestó ella, seria, acariciando los contornos de la amada cara de su marido—. Porque te quiero tanto, tanto, que me asusta.

—No te asustes. —La acomodó más contra él, sin perder de vista la dirección de la barca—. Soy tuyo, ahora y siempre. —Le besó el pelo—. Comenzamos juntos esta aventura y la terminaremos juntos. Iremos a entregar la joya al príncipe regente, llevando a su fin la misión de nuestros bisabuelos, y nos aseguraremos de que no sólo los eximan de toda sospecha sino que además los celebren como a los héroes que fueron. Después viajaremos directamente a Pembourne y nos quedaremos ahí hasta que nazca el bebé de Slayde y Courtney.

—Y después de eso nos embarcaremos a ver el mundo —concluyó ella, suspirando y besándole el cuello—. Nunca he hecho el amor en un barco.

—Corregiremos eso antes que el barco zarpe del puerto, te lo prometo.

—Me estoy aficionando cada vez más a tus promesas.

Él le levantó el mentón y la besó hasta casi derretirle los huesos.

—Tengo toda una vida de promesas para ofrecerte, mi amor. Toda una vida exquisita, maravillosa.

Se inclinó a besarla otra vez. El remo golpeó algo duro.

—La Roca Merlín —exclamó Aurora, enderezándose, con las mejillas sonrosadas de alegría—. Julian, hemos llegado.

—¿Ves lo rápido que pasa el tiempo cuando estás ocupada en algo placentero?

Ella se rió alegremente.

—Tienes permiso para distraerme de esa determinada manera siempre que quieras, marido.

—¿Sí? Entonces me parece que durante nuestro próximo viaje no saldrás de la cabina para ver todas las maravillas que deseas ver.

—No importa. Te deseo más a ti. —Diciendo eso, Aurora se agarró de la roca puntiaguda y pasó hacia la parte lisa, donde quedó tendida. Le brillaron de travesura los ojos—. ¿Te apetece unirte conmigo aquí? Aunque debo advertirte que esta roca es más estrecha, mucho más incómoda, e infinitamente más pública que el asiento de nuestro coche.

—Ni lo estrecho, ni lo incómodo ni lo público me refrenarían en lo más mínimo, pero no quiero arriesgarme a que te queden arañazos en tu preciosa piel —proclamó él valientemente y, atándose a la cintura la cuerda para amarrar la barca, subió a la roca donde ella ya se estaba poniendo de pie—. De todos modos, hay maneras de sortear ese problema. —La ayudó a enderezarse y la estrechó en sus brazos, con un destello dorado de desafío en sus ojos color topacio—. Yo podría llevarme la peor parte de los arañazos —musitó con la boca hundida en su brillante mata de pelo—. Mejor aún, podríamos hacerlo de pie; yo soportaría tu peso e incluso te rodearía con las faldas para que nadie nos viera. —Emitió una seductora risita—. ¿Te apetece probarlo?

Ella apartó la cabeza y lo miró incrédula.

—¿Lo dices en serio?

—¿Tratándose de hacerte el amor? Siempre, *soleil*. Una pregunta más pertinente es, ¿lo decías en serio tú?

Aurora echó una rápida mirada al entorno, las barcas de pesca no muy lejanas, las aldeas cercanas, y renunció a la idea.

—Derrotada otra vez —gruñó.

Él esbozó una ancha sonrisa.

—Tienes permiso para vengarte. Después, puedes derrotarme a gusto de tu corazón.

—Seductora idea. Lo esperaré con ilusión. —Se quitó de la cara unos mechones sueltos y sus pensamientos cambiaron de dirección al contemplar las tranquilas aguas de la ensenada Mount's Bay, la pintoresca línea de la costa que define sus límites, las enormes gaviotas blancas que pasaban planeando por encima—. Para mí, todo esto es un milagro —dijo en tono reverente—. Hasta ahora estos lugares sólo eran volutas de sueños flotando en mi cabeza, trocitos de las leyendas del señor Scollard. Ahora son reales.

—Eso se parece mucho a ti —contestó él en un ronco susurro—. Un sueño desconocido que ahora es una realidad, un milagro. Mi milagro.

Ella se puso a su lado.

—Gracias.

—No, *soleil*, gracias a ti. —Le rodeó la cintura con el brazo acercándola más a él. Con el otro brazo apuntó hacia el frente—. Ahí tenemos Mousehole. Y Land's End queda un poco hacia el oeste.

Siguiendo el gesto de su brazo, Aurora miró la aldea que albergaba el secreto de sus bisabuelos y no vio otra cosa que una pequeña cala, unas cuantas barcas de pesca y una estrecha franja de arena que más adentro se convertía en tierra cubierta de hierba.

—Es muy hermosa, pero no sé bien qué buscamos —dijo, mirando hacia las hileras de casas, detrás de las cuales asomaban verdes colinas—. Como dije, no hay nada ni remotamente alto por...

Se le quedó atrapada la voz en la garganta.

El sol, ya bajo por el oeste, parecía posado sobre la aldea Mousehole, absolutamente inmóvil, bañándola con sus últimos rayos de luz. Nítidos rayos pasaban por encima de la aldea revelando un par de ondulantes colinas situadas exactamente ante sus maravillados ojos. Mientras contemplaba embelesada, los rayos convergieron en uno solo que pasaba justo por el medio del espacio entre las dos cimas idénticas, iluminando una tercera colina situada más al fondo, directamente entre las otras dos y bastante más alta. Su verde ladera estaba anunciada por hileras de setos que formaban un arco al pie.

Sintió retumbar el corazón como un tambor.

—Julian, esa colina...

—La veo —dijo él en un susurro preñado de emoción por el descubrimiento.

Aurora desvió la vista de los setos y echó atrás la cabeza para mirarlo.

—Es algo más que la altura de esa colina. Incluso más que la intensa luz de ese rayo de sol que la ilumina. Hay algo ahí que...

—¿Por ejemplo que esos setos están dispuestos exactamente igual que los del dibujo de Geoffrey?

Julian sacó rápidamente el dibujo del bolsillo, lo desplegó y señaló los setos dibujados por Geoffrey, los setos que daban paso al denso laberinto de arbustos y árboles que definía una parte del terreno de la propiedad Morland.

La ya tenue luz del sol iluminaba el dibujo y Aurora miró desde él a la colina y nuevamente el dibujo.

—Tienes razón, son idénticos. —Hizo una fuerte inspiración—. Entonces es cierto. Este era el plan de nuestros bisabuelos. Lo que estamos viendo lo demuestra. Sería imposible que alguien que se acercara desde otro ángulo viera el pie de esa colina. Está protegido por la elevación del terreno y las hileras de casas. Nadie podría verlo a no ser que estuviera aquí donde estamos nosotros y exactamente a esta hora. E incluso si, contra todo pronóstico, alguien se subiera aquí, con la marea baja y justo a la hora de la puesta de sol, no tendría idea de lo que ve, a no ser que tuviera en sus manos este dibujo.

—Apostaría que hay una cueva en esa colina, Rory.

—Y yo apostaría que tienes razón.

Como para confirmar la validez de sus palabras y proclamar que había realizado su misión, el sol dejó de iluminar Mousehole y se hundió un poco tras el horizonte, dando paso a la tenue luz crepuscular.

—Rememos hasta la playa.

Aumentando la presión del brazo que la rodeaba, Julian la instó a subir a la barca y después de desatarse la cuerda de la cintura, se sentó a su lado.

—Tendremos que darnos prisa —aconsejó Aurora, tensa como la cuerda de un arco, cuando la barca se puso en marcha hacia la costa—. Trajimos una linterna, sí, pero será mucho más fácil encontrar la abertura en esa colina con un poco de luz natural.

—Muy de acuerdo.

Con rápidos golpes de remo, Julian llevó veloz la barca acercándola a la playa. Aurora saltó tan pronto como pudo y vadeó varios palmos con el agua hasta los tobillos, ayudándolo a arrastrar la barca hasta la arena seca.

—Vamos —dijo, instándolo.

No hizo falta que lo repitiera. Cuando había terminado de escurrirse la orilla del vestido, él ya estaba a su lado y, cogiéndole la mano, echó a andar.

Atravesaron la arenosa playa y tomaron el estrecho sendero que llevaba a la aldea. Una vez que dejaron atrás las casas y llegaron a la ondulante franja de terreno que precedía a las colinas, dejaron el sendero y continuaron por el terreno cubierto de hierba siguiendo la ruta más directa hacia su objetivo.

La luz del crepúsculo ya iba dando paso a la oscuridad cuando llegaron a las colinas idénticas que flanqueaban a la que buscaban.

Deteniéndose, Aurora miró hacia la colina más alta de más allá y vio los oscuros contornos de los setos ante ella. Se estremeció, no supo si por la emoción o por el frío aire nocturno.

—¿Tienes frío? —le preguntó Julian, arrebujándole más la capa. Sin esperar respuesta, se quitó la chaqueta y se la puso sobre los hombros—. ¿Mejor?

—Te vas a congelar —protestó ella.

—Nada de eso —contestó él, sonriéndole con esa aniquiladora sonrisa sesgada—. Te lo prometo. Además, tú puedes calentarme después, al mismo tiempo que me superas.

Cogiéndole la mano la llevó hasta el pie de la colina.

Aurora retuvo el aliento cuando él levantó la linterna para explorar con la vista los setos, en busca de una abertura.

Encontró la respuesta en la forma de un oscuro agujero casi tapado por matorrales verdes, que se abría justo frente a ellos.

—Ahí —exclamó, apuntando con gesto triunfal hacia la negra boca de la cueva—. Esa es, *soleil*. La hemos encontrado. —Levantó bruscamente el brazo, para detener la inmediata reacción de Aurora, de echar a correr—. Espera. Dame un minuto para mirar el dibujo. Tiene que estar oscuro dentro de esa cueva, muy oscuro. Es mejor que me oriente antes que entremos, aun cuando llevemos linterna.

A pesar de su impaciencia, ella comprendió la prudencia que inspiraba el comportamiento de él. Obligándose a quedarse quieta, miró por encima de su hombro, para canalizar su impaciencia hacia algo más útil.

—Déjame que examine el dibujo contigo. Sé que eres un excelente navegante, pero no nos hará ningún daño que los dos tengamos una idea del camino que tenemos que seguir.

—Buena idea. —Julian bajó el dibujo para que pudieran verlo los dos y movió la linterna hasta encontrar el ángulo en que iluminaba más—. Por primera vez en mi vida me gustaría conocer mejor el terreno de Morland —musitó.

—No te hace ninguna falta —dijo ella, pasando el dedo por la parte del dibujo que representaba el lugar donde estaban—. El dibujo de Geoffrey es muy claro. Estos son los setos más cercanos a la casa. Los setos de más arriba se convierten en una especie de laberinto.

—Los jardines están aquí, a la derecha —continuó él—. A la izquierda están las casas de los inquilinos, la cochera y el establo.

—Y mira qué hay detrás del establo —exclamó ella, en tono vehemente—. Dos corrales, uno grande y otro pequeño. En el grande simplemente dice «ganado». Pero en el pequeño están más marcadas las palabras «perros de caza». —Levantó la cabeza y lo miró con los ojos chispeantes—. Y todos sabemos qué persiguen esos perros.

—Zorros. —Julian le dio un rápido y fuerte abrazo, y volvió la atención al dibujo, examinando el laberinto de setos de los alrededores de ese corral—. Mira, hay una abertura aquí en este seto, el del lado del corral. Esto es lo que buscamos, Rory.

Rápidamente repasó la ruta que debían seguir, memorizando todas las curvas.

—¿Ahora sí podemos ir? —preguntó Aurora, saltando de uno a otro pie.

—Sí, *soleil*, ahora sí.

Cuando entraron en la cueva se quedaron inmóviles un momento para adaptar los ojos y mirar el entorno. Las paredes y el techo eran de granito, y el suelo una accidentada combinación de tierra, roca y piedras sueltas. La altura de la cueva, de más o menos una yarda y media más un palmo, permitía a Aurora caminar erguida y le dejaba casi medio palmo de espacio sobre la cabeza. No así a Julian, con su gigantesca estatura. Pero él lo solucionó doblándose por la cintura y manteniendo la cabeza levantada, con lo que podía ver perfectamente bien la ruta.

—Es una cueva natural —concluyó él, levantando la linterna para que ella pudiera ver—. Tenemos unos cuantos palmos de espacio a cada lado, lo cual es bueno, pero no tenemos espacio encima, o mejor dicho, yo no tengo. —Frunció el ceño, pensativo—. Eso me va a dificultar llevar la linterna y caminar al mismo tiempo, por no decir consultar el mapa. Y eso, desgraciadamente, significa que nuestro avance será lento.

Ella le cogió el brazo.

—No tiene por qué serlo. Yo tengo un espacio de casi un palmo sobre la cabeza, con lo que puedo caminar sin ningún problema, incluso correr si es necesario. Dame el mapa y la linterna y déjame que vaya delante. Tú ya has examinado el dibujo. Si tomo una ruta equivocada, me detienes.

—Si logro darte alcance, quieres decir —replicó él, sarcástico. Al ver la expresión de ella, aceptó, pero bastante inquieto—. Rory, te dejaré ir delante, pero con una condición. Prométeme que vas a dominar tu maldita vena temeraria. Nada de correr. El suelo es pedregoso e irregular, y podrías tropezar y romperte la crisma. Irás a no más de unos palmos delante. Y lo más importante, no entres a explorar lugares desconocidos que te piquen la curiosidad. ¿De acuerdo?

A ella le burbujeó la risa en la garganta.

—Me conoces bien, ¿eh, Merlín? Muy bien, de acuerdo. Seré asquerosamente aburrida y obediente.

—Y yo iré detrás para asegurarme de eso. —Le pasó el dibujo y la linterna—. Y no lo olvides, camina lento. El suelo está agrietado y hay muchas rocas salientes.

—Estoy demasiado entusiasmada para tropezarme —bromeó ella.

De todos modos, obedeció, porque no hacerlo sería pura estupidez. Además, ya estaban muy cerca del objetivo.

Afirmando bien la linterna, miró el dibujo, echó andar y viró a la izquierda.

El camino iba serpenteando y fueron dejando atrás varias entradas a pasajes que llevaban a lugares desconocidos. Pasados unos minutos, Aurora se detuvo a consultar el dibujo.

—¿Cuánto crees que nos falta?

—Si la ruta está a escala, hemos hecho más de la mitad del camino —contestó él, detrás de su cabeza—. Vienen otras dos curvas, cada vez toma el pasaje de más a la derecha, y después toma un brusco recodo a la izquierda. Continúa caminando unas tres yardas más o menos, creo, y para. La abertura del dibujo de Geoffrey está por ahí.

Aurora hizo una corta inspiración, de entusiasmo.

—Espléndido.

Continuó caminando, siguiendo las instrucciones de Julian, por la ruta exacta que describía el dibujo, eligiendo con sumo cuidado los lugares para poner los pies por entre las puntiagudas rocas y tierra agrietada. Sentía la presencia de Julian detrás de ella, y su emoción tan palpable como la suya.

—Hemos llegado.

Esas dos palabras de Julian le hicieron bajar un estremecimiento por el espinazo. Se detuvo y levantó la linterna para examinar todo el entorno lo mejor posible. El suelo era igual de pedregoso y accidentado que el camino, el techo de granito, y las paredes...

Aurora dejó escapar una exclamación ahogada.

—Julian, mira.

Aún no había terminado de hablar cuando él ya había cogido la linterna de su mano y estaba delante de ella iluminando la parte de arriba de una pared. Inserta en la roca había una reja, su borde superior casi tocando el ángulo con el techo. Más o menos del tamaño de una ventana, semejaba una puerta de hierro de dos hojas, y detrás se distinguía una cavidad, aunque no la extensión de su fondo. Lo que sí se distinguía claramente a la luz de la linterna era que los goznes estaban a ambos lados del barrote vertical del medio, más ancho, y al otro lado de cada hoja, estaba la cerradura, una en el borde izquierdo y la otra en el derecho.

En una cerradura estaba tallada la imagen de un zorro y en la otra la de un halcón.

—¡Es aquí! —exclamó Aurora—. Hemos encontrado el escondite de nuestros bisabuelos.

Julian asintió, exultante, examinando la reja con los ojos entrecerrados.

—Geoffrey y James fueron muy ingeniosos al diseñar esto. Una cavidad, una puerta y dos hojas para abrirla. De ese modo los dos podían acceder al tesoro escondido, si le ocurría algo al otro. Inteligentísimo. —Cogió un barrote de cada hoja y los movió, confirmando lo que los dos ya sabían; estaban cerradas con llave—. No hace falta adivinar cómo abrirlas.

—¿Ves el interior?

—Sólo un brillo metálico.

—No soporto la expectación —exclamó Aurora. Cayendo en la cuenta de que todavía llevaba sobrepuesta la chaqueta de Julian, hurgó en el bolsillo y sacó las llaves, una a una, y le puso una en la palma a él—. Esta es la de Geoffrey, tendría que abrir la cerradura del Zorro.

Julian simplemente miró la llave y, sin abrir la cerradura correspondiente, dejó la linterna en un retallo de la pared y se volvió hacia Aurora.

—¿Tienes lista la llave de James?

—Sí, aquí, ¿por qué? Sólo se necesita una llave para abrir.

Él le acarició la mejilla con el dorso de la mano.

—Cierto. De todos modos vamos a hacer esto juntos. Somos socios, mi amor —añadió, con la voz preñada de orgullo y ternura—, tal como lo fueron nuestros bisabuelos, salvo que, como lo expresó tan sabiamente el señor Scollard, nuestra asociación es mucho más que amistad. Yo actuaré en nombre de Geoffrey, y tú en nombre de James. ¿Lista?

Cogiéndola con un brazo por la cintura, la levantó en vilo hasta que sus ojos estuvieron a la altura de la cerradura con la imagen del halcón. Con la mano temblorosa, Aurora insertó la llave, observándolo a él insertar la suya en la cerradura con el zorro.

Los dos giraron las llaves al mismo tiempo y dos clics indicaron que estaban abiertas las cerraduras.

Se abrieron las dos hojas de la puerta.

—Déjame a mí esta parte —dijo él, deteniendo el inmediato movimiento de ella de meter la mano en la cavidad, y dejándola en el suelo para tener las dos manos libres—. Vete a saber qué alimañas podrían andar por ahí.

Eso la convenció. De todos modos se empinó para no perderse nada mientras él introducía las manos en la oscura cavidad.

Un instante después, él sacó una caja fuerte, y la bajó para que los dos pudieran verla bien.

El cofre no tenía ningún adorno aparte de dos imágenes doradas en la tapa, una de un zorro y la otra de un halcón.

—Dios santo, Julian, esto es real.

Impulsivamente, cogió el cofre, descubriendo de inmediato que era de hierro y muy pesado. De mala gana lo dejó en las manos de él, y se enterró las uñas en las palmas para dominar su impaciencia.

—Ábrela, date prisa.

Él esbozó su sonrisa sesgada.

—Qué autodominio, la cautela vence a la impaciencia. Me siento orgulloso de ti, *soleil*. Te has convertido en una verdadera aventure ra. —Acercó la caja a ella, sujetándola firmemente—. Venga, coge tu recompensa. Yo la sujeto y tú la abres.

—¿Yo? ¿De verdad?

—Sí, de verdad.

Aurora no necesitó una segunda invitación. Levantó la tapa, y juntos miraron dentro.

Lo primero que vieron fue una hoja de papel con algo escrito a mano, la tinta algo desvaída, pero legible. Se inclinaron a leerla:

Sea verdad o mito, está escrito: «Aquel de corazón negro que toque la joya cosechará riquezas eternas y se convertirá en la carroña de la que se alimentarán otros por toda la eternidad». Si ni Geoffrey Bencroft ni yo regresamos para terminar nuestra misión, hacerlo será la tarea de nuestros descendientes elegidos. Por nuestras familias, por nuestro Rey y nuestro país, y por cualquier tipo de fuerza que pueda existir, superior a nosotros pero menos palpable, os suplico que devolváis esta joya a su lugar legítimo. Entonces abundará la paz por toda la eternidad. James Huntley, 1758.

Apartando la hoja, miraron el interior. Ante sus ojos brillaba una enorme piedra negra.

—El diamante negro —musitó Aurora. Sin poder contenerse, metió la mano y la cerró alrededor de la piedra. La sacó y contempló pasmada su increíble tamaño—. Dios mío, me llena toda la palma. Es inmensa.

—Sí. —Cogiéndola en su mano más grande, Julian la levantó en la palma para que los dos pudieran admirar sus múltiples y lisas facetas a la luz de la linterna—. Lo conseguimos, Aurora. —Desviando la vista del diamante miró la radiante expresión en la cara de ella y en el color topacio de sus ojos brillaron chispitas de triunfo—. ¡Lo conseguimos, maldita sea! —De repente devolvió la piedra al cofre, colocó este en el retallo de la pared al lado de la linterna, cogió a Aurora en sus brazos y la besó ferozmente—. ¡Infierno y condenación, lo conseguimos!

La euforia hizo explosión dentro de ella y le echó los brazos al cuello.

—Sí, lo conseguimos. Por fin acabará la maldición del diamante negro, junto con la enemistad, el odio, el miedo y todas esas acusaciones erróneas. —Comprender eso le supo más dulce que todas las aventuras del mundo juntas, y la emoción de la victoria dio paso a una sensación de paz más maravillosa aún—. Piénsalo —musitó, embargada por una dicha más profunda, más plena—, se corregirá verdaderamente el pasado y por fin, por fin, quedará atrás, olvidado. Y el futuro será nuestro, Julian.

Él la miró, con la cara tensa por una miríada de emociones, su euforia moderada por la misma y profunda felicidad que reflejaban los ojos de ella.

—El futuro y el mundo —dijo, vehemente, acariciándole la cara con solemne reverencia—. Te amo, Aurora Huntley Bencroft.

—Y yo a ti —musitó ella—. Hoy, en este minuto, hemos fusionado de verdad los apellidos Huntley y Bencroft, no sólo legalmente, sino también realmente. —Guardó silencio un momento, conmovida—. Ha llegado la hora de la paz de que hablaba James, y la vamos a conmemorar como él y Geoffrey habrían deseado. —Levantó un poco el mentón, como para prepararlo para la declaración que iba a hacer—. Ahora soy oficial y orgullosamente la duquesa de Morland. —Le acarició la nuca con las yemas de los dedos—. Y tú, mi amadísimo marido, eres verdaderamente el duque de Morland, tal como lo fuera tu bisabuelo. Puede que Chilton y Lawrence mancharan el título, pero no pudieron destruirlo, puesto que tú has venido a restablecerlo en toda su gloriosa nobleza no convencional.

A él se le movió un músculo en la mandíbula.

—Ya es hora, Julian —insistió ella con vehemente convicción—. Olvida el rencor y el resentimiento. Geofrey lo habría querido así. —Y añadió, sin dejar de mirarlo a los ojos—: Y también Hugh.

Eso disolvió el último vestigio de resistencia en Julian. Asintiendo lentamente, le enmarcó la cara entre las palmas, mientras interiormente hacía las paces con el pasado y consigo mismo.

—Tienes razón —convino en voz baja, con los ojos oscurecidos por la emoción—. Muy bien, entonces, somos el duque y la duquesa de Morland. Aunque no creo que alguna vez logre convencerme de vivir en ese mausoleo.

—No hay ninguna necesidad de vivir ahí —dijo ella—. Tengo

unos planes espléndidos para la propiedad de tu bisabuelo; unos planes que los harían muy felices a él y a James.

Él la miró, curioso.

—Y ¿no me vas a comunicar esos planes?

—Después —repuso ella, en tono enigmático—. En este momento lo único que deseo es volver a casa. A nuestra casa Merlín, con nuestro irreverente personal y nuestra mullida y seductora cama. —Sonrió traviesa—. ¿O has olvidado mi promesa de superarte?

—De superarme y de calentarme —enmendó él, esbozando esa sonrisa pícara que a ella le gustaba tanto—. La respuesta es no. No la he olvidado. En realidad, mi bella esposa, creo que es una excelente idea la de volver a casa. Al fin y al cabo, antes de ir a Pembourne a enseñarles la joya a Courtney y Slayde y luego ir a Londres para entregarla al príncipe regente, nos debemos el celebrar nuestros títulos y sellar la unión de nuestras familias adecuadamente.

A ella le bailaron los ojos.

—¿Hace falta preguntar qué significa «adecuadamente»?

—No, ninguna falta.

—¿Crees que Geoffrey y James pondrían objeciones a que retrasáramos ese viaje uno o dos días?

—Creo que lo aplaudirían.

—En ese caso... —le atrajo la cabeza para acercar su boca a la suya—, me encantaría volver a casa después que me des una oportunidad inicial para superarte. ¿Sería posible eso, dada tu seguridad de que nuestros bisabuelos lo aprobarían de todo corazón?

A él se le curvaron los labios que ya rozaban los de ella.

—¿Aquí? ¿En esta cueva?

—Aquí. En esta cueva. —Extendiendo la chaqueta de él en el suelo, se tendió encima y lo miró con una seductora sonrisa—. Tumbado aquí no tendrías motivo para estar agachado —añadió.

—Muy cierto. —Él se tendió a su lado y se apoyó en un codo—. ¿Te he dicho cuánto me gusta tu espíritu aventurero? —susurró, pasando los dedos por entre su maravilloso pelo rojo dorado.

Ella se acurrucó más contra él, no deseando otra cosa en el mundo que pasarse el resto de su vida en sus brazos.

—Mmm, una o dos veces. Entonces, ¿no te importa que esta cueva sea algo primitiva y el suelo bastante incómodo?

—No, en absoluto, *soleil*. —Apoyándole la cabeza en el suelo, se inclinó sobre ella para besarla—. Te prometo compensar de la mejor manera que sé las imperfecciones de nuestro entorno.

—Qué tranquilizador —suspiró ella entreabriendo los labios para responder a la maravillosa y posesiva presión de los de él—. Dado que yo, mejor que nadie, sé lo diligente que eres para cumplir tus promesas.

Emitiendo una ronca risa, el nuevo duque de Morland procedió a cumplir su promesa, superando a su duquesa y siendo superado por ella también.

Y así se consumó la paz tan largamente deseada y buscada por el Zorro y el Halcón.

Epílogo

Casa Merlín, abril de 1819

Por quinta vez en cinco minutos, Julian bajó la escalera y reanudó su inquieto paseo por el corredor, llegando hasta la puerta de la sala de estar y volviendo sobre sus pasos. No vio pasar corriendo por su lado al perro dorado que huía, como si en ello le fuera la vida, del crío de pelo oscuro que corría detrás anadeando.

—Tyler, ven aquí. —Courtney cogió al niño, que se debatía por soltarse, y lo apoyó en su pecho—. Deja en paz a Tirano, cariño. Ya lo has torturado bastante por hoy, ¿no te parece?

Unos grandes ojos verde jade la miraron.

—No —contestó solemnemente su hijo de catorce meses.

—¿Ves lo que te espera, Julian? —bromeó Courtney, intentando por enésima vez hacer sonreír a su cuñado.

—¿Por qué tarda tanto esa maldita partera? —preguntó Julian, deteniéndose—. Es más rápida que un látigo cuando se trata de echarme fuera de la habitación. ¿Por qué no puede hacer nacer a mi hijo aunque sea la mitad de rápido? ¿Por qué?

Courtney lo miró compasiva.

—Todo irá bien, Julian. No le pasará nada a Aurora, te lo prometo.

—No la has visto.

—Sí la he visto. No hace ni veinte minutos que salí de sus aposentos. Y volveré, tan pronto como llegue Slayde. Está un poco cansada, pero no ha perdido el ánimo. En realidad —añadió, haciendo un gesto a su pelo revuelto y su ropa arrugada—, tú tienes un aspecto más trasnochado que ella. No espero que duermas, pero por lo menos podrías sentarte un rato a descansar. Te has pasado toda la noche paseándote.

—Estaba gritando de dolor —continuó Julian, sin oírla y sin hacer caso de su sugerencia—. La oí desde el rellano de la escalera. Aurora nunca grita de dolor; demonios, si ni siquiera gime. ¿Por qué está sufriendo tanto?

—No me creerás, pero el resultado hará valer cada momento de dolor.

—Tienes razón, no te creo. Y hablando de Slayde —añadió, mirando alrededor nervioso—, ¿dónde está? La última vez que lo vi iba saliendo, a medio vestir, y de eso hace horas, era medianoche.

—Tendría que estar de vuelta de un momento a otro. Se marchó tan pronto como le comenzaron los dolores a Aurora, a buscar al señor Scollard. Aurora quería que su viejo amigo estuviera presente en esta milagrosa ocasión. —Sonrió—. Creo que esta será una de las pocas veces que el señor Scollard acepte dejar el faro.

—Scollard, sí, tal vez él pueda ayudarla. Siempre sabe qué hacer. Él sabía de la llegada de este bebé. Prácticamente nos lo anunció cuando habló de nuestro viaje de bodas. Ojalá hubiera estado en el barco durante esas últimas semanas en el mar. Aurora se pasó la mitad del tiempo con la cabeza metida en el orinal, y yo no sabía qué hacer para aliviarle los mareos. ¿Te imaginas cómo fue?

—Sí, se parece muchísimo a todos mis viajes por mar —contestó ella, sarcástica—. Siempre me mareo.

—Aurora no. Viajamos desde el Lejano Oriente a India, y luego al Continente, y no se mareó ni una sola vez en esos seis meses navegando. Sólo le ocurrió esas últimas horribles semanas. Antes de eso era una auténtica marinera , tal como es aventurera por naturaleza. Hubo ocasiones en que ella era la única a la que no afectaban los elementos. Dos veces tuvimos tormentas tremendas, que hicieron mezclas de color hasta a los marineros más veteranos. Todos los tripulantes tenían bascas y suplicaban a sus compañeros que les cambiaran el turno de guardia para poderse ir a sus camarotes a descansar. Pero Aurora no. Yo tenía que bajarla a rastras a nuestra cabina; siempre deseaba estar en cubierta remontando el oleaje con el barco, sentir rociada la cara por el agua de mar. El barco se zarandeaba, se elevaban enormes olas alrededor, y ella encantada disfrutando de cada momento. Y luego, en nuestro viaje de regreso, de repente cambió todo. Se sentía cansada, mareada, le daba asco la comida. Demonios, casí no podía tomar un bocado ni caminar por cubierta sin sentir náuseas. Yo estaba desesperado. Creí que a consecuencia de nuestros viajes se había contagiado de alguna de esas horrorosas enfermedades. No veía las horas de llegar a casa para que la examinara mi médico. ¿Por qué diablos no me di cuenta de que estaba embarazada de mi hijo? ¿Cómo pude ser tan imbécil?

—Julian, ni siquiera Aurora se dio cuenta de que estaba embarazada —repuso Courtney, con el fin de consolarlo—. Era natural que supusieras...

Se interrumpió al oír un ruido procedente de la puerta y se giró a mirar. Se oyeron palabras fuertes y luego un portazo, igualmente fuerte.

Un instante después entró Slayde en el corredor, acompañado por el señor Scollard. Al ver a su mujer, Slayde se dirigió a ella, deteniéndose un par de veces a mirar enfurruñado por encima del hombro a Daniels, que andaba vagando en círculos como si estuviera extraviado, mascullando algo en voz baja.

—Sé que tu mayordomo es algo especial, Julian —dijo Slayde—, pero ¿no es partidario de abrir la puerta?

—Daniels está un poco asustado por los dolores de Aurora —explicó Courtney, levantando la cara para recibir el beso de su marido, y haciendo al mismo tiempo un gesto significativo, a él y al señor Scollard—. Julian también. Justamente se estaba regañando por no haberse dado cuenta de que Aurora estaba embarazada cuando venían de regreso a casa.

Slayde arqueó una ceja y miró hacia Julian divertido, aunque también comprensivo.

—Nadie sabe en qué momento se concibe un hijo, a excepción del señor Scollard, que lo sabe de antemano. No seas tan duro contigo mismo, Julian. —Le revolvió el pelo a su hijo y lo cogió de los brazos de Courtney—. Yo me ocuparé de Tyler —dijo en voz baja para que sólo lo oyera su mujer—. Tú ve a ver a Aurora, querrá tenerte ahí. —Continuó en tono normal—: No hace falta que pregunte si hay alguna novedad. El señor Scollard asegura que no la hay.

—Pues claro que no —dijo el farero en un tono en que se detectaba un asomo de indignación—. Si Rory me hubiera necesitado antes, yo ya habría venido.

Julian palideció.

—Y ¿ahora le necesita?

—Ella no. Tú sí.

—Muy gracioso —masculló Julian.

—No quería ser gracioso. Pero esta es una aventura para la que Rory está mucho mejor preparada que tú. —Le dio una palmadita en el brazo—. Está cansada y, como siempre, impaciente. Pero está fuerte, está sana y muy, muy resuelta. Estarán muy bien ella y tu bebé.

De arriba llegó el ruido de pasos precipitados y un minuto después Gin llegó al pie de la escalera sudando profusamente y limpiándose la frente.

—Licor —masculló, pasando como un celaje por un lado de Julian y entrando en la sala de estar.

—Licor, excelente idea —dijo Julian. Aliviado por haber encontrado una manera de ser útil, hizo un gesto hacia la mesita lateral de la sala de estar—. Ordénale a Emma que le dé cualquier licor que necesite la señora Merlín para aliviarle el dolor.

—¿La señora Merlín? —Cogiendo la botella de licor nunca mejor dicho, Gin lo miró como si se hubiera vuelto loco—. Esto no es para tu mujer. Es para mí. Tengo los nervios destrozados. —Sin más, se echó atrás la botella y bebió unos cuatro o cinco largos tragos—. Toda esta espera me está volviendo loco. —Bebió otro trago largo y luego miró ceñudo la botella observando cuánto había bajado de nivel el licor—. Vale más que deje de chupar. Prometí reservar un poco para Daniels, aunque no sé para qué. No es capaz de tenerse en pie el tiempo que le llevaría beber un trago. No ha hecho otra cosa que retorcerse y gimotear desde que la señora Merlín anunció que el bebé venía en camino. Ni siquiera oyó cuando llamó a la puerta la partera; ya llevaba diez minutos golpeando cuando él fue a abrir. Y no es que a mí me importe. Debería haber dejado fuera a esa arisca vieja bruja en lugar de...

¡Gin! —tronó Julian—. Tenías que estar apostado fuera de la habitación de Aurora por si necesitara algo. ¿Quién demonios está ahí vigilando?

El ayuda de cámara pestañeó.

—No está sola, Merlín. Emma y esa maldita partera, la señora Peters, están con ella. Y ¿dónde encontraste a esa maldita arpía, por cierto? Prácticamente me sacó de ahí cogido de la oreja cuando asomé la cabeza para ver cómo estaba la duquesa, y gritó que los hombres sólo sirven para hacer bebés, no para traerlos al mundo. Ella está vigilando esa maldita puerta.

—Sólo quiere mantener fuera a todos los que quieren ayudar.

—No, quiere mantenerte fuera a ti. Dijo que te va a dar de latigazos la próxima vez que entres ahí como hiciste antes, vociferando como un lunático. Me parece que no te tiene mucha simpatía.

—Qué coincidencia —terció Slayde, irónico—. A mí me hizo amenazas similares cuando Tyler estaba haciendo su entrada en el mundo.

—Sí, aulló algo así, que usted no le cae muy bien tampoco —confirmó Gin—. Pero dijo que usted es un cordero comparado con Merlín. Dijo que hace parecer bueno a un oso, que en todos sus años de hacer este trabajo nunca había visto a un hombre tan gritón, dominante y absolutamente desequilibrado como Merlín y...

—Basta —estalló Julian, y echó a andar como un vendaval hacia la escalera—. Subiré a echar a esa vieja.

—Julian, no —exclamó Courtney, corriendo detrás y cogiéndole el brazo—. Cierto que la señora Peters es un poco despótica y bastante impertinente. Pero, créeme, es extraordinariamente competente a pesar de su descaro. —Pese a su tono suplicante, se notaba que Courtney estaba reprimiendo la risa—. Su trabajo conmigo fue magnífico cuando me asistió en el parto de Tyler. Vamos, no hay otra partera mejor en toda Inglaterra. Así que, por favor, no hagas algo que después vas a lamentar.

Julian se obligó a obedecer. Sabía muy bien que Courtney tenía razón. En esos momentos nada importaba más que el bienestar y salud de su mujer y su bebé.

—Te diré qué —continuó Courtney, de esa manera tranquilizadora tan suya—. Iré a ver a Aurora. Le conviene saber que el señor

Scollard ya está aquí también. Y me quedaré con ella hasta que nazca el bebé. ¿Te hará sentir mejor eso?

—Me sentiría mejor si estuviera yo con ella.

—No, nada de eso —refutó Slayde al instante—. Porque no sólo te desmayarás, sino que la señora Peters tendrá que dejar de atender a Aurora para arrojarte alegremente por la ventana del dormitorio. No, Julian, mi opinión es que será mejor que te quedes aquí.

—¿Haciendo qué? —preguntó Julian, mientras Courtney le daba un apretón en el brazo a Slayde y echaba a correr hacia la escalera—. ¿Qué demonios tengo que hacer mientras mi mujer sufre?

—Ayuda a Slayde a entretener a Tyler —sugirió Courtney por encima del hombro—. Mi hijo estará encantado de introducirte en las alegrías de la paternidad.

Julian no sonrió. Frustrado, desvió la cara y se pasó la mano por el pelo. Jamás en su vida se había sentido tan impotente ni tan aterrado. Ah, sí, en algún recoveco oscuro de su mente sabía que traer un hijo al mundo entrañaba dolor. Pero jamás se había imaginado que Aurora, su Rory, que mató de un disparo a un pirata, que caminó por los acantilados negros a punta de pistola, que perseveró en toda la larga búsqueda y descubrimiento del diamante negro, como también durante su triunfal entrega a la Corona, estuviera sufriendo y gritando así, con su frágil cuerpo bañado en sudor y retorciéndose con dolorosas contracciones. Condenación, tendría que poder ayudarla. Necesitaba poder ayudarla. Ella le había dado todo: le había devuelto su corazón, su paz interior, el espíritu que aligeraba sus días, y la pasión que lo consumía por las noches.

El matrimonio con ella había sido, era, pues continuaba siendo, la más exquisita de las aventuras.

Inmediatamente después del nacimiento de Tyler se habían embarcado en su viaje de bodas, para visitar todos los lugares que citaba Geoffrey en su diario como los destinos de las misiones del Zorro y el Halcón. Primero viajaron a China y Singapur, después a Bengala y Ceilán. Desde allí dieron la vuelta por el sur de África y continuaron hacia el oeste, subiendo hasta Barbados y Trinidad, luego hacia el Norte hasta Canadá y Terranova, y finalmente atravesaron el océano, entraron en el Mediterráneo por Gilbraltar y visitaron Malta y el Continente, para finalmente volver a Inglaterra.

Cada parada había sido un despertar, no sólo para Aurora sino también para él, pues la exuberancia y el espíritu de descubrimiento de su mujer eran más valiosos que todos los tesoros del mundo juntos.

La única parte desconcertante para él fue la extraordinaria cantidad de compras que hacía ella en cada lugar que visitaban. Recuerdos, explicaba ella, para refrescar la memoria en los años venideros. Más desconcertante aún era su insistencia en que todas las cosas que compraba las enviaran no a la casa de Cornualles sino a la casa Morland.

Sólo cuando llegaron a Inglaterra e hicieron una breve parada en Devonshire, él descubrió el misterio.

Cuando Aurora le dijo que tenía planes para la propiedad de Geoffrey lo decía en serio. Durante su ausencia habían hecho cambios en la casa Morland, convirtiéndola en un monumento homenaje a sus bisabuelos, cada habitación dedicada a una misión diferente del Zorro y el Halcón, redecorada en el estilo tradicional de la aldea, pueblo, ciudad o urbe a que los hubiera llevado su expedición. Y en el vestíbulo habían instalado una vitrina de cristal a todo lo largo, en la que se exhibían los objetos esenciales dejados por el Zorro y el Halcón: el diario de Geoffrey, su dibujo del terreno de Morland, el libro sobre halcones de James, las dos dagas, las cajas fuertes y las llaves. Encima de la vitrina, colgada en la pared, había una carta escrita de puño y letra por el propio príncipe regente, fechada justo después de la entrega del diamante negro, en que reconocía quiénes eran realmente James y Geoffrey, los encomiaba por su lealtad y valor y los declaraba héroes.

Ya no quedaba nada del mausoleo que tanto atormentara los recuerdos de Julian. En su lugar había un extraordinario testimonio conmemorativo de dos hombres extraordinarios.

Sólo dos habitaciones de Morland continuaban intactas: la biblioteca, donde Aurora le dijo por primera vez que lo amaba, y un dormitorio, el de Hugh. Aurora había encargado especialmente que en esa habitación no tocaran ni cambiaran nada; sería un refugio secreto que él podría visitar para saborear sus recuerdos personales.

Así pues, Morland estaba en paz y la casa Merlín era la vivienda y el hogar.

Cuando se enteró de todo lo que había hecho su mujer se sintió absolutamente superado por ella, pero esos sentimientos palidecieron ante los que sintió cuando se enteró de que estaba embarazada.

El alivio que le hizo flaquear las piernas al saber que estaba sana dio paso a la conmoción, y finalmente se transformó en una deliciosa combinación de reverencia y dicha.

Aurora llevaba un hijo suyo en su vientre.

Los meses que siguieron fueron un milagro para él; ver cómo iba cambiando su cuerpo, hinchándose con el bebé. Se sumergió en todos los gloriosos detalles, amándola hasta el fondo de su alma, y deseándola con una intensidad que parecía aumentar con cada día que pasaba.

De todos modos, cuando el embarazo llegó a la fase que excluía la relación sexual, tuvo que aprender a soportar la abstinencia, algo que jamás se había imaginado tener que hacer teniendo a Aurora en su cama. Demonios, si hasta llegó al extremo de adquirir un poco de paciencia, obligándose a esperar la llegada del bebé con bastante autodominio.

A pesar de las dificultades, todo le había resultado soportable.

Hasta ese momento.

Porque en ese momento, Aurora estaba sufriendo dolores terribles, y él no podía hacer nada por aliviarla ni impedirlo.

—Pronto, Julian —lo tranquilizó el señor Scollard, que, como siempre, le había leído los pensamientos—. Muy pronto. En realidad... —Miró hacia arriba, como si pudiera ver la habitación de la primera planta a través del cielo raso—. Le daré otro cuarto de hora a Courtney. Entonces será mejor que suba. Y poco después de eso, Rory pedirá verte.

—¿El dolor será más fuerte? —preguntó él, sintiéndose como si le estuvieran retorciendo un puñal en las entrañas.

—Noo, el dolor será recompensado con una de las mayores bendiciones de la vida.

—Dudo que yo dure hasta entonces.

—Durarás —dijo el señor Scollard, sonriendo—. Tenéis por delante una vida larga y maravillosa, llena de felicidad, hijos y, por supuesto, aventura.

—No diga esa palabra —gimió Julian—. Después de esta experiencia, lo único que deseo es toda una vida de complacencia. Demonios, ahora incluso encontraría agradable participar en una de las temporadas de Londres.

—Ah, eso me recuerda —terció Slayde—. Me enteré de algo interesante cuando estuve en Devonshire. El príncipe regente va a ofrecer un baile en honor de Geoffrey y James, y de ti y Aurora, por haber llevado a su fin su última y más importante misión. El baile se celebrará en Carlton House en junio, lo cual dará tiempo de sobra a Aurora para recuperarse del parto y sentirse con fuerzas para el viaje a Londres. Cuando pasé por Pembourne me encontré con una carta en que me lo comunicaba. Siebert me informó que la carta e invitación del príncipe a vosotros está en camino. Es posible que yo haya pasado junto al mensajero cuando venía. En todo caso, parece que este baile será la culminación de la temporada. Asistirán cientos de personas, a rendir homenaje a nuestros bisabuelos y a ti y Aurora. Parece que en los salones de la alta sociedad no se habla de otra cosa. —Slayde miró la expresión aturdida de Julian y sonrió de oreja a oreja—. Está claro que no te impresiona en absoluto la perspectiva de este baile. Después de veinte años de vivir con ella, puedo asegurarte que Aurora no va a compartir tu falta de entusiasmo. Se ha pasado más de diez años soñando con participar en una rutilante temporada de Londres. Y esto le dará la oportunidad no sólo de asistir a los más grandiosos bailes, sino también de estar en el centro de todo. Por fin se hará realidad el deseo de mi hermana. La alta sociedad la recibirá con los brazos abiertos, y os proclamará héroes a los dos. Como ocurrirá en toda Inglaterra y gran parte del mundo.

—Los corsarios no están nada contentos con nosotros —enmendó Julian, friccionándose la mandíbula áspera por la barba sin afeitar—. Les hemos quitado uno de sus más codiciados premios. Estando el diamante negro bien seguro en el templo de donde lo robaron, tendrán que poner la mira en algún otro tesoro igualmente fascinante. —Se le suavizó la mirada y se giró hacia la escalera—. En cuanto a mí, si Aurora logra soportar esta experiencia, la llevaré a todos los malditos bailes de Inglaterra. Demonios, igual podríamos ofrecer uno nosotros, e invitar a todo el mundo elegante.

—¿Eso significa que tendré que servir? —preguntó Gin, con la cara más pálida que un momento antes.

—No, para eso haré venir a Thayer. Tiene poco que hacer en la casa Morland, aparte de servir de guía a los visitantes interesados. Él y el resto del personal cogerán al vuelo la oportunidad de adoptar sus papeles tradicionales.

—Gracias al cielo —exclamó Gin, relajándose—. Ya será desagradable tener vagando por la casa a todos esos sangres azules sin tener que servirlos. —Miró enfurruñado la botella que tenía en la mano, como si hubiera llegado a una importantísima decisión de abnegación—. Si eso hace feliz a la señora Merlín, me acicalaré un poco y me pondré uniforme —dijo a borbotones, no fuera a cambiar de opinión—. Pero ya lo digo ahora, no voy a aprender a hacer reverencias ni a bailar. Y por nada del mundo compartiré mi gin. Esos sangres azules pueden beber su jerez y esos lastimosos ponches que contienen más fruta que licor.

Dicho eso, Gin cogió otra botella para él y echó a andar con paso firme para darle a Daniels la botella casi vacía.

—Uy, estoy impresionado —rió Slayde—. ¿Que Gin esté dispuesto a ponerse uniforme? Se ve que Aurora ha hecho milagros.

—Los ha hecho, con todos nosotros —contestó Julian, reanudando su inquieto paseo por el corredor, con el ceño fruncido de preocupación—. Ojalá bajara Courtney a decirnos cómo está Aurora, para saber... —Se detuvo al ver que el señor Scollard se dirigía a la escalera—. ¿Va a ver a Aurora?

—Sí. —Sin detenerse, el farero continuó hablando mientras subía la escalera—. Sólo estaré cinco minutos y bajaré a reunirme con vosotros. Tendremos tiempo para beber una copa de coñac los tres. Y entonces Courtney te hará llamar.

—Ay, Dios —exclamó Julian, girándose como si alguien le hubiera asestado un puñetazo en el vientre.

—Pensándolo mejor —gritó Scollard desde el rellano—, comenzad sin mí. Os beberéis la copa en unos pocos tragos. Yo os acompañaré en la segunda.

—Vamos —instó Slayde a Julian, montándose a Tyler en los hombros y haciendo un gesto hacia la sala de estar—. Nos han ordenado que bebamos una copa.

Julian lo siguió. Sintió que se le formaba un nudo en la garganta, algo que jamás le había ocurrido antes, al mirar a Tyler chillando y riendo encantado, aferrado al cuello de su padre, y luego al oír la ronca risa de Slayde cuando se arrodilló ante el sofá y dejó caer al pequeño de cabeza sobre los mullidos cojines de terciopelo.

—Me acuerdo de lo irritado y desesperado que estabas en esas largas horas antes que naciera Tyler —comentó, sirviendo dos copas y pasándole una a Slayde. Tal como predijera Scollard, se bebió la suya en unos pocos tragos—. Yo nunca había experimentado eso, así que no tenía idea de las emociones que sentías, ni del dolor que estaba soportando Courtney.

—Eso último fue la parte más difícil —reconoció Slayde, pasándole un juguete a Tyler para entretenerlo—. Saber lo mucho que estaba sufriendo Courtney casi me derrumbó. Pero después, ver a Tyler en sus brazos, saber que lo habíamos creado juntos... —Se le cortó la voz—. No tardarás en ver lo que quiero decir.

—Eso espero —asintió Julian—. Me digo una y otra vez que si algo fuera mal Scollard lo sabría. —Entonces miró a Slayde con expresión pasmada—. Oye, ¿quién habría pensado que yo iba a creer en un vidente y, más aun, poner mi fe en él?

—Enfréntalo, amigo mío —dijo Slayde, sonriendo levemente—. Tu actitud fundamental hacia la vida se convirtió en historia pasada el día que conociste a Aurora. Créeme, lo sé. Estoy casado con su mejor amiga, una mujer que en cuestión de semanas se las arregló para convencerme de que lo imposible es posible, y me ha tenido creyendo eso desde entonces.

—Somos hombres muy afortunados.

—Desde luego.

—Estoy totalmente de acuerdo —declaró el señor Scollard entrando en la sala de estar—. En realidad, creo que deberíamos brindar por eso.

Julian pegó un salto tan brusco que la copa que tenía en la mano casi salió volando.

—¿Está bien?

El señor Scollard sonrió con orgullo.

—Está cansada. Pero es la Rory de siempre, entusiasmada, valiente e impaciente. Por lo tanto, por muy cansada que esté, la alivia saber que pronto llegará a su fin la impaciencia.

A Julian se le movió un músculo en la mandíbula.

—Condenación. Querría ayudarla.

—Deja que la naturaleza la guíe. —El señor Scollard se sirvió una copa y luego cogió la de Julian y se la llenó—. Tu esposa es una mujer extraordinaria.

—Lo sé —contestó Julian, cogiendo la copa y agradeciéndosela con un gesto.

—¿Hacemos el brindis? —propuso el señor Scollard, y frunció los labios—. Deprisa, me parece—. Sería mejor que te bebieras toda esa copa antes de enfrentar a la señora Peters. No está muy contenta contigo. —Se interrumpió y negó con la cabeza como para refutar lo dicho—. No, tengo que hacer otro cálculo de tiempo. Tal como están las cosas, será mejor que alargue mi brindis, en parte porque tengo mucho por qué brindar y en parte porque Emma aprovechará estos minutos extras para limpiar a todo el mundo y luego salir de la habitación llevándose a la señora Peters. De esa manera cuando llegues al dormitorio de Aurora, sólo te encontrarás con una personita más, y tengo la fuerte sospecha que no te perderías por nada del mundo conocer a esa personita. —Levantó la copa y esperó hasta que los otros dos hubieran hecho lo mismo—. Por dos hombres espléndidos, Slayde y Julian, y por sus dos excepcionales mujeres, Courtney y Aurora. Por Tyler —se inclinó solemnemente ante el pequeño, que lo estaba mirando con sus ojos verdes fascinados—, cuyo feliz nacimiento ha perpetuado el apellido Huntley de la manera más maravillosa. Por todos los Huntley y Bencroft, reunidos después de sesenta años y sin embargo unidos totalmente por primera vez este día. Y por el incomparable resultado de esa unión definitiva, un tesoro esencial concebido con amor sobre un mar azotado por la tormenta. —Su apacible mirada pasó de Slayde a Julian y a Tyler y luego la elevó hacia el cielo raso, para incluir a las personas de arriba en su brindis—. Bienvenida —dijo en voz muy baja, con los ojos ligeramente velados. Al instante desapareció el velo y concluyó su brindis—: Por todos vosotros. Ahora abundará la dicha, iluminando vuestras vidas y eclipsando los infortunios del pasado, ahora y siempre.

Tyler hizo un sonido de arrullo y batió palmas.

Slayde y Scollard sonrieron, afectuosos, y bebieron.

Julian no bebió.

—Acaba de ocurrir algo, ¿verdad? —le dijo a Scollard en voz

baja—. Hace un momento, cuando miró hacia arriba, presintió algo. ¿Estaba naciendo mi bebé?

Scollard arqueó una ceja.

—No has confirmado mi brindis bebiendo. Hazlo, para que se cumpla la profecía.

Obediente, Julian bebió un trago, y continuó escrutando la cara de Scollard.

—No ha contestado a mi pregunta.

—No. Tú la has contestado.

El farero le sostuvo la mirada, transmitiéndole muchísimas cosas con sus ojos.

Con los ojos empañados, Julian asintió y bajó la cabeza para dar gracias al cielo en silencio.

—Tu gratitud ha sido recibida y aceptada —dijo entonces Scollard con solemne seguridad—. Ahora acaba tu coñac. Pero no vuelvas a llenar la copa. No tendrás tiempo.

Julian obedeció, pensando cuándo algo, aparte del té del señor Scollard, le había sabido tan bien.

—¿Julian? —dijo Courtney, en la puerta, con las mejillas sonrosadas y sus ojos brillantes de felicidad—. La paciencia de tu mujer ha llegado oficialmente a su fin. Dice que te advierta que no tiene la menor intención de saborear este premio sola. Según ella, os embarcasteis juntos en esta aventura y juntos cosecharéis sus recompensas. Te sugeriría que subieras al dormitorio a toda prisa.

La copa vacía de Julian golpeó el aparador.

—¿Está bien Aurora? Y ¿nuestro bebé...?

Courtney se le acercó a cogerle las manos.

—Madre y bebé están muy bien y fuertes. Felicitaciones, Merlín. Eres padre. Ahora ve. Te espera tu familia.

Temblando por la emoción, Julian salió como un rayo de la sala, y estuvo a punto de tirar al suelo a Gin y Daniels, que estaban celebrando la noticia en el corredor, dándose palmaditas en la espalda y abriendo otra botella de gin.

—¡Estamos orgullosos de ti, Merlín! —gritó Gin, agitando la botella—. ¿Es niño o niña?

—Ya os lo diré —contestó Julian, sin dejar de correr.

Subió la escalera de tres en tres peldaños y al llegar al rellano continuó corriendo por el corredor. Al llegar a la puerta se detuvo y le tembló la mano al golpear.

—Entra —respondió Aurora, con voz débil pero clara.

Julian casi se desmayó de alivio y alegría al oírla.

Entró lenta y cautelosamente, observando de paso que no había nadie más en la habitación, aparte de Aurora, que estaba reclinada en los almohadones, y el pequeño bultito que tenía en los brazos.

—Julian —dijo ella, tendiendo la mano hacia él.

Él estuvo a su lado en una fracción de segundo, le cogió la mano para besarle la palma. La vio pálida, demacrada, con unas oscuras ojeras bajo sus hermosos ojos color turquesa.

—Gracias a Dios estás bien —musitó, besándole la muñeca, los dedos, la palma—. Te ves agotadísima, *soleil*. Lo siento tanto. ¿Era muy insoportable el dolor?

—Sólo hasta que la señora Peters me puso a nuestra hija en los brazos —repuso ella dulcemente, observándole la expresión.

A él se le quedó atrapado el aire en la garganta y levantó la cabeza.

—¿Nuestra hija?

—Acércate a conocerla.

Le acarició la mandíbula, instándolo a acercarse más y apartó la manta que envolvía a la pequeña dormida.

Julian miró, y con una emoción que le oprimía el pecho como si fuera un puño, se regaló los ojos contemplando el milagro que habían creado él y Aurora con su amor.

Una carita con rasgos diminutos, los ojos cerrados, unas pestañas oscuras sobre las mejillas de delicada estructura ósea, la nariz recta, y una boca rosada como botón de rosa. Señor, era como ver una miniatura de Aurora, aunque con un pequeño gorro de pelo negro azabache.

—Es igual a ti —dijo, con la voz ahogada.

—No del todo —repuso ella arrastrando la voz—. El pelo es del color del tuyo. Sus ojos también. Cuando despierte lo verás. Son como dos brillantes trocitos de topacio. Es hermosa, ¿verdad?

—Hermosa no es una palabra lo bastante fuerte —logró decir él, acariciándole suavemente la mejilla y la cálida curva del mentón.

—Grita como tú también. Incluso la señora Peters lo dijo. Dijo que debería haber esperado ese fuerte chillido y su tozuda llegada, dada la desagradable aunque muy probable perspectiva de que nuestra hija saldría a ti. Según ella, eres el hombre más atronador, voluntarioso y dominante que ha conocido en su toda su vida. Y que sin duda no vacilarías en transmitir todos esos rasgos a tu hija.

En ese momento ni siquiera los ácidos comentarios de la señora Peters podían apagar la euforia de Julian.

—Hay otro motivo para la naturaleza turbulenta de nuestra hija —musitó—. Según el señor Scollard, fue concebida durante esa tormenta en el mar.

—Lo sé. Me lo dijo cuando iba saliendo de aquí, justo unos minutos antes de que naciera. —Le besó la sedosa cabecita al bebé—. Julian, pongámosle Marinna. Deriva de una frase latina que quiere decir «del mar». De esa manera, la rodeará el amor con que fue concebida y este permanecerá con ella toda su vida.

—Marinna Bencroft —dijo Julian sonriendo, inclinándose a besarle la frente a su hija, después de lo cual levantó la cabeza para cubrir la boca de su mujer con la suya—. Es perfecto el nombre. Como lo es ella. Gracias, *soleil.*— Le cogió la cara entre las palmas—. Te amo más de lo que podrías imaginarte jamás.

—Y yo a ti —musitó ella.

Como para recordarles quién era la verdadera protagonista del día, Marinna despertó, agitó un poco las pestañas y luego las levantó, revelando las brillantes profundidades color topacio de sus ojos. Agitándose inquieta, abrió la boquita botón de rosa y emitió un chillido fuerte, como para romper los tímpanos, un grito que parecía desafiar su delicada belleza y que hizo levantarse de un salto a su padre.

Pestañeando sorprendido, Julian miró boquiabierto desde los ojos bien abiertos y alertas de su hija a su risueña mujer.

—¿Ha salido a mí? —preguntó, pasmado de que una criaturita tan diminuta y frágil pudiera emitir un sonido tan ensordecedor—. Tal vez. Pero hay mucho de ti en ella también.

Sonrió al ver que Marinna demostraba eso empezando a tironear el camisón de su madre con enérgicos y resueltos movimientos, dejando muy claro que no tenía la menor intención de que se lo impidieran o la hicieran esperar. Continuó berreando hasta que Aurora se abrió el camisón.

—Mucho de ti —repitó Julian, con el pecho oprimido por la emoción—. Por ejemplo, tu decidida falta de paciencia. Y tu increíble inventiva —añadió en un susurro al ver que Marinna encontraba infaliblemente su objetivo, pegando la boca el pecho de su madre, con los pequeños puños bien cerrados a los lados.

—Tienes razón —concedió Aurora, acunando tiernamente a su hija mientras mamaba—. Tú, pequeñina, eres una perfecta combinación de Huntley y Bencroft —la elogió—, y no logro imaginar algo más ideal que eso.

Julian expresó su acuerdo en silencio. Sintiéndose más dichoso y bendecido de lo que jamás se habría imaginado, contempló a las dos mujeres que amaba, los húmedos mechones oro rojo de Aurora rozando la blanquísima piel de Marinna.

«Mi hija, mi hija», se repetía en su interior, embargado por una fuerte sensación de posesión al contemplar la maravillosa combinación de sí mismo y de Aurora: los ojos color topacio y el pelo negro de él combinados con las exquisitas facciones de ella, su fuerte voluntad con el fuego y espíritu de Aurora.

De pronto recordó las palabras pronunciadas por el señor Scollard en su brindis y nuevamente comprendió que el intuitivo farero tenía razón.

En Marinna estaban unidos verdadera y totalmente los Huntley y los Bencroft.

Y desde ese día en adelante, abundarían la dicha y las alegrías en sus familias.

Nota de la autora

Espero que hayas disfrutado con la fascinante búsqueda de Aurora y Julian del diamante negro; creo que estarás de acuerdo en que descubrieron mucho más de lo que esperaban encontrar.

Para mí fue un reto y una dicha crear la serie «Diamante Negro» y, como siempre, me entristece tener que despedirme de mis personajes. Espero que Courtney, Slayde, Aurora y Julian te hayan hecho llegar toda la magia que me trajeron a mí y que de vez en cuando te sientas inclinada a releer sus historias. Si es así, me has hecho un regalo mucho más valioso que el propio diamante negro.

Y ahora, a cambiar de marcha otra vez.

En estos momentos estoy escribiendo *The Music Box* , que nos lleva al Londres victoriano y a condados de los alrededores, donde una terrible pérdida y un engaño largo tiempo oculto reúne a dos personas maravillosas y dignas.

Gabrielle Denning, que quedó huérbana a los cinco años, es acogida y criada por lady Hermione Nevon, mujer de la nobleza de corazón de oro que tiene además un secreto muy enterrado. Bryce Lyndley, brillante y próspero abogado, está en el centro de ese secreto. ¿Es un accidente del destino el encuentro entre Gaby y Bryce, o no?

En cualquier caso, lo que descubren el uno en el otro es aún más hermoso que la pegadiza melodía que toca la preciada caja de música de Gaby, el único recuerdo que tiene de sus padres.

Visita mi interesante nuevo website:
http://www.andreakane.com
e-mail: WriteToMe@andreakane.com

www.titania.org

Visite nuestro sitio web y descubra cómo ganar
premios leyendo fabulosas historias.

Además, sin salir de su casa, podrá conocer
las últimas novedades de
Susan King, Jo Beverley o Mary Jo Putney,
entre otras excelentes escritoras.

Escoja, sin compromiso y con tranquilidad,
la historia que más le seduzca
leyendo el primer capítulo de cualquier libro
de Titania.

Vote por su libro preferido y envíe su opinión
para informar a otros lectores.

Y mucho más...